QUANDO CAEM AS CINZAS
Desventuras amazônicas na noite brasileira

Editora Appris Ltda.
1.ª Edição - Copyright© 2024 do autor
Direitos de Edição Reservados à Editora Appris Ltda.

Nenhuma parte desta obra poderá ser utilizada indevidamente, sem estar de acordo com a Lei n° 9.610/98. Se incorreções forem encontradas, serão de exclusiva responsabilidade de seus organizadores. Foi realizado o Depósito Legal na Fundação Biblioteca Nacional, de acordo com as Leis n°s 10.994, de 14/12/2004, e 12.192, de 14/01/2010.

Catalogação na Fonte
Elaborado por: Dayanne Leal Souza
Bibliotecária CRB 9/2162

G182q
2024
	Galvão, Carlos Augusto
	    Quando caem as cinzas: desventuras amazônicas na noite brasileira / Carlos Augusto Galvão. – 1. ed. – Curitiba: Appris, 2024.
	    313p. ; 23 cm.
	
	    ISBN 978-65-250-6484-0
	
	    1. Ditadura militar, 1964-1985 - Brasil. 2. Romance épico. 3. Repressão (Psicologia). I. Galvão, Carlos Augusto. II. Título.
	
	                                           CDD – B869.93

Appris *editora*

Editora e Livraria Appris Ltda.
Av. Manoel Ribas, 2265 – Mercês
Curitiba/PR – CEP: 80810-002
Tel. (41) 3156 - 4731
www.editoraappris.com.br

Printed in Brazil
Impresso no Brasil

Carlos Augusto Galvão

QUANDO CAEM AS CINZAS
Desventuras amazônicas na noite brasileira

Curitiba, PR
2024

FICHA TÉCNICA

EDITORIAL	Augusto V. de A. Coelho
	Sara C. de Andrade Coelho
COMITÊ EDITORIAL	Marli Caetano
	Andréa Barbosa Gouveia (UFPR)
	Edmeire C. Pereira (UFPR)
	Iraneide da Silva (UFC)
	Jacques de Lima Ferreira (UP)
SUPERVISORA EDITORIAL	Renata C. Lopes
PRODUÇÃO EDITORIAL	Bruna Holmen
REVISÃO	Camila Dias Manoel
DIAGRAMAÇÃO	Amélia Lopes
CAPA	Eneo Lage
REVISÃO DE PROVA	Bruna Santos

Dedico este romance a todo o povo brasileiro, pois, em algum tempo e lugar, todos já sofreram sob o torpe jugo do Estado.

SUMÁRIO

O INCÊNDIO 9

A MISSÃO 15

EROS 43

O CASARÃO DE SANTA LUZIA 60

TOCANTINS 90

QUANDO CAEM AS CINZAS 145

A CAIXINHA PRETA 212

A MÃO DE DEUS 274

ESTAÇÃO DA LUZ 295

A CARTA 311

NOTA DO AUTOR 312

O INCÊNDIO

O incêndio erguia-se por dezenas de metros de altura, iluminando as adjacências, com uma clareza única para as noites do vilarejo, como a clamar para que todos acorressem. Gritos desesperados dos vizinhos cortavam o ar quando, por ação de algum pé de vento, as chamas ameaçavam suas propriedades em raivosas lambidas crepitantes e cálidas. Imediatamente moradores das redondezas correram em ajuda, circulando com baldes d'água nas mãos; indiferentes, porém, as labaredas em espirais rubras envolviam a velha marcenaria, que gemia em rumores sinistros de pequenos desabamentos e lentamente ia sendo consumida, transformando-se em cinzas.

Ainda não tinha dormido, impedido pela calorosa discussão entre meus pais que antecedeu o inferno; bruscamente apareceu meu irmão à porta do quarto e, aflito, gritou para mim: "Vem rápido". Um solavanco mais forte do ônibus acordou-me, e fiquei confuso por um tempo, sem saber direito se ainda estava sonhando, porque o que se via da janela do veículo era a luminosidade das grandes queimadas de florestas, às margens da rodovia Belém/Brasília. Naquele momento estávamos passando pelo pesadelo de fogo em que haviam transformado o sul do Pará, em nome do "desenvolvimento".

Esse sonho apareceu muito nas minhas noites, desde que recebi um telegrama de São Paulo que dizia "Vem rápido", havia alguns dias. Na interminável viagem para o Sul do país, ao se repetir, desencadeou uma torrente de lembranças que passou por minha mente, numa velocidade maior que a da paisagem na janela do veículo. Houve um incêndio, sim, em minha vida; antes dele, como era comum nos tempos de meus 5 anos, meu pai, embriagado, fora tomar satisfações com minha mãe. Ouviu-se muito a pergunta "Quem foi?", aos berros e entremeada com gritos de dor e fúria, palavrões, sons de tapas e coisas quebrando.

 Cinco anos depois de ganhar meu irmão, mamãe engravidou, e meu nascimento causou um choque do qual meus pais jamais se recuperariam: ela deu à luz uma criança loura e de olhos azuis, características inimagináveis para os descendentes do meu pai. Novidade mesmo naquela noite foi o incêndio.

 Ao fugirmos de casa, ficamos os dois do outro lado da rua a observar o espetáculo de destruição, quando apareceu nosso vizinho e nos levou para dentro de sua casa. Sua mulher deu-nos bolo e café e, ao me ouvir perguntar pela minha mãe, soluçou e saiu da sala aos prantos para, logo depois, mais calma, voltar e dizer que nossos pais naquela hora deveriam estar no céu, ao lado dos anjos e santos. Meu irmão começou a chorar, mas eu não entendia o porquê. Nesse momento, seu Hermenegildo, um artesão de couro que morava em frente, entrou com o cônego Mário e, na nossa frente, disse que não sabia o que fazer conosco, já que sua casa era pequena e mal dava para si e sua família: sua esposa e dois garotos, um ainda bebê e outro com 2 anos de idade.

 Saímos daquela casa em companhia do cônego, atravessando a faina do povo que, com latas e baldes improvisados, prosseguia tentando debelar aquela tragédia. Ao caminhar para a casa do padre, muitas vezes virei para trás para observar a balbúrdia de chamas, fagulhas, gritos e corres-corres. Meu irmão continuava chorando quando entramos e fomos conduzidos para a cozinha, onde tia Dora nos esperava com dois pratos de fumegante conteúdo, mas meu irmão não tocou na sopa, continuando a chorar; eu, no entanto, tomei tudo e pedi mais.

Foram atadas duas redes ali mesmo perto do fogão e, deitado, ouvi meu irmão chorar até dormir.

Talvez eu também chorasse, se tivesse consciência de que aquele incêndio continuaria queimando minha existência por anos a fio; mesmo agora, a única explicação para o fato de ainda estar vivo repousa na ação da mão de Deus. Ainda hoje, minha alma encontra-se chamuscada e minha mente apresenta um grande embaralhamento, pois restam pontos sombrios e interrogações insatisfeitas. Com mais de 20 anos, ainda não sabia direito o que era eu, uma vez que os acontecimentos do último ano marcaram indelevelmente minha existência com o lado obscuro da realidade e desviaram minha vida de seu curso natural, deixando-me como um rio à procura de um novo leito.

De manhã acordei com rumores na sala. Pessoas explicavam ao cônego que não tinham descoberto nem sinal dos corpos, que nada sobrara da marcenaria do meu pai, a casa de seu Duca, outro nosso vizinho, tinha sido afetada, mas sem grandes prejuízos... Muitas vozes juntas procuravam descrever o acontecimento. Num certo momento, uma voz de mulher, aguda e alta, disse algo a respeito de uma desavergonhada que deveria agora estar satisfeita no inferno, onde era o lugar de pessoas daquela laia. Ouvi então a voz rouca do cônego advertindo-a de que os julgamentos pertenciam a Deus, que ela cuidasse dos próprios pecados, e concluiu, magnânimo: "Já estou com problemas sérios a respeito destas crianças que perderam os pais e, atirando pedra nos que já morreram, em nada ajudará a resolvê-los".

Nesse instante meu irmão acordou e voltou a chorar amargamente; dizia, entre soluços, que nossos pais tinham morrido e que nunca mais os veríamos. A partir daí também comecei a chorar e as vozes na sala pararam como por encanto. Naquele domingo a Missa atrasou.

O cônego Mário Rios, jovem ainda, saiu de Castanhal para o seminário e voltou 15 anos mais tarde, logo após a criação da paróquia da cidade, isto havia mais de 40 anos. Ao voltar, seus pais haviam falecido e seu único irmão tinha migrado para o Sul do e dele nunca mais se soube nada. Por todo esse tempo, cuidou da alma de seus fiéis com desvelo e amor; era o conselheiro de todos, a solução dos conflitos, o advogado e mesmo o médico, pois a cidade carecia deste tipo de profissional. Amado e respeitado, não raro, em sua juventude, ajudava na construção das casas de alguns de seus fiéis ou escolas e, em companhia do prefeito, ainda participava de longas batalhas políticas na capital, quando se tratava de reivindicar alguma melhoria para a cidade.

Poucos anos depois que voltou, em uma de suas andanças pelos locais afastados da sede do município, sofreu uma queda de seu cavalo, fraturando a perna. Passou dois meses de cama, e tia Dora, ainda jovem, tinha vindo para cuidar de sua casa, ficando desde então na companhia do cônego. Era negra, gorda e gozava na cidade do "status" de empregada do padre. Bonachona e afetiva, com seu jeito alegre, conquistava todo mundo. Ainda hoje, quando tento pensar em uma mãe que tive, duas mulheres surgem em minha mente: madre Maria Liganó e tia Dora, que foi a "televisão" de minha infância, pois, grande contadora de histórias, parecia sentir prazer em ver as emoções estampadas em meu rosto como resposta às suas parábolas cheias de fadas, príncipes encantados e bruxas. Por um mês, permanecemos juntos na casa do padre.

Era um casarão tão velho que quase todas as salas estavam desativadas; e, de habitável, tinha apenas o quarto do cônego, o quarto de tia Dora e uma enorme sala/cozinha, com um fogão a lenha próximo a uma mesa grande e rústica com cadeiras de aspecto sólido, onde fazíamos refeições e que também servia para as reuniões do cônego à noite com munícipes, sempre que havia problema a ser resolvido. O quintal era cheio de árvores frutíferas e, como Lucas tinha salvado seu caminhãozinho, passávamos as tardes fazendo estradinhas para ele ou brincando de bola. De manhã não brincávamos, pois íamos às aulas no Colégio São José, das freiras da ordem italiana Preciosíssimo Sangue.

Após um mês, soubemos de um tio, irmão de papai, que tinha ido muito jovem ainda para São Paulo; até então sabíamos que tínhamos parentes no Sul, mas, como não era assunto que nosso pai tratasse conosco, esse tio estava mais distante que a Lua e nem sequer sabíamos seu nome.

Em uma tarde, Lucas, muito excitado, avisou que iríamos para o Sul com nosso tio e tratou de arrumar nossas coisas: poucas roupas, alguns livros e seu precioso caminhãozinho, que foram colocados apressadamente em um velho baú que nos foi presenteado por tia Dora. No fim da tarde, o cônego chamou-nos e disse que teríamos de nos separar: meu irmão iria para junto de nosso tio em São Paulo e eu ficaria em Castanhal. Não entendi direito e ainda pensava em suas palavras, ao ouvir Lucas dizer que sem seu irmão não iria para lugar nenhum.

Creio ter visto um esgar de constrangimento no rosto do cônego quando explicou, sentando em uma das cadeiras, que a vida às vezes afastava as pessoas pela vontade de Deus, que Lucas seria bem cuidado em São Paulo e que jurava, perante todos os santos, que tudo faria para que nada faltasse a mim. Perguntei qual o motivo de não poder ir também para São Paulo, obtendo um longo e piedoso silêncio como resposta. Lucas, mais calmo, quis saber quando me veria de novo. "Deus providenciará", disse o cônego.

Eu não tinha ideia do que era uma separação. Meu irmão chorou um pouco e também chorei, mas acalmei-me ao ouvi-lo dizer que poderia ficar com seu caminhãozinho. Na estação, Lucas embarcou no trem e foi a última vez que o vi.

Até então vivia como toda criança pobre. Papai era marceneiro, como era seu pai, que, por sua vez, aprendera o ofício com o próprio pai, e assim por diante. Morávamos em uma casa de dois quartos, toda em madeira, do lado da marcenaria. Meu pai fabricava mesas, cadeiras, armários e tudo o que se pudesse imaginar. Atrás de seu local de trabalho, tínhamos um quintal sem muitas árvores, que passava a maior parte do tempo cheio de vigas e tábuas. Adorava aquele cheiro de madeira, mas não podíamos entrar na marcenaria porque minha mãe dizia que era perigoso e meu pai ficava bravo, pois deixávamos tudo desarrumado.

De longe, gostava de ver meu pai trabalhando a madeira com seus dois auxiliares e imaginava-me, adulto, também marceneiro. Lucas, no entanto, dizia que jamais o seria, pois estudaria muito para trabalhar com metais. Em favor de meu pai, diria que em tempo algum o ouvi contestar as aspirações de Lucas. Falava sempre nessas ocasiões: "Veremos..."

Nunca dirigia a palavra a meu pai; não por imposição, mas porque fui acostumado dessa maneira. Nas poucas vezes que a ele me dirigia, recebia grunhidos de resposta e sempre dava a impressão de estar muito ocupado para me atender. Naturalmente desenvolvi a tática de apelar para Lucas quando queria alguma coisa dele; no dia em que ganhou seu caminhãozinho, por exemplo, entendeu-me com um simples olhar e, antes de agradecer, falou para papai que ele teria de fazer outro para mim. Na verdade a imagem que guardo é a de um homem frio e distante, mas que de forma alguma me maltratava.

Minha mãe, por sua vez, era sempre muito nervosa comigo; creio até que desde bebê já apanhava dela. Algumas vezes, durante as surras, papai dizia: "Já basta!". E a coisa parava.

A verdadeira face de amargura de meu pai aparecia quando ele bebia; espancava a mulher, sempre exigindo o nome do desgraçado com quem ela trepara para nascer uma criança com cara de gringo. Mesmo nessas horas, nunca me maltratava, porque era um homem bom, embora deformado afetivamente pelo trauma conjugal. Mamãe, entretanto, parecia que identificava em mim a imagem de seus males; então eram surras de cinta, de chinelo e algumas vezes até de cabo de vassoura. Lucas nestas horas às vezes se revoltava e xingava nossa mãe de "malvada"; como consequência, também entrava na porrada.

Desde sempre compreendi que havia algo de errado em minha família e muito cedo pressenti que esse erro era eu. Peço perdão a Deus por pensar assim, mas verdadeiramente jamais senti saudade de meus pais; já de Lucas, senti falta por todo o tempo que não o vi.

A MISSÃO

Castanhal, que fica próximo de Belém, na década de 1950 era uma pequena cidade, cuja rua principal seguia os dois lados dos trilhos da estrada de ferro Bragantina, terminando junto a uma estação de passageiros. Ao redor dessa estação, localizava-se o comércio do lugar: algumas lojas de armarinho, um mercado, alguns armazéns, uma padaria e o Cine Árgus. Numa de suas transversais, distante três quarteirões da rua principal, ficava a casa do padre e, em frente a esta, um posto de saúde do governo estadual, que, segundo velhos moradores, só funcionou por dois meses, ficando abandonado desde então. Perto se situava o Colégio São José, ou simplesmente "o colégio", e, do outro lado da rua, o noviciado das freiras, onde moravam as jovens que queriam ser religiosas. A estrada de rodagem passava bem na frente do colégio.

Alguns anos antes, freiras italianas haviam se radicado na cidade e fundado um colégio. Eram amadas pela comunidade local, principalmente uma já idosa de nome irmã Adelaide, a que criou o noviciado. Com o grupo escolar Cônego Leitão, era o colégio responsável pela educação das crianças da cidade; como era pago, não eram todas as crianças que podiam estudar nele.

Meu pai sempre fornecia móveis, como carteiras escolares, às irmãs, e o pagamento delas era a instrução minha e de meu irmão. No ano de nossa separação, Lucas já estudava havia quatro anos e eu por apenas um ano. Não só pelo ocorrido, mas também pela facilidade com que aprendia, madre Liganó tomou-se de amores por mim e chamava-me *"mio bambino"*, de uma forma que me dava gostosa sensação de segurança. Irmã Adelaide, outra velha freira italiana, era exímia costureira, e até sua morte fui vestido pelas suas mãos. Ela faleceu quando eu tinha 6 anos de idade e foi uma das maiores comoções da cidade.

O enterro foi acompanhado praticamente por todos os moradores, e nesse enterro, além da dor de tê-la perdido, senti também o primeiro sinal de que as coisas não seriam fáceis na minha vida. Ainda hoje, passados tantos anos, lembro-me bem de como me senti ao esbarrar, pela primeira vez, com o hálito travoso da intolerância social, cujo gatilho parece existir em mim como órgão doente, que de vez em quando lança sua dor como para lembrar-me de sua existência.

Foi um dia em que a cidade ficou inicialmente estática, e a notícia caiu como uma tempestade: a querida irmã Adelaide, que três dias antes tinha ido para Belém a fim de tratar de uma dor de cabeça que vinha sentindo, falecera durante cirurgia em seu crânio. Tudo parou, as pessoas choravam nas ruas e logo uma pequena multidão tomou conta da frente da igreja, forçando tia Dora a abri-la às pressas. O cônego tinha-se afastado para uma localidade distante e fora chamado, mas ainda não havia chegado. A multidão crescia espontaneamente; em instantes apareceram umas irmãs do colégio, que organizaram as orações e prepararam no templo uma câmara ardente para o corpo, que estava para chegar da capital.

Logo que o caixão chegou ao lugar previamente preparado pelas irmãs, foram grandes as demonstrações de sofrimento; a cidade sofria grande dor com aquela perda. Como é comum às pessoas socialmente queridas, corriam na cidade lendas a seu respeito; dizia-se, por exemplo, que, com uma reza sua na cabeceira de um doente, este sarava mais rápido do que pela ação de qualquer médico.

Na manhã de seu enterro, após uma noite de velório, seu Melo, o farmacêutico da cidade, que tinha um caminhão, cedeu seu veículo para transportar os alunos do colégio até o cemitério, situado a uma distância considerável da igreja.

Madre Liganó orientou as crianças a tomarem posição no veículo, e elas, em grande algazarra, subiram na carroceria, eu inclusive; ao me descobrirem, expulsaram-me de lá; tornei a subir e, mais uma vez, fui expulso, só que aos tapas e pontapés. Não chorei porque de fato não senti nenhuma dor tão grande; fui então para perto das irmãs, com tia Dora, que tinha vindo me socorrer da molecada. Ficamos por ali perto do esquife e notei madre Liganó olhando para as crianças no caminhão, com uma severidade tão grande que senti um frio na espinha; depois veio para meu lado e falou, afagando meus cabelos, que irmã Adelaide iria querer o "*bambino*" dela ao lado de seu caixão.

Na saída do féretro, o caminhão de seu Melo passou pelo aglomerado de freiras em que me encontrava, então ouvi uma estrepitosa vaia da molecada, seguida de um coro: "*Guariba! Guariba!...*". Senti que era comigo, então chorei o enterro todo, sempre consolado por tia Dora e madre Liganó. Guariba é um macaco da Amazônia de pelos amarelados, que a molecada identificava com meus cabelos e havia algum tempo que me chamava por esse apelido.

No outro dia pela manhã, após o terço que rezávamos no fim das aulas, madre Liganó reuniu todos os alunos no salão e deu uma descompostura geral, com sua voz vigorosa, que atingia todos os cantos, criticando a molecagem no momento da dor e enaltecendo-me com veemência. Ela dizia "*O Benedito foi o único a realmente acompanhar o enterro de irmã Adelaide*", deixando claro que também não toleraria discriminações para comigo, ameaçando com a expulsão do colégio quem a desobedecesse.

Na realidade, ninguém mais me bateu, xingou ou ridicularizou. A discriminação, entretanto, embora encubada, não desapareceu e até se exacerbou com a inveja da molecada, que me identificava como o "protegidinho" da madre. Todos me evitavam, e só tinha verdadeiramente um amigo de minha idade: Simão, o filho de um comerciante sírio de nome Latif, era o único com quem brincava e que me convidava para ir à sua casa. Quando estava lá, não sentia o olhar de seus pais a me queimar a pele, como era comum sentir nas ruas.

Pouco tempo depois, houve um dia de festa em Castanhal. Ainda de madrugada, na rede onde dormia desde que passei a morar na casa do padre, acordei com sons de foguetório. Na véspera o cônego se reunira com munícipes à mesa da cozinha; ele e o prefeito explicavam a alguns cidadãos os resultados da viagem para Belém, que tinham encerrado naquela tarde.

O posto de saúde seria encampado pelos Serviços de Saúde Pública (SESP), órgão do Ministério da Saúde. Dentro de no máximo dois meses, viria um médico para residir na cidade e implantar um ambulatório com pronto-socorro. A notícia correu durante a noite como rastilho de pólvora pelas casas da cidade; de madrugada a população já estava eufórica.

O SESP era um órgão de saúde fundado originalmente por norte-americanos, que vinha no bojo de um megaprojeto da Ford, cuja finalidade era produzir borracha em escala industrial em vez de artesanal, como era feito pelos caboclos seringueiros da Amazônia. Com o fim da Segunda Grande Guerra, o empreendimento malogrou, mas o governo brasileiro absorveu o projeto de saúde e expandiu-o para várias cidades paraenses. Por pressão do cônego e do prefeito, tinha chegado a vez de Castanhal.

Festejou-se muito aquele acontecimento. Todos se reuniram na frente do Cine Árgus, local dos festejos da cidade, onde seu serviço de alto-falantes repercutia o assunto pelas redondezas. Imediatamente, formou-se um mutirão de limpeza no velho prédio abandonado havia muito tempo; até eu com tia Dora, armados de escovões e vassouras, começamos a esfregar e polir o piso, as paredes e as janelas, acompanhados de vários moradores. Passamos a tarde inteira naquela faxina, para que a cidade não passasse vergonha quando o "dotô" chegasse, como dizia tia Dora, entre gargalhadas de excitação durante as vigorosas esfregadelas. E o prédio bem que precisava; fechado por mais de dez anos, as sujeiras de ratos e morcegos acumulavam-se por todas as partes. Logo depois parou um caminhão na frente do posto e alguns carregadores trouxeram para dentro sacos de cimento, latas de tinta etc. Deixei-me contaminar com o clima de euforia da cidade, que via realizar-se um de seus mais acalentados sonhos, e fui dormir feliz naquela noite.

Alguns dias depois, que me lembre, foi a primeira vez que fiquei doente. Tia Dora pediu que jogasse água numas mudas de flores que ganhara e foi muito divertido; molhei as flores, eu próprio e o quintal inteiro. Era uma delícia esguichar a água para cima com a mangueira e verificar o pequeno arco-íris que se formava quando os raios de sol atravessavam minha chuvinha. A brincadeira foi muito boa, mas, durante a noite, comecei a tossir e a sentir muito frio; ouvi tia Dora falando para o cônego que eu dormiria em seu quarto, coisa que ele proibira, porque estava me queimando em febre. Acordei pela manhã sentindo fortes dores no peito e nas costas quando tossia e não fui para o colégio nem quis comer nada, mesmo os doces que me foram enviados pelas irmãs.

Dr. Sérgio, o médico que tinha sido escalado para Castanhal, por um acaso nesse dia tinha vindo de Belém para supervisionar as obras que se desenrolavam no futuro posto onde trabalharia. Após a supervisão, atravessou a rua e foi fazer uma visita a seu amigo cônego, que havia conhecido na capital, no escritório central do SESP. Tia Dora, muito orgulhosa daquela visita, vestiu sua melhor roupa e foi para o fogão finalizar o preparo de seu famoso pernil com batatas e azeitonas.

Dr. Sérgio sentou-se à mesa e desembrulhou um volume que trazia debaixo do braço, deixando aparecer uma rubra garrafa de vinho: "*Do Porto*", anunciou. O cônego, que adorava uma taça de vinho acompanhada de uma prosa com pessoas interessantes, não se fez de rogado; retirou duas taças de cristal que guardava num armário em seu quarto, e puseram-se a sorver o precioso líquido, divagando assuntos amenos relacionados com a cidade.

Pronto o almoço, tia Dora, muito cerimoniosa, aproximou-se da mesa, então coberta com a melhor toalha de linho que tínhamos em casa, pôs os pratos, a terrina com arroz, sua também famosa farofa molhada e o magnífico pernil assado, todo enfeitado com batatas assadas e azeitonas. Dr. Sérgio regalou-se com o saboroso almoço e passou a elogiar tia Dora, que se encolhia toda ao lado do fogão, cheia de vergonha e felicidade.

    Do quarto sentia o aroma daquela deliciosa comida, mas estranhamente não sentia a mínima vontade de comê-la, logo eu, que sempre tive muito apetite. Tossi alto e ouvi a voz do médico perguntando quem estava tossindo. Tia Dora, adiantando-se, respondeu que era seu filhinho, que também estava ardendo em febre além da tosse brava. Falou de forma muito rápida e nervosa, aparentando aflição ao ter de pedir socorro a tão ilustre e estudado homem. Antes de dar uma cochilada, ouvi o médico dizer que após o almoço cuidaria disso.

    Acordei com uma sonora gargalhada do Dr. Sérgio, que já estava no quarto, seguida da pergunta: "*Como então, cônego, que em tua casa se opera tal milagre: esta boa e negra mulher dar à luz uma bolinha de algodão?*". Abriu uma maletinha de couro preto, tirando lá de dentro um aparelho cheio de tubinhos, ajustou-o em seus ouvidos e encostou uma ponta em meu peito e costas, mandando-me respirar fundo, o que não conseguia fazer muito bem, pois, quando puxava respiração, sentia forte dor no lado direito das costas. Pediu uma colher limpa para tia Dora e, com seu cabo, apertou minha língua para baixo, após pedir que abrisse a boca.

    Afastaram-se os três para a sala e puseram-se a conversar baixinho; fiz o possível para ouvir o que diziam, mas não consegui. Passado algum tempo, Dr. Sérgio voltou ao quarto, sentou-se ao lado de minha rede e, com muita ternura, disse que eu ficaria bom, porém precisaria me aplicar uma injeção e que poderia doer um pouquinho; mas também tomaria um xarope com gosto de bala de hortelã. Não entendi nada, porque não sabia o que era injeção, muito menos xarope, mas pressentia que seria coisa de doer.

    O médico retirou de sua maletinha uma caixinha de metal e com ela armou uma agulha. Mandou-me baixar o calção e deitar-me na cama de tia Dora; passou uma coisa gelada no lado direito de minha bunda e logo depois senti a picada. A dor foi maior do que a que estava esperando, mas trinquei os dentes e não dei um único gemido.

Ao terminar, foi até a cozinha e lavou aquelas coisas lindas, guardando-as depois em sua maleta, que colocou em cima da mesa; esvaziou seu copo de um resto de vinho em um só gole e voltou para perto de mim. Jamais esquecerei suas palavras: "*Ditinho, tu és um belo e corajoso rapaz. Mantenha-te assim, que um dia serás um grande homem. Trata de ficar bom, pois logo virei com meus filhos para cá e, já que têm a tua idade, vão ser teus amigos e grandes companheiros de brincadeiras*". Acabando de falar, despediu-se do cônego, agradeceu tia Dora pelo excelente almoço, deixando-a extasiada, deu um último olhar para mim com um leve sorriso acenou um ligeiro adeus e retirou-se. Depois de um tempo de encantado silêncio, perguntei: "*Tia Dora, será que também poderei ser médico quando crescer?*".

Fazia já dois meses que Dr. Sérgio se tinha mudado com sua família para Castanhal. Moravam na rua principal, na frente da linha do trem, numa casa emprestada pela prefeitura, enquanto a residência do SESP não ficava pronta. Era uma casa muito antiga e reformada às pressas, situada em meio a um grande pomar. Creio que naquele local passei os momentos de maior, se não de única, felicidade que conheci na vida.

Dr. Sérgio chegara a Belém recém-formado, porque, ao vir para a Amazônia, escaparia de embarcar nos navios que seguiam com tropas à Itália, para atuarem na estupidez da guerra. Em absoluto era um homem covarde; eu mesmo tive oportunidade de vê-lo praticar atos de bravura surpreendentes. Recusava-se a participar da guerra devido a ser, por natureza, profundamente humanista.

Após sua chegada ao Pará, engajou-se no SESP, ainda uma instituição americana do Projeto Fordlândia. Trabalhou num hospital desse projeto em Santarém, grande cidade do interior paraense, às margens do rio Tapajós, em cujas proximidades se instalava o sonho de Henry Ford, com sua bela cidade artificial e surrealista no meio da floresta amazônica. Em Santarém conheceu e apaixonou-se por dona Lúcia, então uma bela moça da cidade; casou-se com ela e, depois de 11 anos, veio radicar-se com sua família em Castanhal.

    Mulher discretíssima e muito educada, dona Lúcia era excelente dona de casa e mãe eficiente para seus dois filhos: Alex, o mais velho, com 9 anos; e Alceu, que tinha a minha idade, 8 anos.

    Logo que chegaram, tornei-me amigo dos dois e brincávamos de tudo naquele pomar. Havia até uma velha goiabeira, muito frondosa, em cuja copa Dr. Sérgio mandou fazer uma casinha de madeira, para onde subíamos por uma escadinha de corda, que batizou de "casa do Tarzã". Esse era nosso brinquedo favorito. Em sua casa se respirava um ar de paz e harmonia, que sempre me fascinou. Quantas vezes não fiquei imaginando quanto seria bom se eu também fosse um dos filhos daquela família!

    Alceu era um garoto que se irritava por pouca coisa e, como era muito brigão, não conseguia entender minha passividade quando me chamavam de "guariba". Uma vez, na matinê de domingo do Cine Árgus, avançou para cima de um grupo de moleques que me apelidavam e nós dois levamos vários tapas de alguns deles, mas também distribuímos socos e pontapés em muitos. Era um filme de desenho animado que adorávamos, mas que Alex considerava bobagem e por isso não tinha ido. O incidente foi na saída do cinema, e até seu Duca, o dono, veio apartar a briga.

    Ao chegarmos à casa de Dr. Sérgio, demos de cara com Alex, que compreendeu tudo logo que viu o olho roxo do irmão; travaram uma grande discussão. Alex dizia que eu tinha razão em não dar bola para os moleques, que brigar era uma bobagem e sempre o que sobrava eram olhos roxos. Alceu respondia que os outros moleques também haviam ficado de olhos roxos, mas Alex desarmou-o dizendo que os outros de olho roxo não fazia diminuir a dor de seu próprio olho roxo. Sem argumentos e muito nervoso, Alceu aplicou violento pontapé na canela do irmão e xingou-o de medroso. Alex entrou em casa gritando de dor e lá de dentro veio dona Lúcia, pediu desculpas para mim e deu uma porção de palmadas em Alceu; depois o mandou de castigo ao quarto, para onde ele foi berrando e esfregando o traseiro.

Saí de "fininho" para casa, assustado e cheio de ansiedade, mas no meio do caminho voltei com remorsos por ter abandonado meu querido amigo, que tinha entrado em fria só para me defender. Parei na frente de dona Lúcia e expliquei que tinha de ficar de castigo também, pois fora eu quem tinha começado a briga. Ela riu, chamou Alceu, que já tinha parado de chorar, e Alex, que ainda gemia, esfregando a canela machucada. Mandou-nos sentar à mesa e, depois que Alceu pediu desculpas ao irmão, serviu-nos bolo com guaraná.

A partir da chegada do Dr. Sérgio, eu e seus filhos formamos uma espécie de confraria hermética. Não sei bem se assumiram meus problemas ou se também se sentiam discriminados, por serem vítimas da inveja da molecada que os identificava como "filhos de rico", como diziam depreciativamente. Simão também fazia parte dessa confraria, mas era um garoto que sentia mais graça em estudar do que em brincar; seus pais não o perdiam de vista e nunca podia brincar no quintal do Dr. Sérgio. Só ficávamos juntos quando íamos à sua casa. O pai dele, seu Latif, era uma das pessoas mais ricas da cidade; tinha uma grande loja de tecidos em Castanhal e outras espalhadas pelas cidades da região.

A casa de Simão era linda. Parecia o interior das casas que víamos nos filmes, mas o quintal era pequeno e com poucas árvores. Possuía brinquedos maravilhosos, como carrinhos movidos a pilha etc., mas sua irmã mais nova, a Regiane, adorava atrapalhar nossas brincadeiras e pouco íamos lá. Alex tornou-se seu melhor amigo, já que eram muito parecidos. Sou grato àquela família porque jamais me discriminaram. Seu Latif, por exemplo, sempre que me encontrava, revolvia meus cabelos com suas gordas mãos e dizia sorrindo à sua esposa: "Vê, Olívia, que belos cabelos ele tem...". Em festas como no Natal, sempre mandavam cortes de tecidos de presente para mim e tia Dora.

No futebol nunca sentia discriminação. Todos os moleques eram bem-vindos, porque se precisava de um número mínimo para formar os dois times. Creio que não era por discriminação que sempre me escalavam para goleiro. Era mais alto que os outros, desengonçado e não sabia driblar nem tinha chute forte; porém, comigo no gol, era muito difícil o time adversário marcar tentos, pois tinha muita facilidade em defender. Algumas vezes tive de jogar um tempo em um time; e o outro tempo, pelo adversário. "Para equilibrar", como diziam os moleques mais velhos. Alex jogava na zaga, onde era muito bom, e às vezes se aventurava pelo ataque; Alceu, por sua vez, era um exímio atacante e não gostava de jogar contra ele, pois invariavelmente marcava gols.

A juíza era sempre irmã Maria da Graça, alegre freira, uma das primeiras filhas da cidade a entrar no noviciado e depois num convento da ordem em Recife, onde, após cinco anos, recebeu o hábito e retornou a Castanhal; seu "cartão vermelho" era uma ripa fina de madeira que ela aplicava com gosto nas pernas dos garotos, após uma entrada dura ou desleal. Alceu era quem mais levava esses "cartões vermelhos". Houve um dia em que "engoli um frango" tão escandaloso a ponto de irmã Maria da Graça mostrar o tal "cartão", para delírio da molecada dos dois times, já que nunca apanhava. Jogava no mesmo time de um menino que pouco antes me xingara, e meus amigos no time adversário. A irmã achou que "amoleci" e entrei na ripa; mas não era verdadeiramente castigo, antes uma gandaia, que também fazia parte da brincadeira.

Após esse ano a porrada cantou, desta vez "com gosto", na minha pele. O cônego, já velhinho e cansado, pediu resignação. A Santa Sé mandou outro pároco para a cidade e voltei a apanhar por qualquer coisa.

Não diria que padre Ávila era um homem injusto, mas comigo era inflexível e determinou que minha meta fosse a perfeição. Para isso, ele me ensinava e eu aprendia, era verdade, mas debaixo de muitas lambadas de uma cinta que não usava como vestuário, pois sua única finalidade era servir de açoite. Era de couro cru, muito duro, e provocava dor forte em minhas costas quando flagelado. Apanhava porque molhava muito as plantas, porque molhava pouco, porque não limpava o quarto ou não arrumava a cama de manhã ao levantar etc.

Teve novidades na casa do padre com a chegada de padre Ávila. Ele exigiu um quarto para si, e em dois dias se tornou um habitável, dos vários que se encontravam desativados. Meu primeiro encontro com esse padre não foi muito agradável; olhou-me de forma dura e disse que já me conhecia de "ouvir falar", com um jeito que me pareceu ameaçador, no que não me enganei. Nessa primeira noite, apanhei porque ele não entendia como um jovem quase homem não se revoltava com aquela condição sub-humana de dormir aos pés do fogão feito um gato; não compreendia como não preparara um quarto decente dos inúmeros desabitados. Entrei na porrada.

A dor nunca foi novidade para mim e no começo da surra não dei nenhum grito, apenas lágrimas escorriam de meus olhos; logo, porém, comecei a chorar alto e depois a gritar, então ele parou de me açoitar com sua cinta. Mais tarde descobri que era melhor começar a gritar logo, pois assim ele não demorava a parar de me espancar.

Durante a surra que o recém-chegado me aplicava, o cônego saiu de seu quarto, mas não falou nada, limitando-se a observar a cena com expressão de desaprovação no olhar. Tia Dora tentou interferir, mas padre Ávila falou rispidamente para não se intrometer em minha educação, que agora estava a cargo dele, advertindo que, se ela interferisse novamente, seria despedida. Neste momento o cônego, com sua voz característica, disse calmamente que tia Dora só sairia daquela casa quando ele quisesse, uma vez que era sua empregada. Tal intromissão pareceu ter enfurecido padre Ávila, que passou a aplicar as mais vigorosas lambadas em minhas costas.

Nem tudo foi desgraça por essa época. Dr. Sérgio mudou-se com a família para a casa construída ao lado do posto médico, que ficava no meio de um grande gramado onde dona Lúcia plantava canteiros de flores, mas eu não tinha muito tempo para brincar, devido às inúmeras tarefas que padre Ávila tinha posto sob minha responsabilidade; no fim, parecia que nunca as resolvia a contento, pois todos os dias apanhava pelo fato de não tê-las cumprido direito.

Dr. Sérgio havia comprado um automóvel e sempre me convidavam para acompanhar a família em passeios e excursões a igarapés que ficavam nas proximidades da cidade. São pequenos rios de água escura, mas límpida, que possuem minúsculas praias em suas margens. Dona Lúcia levava comida, frutas e refrescos, e lá passávamos o domingo inteiro.

Num desses passeios, Dr. Sérgio notou as marcas das cintadas em minhas costas e perguntou quem me espancara. Respondi, meio envergonhado, que tinha caído de uma goiabeira e seus ramos me flagelaram durante a queda. Ele percebeu que era mentira, já que fiquei vermelho e falei gaguejando. Sorriu e falou acariciando meus cabelos: "*Dito, tu és um rapaz muito imaginativo*". Depois mudou de assunto.

Alguns dias mais tarde, Dr. Sérgio apareceu na casa do padre no início da noite. Procurou padre Ávila e sentaram-se os dois à mesa com o cônego, depois me chamou e pediu que fosse comprar algo de que não lembro. Chegando de volta, pela janela escancarada, ouvi o médico dizer que o cônego não poderia se intrometer no trabalho que desenvolvia no posto; mas, se visse coisa errada, teria todo o direito de reclamar na presidência do SESP em Belém. Finalizou dizendo que todo e qualquer cargo no mundo pressupunha a existência de responsabilidade e prestação de contas em instâncias superiores, mesmo os cargos eclesiásticos.

Ao entrar encontrei o clima muito pesado; padre Ávila e Dr. Sérgio com os semblantes fechados, e o cônego encerrando a reunião prometendo providências. Desconfiei que eu era o tema de tal reunião, pois desse dia em diante as surras ficaram mais raras; padre Ávila passou a me espancar apenas quando me flagrava em faltas graves, afinal, durante a minha infância, não era tão santo assim. Uma vez, por exemplo, vi, mas não tirei uma taturana de fogo da cama dele, que tinha arrumado pouco antes de deitarmos; logo que o padre se deitou, ouvi seu berro quando os pelos da taturana entraram em contato com sua pele. Levei uma grande surra só porque ri.

Por essa época, começou a florescer a sexualidade de nós três. Dr. Sérgio havia promovido uma excelente educação sexual para seus filhos, mas comecei a aprender essas coisas com Maurício, um dos antigos ajudantes de meu pai, que trabalhava de pedreiro no SESP.

Numa tarde, ao observá-lo preparar umas lajes sanitárias, acompanhei-o num certo momento em que foi urinar. Assustei-me ao ver seu pinto enorme em relação ao meu, que emergia de um espesso emaranhado de cabelos. Percebendo meu espanto, ele perguntou: "*Dito, tu pensas que o pinto da gente serve apenas para fazer xixi? Estás enganado, rapaz...*". Começou então um longo assunto, dizendo que servia também para se meter dentro de mulheres e de homens também, daqueles que gostam de dar a bunda. Entre risos, dizia que, quanto mais se metia, mais o pinto crescia.

Não conseguia entender como alguém podia tirar de si a própria bunda para "dá-la" à outra pessoa. Nessas alturas Alex já estava perto de nós, também ouvia a conversa e, no momento em que Maurício parou de falar, disse que já sabia dessas coisas porque seu pai lhe havia explicado. Contestou Maurício, dizendo que ele estava enganado; em primeiro lugar, o pinto não crescia pelo fato de metê-lo muitas vezes em mulheres, e sim por causa dos hormônios. Também não se deveria meter o pinto em outros homens porque era uma imensa bobagem e os homens que gostavam de "dar a bunda" eram bobos. Disse ainda que em mulher é que era correto e gostoso se meter o pinto; seu pai tinha dito que, para um homem, isto era a coisa mais gostosa do mundo. Finalizou dizendo que essas coisas não interessavam para nós, porque ainda éramos muito crianças e que só mais tarde é que teríamos hormônios para isso. Eu só entendi que mais tarde meteria o pinto em mulheres, porque em homem seria bobagem.

Gostei muito da palavra "hormônios" e perguntei seu significado para Alex, que explicou pacientemente, mas continuei sem entender. Passamos a tarde falando sobre essas coisas e várias outras tardes também. Alceu ouviu de um moleque o termo "punheta" e exigiu que Maurício nos explicasse o que significava. Ele pediu que o acompanhássemos para trás de umas bananeiras que cresciam no quintal do SESP, onde iria "mijar". Depois que urinou, envolveu seu pinto na mão direita e mostrou-nos os movimentos característicos da masturbação masculina. Alex comentou que tal manobra poderia fazer bem, já que seu pai o recomendara que, sempre que possível, puxasse para baixo a pele da cabecinha. Durante essas conversas, eu e Alceu ríamos muito, mas Alex mantinha-se muito sério.

Algumas noites eu demorava muito fazendo esse "exercício", mas nada acontecia, a não ser uma noite em que fui flagrado por padre Ávila e, então, aconteceu algo: chicoteou-me até cansar, chamando-me de filhote de Satanás. Meses mais tarde, em algumas madrugadas, acordei com o pinto duro e, ao fazer o "exercício", descobri o orgasmo.

Eu gostava da religião, temia a Deus e interessava-me por Seus mandamentos, procurando sempre obedecê-los. Adorava rezar na pequena capela do colégio; era pequenina e sentia muita paz ali, quando fazia minhas orações, pedindo proteção para meu irmão em um lugar distante e clemência para as almas de meus pais, olhando para aquele pequeno lampião vermelho sempre aceso, que simbolizava a presença d'Ele, segundo me explicara madre Liganó.

A religião, no decorrer dos anos, permaneceu na minha vida, mas enfrentei algumas controvérsias íntimas, algumas dúvidas... Ainda sou um cara católico e sempre que posso vou à Missa aos domingos; algumas vezes até comungo, quando me sinto em paz com a consciência.

Não entendo e não aceito o sacramento dogmático da confissão. Creio até que o desabafo faz bem ao espírito, mas recuso-me a contar meus pecados, minhas dores e meus remorsos para quem não conheça profundamente, seja padre, seja mundano. Não acredito que Deus necessite de regras e *sine qua nons* humanos para exercer sua imensa misericórdia.

Comecei a questionar o catolicismo a partir da surra que levei por estar me masturbando, principalmente depois de ouvir Alex dizer que seu pai defendia a masturbação como algo natural, normal e até necessário para o desenvolvimento da sexualidade de um rapaz. Dizia

Dr. Sérgio que tentativa de repressão nessa atividade ou era hipocrisia, ou ignorância, ou sinal claro de distúrbio sexual. Ao sair de Castanhal, lá deixei a maior parte de minha religiosidade.

    A cidade também tinha sua elite: pequenos comerciantes, alguns fazendeiros, mas era uma cidade pobre. Com a inauguração de Brasília, o município ficou às margens da rodovia Belém/Brasília, e suas possibilidades de crescer e se desenvolver eram imensas.

    Lembro-me ainda da festa que foi a passagem da caravana que saíra de Belém para a festa no planalto central. Nesse dia o colégio estava todo enfeitado de bandeirinhas; o povo aglomerava-se a uma pequena distância do acostamento agitando bandeirinhas, embriagado de civismo, vendo os carros passarem enfeitados com faixas de dizeres ufanísticos. Mas a festa passou rápido, e o povo teve de voltar para a realidade de sua cidade, que não era das melhores.

    Castanhal, uma cidade entrecortada por centenas de igarapés, via-se às voltas com a falta d'água em suas torneiras. O velho serviço de distribuição de água implantado pelo governo do estado estava em escombros, por causa da má administração do prefeito. Durante sua gestão, não cuidou da manutenção de serviço tão importante na vida da cidade.

    Dr. Sérgio recusara meses antes uma proposta da prefeitura, que queria receber do SESP a verba que este destinava para a distribuição de água nos municípios onde atuava. Explicou o médico, ao prefeito, que a instituição tinha como política construir ou encampar o serviço porventura existente, cuidando ela própria da manutenção desse serviço, por meio de seu corpo de engenheiros sanitários e médicos sanitaristas.

    O prefeito, que cobiçava a verba, inconformado, correu à diretoria do SESP em Belém e nem sequer foi recebido, pois as autoridades desconfiavam que ele quisesse a verba para gastos eleitoreiros, a fim de eleger seu sucessor.

    Faltando quatro meses para as eleições, o serviço entrou em colapso e o prefeito entregou-o nas mãos do Dr. Sérgio. Imediatamente veio para Castanhal Dr. Lobo, um engenheiro sanitário que, após dois dias, deu seu diagnóstico: nada do velho maquinário poderia ser aproveitado. Teria de ser feito um novo serviço e a população amargaria no mínimo seis meses sem abastecimento.

O prefeito exigia resultados imediatos, porque a oposição, que havia crescido nos vilarejos distantes da sede do município, já ameaçava a situação por ali. Criou situações, expulsou o engenheiro Lobo da prefeitura e tentou fazer cena. Queria posar de defensor do povo sem água; logo ele, o principal responsável pelo estado de coisas. Sua jogada só não deu certo porque emergiu, do seu oceano de discrição, uma grande mulher.

Foi um dia de grande tensão na cidade. Dr. Sérgio dois dias antes tinha viajado para Belém, chamado que fora pelo escritório central. Quando fui levar os cigarros que dona Madalena, a enfermeira-chefe do posto, pedira para comprar, senti a eletricidade no ar. Dr. Lobo, um homem educado e sempre muito bem vestido, com sua simpatia característica, perguntou-me em tom de gracejo se eu iria à passeata contra Dr. Sérgio. Não conseguia entender como era que se poderia fazer uma passeata contra aquele homem tão bom, que dava tudo de si para aliviar o sofrimento dos outros, curar as pessoas. Mais tarde estávamos brincando, eu e os filhos do médico, no gramado perto dos canteiros de flores de sua esposa; num momento dona Lúcia nos chamou e ordenou, um tanto aflita, que entrássemos em casa e não saíssemos. Depois trancou a porta e esperou.

Convocados às pressas para aproveitar a ausência do Dr. Sérgio, vieram conduzidos pelo prefeito desde a rua do trem, como chamávamos a rua principal, onde houve uma concentração prévia na frente da prefeitura. Gritavam palavras de ordem contra o SESP e o médico, portavam faixas com dizeres do tipo "Água, só na casa do Dr. Sérgio" e outras coisas assim. Pararam na frente da casa e, ali mesmo, em cima de uma cadeira, o prefeito fez inflamado discurso, dizendo aos brados que tomaria providências contra aquele covarde que fugira para Belém, a fim de não escutar as queixas do povo sofrido da cidade. Estava lá toda a elite, inclusive o promotor metido a médico, que alguns meses antes tinha sido ridicularizado pelo Dr. Sérgio em pleno mercado da cidade, quando retirou um revólver da mão dele e aplicou violento soco em sua cara, chamando-o de charlatão e levando-o a nocaute.

Ele tinha ido tomar satisfações com o médico a respeito do motivo pelo qual a farmácia e o laboratório do posto não aviavam suas receitas e pedidos de exames de "seus pacientes". Como era filho de um dono de farmácia, achava que era "quase" médico e, portanto, tinha consultório e "clientela". Dr. Sérgio riu e mandou que fosse pentear macacos. Humilhado, o promotor sacou a arma, que, posteriormente, foi entregue pelo médico ao delegado da cidade. Sacar seu revólver e achar que poderia intimidar aquele bravo homem não fez bem para o seu nariz, que sangrava quando abandonou o local.

Todos viram a bela e esguia mulher abrir a porta de casa e dirigir-se lentamente à turba. Seu porte digno e elegante não foi afetado pela expressão de seu rosto, que parecia portar uma máscara de sisudez. Seu ar de grande dama dominou a cena. Fez-se um nervoso silêncio e o prefeito parou de falar, voltando-se para trás para ver o que assustara os que o ouviam. Ficou paralisado e não se atreveu a desobedecer ao ouvir dona Lúcia mandá-lo descer imediatamente da cadeira.

Dona Lúcia subiu naquela tribuna improvisada e, com sua voz cristalina, começou por dizer que todos que ali estavam tinham pelo menos uma pessoa da família que um dia precisou do Dr. Sérgio. Não fez proselitismo para ninguém, mas lembrou que se aproximava uma eleição, conclamou a todos para que pensassem bastante para não serem enganados e não acreditassem em quem se aproveitava da ausência de um homem bom e honesto para agredir seu lar e sua família.

O mal-estar espalhava-se entre as pessoas pelas ondas sonoras de sua fala. A multidão foi-se dispersando lentamente em silêncio e cabisbaixa. O prefeito, vendo-se sozinho, saiu dali com a cadeira nas costas amargando o ridículo.

Estávamos no quarto e, enquanto Alex sacudia a cabeça e dizia *"Como são bobos..."*, Alceu fazia mil planos bélicos, como abrir a janela e usarmos à vontade nossos estilingues. Ao lembrá-lo de que no quarto não tínhamos pedras para tal, abriu uma gaveta repleta de bolas de gude e disse com a determinação de um general: "*Usaremos isto*". O som dos soluços de dona Lúcia, que já havia entrado em casa, encerrou a nossa conversa. Corremos para a sala e a vimos trêmula e chorando copiosamente; ao nos ver assustados, enxugou as lágrimas e levou-nos para a copa, onde tomamos café com torradas e geleia.

No outro dia chegou Dr. Sérgio de Belém e, ao tomar conhecimento do ocorrido, mergulhou em profunda amargura. O prefeito perdeu a eleição para seu opositor, e Castanhal perdeu um grande médico. Pouco tempo depois do pleito, Dr. Sérgio anunciou a seus amigos sua transferência para a capital; não houve pedido que o fizesse mudar de ideia. A romaria de políticos e representantes da elite, com pedidos de desculpas e juras de respeito, não surtiu resultado; até o cônego tentou demovê-lo de sua pretensão, sem obter sucesso.

Em pouco tempo, Dr. Sérgio partiu, e meu mundo encolheu mais uma vez, tornando difícil para mim viver naquela cidade sem meus amigos. Para seu lugar, veio Dr.ª Luiza, uma médica jovem e muito alegre, mas que não me dava muita atenção. Adeus passeios no Buick preto, adeus à companhia instrutiva de Alex e, principalmente, adeus à amizade de Alceu, um cara às vezes explosivo, mas de uma fidelidade inigualável. Jamais esquecerei a dor que senti naqueles primeiros tempos sem eles, e cheguei até a imaginar que preferia ainda ser quase um bebê, como na época da partida de Lucas, para que não sentisse tantas saudades.

Quando olhava para o jardim de dona Lúcia, agora abandonado, uma parte de mim implorava para que a porta daquela casa se abrisse e de lá de dentro viesse Alceu com seu jeito efusivo, convidando-me para alguma brincadeira. Creio que aquela foi a época em que mais me senti abandonado na vida. Dr. Sérgio, no entanto, jamais me abandonou; todo mês religiosamente mandava uma quantia em dinheiro para ajudar tia Dora nas despesas com "seu filho", o que já fazia desde que morava em Castanhal.

Com 12 anos, tinha me tornado um garoto reservado e desconfiado. Era muito mais alto que os outros da minha idade, mas muito magro; meus cabelos, sob a ação do sol, tinham-se tornado amarelados, perdendo aquela cor branco acinzentada, mas meus cílios e sobrancelhas, de tão louros, eram quase invisíveis.

Estava realmente sem um amigo de minha idade, porque Simão tinha ido estudar em Belém. Ninguém na cidade mexia comigo porque me temiam pelo fato de ter crescido muito, mas continuavam a me desprezar. De amigos mesmo, tinha apenas tia Dora, o cônego e as irmãs do colégio, além dos irmãos pedreiros do SESP, que, desde os tempos em que trabalhavam na marcenaria de meu pai, sempre me trataram muito bem.

Por essa idade, pratiquei muito o "exercício", pelo qual apanhei mais de uma vez ao ser flagrado por padre Ávila. Tia Dora bem que se esforçava para educar-me sexualmente, mas começava sempre pelo que não se podia fazer; dizia que eu não me tornasse um rapaz mulherengo, porque era horrível e as pessoas assim iriam direto para o inferno quando morressem. Uma vez me deu um "santinho", como chamávamos as pequenas gravuras de santos, que representava uns anjos retirando do purgatório umas almas já purificadas, que seriam levadas por eles aos céus. As almas eram lindas mulheres seminuas que despertavam minha incipiente sexualidade. Perdi a conta das masturbações exercidas olhando para aquele santinho; depois, grandemente arrependido, rogava a Deus que me perdoasse o sacrilégio e não me castigasse com o fogo das profundezas.

Nos estudos era muito adiantado e aprendia com grande facilidade tudo o que me ensinavam. Ainda no primário, madre Liganó, que era formada em letras e falava vários idiomas, começou a ensinar-me inglês; em troca eu teria de limpar, de dois em dois dias, o pé de carambola do quintal do colégio, onde havia uns bancos em que nos sentávamos na hora do recreio. As frutas caíam e, como ninguém gostava delas, ficavam apodrecendo por ali. Aceitei porque queria ter a sensação de falar como o pessoal dos filmes; teria também a oportunidade de levar para tia Dora sacolas cheias de carambolas, uma fruta muito bonita em sua forma estrelada e aparência suculenta, mas de gosto horrível, sendo a tia a única pessoa que conhecia que gostava delas. Em pouco tempo, conseguia assistir os filmes sem ler as legendas e, para a inveja da molecada, conversava quase sempre em inglês com a madre.

 O cônego, muito velhinho, pouco saía de casa, e, quando o fazia, tinha de ser acompanhado por mim ou tia Dora, pois havia o medo que passasse mal nas ruas. Padre Ávila já não mais me espancava, mas conjurava os infernos para cima de mim; comentava, com voz soturna, que deveria mesmo viver minha vida inteira do lado de sacerdotes, para não queimar a humanidade com o fogo infernal que emanava de meu ser, levando tia Dora a benzer-se várias vezes, arrepiando-se toda.

 Sempre soube que havia mistérios em minha origem, embora não conseguisse identificá-los. Algumas vezes puxei o assunto com tia Dora, mas ela recusava-se a tecer qualquer comentário, de uma forma que dava para perceber que sabia de algo e não queria revelar; conseguia apenas mais aguçar minha curiosidade. Numa tarde fiquei sozinho em casa, porque tia Dora tinha saído, acompanhando o cônego e padre Ávila em viagem; tinha sido incumbido de limpar e arrumar a casa.

 Antes de sair, o cônego havia mexido em uns papéis velhos e deixou-os esparramados na mesinha em seu quarto, ao redor da caixa de metal onde os guardava. No fundo da caixa, um envelope chamou-me atenção, pois vi que tinha vindo de São Paulo e fora enviado pelo tal tio Rogério. Já sabia que era uma coisa muito feia bisbilhotar correspondência dos outros, mas não resisti e comecei a ler aquela carta, sentando-me, espantado.

 Se tivessem dito que aquela carta tinha sido escrita por padre Ávila, eu acreditaria. Havia uma página inteira dedicada a mim, na qual, entre outros epítetos, fui classificado como "o mais mal-acabado produto de Satanás". Dizia que minha "sina triste" deveria se desenrolar longe das vistas e do lar dele, que era cristão e que jamais poderia ser maculado com minha presença nefasta, deixando claro que tinha conhecimento do que Castanhal inteira estava comentando. Nunca se dirigia à minha pessoa pelo nome, e sim "a outra criança", no momento em que não me chamava de "filhote das trevas" ou coisa parecida. Creio que padre Ávila deve ter lido aquela carta e tirado dali sua inspiração, porque muito do que me dizia nas broncas estava escrito lá.

Imediatamente tudo ficou claro: eu era produto de uma traição de mamãe e tudo o que aconteceu foi consequência da desestruturação afetiva de meu pai, causada pela infidelidade conjugal de sua esposa. Então, por isso, o gelo e a distância em relação a mim, que era a lembrança viva desde meu nascimento, do desmoronamento de seu amor, de seu lar e de seus sonhos.

Ao acabar de ler, vi tia Dora lívida me olhando e procurando dizer que não deveria ler aquilo. Ela tinha entrado na casa sem que eu percebesse. Perguntei rápido, antes mesmo de me refazer do susto com a descoberta: *"Tia Dora, quem é meu pai? Não sou mais criança e tenho, portanto, o direito de saber"*.

Benzendo-se toda e muito pálida, o mais que podia uma negra, balbuciou que não sabia e tornou a se benzer. Insisti na minha pergunta e quis saber o que a cidade inteira comentava quando eu nasci, mas ela, gaguejando muito, disse, cheia de evasivas: *"O povo falou... comentários maldosos..."*. Tornei a insistir que queria a resposta, então ela se benzeu várias vezes e saiu do quarto. Mas não teve muita importância, porque o que ela se constrangera em dizer eu estava muito perto de descobrir. A marca de Belzebu na minha origem ficou clara alguns meses depois.

Havia uma missão católica norte-americana que, de seis em seis anos, aparecia pela região, e o município escolhido tinha sido, mais uma vez, Castanhal. Ao se espalhar a notícia da chegada da missão, comecei a notar que muitas vezes, ao me aproximar de um grupo de pessoas que estavam conversando, paravam imediatamente o assunto; ficava sempre com a sensação de que era eu o tema da conversa. Várias vezes isto se repetiu. Alguns meses depois, a missão chegou com três padres americanos: dois gordos e um magro, todos muito loiros e com olhos azuis. Não se precisou dos acontecimentos posteriores, pois soube, imediatamente ao vê-lo, que o reverendo alto e magro era meu pai.

No dia em que chegaram, foram à casa do padre encontrar padre Ávila, e nossa semelhança gritava sua paternidade. Seu rosto era absolutamente igual ao meu, de uma forma tão intensa que causou constrangimentos. Sem dúvida era um homem bonito, com feições finas e delicadas. Tia Dora saiu da sala em benzedeiras. O homem não tirava os olhos de mim, e o cônego, com seu olhar desvanecido característico das pessoas senis, virava-se ora para mim, ora para o padre como se nos examinasse. Ao saírem, deixaram um silêncio de chumbo na sala, só quebrado pelo soluçar de tia Dora, que alegou uma repentina dor de dentes. Padre Ávila fingiu que remexia em uns livros, e o cônego, depois de um momento sentado à mesa com postura de meditação, levantou-se e saiu de casa, dispensando vigorosamente minha companhia ou de tia Dora.

Tranquei-me no banheiro e por um longo tempo fiquei a refletir a respeito do ocorrido. No dia seguinte, depois da novena para Maria do Perpétuo Socorro, a patrona da missão e da ordem dos missionários preparava-me com tia Dora para ir para casa, mas, ainda à porta da igreja, encontramos o reverendo Richard Carlton, que nos convidou para acompanhá-lo até sua casa, pois tinha algo para mim. Tia Dora, torcendo as mãos de aflição e com os olhos arregalados, respondeu ao meu olhar perscrutador com um nervoso balançar de cabeça afirmativo.

Chegamos à casa após uma lenta e silenciosa caminhada. Era uma casa recentemente construída, que ainda cheirava tinta e cimento. A missão tinha-a alugado por 15 dias de seu Araújo, o comerciante de joias da cidade e dono da casa, que não se importou de atrasar a mudança de sua família por algumas semanas, com isso ganhar algum dinheiro e servir a tão ilustres estrangeiros.

Entramos, ele sentou-se numa cadeira, e permaneci em pé; pediu que me sentasse e recusei, dizendo que estava bem daquele jeito. Com seu português cheio de sotaque, perguntou pelos meus pais e respondi que tinham morrido quando eu era muito criança. Perguntou sobre meus estudos, minhas brincadeiras, a profissão que gostaria de seguir, e a tudo ia respondendo com reticentes monossílabos. Em determinado momento, com um sorriso malicioso, perguntou se já havia "brincado" com alguma menina; lembrei-me de Alex e respondi que ainda não tinha hormônios para essas coisas, provocando no reverendo um comentário, *"Que garoto esperto!"*, antecedido de vibrante gargalhada.

Entrou no quarto e de lá saiu com uma pequena e fina caixa preta, que me entregou, pedindo que a abrisse. Ao obedecer, vi o mais belo e faiscante objeto que já havia visto: um relógio de ouro, com mostrador de marfim, à prova de choque, à prova d'água..., como explicava o reverendo para mim, maravilhado com tanta beleza. No fim da descrição das qualidades da joia, acrescentou que era minha; um presente que estava me dando. Meio sem saber o que fazer, ouvi-o perguntar se eu não queria morar na América; rápido e assustado, disse que meu lugar era no Brasil, sendo quase interrompido com a chegada de outro missionário.

Era um homem baixo e gordo que chegava acompanhado de uma mulher, anunciando em inglês que a contratara para arrumar a casa. A mulher, ao me ver na casa dos missionários, arregalou os olhos e desapareceu porta afora, como fumaça em frente ao ventilador.

Reverendo Richard olhou-o com reprovação, também em inglês disse que tivesse juízo e prestasse atenção no que estava acontecendo, na crise que estava enfrentando. Permaneceram conversando em inglês assuntos relacionados à religiosidade profunda do castanhalense. *"Apesar dos boatos e fofocas que correm pela cidade, a igreja estava lotada na novena noturna"*, comentou Reverendo Richard.

Como, por um momento, deixaram de prestar atenção em mim, passei a observar minuciosamente o rosto daquele homem. Havia uma diferença em relação ao meu: o azul muito claro de seus olhos, em relação ao azul-escuro quase violeta dos meus; porém os mesmos lábios, o nariz afilado, o queixo partido e tudo o mais que tinha em meu rosto.

Queixando-se do calor, os dois sacerdotes tiraram a batina e ficaram apenas de bermudas. Passei a me comparar com seu corpo suado: o mesmo tórax, os mesmos ombros largos, as pernas esguias, a bunda proeminente... Outra diferença: sua pele não bronzeava pela ação do sol, ao contrário da minha, pela quase ausência de melanina, o pigmento natural que colore e protege a pele e que certamente herdei de minha mãe.

Reverendo Richard falou ao colega em inglês: *"Veja Paul, acho que este rapaz é meu filho"*. Após um curto silêncio, como se esperasse algum ar de surpresa no rosto do padre gorducho, prosseguiu revelando que tinha planos para mim, que pensava em me levar para a América e lá acabar de educar-me..., finalizando: "É minha obrigação mudar a vida desta criança". Nesse momento a luz "piscou".

Castanhal tinha luz elétrica apenas de noite, das 18 h às 23 h, e às 22 h 30 min a "luz piscava", isto é, apagava-se por alguns segundos, avisando a cidade de que em 30 minutos se apagaria em definitivo.

Ainda estava escuro na hora em que os atingi em inglês fluente: *"O senhor está enganado, eu não sou teu filho, e sim do marceneiro Benedito, que morreu há muitos anos, com minha mãe, durante um incêndio na casa onde morávamos; que Deus se apiede de suas almas"*.

A luz acendeu no instante em que, perplexos, os dois padres viravam os olhos em minha direção, sem poderem disfarçar o susto. Reverendo Richard perguntou-me mais com exclamação do que com interrogação *"Então tu falas inglês?!"*, com uma voz abafada e os olhos arregalados. Os missionários olhavam-se em silêncio sem saber o que dizer, então falei em português que precisava ir embora, porque tinha de acordar cedo para ir ao colégio.

No caminho para a casa do padre, perguntava-me, irritado, o que queria de mim aquele reverendo. Certamente pensou que me atiraria em seus braços e diria: *"O.K., papai, então vamos para a América para eu conhecer meus irmãos*. A ideia me repugnou. No dia anterior já tinha decidido que considerava meu pai o homem que, sem me amar e tendo tudo para me odiar, cuidou de mim e alimentou-me por cinco anos; embora não desse carinho nem afetos, arranjou para mim um espaço em sua casa e, além do mais, era o pai do único parente que tinha: Lucas, o meu irmão. Com raiva, apertei a pequena caixa preta em minhas mãos e senti impulso de jogá-la fora ou devolvê-la. Imagine-se só o absurdo: um pobre garoto, que passava os dias de calções e pés descalços, que só tinha como roupas o uniforme do colégio e a que usava para ir à Missa nos domingos, aparecer com um relógio de pulso todo em ouro numa época em que um relógio qualquer, mesmo em aço, era a cobiça maior dos garotos de todas as cidades do interior paraense, até dos "filhos de rico".

Lembrei-me de padre Ávila, que num dia comentou ter sido uma loucura a construção de Brasília. Uma frase marcou-me: *"Pôr uma cidade dessas num país como o Brasil é o mesmo que guardar uma joia valiosa numa caixa ordinária de papelão"*. Sinceramente me senti como se fosse essa caixa. Fiquei com uma raiva tão grande que deu vontade de voltar à casa do missionário, devolver a joia e dizer a ele tudo o que me ia na alma. Foi para tia Dora que entreguei a joia, pedindo que a guardasse; nem me passou pela cabeça entregá-la a padre Ávila, em quem não confiava.

Outras vezes fui chamado para ir visitar os missionários, mas rechacei todos os convites, arranjando desculpas não muito convincentes. Um dia, no começo da noite, passava em frente ao Hotel Braga, o melhor da cidade, e ouvi me chamarem; pelo sotaque compreendi quem era. Tentei uma fuga apressando meu andar, mas, em passadas largas, o reverendo Richard alcançou-me, já convidando para tomar um guaraná com eles. Deixei-me levar.

À mesa de onde se tinha visão para a rua, os três estrangeiros tomavam um aperitivo após o jantar. Reverendo Richard anunciou-me dizendo que tinha vindo tomar um guaraná com eles; os outros padres me receberam com sorrisos e gentilezas. Tentando ser engraçado, reverendo Paul perguntou-me se preferia tomar um uísque, que tomavam em grandes copos cheios de gelo; todos riram, mas permaneci sério e fitei-os, interrogativo. Ofereceram guaraná, o doce que comiam de sobremesa, cafezinho...; recusava tudo e, depois de muita insistência, sentei-me à mesa e bebi água gelada. Queriam saber como aprendi a falar inglês, como estudava, faziam perguntas sobre as irmãs, e a tudo ia respondendo com frieza, monossílabos e uma montanha de reticências.

Pararam de fazer perguntas e começaram a conversar sobre as belezas naturais de Castanhal e outros assuntos da cidade.

Como conversávamos em inglês, seu Braga, por trás do balcão, não conseguia compreender o que falávamos e mostrava-se surpreso, pois me encontrava também nessa conversação em língua estrangeira. "*Só pode ser coisa do Diabo mesmo...*", devia estar pensando.

Num momento em que deixaram um silêncio mais longo entre nós, virei para reverendo Charles Lancaster e perguntei, calmamente, com a voz pausada, se ele sabia se eu tinha irmãos. O clima desabou ao som da resposta mal balbuciada. Reverendo Paul tossiu nervosamente, os lábios cheios de sardas de reverendo Richard empalideceram e ele olhou seu relógio com gestos bruscos. Perguntaram se queria ir à casa deles e, como recusei, levantamos e fomos todos embora. No caminho de casa, eu me perguntava a todo instante se tinha valido a pena agredi-lo; na verdade, o único sentimento que tive foi de amargura.

A missão estava chegando ao fim. Foram 15 dias de romarias que circulavam à noite pelas casas da cidade, onde eram recebidas pelos moradores com guloseimas, bolo e café. A fila de fiéis carregando velas acesas proporcionava um belo efeito, como uma cobra de luz serpenteando pelas ruas.

Castanhal era uma cidade muito religiosa e respondia aos estímulos da fé com um fervor impressionante, mas depois aproveitava para se divertir. Nesses eventos religiosos, a população sempre promovia uma festa laica paralela que chamavam de arraial; era um conjunto de brinquedos rústicos de parque, misturados com barraquinhas todas iluminadas que vendiam refrigerantes, doces etc. Além de religioso, o povo era também muito animado e jamais desperdiçava oportunidade de se divertir.

As irmãs não gostavam daqueles padres. No catolicismo delicado delas, a ideia do pecado era nítida e insofismável; extremamente conservadoras, pareciam ver o mal em todas as coisas boas e divertidas da vida. O cinema, por exemplo, elas viam como uma casa de Satã a propagar o mal pela humanidade; a algumas películas condenadas pela cúria de Belém, madre Liganó até me proibiu pessoalmente de assistir. Catolicismo rígido, mas de discurso terno e ameno ao rebanho, mais voltado para as delícias do paraíso. Claro que haveria choque com a interpretação da fé dos americanos.

O cristianismo dos missionários era voltado à mostra das punições e aos horrores que uma alma danada sente ao ser jogada por Ele nas quintas do inferno. Numa noite em que comandou os trabalhos religiosos, reverendo Richard, com eloquência e emoção, levou a todos num passeio pelo vale de sombras da morte. Foi tão veemente que, ao terminar, diversas pessoas pediam perdão a Deus com lágrimas e a face aterrorizada. Quanto à concepção do pecado, dava para notar uma certa elasticidade que chegava aos limites da tolerância.

Eu percebia que não gostavam deles, mas as freiras procuravam não demonstrar. Na grande procissão final, por exemplo, prometeram que o colégio se apresentaria cheio de surpresas em homenagem à Maria.

Como os reverendos tinham instituído um prêmio ao grupo que melhor se apresentasse, o grupo escolar e o colégio logo despontaram como candidatos a ganhá-lo. As irmãs, por sua vez, prometeram prêmios às melhores bandeirinhas de papel de seda, então o colégio sobressaía com as bandeirinhas coloridas que as crianças levavam, farfalhando sob a ação do vento. O colégio acabou ganhando a pequena taça oferecida pelos missionários.

No fim da procissão, estava com minha bandeirinha andando por ali, pela frente da igreja, e fui visto por Reverendo Richard, que se dirigiu, sorridente, em minha direção, dizendo em inglês: "*Ah! Benedito, estava a tua procura há muito tempo*". De repente parou em sua caminhada, murchou o sorriso, ficou paralisado mirando algo atrás de mim, empalidecendo. Procurei o que o assustara e senti um frio na espinha ao ver a imagem de madre Liganó, num olhar que era a própria essência da severidade; o choque ao vê-la foi tão grande que corri e agarrei-me em seu hábito, pálido e trêmulo. De seus lábios saiu em inglês "*Afasta-te dessa criança..., nunca mais te aproxima desta criança*", com uma autoridade que parecia emprestada pela corte celeste.

Reverendo Richard retirou-se meio de lado, com a cabeça baixa e dando olhares de soslaio para nós dois. Para quem visse de fora a cena, ele parecia um cão afastando-se, ganindo após levar um pontapé; para mim, que estava trêmulo e me sentindo insignificante, era o próprio Lúcifer com seu rabo em forma de seta que se afastava, depois de ser exorcizado por uma criatura que tomou emprestado algum poder divino. Tive mesmo a impressão de ter visto o reverendo com dois chifres, que saíam das suas têmporas.

Durante a realização da missão, houve como que uma trégua tática da cidade e não notei nenhuma mudança de atitude da população em relação a mim; mas, desde que os missionários viajaram, minha vida em Castanhal ficou insuportável. Se já me evitavam, agora muitos até se benziam à minha simples aproximação, e sentia-me como um corpo estranho na sociedade, da qual precisava ser expelido.

Já havia algum tempo que sentia necessidade de sair daquele lugar, mas tinha muito medo de falar tal pretensão para madre Liganó, pois achava que ela me impediria. Numa manhã tomei coragem; depois de rezarmos o terço, chamei-a e disse que queria ter uma conversa com ela, que balançou a cabeça afirmativamente e marcou a tal conversa para aquela mesma tarde.

EROS

Os últimos tempos de Castanhal foram particularmente difíceis; não brincava mais e, mesmo no futebol, havia garotos que se recusavam a jogar comigo, então me tornei mais retraído ainda. Tia Dora, sentindo que me encontrava infeliz, transformou-se numa criatura tristonha e lamuriosa, procurando superproteger-me, achando que assim diminuiria meu sofrimento; até padre Ávila amenizou o tratamento quando se dirigia a mim, e depois da missão nunca mais me chamou de "filhote de Satã".

Naquela tarde, olhando os jambeiros da cidade, o quintal do SESP, o pomar na frente da via férrea onde Dr. Sérgio morou logo que chegou à região e onde se podia ainda ver as ruínas da "casa do Tarzã", na copa da velha goiabeira, percebi que estava indo embora do lugar em que tinha nascido e não sentia dor nenhuma; mais me animava a ideia de que em Belém estaria perto de meus amigos e os veria de vez em quando. Estava sofrendo com a saudade que já começava a sentir de tia Dora, do cônego e das irmãs, principalmente a querida madre Liganó.

Fui para a parada de ônibus levado pelo cônego e a madre; tia Dora não teve coragem de ir e ficou chorando na casa do padre. Levava apenas uma surrada maleta de couro, que tia Dora me deu dizendo que jamais precisaria dela, porque só sairia dali para um lugar em que não se precisa levar nada, apenas o coração limpo. Padre Ávila apareceu quase na hora da saída do ônibus, desejou boa sorte, deu-me um abraço e um pouco de dinheiro, como já fizera o cônego e tia Dora. Subi para o ônibus e ele partiu; olhei para trás e vi madre Liganó acenando, com a mesma expressão no rosto que fez durante nossa conversa em seu gabinete.

Poucos minutos depois do término das orações das noviças, irmã Odete avisou que madre Liganó me esperava em seu gabinete. Era uma sala austera e pesada com móveis escuros. Sentada em sua escrivaninha, olhando-me e sorrindo, a religiosa perguntou o que queria seu "bambino", comecei a falar e seu sorriso diminuiu progressivamente. Ela foi ficando séria e pensativa, imaginando que seu "bambino" havia crescido e agora queria "bater as asinhas" pelo mundo afora. Num tom que achei ser o mais adulto possível, disse pensar que estava na hora de deixar Castanhal e que queria estudar para médico em Belém, mas que sentiria saudades, essas coisas. Contrariando todas as minhas expectativas, em absoluto tentou me demover de tal pretensão, e até aparentou ter ficado feliz ao saber que queria ser médico; disse que me compreendia e que me ajudaria, que estava eu no último ano do ginásio e, quando se aproximasse o fim do ano letivo, providenciaria colégio e alojamento na capital; mais uma vez, disse que compreendia minha ansiedade em deixar a cidade, mas que tivesse um pouco de calma e paciência para evitar precipitações. Depois acrescentou, com aquele seu sotaque característico que, por mais que viva, não esquecerei: "*Deus te acompanhará*". E deu um sorriso triste. Não toquei em assunto de missionário ou de discriminações da cidade contra mim, mas percebi que ela sabia de tudo.

O alojamento era a Casa da Juventude, simplesmente chamada de Caju, na avenida de entrada de Belém, e o colégio era o Colégio Estadual Paes de Carvalho, conhecido na cidade como CEPC. Padre Ruy, o idealizador da república para estudantes pobres do interior e diretor da instituição, tinha gostado de mim e quebrado seu próprio regulamento sob uma condição: até os 15 anos, só poderia sair de casa com sua autorização, pois só aceitava como hóspedes rapazes a partir dessa idade.

Dr. Sérgio, sabendo de minha chegada por madre Liganó, que fora visitá-lo, apareceu em minha primeira noite na Caju, explicou a padre Ruy que, no fim de semana, iria com a família para Salinópolis e pediu para me levar; padre Rui concordou, então falou comigo a novidade, demonstrando uma grande alegria em me ver. A semana passou devagar; na sexta-feira à tardinha, parou na frente da Caju o agora Simca azul do Dr. Sérgio, e os ocupantes fizeram a maior festa na hora em que entrei no carro; seguimos para Salinópolis.

Pela primeira vez vi o mar, provei de sua água salgada e era muito bom estar com meus amigos; encontrávamo-nos juntos os três de novo e a amizade em nada tinha diminuído, muito pelo contrário. Os dois estudavam no Colégio Nazaré, de irmãos maristas, moravam na frente do ginásio de esportes do Clube do Remo e jogavam no time infantojuvenil de Futebol de Salão desse clube; Alceu fazia mil planos, que eu seria o goleiro titular da equipe, porque o goleiro atual, de tão "frangueiro", merecia tomar porrada, e seguiu dizendo que, embora tivessem o melhor time, perderam o campeonato por causa do goleiro. Pensei comigo que certas coisas não mudavam...

Conversamos sobre sexo e dessa vez chegamos à conclusão de que agora já tínhamos hormônios; falamos de tesão, de punhetas constantes, de garotas gostosas etc. Na praia ficávamos deitados na areia de barriga para baixo, porque não conseguíamos ficar sem tesão perto de todas aquelas garotas de biquíni; morríamos de vergonha porque o "mastro armava o circo" por baixo do calção de banho e achávamos que todos notavam o volume. Logo que chegávamos à casa, disputávamos quem corria primeiro para o banheiro; Dr. Sérgio percebia, mas fazia-se de desentendido (pelo menos, era o que eu imaginava).

Na Caju minha sexualidade explodiu; era tesão e masturbação o tempo inteiro. No sexo, minha imaginação desenvolvia-se à solta: se via uma mulher velha na minha frente, imaginava-a nova e nua comigo na cama, e mesmo mulheres feias, imaginava-me comendo-as; meu cérebro, atiçado por meus hormônios, não me dava trégua, e era difícil passar um único minuto sem pensar em sexo, se não estivesse estudando ou praticando esportes. O "santinho" do purgatório foi substituído por edições norte-americanas da revista *Playboy* que garotos maiores arranjavam.

Aliás, tensão sexual e molecagens com isso era o que não faltava na Caju; longe das vistas de padre Ruy, fazia-se concurso de tudo: quem tinha o maior pinto mole, o maior pinto duro, a maior glande etc. Em meus primeiros dias na Caju, os moradores ficaram desconfiados, pois me achavam muito criança, mas, como era mais alto do que muitos deles, aceitaram-me sem problemas; inicialmente faziam seus "concursos" reservados de mim, mas no fim acabei até ganhando alguns deles. Na Caju tinha garotos e rapazes já universitários que eram monitores, e tinham até o poder de repreender ou mesmo castigar os mais jovens, mas eram muito alegres e camaradas; foi um deles que me pôs o apelido que pegou por muito tempo, "chassi de pica", em alusão ao meu físico grande e magro, e em homenagem ao meu "belo apêndice", como explicou.

Havia também na Caju dois garotos estranhos e de modos delicados; nunca os discriminei e os tratava muito bem, como a todos; mas, se numa conversa sentia a mínima insinuação de sedução, apelava para evasivas e reticências, não permitindo avançarem um milímetro sequer. Um deles, dois anos mais velho do que eu, tomou-se de amores por mim e procurava insistentemente seduzir-me, lançando olhares lânguidos que todos percebiam, provocando o comentário de outros garotos. Nos fins de semana, à noite, quase todos saíam e poucos ficavam em casa vendo televisão, eu inclusive, porque padre Ruy me achava muito novo para ficar na rua durante à noite. Numa dessas noites, o garoto passava o tempo inteiro olhando-me e dando piscadelas, o que foi progressivamente me irritando. Depois de certo tempo, fiz cara de bravo, pois estava de fato muito bravo, peguei seu braço e bruscamente o levei até um canto da sala; com impaciência, disse que seu corpo e seus hormônios eram de homem, que meter ou ser metido por outro homem era uma imensa bobagem, e que ele deveria procurar se apaixonar por uma garota para ficar em paz com sua natureza masculina.

Ele ficou profundamente ofendido, nunca mais falou comigo, mas não deixou de ser pederasta ou o "quebra-galho" da casa, como diziam, entre risadas, os garotos mais velhos.

Padre Ruy era um homem impaciente para conversas individuais, mas, quando discursava em público, era um grande orador e, frequentemente, nos reunia para "conscientizar-nos", como dizia. Possuía uma biblioteca muito rica, e desde que cheguei eu procurava ler seus livros nas horas vagas, principalmente sobre a cultura grega, com seus dramaturgos, poetas e, sobretudo, filósofos; gostava de ver como tentavam entender o pensamento e a natureza humanos, desmembrando-os por meio da falácia. Lia obras de Tales de Mileto e Sócrates, até os sofistas, que me impressionavam com os malabarismos mentais que faziam para tentar explicar o inexplicável; mais tarde esta turma teve muita importância para determinar-me pela psiquiatria.

Padre Ruy era tido como um padre comunista pelo clero paraense, na época dominado por bispos conservadores, mas era muito respeitado por esse clero devido às suas obras sociais, e tinha muita penetração no meio jovem de Belém. Foi com ele que aprendi a jogar xadrez e em pouco tempo já conseguia ganhar dele em algumas partidas, coisa que poucos conseguiam; de noite, quando os mais velhos saíam, jogávamos durante longas horas.

Iniciei meu curso científico no CEPC, no ano em que completaria 14 anos; era um colégio público estadual com mais de cem anos de existência; e seus alunos eram muito orgulhosos disso, porque a história desse colégio em momentos se mesclava com a própria história do Pará. Dizia-se na cidade que era o melhor colégio de Belém e só poucos conseguiam acompanhar seus métodos. Foi muito difícil entrar nele, pois havia necessidade de me submeter à sua rigorosa prova de seleção, que determinava quem eram os que conseguiriam matrícula: apenas os que tirassem as melhores notas; uma vez lá dentro, quem repetisse o ano perdia o direito de matrícula no ano seguinte. Madre Liganó preparou-me pessoalmente, com outras irmãs, para essa prova e tirei uma das melhores colocações. Logo nas primeiras aulas, pude notar que não era em absoluto um colégio de filho de pobre, pois lá havia de tudo: de pessoas pobres como eu, até alunos ricos que chegavam de carro, mas que tinham em comum o fato de serem muito estudiosos. Foi lá onde arrumei minha primeira namorada, uma garota dois anos mais velha, que caiu pelos meus olhos azuis, como disse.

    Regina era uma garota que estava no segundo ano científico, bonita e de grandes seios; nos intervalos das aulas, ficávamos os dois sentados na arquibancada da quadra de esportes ouvindo os Beatles em uma sua radiola portátil, que levava às escondidas para o colégio. Na primeira vez que ficamos a sós, contentava-me apenas em ficar ao seu lado morrendo de tesão e sem fazer ou dizer nada, só engolindo em seco; depois de um tempo, sem a mínima iniciativa de minha parte, ela falou: "Égua, Dito! Como tu és criança... *Vou ter de te ensinar tudo*". E pôs a mão bem "em cima". Quase desmaiei de sensação, e ejaculei-me todo no ato. Mas ela não me ensinou tudo; aprendi a beijar, a acariciá-la e, o máximo a que chegou, foi masturbar-me e ensinar-me a masturbá-la. Muitas vezes saí do colégio com fortes dores nos testículos, que pareciam pesar que nem chumbo, mas nada que não passasse como por encanto com dez minutos trancado no banheiro. Após poucos meses, já cansada com minha falta de dinheiro para cinemas, passeios etc., terminou nosso namoro. Claro que senti falta da sua mão de seda incendiando minha genitália, mas não sofri grandes dores; ainda não conhecia o amor, mas sabia que não a amava.

    A ideia de Alceu foi prontamente aceita pelo padre Ruy, então via meus amigos três vezes por semana no treino de Futebol de Salão do ginásio Serra Freire, do Clube do Remo; no fim do treino, era só atravessar a rua e chegávamos à casa do Dr. Sérgio, onde jantava nesses dias. A direção do Clube do Remo, sensibilizada por Dr. Sérgio, um de seus conselheiros, passou a pagar minha estadia na Caju, liberando madre Liganó desse encargo, e também fornecia meu material escolar; eu pagava ajudando aquele querido clube a ganhar títulos. Joguei durante quatro anos como goleiro titular, fui tetracampeão paraense de Futebol de Salão e todos esses campeonatos disputando com o clube rival, o temido Paysandú em partidas extremamente emocionantes. Após os títulos, muitos diretores me davam algum dinheiro e alguns diretores do Paysandú acenavam com mais vantagens para transferir-me para o clube deles; mas como poderia jogar contra o "filho da glória e do triunfo", como era conhecido na cidade meu querido Clube do Remo? Tinha também a vantagem o meu clube de ter uma linda sede e melhores realizações sociais; a partir de um tempo, pude ter acesso a essas realizações e foi lá que frequentei meus primeiros bailes, aprendi a dançar e arranjei muitas namoradas.

Minha vida melhorava dia a dia; madre Liganó, dispensada do pagamento da Caju, mandava-me um pouco de dinheiro. No CEPC alguns colegas fracos em inglês passaram a me convidar para estudar essa matéria na casa deles; deles nunca cobrei, mas de alunos de outras turmas que me procuraram com essa intenção passei a cobrar. Agora já tinha algum dinheiro, pouco, é verdade, mas dava para ir ao cinema aos domingos e namorar melhor.

O paraense tem razão em se orgulhar de sua linda capital, a "metrópole da Amazônia", como a chamam ufanisticamente seus habitantes. Belém é uma cidade muito quente todos os meses do ano, mas não é seca; a história de que se marca encontro antes e depois da chuva é conversa fiada que irrita muito o belenense, mas chove muito naquela cidade. É capaz de chover durante semanas todas as tardes por mais ou menos uma hora, passar semanas com essa chuva dia sim, dia não, semanas em que não chove e semanas chovendo dias inteiros; o que é invariável é o calor. Uma das maiores instituições populares da cidade é o bate-bola na chuva; como geralmente é uma chuva não muito fria, ao caírem os primeiros pingos, todas as ruas dos bairros residenciais se transformam em minicampos de futebol, e de fato é uma delícia aquele bate-bola, para desespero das mães que não aceitam de forma alguma este costume da molecada. Já os pais, bem... estes também acabam levando bronca das mulheres com os filhos, porque geralmente não resistem e, de calção, mesclam-se com os garotos na "pelada".

Cidade antiga, cheia de praças europeias que atestam um passado de riquezas, durante a época em que foi um dos grandes centros econômicos brasileiros com a produção da borracha; praças como a Batista Campos foram totalmente construídas na França e vieram para o Brasil a bordo de navios, sendo poucas as cidades, mesmo na Europa, que têm praças maravilhosas como essa. Devido ao calor realmente muito forte, na arborização da cidade, desde há muito foram usadas mangueiras e, em algumas avenidas, essas mangueiras, já quase seculares, formam um alto túnel verde, o que ameniza um pouco o clima quase inóspito. A cidade começou há pouco menos de quatro séculos ao redor de um forte erguido pelos portugueses, o Forte do Castelo, e hoje este local de começo da cidade é um bairro conhecido como "cidade velha"; tem ruas estreitas e pequenas calçadas, com suas casas, várias seculares, de fachadas em azulejos portugueses, cujas cores e cujos dourados desafiam o tempo.

Num bairro mais afastado da região velha, estava ele, o velho casarão, de um lado da rua e do outro a Santa Casa de Misericórdia do Pará, fazendo um quarteirão sempre cheio de acadêmicos de medicina vestidos de branco, atravessando a rua de um lado para o outro. Gostava de passar por lá e sonhava ser um deles, e eu seria, custasse o que custasse; prometi a mim mesmo que eu seria um acadêmico de medicina.

Já me interessava por política e acompanhei: os militares não queriam que o vice-presidente tomasse posse, após a renúncia tresloucada e desconcertante do titular do cargo. Evidenciavam, assim, que no Brasil leis e constituições não tinham muito valor e não se sabia quem era que mandava; fizeram umas tais modificações, uns tais arranjos nas leis e batizaram tudo de "parlamentarismo", que no Brasil tinha se transformado em quebra-galho de quem não se conformava com a existência de leis que impediam seus interesses pessoais. Então o vice tomou posse, mas ficou a impressão de que quem mandava era quem substituíra o cérebro por ponta de sabre para pensar. O país transformou-se em uma república "parlamentarista" para engrupir general.

Depois de um tempo, o tal presidente da república parlamentarista assumiu o poder total, com um plebiscito, e mandou os praças e suboficiais desrespeitarem os generais. Será que o país existia mesmo ou era uma miragem criada para esconder sem-vergonhice? Em Belém, na época, o prefeito só rivalizava em corrupção com o governador; parece que os dois disputavam o campeonato mundial da bandalheira, e o estado com sua capital eram relegados a um profundo abandono. Suja e fedorenta, com seus monumentos caindo aos pedaços, Belém, embora linda, não podia disfarçar suas "roupas rasgadas". De bonito e novo mesmo, só os carrões que circulavam em suas ruas: americanos, enormes, com aqueles faróis vermelhos atrás em forma de olhos, quase todos contrabandeados. Era quase um eufemismo se dizer que Belém tinha muito contrabando; era uma cidade aberta, onde contrabandistas disputavam com os políticos corruptos o título de mais rico da cidade. Nesta ficção, o povo ia se virando como podia na base do cada um por si. E veio a tal Revolução de Abril, a "redentora", como a chamavam seus beneficiários.

É claro que Belém lucrou com a quartelada; subiram os "neonobres" e a cidade ficou mais limpa; além do mais, pintaram-na toda, mas não impediram que estradas de ferro fossem construídas, com a única finalidade de retirar o riquíssimo solo do sul do Pará, para ser industrializado e exportado pelo estado vizinho. De fato os "neonobres" paraenses eram honestos, o que já era um pequeno avanço, mas revelaram-se portadores de uma burrice perniciosa e visceral.

A febre amarela silvestre, doença própria da Amazônia, é fatal. O vírus que a provoca é o mesmo que atormentou Rio de Janeiro e Belém do Pará no início do século, mas sua transmissão é feita por um tipo de pernilongo que não se encontra nas cidades: o *Haemagogus sapucaii*, pomposo nome desse flagelo, que vive no alto das copas das árvores e comumente provoca zoonoses (epidemias em animais) dessa doença em macacos na floresta. Sempre que há desmatamento em áreas endêmicas, esse mosquito desce e, voando rente ao chão, pica seres humanos, transmitindo a doença.

Ao se apossarem do poder, os "próceres do fuzil" imediatamente aplicaram no país sua visão idiota de desenvolvimento: destruir tudo e construir pirâmides e esfinges em cima. A primeira vítima de tais "faraós extemporâneos" foi a hileia amazônica, com suas magníficas árvores indo ao chão, sob as patas dos truculentos. O sinal de alerta foi dado por Dr. Sérgio: estava crescendo o número de casos de febre amarela no interior do Pará; como os usurpadores do poder não podiam por decreto transformá-la em resfriado simples ou febre verde-oliva, fizeram pouco caso; então uma epidemia de febre amarela silvestre assolou o sul do Pará e o norte de Goiás, hoje estado do Tocantins, com muitos mortos na segunda metade dos anos 1960, chegando a morrer gente até nas cidades-satélites de Brasília.

A ditadura, que já tinha "combatido" uma epidemia de meningite no Sul do Brasil, fazendo-a desaparecer dos jornais por meio da censura à imprensa, não gostou nem um pouco quando Dr. Sérgio, com gráficos e embasamento científico, denunciou a epidemia, para espanto da classe médica. A ditadura então abafou as notícias e pôs Dr. Sérgio de castigo; ele foi designado para um cargo de ínfima importância: o setor de exames de fezes do Departamento de Endemias Rurais. No dia em que me contou isso, não se mostrou abatido, muito pelo contrário, achava que lá poderia desenvolver vários trabalhos que tinha vontade de fazer havia muito, pois sentia uma certa apreensão. Perguntou-me se não queria aprender a fazer exames de fezes e aceitei prontamente, então todo dia à tarde, antes do treino de futebol, ia para lá olhar pelo microscópio o infinitamente pequeno. Era uma casa antiga em que no porão funcionava o laboratório de parasitologia e que todos os dias recebia fezes para exames da população pobre de Belém. Como meu progresso era muito grande, fui convidado por Dr. Raymundo Marajoara, presidente do Clube do Remo e muito amigo do Dr. Sérgio, para trabalhar em seu laboratório de análises clínicas, de muito prestígio na cidade; lá aprendi a fazer dosagens, exames de sangue, de urina etc. No último ano do curso colegial, o ambiente médico definitivamente entrou na minha vida e já contava com um pequeno salário, que me era muito conveniente, por sinal.

Belém continuava sendo saqueada pela ditadura, para desespero de Alceu, que achava que o povo deveria se organizar e apedrejar a casta dirigente, chamada de "corja" por ele. A cidade tinha uma praça na frente da Basílica de Nazaré, que estava muito malcuidada, mas era belíssima, com quatro coretos e um *clíper*, todos em aço, fabricados na França; o conjunto lembrava muito as cidades europeias, como diziam as pessoas viajadas. Poucos anos após o golpe de abril de 1964, foi imposto um interventor carioca na cidade e uma de suas primeiras atitudes foi cercar a praça de Nazaré com tapumes de madeira, que foram retirados alguns meses depois. A praça tinha desaparecido e não havia nem sombra de seus coretos e do *clíper* de ferro; no lugar, o "ladrão de praças" tinha colocado um descampado com uns lagos que nunca funcionaram, feito com aqueles blocos que se usam no piso de pátios de rodoviárias. O ridículo foi ver aquele horror ser inaugurado pelo "cara de pau" com pompas e circunstâncias. Até hoje não se sabe para onde foi parar a praça roubada da cidade; têm-se apenas notícias de que os coretos enfeitam sítios em Petrópolis, não por acaso cidade do Rio de Janeiro. Lembro-me de que Alceu disse que tínhamos de reagir, senão roubariam tudo, desde o Teatro da Paz até as pedras portuguesas que calçavam nossas calçadas.

Alceu tornou-se um rapaz rebelde, que parecia sentir prazer em contradizer Dr. Sérgio; às vezes era muito ríspido e acabava castigado. Alex, no entanto, permaneceu um cara intelectual, que só vivia nos livros, e pouco conversávamos, porque seus gostos e sua ideia de divertimento eram muito diferentes dos meus; ele já cursava o primeiro ano da faculdade de economia, o que era motivo de grande orgulho para seus pais. Como íamos fazer o mesmo vestibular, eu e Alceu resolvemos estudar juntos e foram muitas noites em vigília, estudando as três matérias: biologia, física e química. Nunca estivemos tão juntos quanto naquele tempo.

Sempre tinha de controlar Alceu, que se inflamava com qualquer faísca, mas permanecia uma criatura de coração boníssimo e, da mesma maneira que se inflamava, também por pouca coisa se emocionava, chegando às lágrimas quando percebia injustiças. Nesse ano a ditadura assassinou um estudante no Rio de Janeiro, por sinal paraense, no momento em que protestava pelo preço cobrado no restaurante estudantil Calabouço; soubemos de passeatas e pancadarias, mas isto estava muito distante de nós, embora em Belém também tivesse havido passeatas, o que deixava Alceu "eletrizado". Não fomos a nenhuma, porque ele aceitou ao ouvir-me dizer que protestaríamos mais estudando, e que só a cultura dos cidadãos conseguiria tirar os truculentos ignorantes do poder. Consegui acalmá-lo e convencê-lo; por ele, teríamos ido enfrentar de peito aberto a cavalaria com suas bombas de gás lacrimogêneo e seus cassetetes, na linha de frente.

Por esse tempo, também a mulher entrou definitivamente em nossa vida. Na Semana da Pátria desse ano, em vez de irmos para manifestações de protesto na parada militar, como queria Alceu, fomos os dois para a ilha do Mosqueiro, um balneário praiano que fica na frente de Belém, para onde se ia em um navio de nome Presidente Vargas; ficaríamos os dois na casa de padre Ruy, que a havia me emprestado com a condição de efetuarmos alguns pequenos serviços de manutenção, como ajeitar o telhado e consertar algumas janelas emperradas. Com a ajuda de Alceu, acabei os serviços no fim da manhã, fomos para a praia e lá encontramos duas garotas, que eram primas e estavam sozinhas, sem os pais, na casa da família de uma delas. Silvia, a mais velha, olhou-me de um jeito que já conhecia; seu olhar demonstrava interesse. Sua prima também não sentiu dificuldades em gostar de Alceu, que era um cara moreno, apenas um pouco mais baixo do que eu, porém muito mais forte e com um rosto de expressão máscula. Ficamos conversando e tomando umas cervejas.

Silvia, que nessa altura já segurava minha mão, sugeriu que fôssemos à casa delas depois do jantar na praia do Chapéu Virado, e, de forma muito sensual, disse que poderíamos passar momentos muito agradáveis os quatro naquela noite. A casa de padre Ruy ficava na praia do Farol, muito próximo da casa delas. Fomos para lá depois de engolirmos o jantar na maior pressa.

Era uma linda noite de luar e, para nós dois, a primeira noite. Mas, para mim, o romantismo acabou na linda noite de luar. Silvia tinha 19 anos e me disse que já conhecia tudo de sexo. Não houve preâmbulos; fomos chegando e imediatamente conduzidos para os quartos. O maior era o que entrei com Silvia, tinha uma cama de casal e fiquei em pé parado, tremendo todo, ao vê-la nua deitada na cama, despertando desse transe com a sua voz: "*Anda, vem logo, não fica aí parado...*". Tirei minha roupa numa fração de segundo e deitei-me ao seu lado; desajeitado, não sabia onde punha minha perna, meu braço e, numa hora em que machuquei sua coxa com meu joelho, ela reclamou, mas percebeu que era minha primeira vez, o que confirmei. Ficou mais excitada ainda, dizendo que era a primeira vez que tiraria o "cabacinho" de um rapaz. Na penetração senti uma dor forte no "cabresto", o freio do prepúcio, e a dor persistiu por todo o ato, prejudicando-o, mas não parei e encharquei-a de esperma e sangue, pois meu pênis sangrava abundantemente na ruptura logo abaixo da glande.

Fui para o banheiro sob o som de sua risada e, ao passar pelo outro quarto, vi Alceu deitado de costas em uma cama de solteiro, com cara de saciado, e Lúcia por cima dele, sem sangrias nem nada.

O sangramento logo parou e voltei para o quarto, onde Silvia, espreguiçando-se, disse que queria mais; tudo bem... eu também queria, mas aconteceu que, logo que meu pinto começava a ficar duro, iniciava-se também uma forte dor no local do ferimento e o pinto tornava a amolecer. Ela ficou decepcionada, disse que queria dormir e mandou-me embora; fui para casa sozinho, debaixo daquela linda Lua prateada e com o pinto doendo. Alceu chegou logo depois, ainda com tesão e muito feliz, e, ao ver o estrago em meu "instrumento", ficou com pena, sugerindo que passasse Merthiolate; recolhi depressa meu pinto para dentro da cueca ao pensar na ideia. Devido ao acontecido, tive de deixar minha mão em repouso por mais de dez dias.

O vestibular aproximava-se, e nós não parávamos de estudar; foi um ano em que, além de estudos, a única atividade que exerci foi meu trabalho no laboratório do Dr. Raymundo. Estudávamos diariamente juntos das 17 h até as 23 h; restringimos ao máximo os treinamentos de futebol, passei vários meses sem namorada, não tivemos férias e a única viagem foi aquela para a ilha do Mosqueiro, muito mais porque Alceu insistia em tomar parte nas manifestações de protesto na parada militar, com outros "porras-loucas"; tive de arranjar essa viagem às pressas.

O país agora estava entregue a um general baixinho com cara de comediante de chanchadas da antiga Atlântida; e a velha aristocracia política paraense, toda cassada por corrupção. O tal movimento estudantil continuava muito agitado e nas mãos de uns caras exaltados, que passavam vez em quando nas salas de aulas do CEPC, recrutando seguidores, e muitos iam atrás. Eu não confiava naqueles caras mais velhos, que incendiavam as "assembleias gerais", como chamavam, berrando palavras de ordem e exibindo estranhos ares de poder. Fiz o que pude para que Alceu não fosse atrás da conversa deles, pois não acreditava em suas intenções.

Onde já se viu?! Desafiar uma ditadura militar pesada com palavras de ordem e bolas de gude nos bolsos, para tentar derrubar com elas os cavalos do regimento. Os bem-intencionados, os "Alceus" da vida, ficavam ali tomando porrada; já os carbonários ficavam escondidos a salvo, isto se já não tivessem se refugiado nas margens plácidas do Sena, do Tâmisa ou outro lugar na Europa. Também era contra, mas acreditava que essas ditaduras caíam sozinhas, como me falou Dr. Sérgio; disse-me ele que, em seus tempos de estudante, havia uma ditadura fortíssima, mas depois de um tempo caiu de podre. O infeliz do ditador teve até de se matar e agora deveria estar ardendo no inferno, para onde vão os tiranos e suicidas, pois madre Liganó dissera-me que o caminho mais curto para as profundezas era o suicídio.

Afinal o vestibular chegou; a primeira prova seria de biologia e todas as provas seriam eliminatórias; o candidato fazia a primeira, esperava o resultado por três dias. Caso passasse, faria a segunda, e assim por diante. Na véspera da primeira prova, Dr. Sérgio proibiu-nos de estudar e sugeriu que fôssemos ao cinema; deixei-me levar por Alceu e vimos um filme tipo documentário, chamado de África, Adeus, que reportava as guerras e revoluções naquele continente. Matanças, mutilações, verdadeiros horrores. Lembro-me de que cheguei a agradecer a Deus por ter nascido no Brasil, que, com seu estágio de desenvolvimento civil, me fazia imaginar que tais coisas jamais aconteceriam por aqui. Ah, meu Deus do céu...! Como é frágil a ilusão dos que acreditam que os seres humanos mudam porque ficam mais ricos e adquirem mais cultura!

Alceu e eu fomos levados para o "matadouro", como chamavam os acadêmicos a um grande barracão que comportava 400 alunos, feito especialmente para os vestibulares, a fim de fazermos a primeira prova; foi uma prova dificílima e apenas 350 candidatos passaram. A segunda prova também foi terrível, mas reprovou apenas 50 candidatos. Acontece que a ditadura tinha acabado com os "excedentes", alunos que passavam no vestibular, mas não conquistavam vagas nas faculdades; então a direção da "escola", como a chamávamos, viu-se com um grande problema nas mãos: 300 candidatos e apenas a prova de física para "peneirá-los", de forma que passassem apenas um número de candidatos próximo de 60, o número de vagas. A prova foi simplesmente inatingível. Neste dia a escola estava cheia de agitadores, inclusive de outras faculdades, que ficavam por ali procurando uma maneira de tumultuar. Todos os candidatos fizeram a prova no "matadouro" e, após três horas de muito raciocínio, nós dois saímos e fomos encontrar Dr. Sérgio na frente da Santa Casa, como havíamos combinado. O bom homem torcia as mãos de nervosismo e ficou mais aflito ao nos ouvir dizer que, ao contrário das duas primeiras, não tínhamos certeza se havíamos passado. Dr. Sérgio parecia mais nervoso do que nós.

Os candidatos iam saindo, e muitos ficaram à mercê dos agitadores, que encontraram campo propício, porque o sentimento de revolta era muito grande devido àquela prova estúpida. Depois de algum tempo, apareceu o diretor da escola, o Dr. Sábado Silva, com as provas que foram entregues pelos candidatos e ingenuamente tentou atravessar a massa de agitadores e candidatos inflamados e revoltados; recebeu uma rasteira de alguém e foi ao chão, esparramando as provas. Antes que os seguranças dominassem a situação, duas dessas provas foram reduzidas a pedaços pela turba ensandecida. O diretor pediu força policial, no que foi atendido pelo então "donatário" do Pará: um sanguinário major de conversa inculta, que tinha cara de vampiro e costumava batizar com seu nome e de seus familiares as obras públicas que inaugurava.

A repressão chegou mostrando que a África também poderia ser aqui. Estávamos os três caminhando em direção ao carro do Dr. Sérgio quando a força policial cercou todo o quarteirão; vendo que não conseguiríamos chegar ao carro, subimos correndo a escadaria da Maternidade da Santa Casa e entramos nela. A partir daí pareceu até que o Diabo se soltou naquele quarteirão; os soldados, com cassetetes, entraram na escola e ocuparam-na. A cavalaria ficou na rua, distribuindo porrada em quem estivesse por ali, e a pancadaria foi chocante. Num determinado momento, um grupo de estudantes correndo com vários soldados no encalço entrou na maternidade, sendo seguidos pelos soldados, que também a invadiram, e todo mundo apanhou: médicos, estudantes, parturientes, eu, Alceu e Dr. Sérgio.

Gritos, corre-corres, muita aflição e cenas indescritíveis. Um meganha atirou uma bomba de gás lacrimogêneo próximo do berçário, sendo necessário evacuá-lo às pressas, porque alguns bebês foram afetados e tiveram dificuldades para respirar. Coisas que todos viram, mas ninguém leu nos jornais, pois estes só podiam dizer que, com a ditadura, o Brasil estava "danado" de bom. Saímos dali após três horas e já era noite na hora em que chegamos à casa do Dr. Sérgio, que apresentava um grande "galo" na cabeça. Alceu queria voltar lá e continuar a guerra, mesmo mancando por ter levado, de um soldado, um potente chute no traseiro; e eu, que sentia fortes dores nas costas, devido a uma bordoada, mais uma vez consegui demovê-lo da pretensão. Dona Lúcia, aflita, preparou-nos um lanche leve, e só então passamos a tentar nos lembrar do que fizéramos na prova. Naquela noite dormi por lá mesmo.

Três dias depois saiu o resultado: 72 pessoas haviam passado e, entre elas, eu e Alceu, com médias idênticas: 7.1. Que grande alegria...! Começaríamos nosso curso de medicina no ano em que completaríamos 17 anos. Após o resultado, em minutos a casa de Dr. Sérgio ficou cheia de acadêmicos veteranos, e também fui para lá, sendo recebido com muita alegria por aquela família, que também vibrava com meu sucesso. Começaram a tosquiar nossos cabelos com uma tesoura de dona Lúcia, e Dr. Sérgio, "nas nuvens" de tanta felicidade, esgotou naquela noite sua rica adega de vinhos finos, uma de suas manias. Após um tempo, todos saímos para a casa de outros calouros; aonde chegávamos, a alegria imperava e "as águas rolavam". Bebemos de tudo: vinho, cachaça, cerveja e até uísque escocês na casa do Fausto, um calouro rico, em que as bebidas eram servidas por garçons, numa festa encomendada previamente por seu pai, pensando que assim escaparia da bagunça, mas qual... Logo que chegamos, dispensamos os garçons e atacamos as garrafas, depois fomos para a piscina e nos jogamos n'água como estávamos, para desespero daquela fina família, que preferia uma festa chique.

Em certa hora da madrugada, dirigimo-nos para a Condor, um velho bordel à beira-mar, apenas para "zoar", porque naquela hora ninguém estava a fim de mulher. Acordamos todos de manhã num chafariz da praça da República, cercados de transeuntes matutinos que paravam para ver a cena inusitada: vários rapazes pintados, cobertos de Maizena, com os cabelos tosquiados e dormindo embriagados ao redor do chafariz, em cujo meio havia uma estátua de bronze representando uma mulher sentada com os braços estendidos; Alceu dormia sentado no colo da estátua. Saímos de lá cambaleando e fomos para casa.

Já era manhã alta quando cheguei à Caju, e padre Ruy com um grande sorriso veio me receber, dando parabéns, e avisou-me que tinha visitas. Antes que pudesse me esconder, vi-me rasgado, tosquiado, com palavrões pintados nas costas e na testa, seminu e cheirando a bebidas alcoólicas, frente a frente com madre Liganó, que soube do resultado do vestibular pelo rádio e veio de Castanhal especialmente para dar os parabéns ao seu *bambino*. Não demonstrou espanto nem me lançou os olhares de reprovação que eu tanto temia; muito pelo contrário, era toda alegria, mas morri de vergonha por ter sido flagrado por ela ainda tonto de meu primeiro porre.

O CASARÃO DE SANTA LUZIA

Fazia três meses que as aulas haviam começado e a escola estava tomada de tensão; seu diretor, o arrogante e vaidoso mestre de dermatologia Dr. Sábado Silva, havia sido preso de manhã e os boatos corriam pelos corredores do velho casarão. Na minha turma também havia tensão, e comigo, mas o Raimundo Leite, um colega que me irritou profundamente, não perderia por esperar, porque eu ajustaria as contas com ele em momento oportuno.

Para o azar da direção da escola, candidatos reprovados dispunham de pedaços da prova do vestibular de um candidato dado como aprovado, e levaram-nos para o comandante militar da região. O comandante pôs o Almir em confissão, uma vez que ele era sargento, um cara mais velho do que todos da turma e já casado com filhos; seu nome ficava entre o de Alceu e o meu na chamada. Ele negou que a prova fosse sua, mas um exame grafotécnico revelou que havia duas provas de tal indivíduo. O comandante chamou Dr. Sábado Silva ao seu gabinete, ordenou-lhe que anulasse a prova de física do vestibular; com o ano letivo correndo havia três meses, Dr. Silva disse que era impossível e se negou. Acabou preso, acusado de corrupção e subversão. No fim, foi adotada a fórmula em que os reprovados na tal prova teriam direito a fazer novo exame de física, e os que passassem seriam matriculados no ano seguinte. Após esse arranjo, Dr. Silva foi solto depois de dois dias de prisão e acabou destituído da direção da escola.

No fim das aulas vespertinas, eu e Alceu caminhávamos por toda a rua Generalíssimo Deodoro, em direção ao ginásio do Clube do Remo para o treino de futebol, antes de estudarmos em sua casa. Alceu notou que todos os dias éramos seguidos por Almir e achou que este era espião, mas estava enganado; ele apenas morava perto do nosso clube. Depois de alguns dias, fazíamos os três esse percurso quase todas as tardes. Na verdade, ele não era um jovem, mas um senhor alegre, muito simpático e que tinha opiniões firmes e ponderadas; passamos a respeitá-las. Naquela tarde, Alceu tinha perguntado a ele que atitude eu deveria tomar em relação ao Leite; depois de ouvir toda a história, virou-se para mim, que tergiversava, e disse: *"É, Dito..., tu tens que dar uma porrada no Leite"*. É verdade; tem horas na vida em que a agressividade é necessária. Raimundo Leite, embora ainda o achasse um cara muito legal, deveria ser castigado porque, com língua grande e maldade, tentou abrir o frasco do perfume de escândalo que parece acompanhar minha existência.

Um mês antes, num trabalho em que Dr. Sérgio chamou de "Campanha da Shistose", Amadeu, um acadêmico do terceiro ano, deu uma grande força para o grupo. Era homossexual assumido, mas, longe de ser um cara vulgar, era muito inteligente, de assuntos interessantes e nunca sedutor, pelo menos comigo. No primeiro fim de semana após aquele trabalho, fez uma festa na sua casa e convidou-me; estava eu sem namorada e sem programa, Alceu sairia com Lúcia, então fui. Não era uma festa desagradável, embora não tivesse nenhuma menina "avulsa"; boa comida e boa bebida, uns poucos casais, muitos rapazes, nem todos homossexuais, segundo Amadeu, e alguns senhores que se intitulavam de "entendidos". Alguns rapazes insuportáveis (poucos, felizmente), desmunhecados, sedutores, vulgares só faltavam se esfregar na gente. Nas primeiras tentativas, lembrei-me do olhar glacial de madre Liganó, lancei na direção deles algo que imaginava parecido e funcionou, porque pararam de se insinuar e ficaram apenas olhando de longe. Amadeu esforçava-se para agradar, pôs-me à vontade e apresentou algumas pessoas. Depois de algumas bebidas e um bate-papo divertido e bem-humorado, perguntei, malicioso: *"Amadeu, dói?"*. Ele riu e explicou, entre risadas e afetações, que nas primeiras vezes sim, mas que o prazer era sempre maior, e que, depois de um tempo de "prática", era só prazer; revirou sugestivamente os olhos quando falou a palavra "prazer". Ri, despedi-me e saí dali com a convicção de que não deveria ser difícil ser amigo de um cara como aquele.

Raimundo Leite era brincalhão, brilhante e muito inteligente, mas parecia ter um grande defeito: era linguarudo, além de um pouco devasso. Nas primeiras aulas, ele se aproximou e, sem resistências minha ou de Alceu, passou a estudar conosco. Como Alceu ainda estava "amarrado" em Lúcia, nos sábados ou eu saía sozinho, ou não saía. Uma vez Leite me convidou para sairmos juntos, pois queria me apresentar uma menina. Levou-me para um lupanar de ínfima categoria, onde foi recebido pelas prostitutas como uma espécie de rei do lugar, e a menina que queria me apresentar, embora bonitinha, é verdade, era uma prostituta já "cansada de guerra", como diria Jorge Amado, o velho baiano. O ambiente sórdido funcionava em uma grande palafita: um bar com umas luzes vermelhas e, atrás, umas portas que davam para uns cubículos que tinham uma cama e uma mesinha com uma bacia cheia d'água, todos os lugares-comuns que tinha lido nos romances; notei que só faltava o *lept, lept, lept* da mulher jogando água na vagina. Sempre fui um cara pobre, mas nunca tinha visto tanta miséria como nas palafitas belenenses. Olhei para aquele corpo nu na cama, imóvel, com as mãos na nuca, e dei uma tremenda brochada, mas não me considero mesmo um cara de bordéis.

Na tarde anterior à da conversa com Almir, no bar da esquina da escola, onde sempre nos reuníamos para um papo e umas cervejinhas geladas, Raimundo Leite comentou na frente de Alceu e de muitos outros colegas, inclusive meninas, numa tarde em que eu não me encontrava: *"O Dito é um cara estranho..., frequenta as festinhas do Amadeu, anda brochando com as garotas, hum... não sei não..."*. Alceu protestou veementemente e, ao me relatar o ocorrido, acrescentou que tinha deixado para mim o "resto do serviço".

Ainda estava pensando em como dar uma porrada no Leite, sem deixar fechados os canais de retratação e a possibilidade de ainda sermos amigos, ao ouvir o sargento Almir perguntar-nos se estávamos sabendo o que estava acontecendo na escola; ávidos, dissemos que não. Entramos os três na sede do Clube do Remo, mas não fomos ao treino e sentamo-nos numa mesa do bar da piscina, então Almir contou-nos tudo entre copos de cerveja: Dr. Sábado Silva, depois do incidente na prova de física do vestibular, chamou-o e propôs que fizesse outra prova ali na frente dele, ele aceitou e deu no que deu.

Ficamos perplexos e apreensivos com a possibilidade de anulação do vestibular. Almir desceu de seu pedestal de seriedade que proporcionava seus quase 40 anos e desandou a chorar, dizendo que não sabia o que aconteceria com ele, que tinha família para cuidar etc.; com ajuda de muitas garrafas de cerveja, tentamos consolar o cara sob o olhar surpreso do "senadinho", como chamávamos um grupo de diretores e conselheiros do clube, que invariavelmente todas as tardes se reuniam para conversar fiado e encher a cara naquele bar. Eles ficaram atentos para a cena patética: dois garotos tentando consolar um senhor já grisalho. Dez dias mais tarde, Almir foi transferido para o Ceará; depois soubemos que conseguira matrícula na faculdade de medicina daquele estado.

No outro dia o assunto veio à tona na escola e o clima de tensão atingiu níveis insuportáveis. De tarde as aulas foram suspensas, eu e Alceu fomos ao bar da esquina; a turma toda estava lá reunida comentando sobre a possibilidade de anulação do vestibular, e o Leite andando por ali. Cheguei perto dele, fiquei frente a frente e, sem perguntar nem dizer nada, desferi violento soco em seu olho direito; ele foi ao chão, levantou a cabeça, olhando-me por um instante e, certamente, viu sofrimento também em meu rosto, antes de "dormir" por uns cinco minutos. Sim, eu também estava sofrendo... Uma pessoa quase minha amiga insinuou que era "qualira" em público, e isso doeu tanto quanto o soco que levou. No dia seguinte, com grandes óculos escuros para disfarçar o olho roxo, veio constrangido me pedir desculpas, pois compreendia que tinha "avançado o sinal". Continuou estudando conosco e nos tornamos grandes amigos.

Na Caju tínhamos as tais reuniões de conscientização, e padre Ruy muitas vezes convidava lideranças estudantis para proferir palestras nas tais reuniões; poucas vezes eu assistia a elas. Não tinha paciência nem com os palestrantes nem com os temas de tais palestras, geralmente com títulos que não tinham nada a ver com o seu teor. Por exemplo, teve uma noite em que estava programada uma apresentação cuja temática seria "Como conscientizar os pescadores dos municípios da região do Salgado", mas não se tratava da procura de fórmulas para levar-lhes cultura e saúde. Tais temas mascaravam a pregação de sociedades utópicas, sem castas, com líderes, assim como eles, os palestrantes, cheios de boas intenções e humanismo. Estando eu presente, contestava-os e a coisa virava debate inflamado; lembro-me de uma vez que, muito exaltado, abri a janela e apontei para um cupinzeiro em uma mangueira, dizendo que na natureza já existia exemplo de sociedades comunistas, cuja organização tinha a finalidade de compensar a ausência de inteligência: as sociedades dos insetos.

Padre Ruy não gostava de minhas contestações, tomava partido, mas respeitava minhas convicções; queixava-se muito de que não vivíamos democraticamente e tinha razão, mas Dr. Sérgio tinha-me dito que aquela era uma ditadura leve e no fundo tinha gostado da atitude do general-comandante combatendo a desfaçatez no vestibular que prestei. Minha ruptura total com o movimento estudantil paraense, entretanto, só se deu quando eu estava no segundo ano da escola.

Compreendi desde cedo que, se quisesse me formar médico, deveria estudar muito. Não podíamos estudar apenas nas vésperas dos exames, porque seria impossível fazer uma boa prova dessa maneira; ainda no primeiro ano, eu e Alceu brincamos um pouco e tivemos algumas dificuldades para sermos aprovados. O esquema tinha de ser de estudos todos os dias e todos os fins de semana, senão acumulava matéria; essa regra era seguida por todos os alunos da escola. Tínhamos apenas um fim de semana livre por mês, que era o imediatamente após a semana de provas, neste aproveitávamos e fazíamos festas, que eram frequentadas gostosamente até por nossos professores. Raimundo Leite era uma exceção; pouco estudava e vivia em farras, pegava nos livros apenas nas vésperas dos testes e se saía muito bem, jamais tirando nota ruim.

Estudo e cultura eram marcas da Escola de Medicina e Cirurgia do Pará. Situada no bairro de Santa Luzia da capital paraense, num casarão onde se instalara havia 70 anos no segundo ano de sua existência; como não dispunha de muitos recursos tecnológicos, especializou-se na cultura médica de uma maneira geral. Os mestres ensinavam-nos muito bem e com grande paciência, mas eram extremamente rigorosos nas avaliações; havia professores camaradas, simpáticos, mal-humorados e arrogantes, mas todos tinham em comum o rigor extremo com que nos avaliavam em todas as cadeiras, e nós tínhamos de estudá-las em minúcias uma por uma, sem descuidar de uma única sequer. Quem, por exemplo, não soubesse examinar e interpretar profundamente o olho, com suas doenças, sua vascularização, fisiologia etc., não seria médico porque a cadeira de oftalmologia não o permitiria, independentemente de tal aluno se interessar ou não em ser oftalmologista.

Desde que passei no vestibular, minha prioridade era estudar; no primeiro ano, eu e Alceu ainda jogamos o campeonato paraense, mas depois o futebol saiu de nossa vida. O namoro foi muito restringido, muitas vezes com incompreensões e rupturas das namoradas; geralmente duravam o tempo das férias e raramente resistiam ao início das aulas. Não era propriamente como nos deixou claro Dr. Romário, o mestre de anatomia, um velhinho muito simpático, mas que nos falou, entre gozações nas primeiras aulas, que ele e os outros mestres tirariam o "sal" de nossa vida de tanto nos fazer estudar, mas tive de sacrificar muita coisa para me formar.

Eu gostava de estudar vendo como era o corpo por dentro e não tive problemas. Claro que ninguém de minha turma haveria de sentir saudades das longas madrugadas de estudo, de estudar até desmaiar de sono inutilmente combatido com litros de café; mas a grande maioria de meus colegas jamais abriria mão daqueles anos, em que procurávamos absorver a cultura que emanava de cada pedra daquele prédio, com uma garra que não arrefeceu em nenhum daqueles seis anos.

    A turma dividia-se em dezenas de grupos de estudos, que passavam as noites insones na casa de um dos componentes. No meu caso, de Alceu e Leite, inicialmente estudávamos na casa do Dr. Sérgio, mas, como era muito desagradável ver nossas peças de estudo, padre Ruy liberou duas salas no porão da Caju, onde guardávamos nossos ossos e peças anatômicas, que comprávamos do bedel da escola; muitas vezes "morávamos" ali por semanas. Dona Lúcia e dona Alzira, mãe do Leite, levavam-nos refeições, roupas limpas e sempre nos aconselhavam, preocupadas, que nos alimentássemos e dormíssemos melhor. Em termos de divertimentos, apesar de tudo, não podia me queixar; tinha as férias em Salinópolis, onde Dr. Sérgio havia comprado uma casa e sempre me convidava para acompanhar a família, tinha nossas festas mensais, que duravam um fim de semana e eram loucas, ébrias e extremamente divertidas, tinha as namoradas que o "status" de acadêmico atraía...; apesar das noites insones, a vida era muito gostosa.

    Poucas semanas depois de começarem as aulas, Dr. Sérgio procurou-me e expôs sua ideia para com a qual Alceu não se havia interessado; mostrou alguns exames de fezes de crianças que nunca tinham saído de Belém e que acusavam a presença de ovos de *Shistosoma mansoni*, um verme que parasita o fígado e que causa uma doença muitas vezes mortal. A esquistossomose mansônica, xistose ou simplesmente "barriga d'água", como a chamam os sertanejos, não é uma doença americana; ela atravessou o Atlântico vindo da África nos navios negreiros e adotou o Brasil com força e devoção, porque recebeu ajuda de outras pragas muito abundantes por aqui: subdesenvolvimento, falta de saneamento e falta de educação pública, entre outras, como o descaso crônico com que a saúde do povo sempre foi tratada pelos governos brasileiros e em especial essa ditadura malsinada. Com tal ajuda, espalhou-se pelo Brasil do sul ao nordeste, mas poupou a Amazônia, devido à baixa penetração escravagista e ao isolamento desta região do resto do Brasil; então, afora um foco isolado e imediatamente controlado em Fordlândia, na década de 1940, em que foram para lá nordestinos em busca dos dólares de *Mr.* Ford, não se ouvia falar em xistose na Amazônia.

Dona de um ciclo muito complicado que exige coincidências, essa doença pode ser facilmente erradicada, desde que haja vontade política. O homem doente evacua suas fezes cheias de ovos do parasita e, se esses ovos caem no meio líquido, eliminam um micróbio parecido com uma barata, que se chama miracídio; esse miracídio entra pelas anteninhas de um determinado tipo de caramujo, que passa a eliminar até morrer uma pequena larva microscópica, chamada de cercária. É essa cercária é que penetra na pele do incauto que toma banho em águas contaminadas. Uma vez no organismo humano, a cercária, depois de um longo passeio por vários órgãos, fixa-se no fígado, onde se transforma no verme adulto; em pouco tempo, esse indivíduo passa a eliminar por suas fezes os ovos do *Schistosoma*, fechando assim o ciclo do parasita.

Dr. Sérgio estava simplesmente me explicando que tinha descoberto a infestação da Amazônia pela xistose, tendo como porta de entrada a cidade de Belém. Passaria despercebida, se não existisse naquela cidade um médico que já esperava por ela desde a abertura da Belém/Brasília e, durante seu "castigo" imposto pela ditadura de ignorantes, aproveitara para verificar se tinha razão em seus temores.

Cheguei a ver o verme adulto no laboratório de parasitologia da escola, em um vidrinho com formol. Vermes estranhos aqueles; medem pouco mais que 1 cm, o macho, que tem o corpo achatado em forma de folha, envolve a fêmea, que tem forma cilíndrica, e passam a vida inteira abraçados numa eterna cópula, enquanto entopem os ramos da veia porta dentro do fígado, causando hipertensão portal e provocando o extravasamento de líquidos dessa veia para a cavidade abdominal, deixando o indivíduo doente com aquela barriga enorme cheia de líquido; daí o nome "barriga d'água".

É uma doença geralmente fatal, pelas hemorragias que provoca, e altamente incapacitante. Estava vindo pela Belém/Brasília com mineiros, goianos etc., e Belém só escapou da tragédia porque possuía um verdadeiro "radar" sanitário: Dr. Sérgio. Que grande médico aquele! Mesmo colocado literalmente na merda, criou pérolas científicas que enriquecem a história da medicina sanitária do Pará.

A ideia de Dr. Sérgio era fazer um amplo levantamento sanitário das áreas alagadas de Belém, com exame de fezes no maior número de crianças possível, bem como estudar as condições sociais, mas não dispunha de verbas; claro... a "redentora" achava que cuidar da saúde da população não era importante para transformar o Brasil em potência. Perguntou-me se eu conseguiria um grupo de estudantes dispostos a livrar a cidade da praga, e se a cadeira de parasitologia da escola se interessaria em apoiar os trabalhos. Dr. Carlos Amoras, o titular de parasitologia, não só apoiou como colocou à disposição do grupo toda a sua infraestrutura de laboratórios. O assunto "pegou" na escola. Em dois dias organizei o grupo de trabalho. A cadeira de medicina tropical do terceiro ano também se interessou, e Amadeu organizou, por sua vez, um grupo de trabalho daquela turma, que ficou encarregado dos levantamentos sociais e sanitários das regiões que seriam estudadas.

Na noite em que falei para Dr. Sérgio que o grupo estava formado, disse para Alceu que tinha incluído seu nome e perguntei se aceitava; ele, que andava cabreiro, pois eu organizava algo que era sucesso na escola e ainda não o havia procurado, aceitou prontamente. Falei, então, que ele deveria prestar um pouco mais de atenção nas ideias de seu pai antes de descartá-las. Olhou-me surpreso e, muito vermelho, disse que isto não era assunto meu; retruquei que, de fato, não era assunto meu, nem também o caso dele com Lúcia (uma remanescente da "noite de luar" na ilha do Mosqueiro), que já estava demorando muito e prejudicando seu desempenho nos estudos, porque só queria saber de ficar trepando e não comparecia para estudar comigo e Raimundo Leite. Ficou furioso, esbravejou, disse que já estava cansado de me ver metido na vida dele e, muito exaltado, gritou que nunca mais na vida queria ver a minha cara; só não me prometeu porrada. Fui para casa irritado com meu amigo, mas já no outro dia, no treino de futebol, ele se acercou com aquele seu jeito meigo, foi um dos mais entusiasmados do grupo de trabalho da escola e passou a estudar um pouco mais; mas só largou Lúcia, uma menina chatinha e sem graça, no fim do ano letivo.

Durante dez dias pela manhã, saíamos pelas palafitas cadastrando crianças e distribuindo potinhos; de tarde, vínhamos recolhendo-os já rotulados, contendo o cocô das crianças. Amadeu, com a equipe do terceiro ano, percorria as palafitas levantando as condições sanitárias e entrevistando os moradores. De noite, todos nos reuníamos no laboratório e examinávamos aquelas fezes. O resultado mostrou que 30% das crianças estavam contaminadas com a doença, cujo aparecimento Amadeu e seu grupo apuraram que tinha começado ao redor do Igarapé das Armas, pequeno riacho histórico que cortava Belém, desembocava na baía do Guajará e que tinha suas margens cheias de palafitas.

Claro que a doença só poderia começar em um lugar como aquele; miséria e ignorância era o que não faltava ali. As palafitas ficavam suspensas em cima de um mangue que enchia com a maré alta e se transformava em uma lama marrom na maré baixa. O "bairro" distribuía-se acima daquela lama, e suas ruas eram caminhos de tábuas, chamadas estivas. As condições de higiene, precaríssimas: o vaso sanitário, por exemplo, nada mais era do que uma tábua que se levantava do soalho da palafita; durante a maré cheia, as crianças tomavam banho naquelas águas, entre cocô boiando e roedores. Muita miséria e condição sub-humana, que a tal "redentora" fazia vista grossa e não estancava, como prometera.

O trabalho foi um sucesso, porque o médico provou que, embora a Amazônia não possuísse o *Biomphalaria glabrata*, caramujo responsável pela transmissão da doença no Sul e no Nordeste, tinha em abundância o *Biomphalaria straminea*, que se prestava para o papel; descobriu também que o verme se havia adaptado à água ligeiramente salobra da costa de Belém. Exigiu providências, e, talvez porque as autoridades não soubessem mais como castigá-lo, usaram o bom senso e em dois anos os focos foram extintos, com o tratamento dos doentes por Dr. Sérgio e grandes obras de saneamento básico por parte do governo.

Com a "Campanha da Shistose", Dr. Sérgio viu consolidado no Pará seu prestígio de grande sanitarista. Médico formado na Bahia e especializado em Saúde Pública pela Universidade de São Paulo (USP), tinha encontrado seu lugar na galeria de grandes médicos da medicina paraense, um tradicional e importante centro médico brasileiro que originalmente não era o seu; conquistou, devido a isso, sua nomeação para trabalhar como pesquisador no Instituto Evandro Chagas, no departamento de entomologia, um velho sonho seu, porque queria estudar a reprodução dos mosquitos hematófagos, em busca de um anticoncepcional para controlar sua população.

O Instituto Evandro Chagas, um dos orgulhos de Belém, é um grande laboratório de exames especiais com alta tecnologia, sendo o maior centro do mundo no estudo dos arbovírus, os vírus transmitidos por insetos hematófagos, como o pernilongo que no Pará se chama "carapanã". Dr. Sérgio conseguiu para mim, usando seu recente prestígio, uma bolsa de estudos do SESP e passei a fazer pesquisas no centro de enterovírus do grande laboratório. Só não conseguiu para Alceu, porque este não se interessou, o que fazia com tudo o que viesse de seu pai; isto às vezes me deixava irritado com ele, que não admitia minha interferência, e brigávamos feio sempre que me metia em favor de Dr. Sérgio.

O instituto parecia uma fazenda; uma casa grande no centro de um enorme terreno gramado e arborizado. Escolhi o laboratório de enterovírus, vírus que são adquiridos pelo tubo gastrointestinal, como o vírus da paralisia infantil; no trabalho com esses vírus, usávamos as células de epitelioma humano (HEP, na sigla inglesa). Era uma célula cancerosa, que foi isolada do câncer de garganta de uma mulher muitos anos antes; a mulher já havia morrido, mas vários laboratórios do mundo cultivavam em garrafinhas suas células cancerosas, fazendo-as reproduzir-se, e usando-as como meio de cultura para alguns tipos de vírus, que, ao contrário das bactérias, exigem meio vivo para se reproduzir. Era um trabalho de alta técnica, que exigia grande concentração e dedicação.

No plano financeiro, fiquei muito melhor: o trabalho no instituto, com sua bolsa de estudos, dava-me um bom dinheiro e ainda arranjava tempo de ensinar inglês para algumas pessoas; então já me supria, pagava a Caju, mandava um dinheiro para tia Dora e me divertia. Naqueles tempos vivia bem, andava bem vestido e ainda conseguia guardar algum dinheiro. Era uma época em que imperava a filosofia hippie e vestir-se bem era usar calças jeans, camisetas coloridas, sapatos mocassins e, com essa indumentária, poder-se-ia ir a quase todos os lugares; precisava de uma roupa mais "transada" para as festas mais descoladas e pronto, era o guarda-roupa suficiente, além da roupa branca que se usava nos laboratórios e ambulatórios da escola.

Estávamos no segundo ano, e naquela segunda-feira nossos professores não puderam entrar na escola, porque ela estava ocupada por uma meia dúzia de acadêmicos de medicina e uma multidão de estudantes de outras faculdades, principalmente de filosofia e de direito. Protestavam contra o reitor da universidade, no que não deixavam de ter razão: era um homem incompetente e vaidoso, que desagradava não só aos alunos como também aos professores. Eu não admitia, porém, que fôssemos impedidos de ter aulas, e não me conformava em ver aqueles caras praticamente morando na escola. Para o movimento estudantil, parar a medicina era muito importante, pelo prestígio que a escola desfrutava na sociedade de Belém; como seus alunos viviam estudando, era pouco politizada e só na marra poderiam parar suas atividades, como estava acontecendo. Na quarta-feira, resolvi agir; reuni-me com uma turma que, como eu, estava revoltada com a situação e tomamos algumas providências, primeiro para tirar dali os poucos alunos da medicina que tomavam parte da ocupação, acabando com sua legitimidade, para depois expulsar os invasores nem que fosse na base da porrada.

Os colegas que tomavam parte da ocupação eram pouco chegados aos estudos e, como todos da esquerda festiva, adoravam uma festa.

Resolvemos antecipar a festa mensal de minha turma para o seguinte fim de semana, e cuidei pessoalmente para que fosse um sucesso. Espalhei cartazes pela escola avisando que o preço da bebida seria subsidiado, teríamos som ao vivo, o lugar seria a casa de Ceci, uma colega, e até a "turma do pererê", como chamávamos o pessoal canabista, poderia ir sossegada, que não seria esquecida.

    Variávamos muito o lugar de nossas festas. Algumas vezes, na enorme casa do Fausto, onde ficávamos à vontade, mas inibidos devido ao luxo do lugar; outras vezes, num sítio de algum colega próximo de Belém. Mas o melhor lugar era na casa de Ceci, uma colega que morava na beira da baía do Guajará. Como seu pai possuía uma frota de barcos de pesca daqueles de vela, típicos de Belém, tinha um cais do lado da casa com uma área muito grande. O ambiente bucólico e seus pais, pessoas simples e extremamente agradáveis, garantiam a predileção do lugar.

    A caipirinha seria de graça, porque o pai de Ceci doou-nos seis garrafões de cachaça de Abaetetuba, cidade paraense ribeirinha famosa por sua aguardente, e o limão com o açúcar comprei de meu próprio bolso. Marli, uma colega que às vezes gostava de frequentar o "turíbulo", sala do diretório onde o pessoal fumava os baseados, providenciou em Bragança, cidade onde dizia ter a melhor maconha do Pará, o abastecimento para a "turma do pererê", e Divino, um colega de uma família de artistas, providenciou um show de música ao vivo com o conjunto musical de um seu irmão. Os colegas Fausto e Eliana ficaram responsáveis pela comida, que também foi de graça, financiada pelos respectivos pais, que eram ricos; nada de jantares, e sim salgadinhos, sanduíches, tira-gostos e coisas assim. A festa foi um sucesso, como já esperávamos, e esvaziou a ocupação da escola; no domingo pela manhã, foi a vez da tropa de choque que havíamos organizado.

    Chegamos cedinho à escola, encontrando os caras ainda dormindo, e não havia um único acadêmico de medicina; pedimos, com muitos modos, que se retirassem. Como se recusaram, "fechou o tempo" e a porrada cantou em nosso favor, já que estávamos com gente mais pesada, embora em menor número. Tiveram de sair debaixo de pancadaria da Escola, onde ficamos até segunda-feira de manhã, e entregamo-la a Dr. Camilo Viana, diretor e mestre de deontologia médica, pessoa muito culta e especialista em ecologia, que, aliás, teve problemas com a ditadura por seu imenso e destemido amor à natureza. Esse episódio marcou definitivamente minha ruptura com o tal movimento estudantil paraense, que nunca mais apareceu na Caju, o que achei ótimo.

Alceu ficou neutro; não me ajudou na organização da festa, embora a tenha adorado, mas foi com a tropa de choque, explicando que estava preocupado comigo, que dizia não saber brigar. Eu sabia, porém, que no íntimo ele queria a volta das aulas, porque gostava de estudar. Na hora da briga, foi de muita valia, uma vez que era muito bom nisso desde criança; sozinho, pôs três estudantes de educação física, dos grandes, para correr. Nunca mais as "lideranças" apareceram na Caju para as doutrinações; passaram a me respeitar.

As mulheres sucediam-se na minha vida. Silvia foi a primeira de fato e me achava um objeto sexual, o que não me desagradava. Ela tinha carro e de vez em quando aparecia na Caju, levava-me para um motel e depois me deixava em casa, esperando por seu próximo tesão; na primeira vez que disse que não poderia ir, porque teria prova de vestibular em dois dias, parou de me procurar. Deve ter terminado o namoro e se esqueceu de me dizer. Depois pintou Helena nas minhas primeiras férias de julho da escola, em Salinas; ela era linda, mas não me "deu" de jeito nenhum; seu amor não resistiu ao começo das aulas, pois queria o impossível: que fosse a sua casa todas as noites. No decurso do segundo ano, apareceu Magda; até então eu já sabia que as mulheres precisam de uma preparação antes do sexo, mas Magda mostrou-me que as mulheres também podem saber como se "prepara" um homem. Teve uma garota revolucionária, a Shirley, que exercia comigo a "política do corpo" e me deixou porque não aguentava o meu pensamento de "burguês pobre", como definiu. Todos os meus namoros se arrastavam inconsequentes e sem futuro.

Eliana foi a que mais durou; ela era do terceiro ano e eu do segundo, no tempo em que começamos a namorar; ficamos um ano juntos. Aprendi algumas coisas com aquela garota de pensamento sereno e equilibrado, mas seu pai, um rico comerciante de gêneros alimentícios, incomodado com a duração do namoro, implicou com aquele candidato a genro, rapaz de absoluta inexpressividade social, que nem sequer frequentava a Assembléia Paraense, o clube aristocrático da cidade. Quando ela me deixou, senti uma espécie de vazio, algo bem próximo ao sofrimento.

Preparávamo-nos para as provas finais do terceiro ano, no dia em que a "noite" desabou em cima do país. O "presidente" sofreu um derrame, como informaram os "donos" da nação; os chefes militares não permitiram a posse do vice e governaram em triunvirato. Fecharam o regime e, entre outras "levezas", instituíram a pena de morte, isso tudo a pretexto de reprimir os atos de uns garotos doidivanas que decidiram viver emoções fortes sequestrando embaixadores, roubando bancos e desviando aviões para Cuba. Faziam o trabalho sujo para os que aspiravam o poder pela força e que nessas alturas já deveriam estar respirando os amenos ares da Europa.

Gilberto Gil, nas rádios, berrava que deveríamos nos preparar para a possibilidade de ir para o Japão, e não deixava de ter razão, porque a ditadura tornava-se feroz e sanguinária. Após curto reinado, o triunvirato deu lugar a um "presidente" que tinha o olhar sonolento e que falou um bocado de coisas na sua posse; falou até que seus olhos eram azuis, talvez porque a televisão daquela época era em preto e branco, e ele queria deixar claro a seus dominados o que considerava uma credencial. As "forças democráticas", apoiadas pelos "democráticos" partidos comunistas de vários matizes, tentaram resistir na marra à imolação da liberdade, atividade que achavam exclusiva deles, já que a destroem onde põem as mãos; então criaram focos de guerrilhas no Sul e no Norte, o que só contribuiu para piorar as coisas, enfurecendo mais a ditadura.

Ditadura estranha. Não havia a imagem de um ditador carismático, como Mussolini, por exemplo, para onde pudéssemos canalizar nosso ódio ou nosso amor; era uma sucessão de generais que desfilavam fantasiados de presidente, e com a expressão de que estavam fazendo um grande favor, um enorme sacrifício pessoal. Difícil lutar contra aquilo; especializou-se em atuar ditatorialmente com o Congresso aberto, ministrando-lhe uma dieta de migalhas econômicas e grandes "sapos políticos". Nosso Legislativo, que deveria ser um guardião das leis e da cidadania, aderiu gostosamente à nova situação em sua grande maioria, passando de casa de leis para enfeite na lapela de ditador latino-americano ignorante e subdesenvolvido. Assemelhavam-se a um bando dentro de uma piscina com merda até o pescoço; de repente vinha a ditadura com uma foice rente à superfície, e quem não quisesse perder a cabeça, que a mergulhasse por inteiro na imundice. Chato mesmo era fazerem isso e depois tentarem convencer que continuavam limpos.

De qualquer maneira, tinha braços fortes e esta era a realidade; a primeira vez que senti esses braços fortes foi na véspera de uma prova de bioestatística. Um grande ônibus verde-oliva parou na frente da Caju numa madrugada, levou todo mundo, inclusive padre Ruy e a cozinheira, que estavam dormindo; fomos para o quartel que ficava na mesma avenida. Era um veículo provavelmente usado para transporte de oficiais, muito luxuoso e confortável. Fui o primeiro a entrar, sentei-me, acendi a luz de leitura da poltrona, recomecei a estudar e, até chegarmos ao quartel, não tive problemas.

O ônibus estacionou e, de dois em dois, os passageiros iam sendo levados para interrogatório. Um soldado aproximou-se de onde eu estava e apagou a luz que usava para estudar, sob meus protestos, e, como não voltava atrás, fiquei de pé e perguntei alto se alguém tinha uma vela para me emprestar; ouvi a resposta de algum engraçadinho: "*Pode pegar a do soldado mesmo*". A gargalhada foi geral, inclusive dos soldados que estavam no corredor do ônibus nos "guardando", armados de metralhadoras. Um soldado retirou-se, voltando em seguida, acendendo todas as luzes do salão do veículo sob os aplausos de todos, pois não era eu o único que estava estudando.

Fui interrogado duas horas depois: um indivíduo sentado atrás de uma mesa, numa sala em penumbra, olhou-me e foi logo dizendo que eu não tinha cara de Benedito e muito menos de Benedito Filho. Senti a mordacidade, mas permaneci calmo ao responder à primeira pergunta sobre os EUA, e se eu gostava daquele país: *"Não tenho nada contra, e não recusaria se alguém pagasse para mim umas férias em Miami"*. A segunda pergunta foi o que eu achava do "regime", então me atrapalhei e perguntei *"Regime, que regime?"* (sinceramente, pensava em regime alimentar). Com risos, mandaram-me embora e, ao sair, descobri que a "carona" era só de vinda; todos tivemos de voltar a pé para a Caju. Detido mesmo e apenas por um dia ficou padre Ruy, mas não o maltrataram.

Alceu, desde criança, não podia ver o que considerasse injustiça, sem tentar fazer alguma coisa para mudar, e era uma pessoa que facilmente se via vítima das próprias paixões; com mulheres então, era um "pasto fácil". Lúcia, a primeira, demorou bastante em sua vida; ela pouco estudou e algumas vezes dizia que o homem devia constituir família cedo. Percebi logo que somente queria que Alceu desistisse de ser médico para armar um compromisso mais sério com ela; sempre que os estudos recrudesciam, havia briga entre os dois. Discretamente eu fazia carga contra aquele namoro, mas, quando Alceu percebia, ficava irritado e, geralmente aos berros, dizia que não gostava de se sentir perseguido por ciúmes de homem. Isto doía em mim; acabávamos brigando, mas só terminou com a inocente e pura garota após ter sua testa enfeitada por um par de chifres. Ele ficou mal e deprimido, mas logo se recuperou com Mercedes, uma atleta de natação do nosso clube; ficou totalmente apaixonado, porém ela era uma garota muito forte e irritadiça e, durante seus ataques, geralmente deflagrados por ciúmes, agredia Alceu, que se submetia. Muitas vezes chegou para estudar com marcas de unhadas e dentadas nos braços e rosto; se perguntávamos o que acontecera, era o suficiente para deixá-lo à beira de um ataque explosivo.

Depois desta garota, pareceu que se tinha enquadrado na ideia de que, nessa fase de nossas vidas, garotas não poderiam representar mais do que um *relax*, uma diversão, e teve vários casos inconsequentes. Estávamos no terceiro ano e, logo no começo, Valéria entrou na sua vida; era uma garota da nossa idade, muito séria e que estudava filosofia. Elegante e muito bonita, seu pensamento era totalmente de esquerda; em pouco tempo já antipatizava comigo, que já conhecia, porque fui considerado maldito pelo movimento estudantil, ambiente que frequentava e no qual introduziu Alceu. Durante nossa apresentação, ostensivamente falou que nunca imaginara um dia ter de apertar a mão do reacionário louro da Caju, como eu era conhecido por aqueles "porras-loucas".

Até então eu tinha uma certa interferência sobre Alceu, que muitas vezes esperneava, mas assimilava o que ouvia; a partir daí, Valéria começou um trabalho de desativar toda e qualquer influência que eu pudesse ter em seu namorado. Alceu às vezes dizia que tinha de abandonar valores burgueses, como família e religião, num pensamento vago e cheio de ideias utópicas. Foi uma época em que brigamos bastante, mas, depois dessas tempestades, foi-se afastando de forma indolor, de maneira que ficou nos ligando apenas uma tênue linha de afetos. Aparecia cada vez mais raramente para os estudos, e, nessas ocasiões, sempre procurava fazê-lo entender que precisava estudar, pois suas notas estavam sofríveis; argumentava que a atual fase de nossa vida era de estudo e formação intelectual e teríamos chances sim de mudar as coisas, mas com melhores recursos culturais e nossa cidadania formada. Alceu já não se irritava, parecia nem me ouvir e apenas ria superior, dizendo que estava prestes a cumprir missões mais elevadas.

Raimundo Leite falou-me que Alceu estava frequentando reuniões proibidas, e um dia resolvi ir a uma dessas reuniões. Cheguei 22 h da noite; na entrada alguns componentes do grupo fecharam a cara para mim, mas não me dei por achado. Estávamos na faculdade de filosofia, em cujo auditório se realizaria a tal reunião. Via-se, num canto, uns rapazes e moças cercando um rapaz com violão, que cantava músicas de protesto; entre eles, Alceu e Valéria, que fizeram que não me viram.

Finalmente a reunião começou. Valéria, com muitos elogios, anunciou o palestrante, um dirigente comunista, e este tomou a palavra. Começou a falar mal da ditadura e acusá-la de defender os interesses norte-americanos na América Latina; disse que estava difícil viver no Brasil, com a sensação de injustiça intoxicando até o ar que respirávamos, no que tinha razão, e que se tinha de pegar em armas como "combatentes da liberdade" para estancar esse estado de coisas. A partir daí, começou a elogiar os países comunistas, mostrando as delícias do comunismo e a maravilha que seria um Brasil socialista; esse último ponto praticamente tomou toda a reunião, que deixava em êxtase a maioria dos presentes, inclusive meu amigo e sua namorada.

Havia prometido a Raimundo Leite, quem me levou para a reunião, manter minha boca fechada; mas, na hora das perguntas, não me contive e perguntei se os garotos da Checoslováquia que recentemente haviam sido esmagados por tropas russas também poderiam ser considerados "combatentes da liberdade". Antes de ele responder, ouvi a voz de Valéria dizer, de forma áspera, que não se poderia dar ouvidos a reacionários e "melar" a reunião. Compreendi ali que corria grande risco de perder completamente o afeto de meu melhor amigo, porque namorava uma garota que, por posições políticas contrárias, detestava-me, odiava-me. Leite saiu da reunião irritado comigo por ter aberto a boca.

Outro lugar em que Alceu não ia bem era em sua própria casa; se já não dava ouvidos para Dr. Sérgio, passou a hostilizá-lo, tornando-se agressivo mesmo com sua mãe e seu irmão, um rapaz que, de tão sério, parecia chato, porém de uma afetividade muito grande. A verdade era que Valéria estava conseguindo destruir os "valores burgueses" em Alceu, só que o que colocava no lugar, além da carne, era nada; apenas pensamentos esquerdistas niilistas.

Raimundo Leite era dessas pessoas capazes de passear no inferno, sair de lá sem queimaduras e ainda receber calorosas despedidas do Diabo. Muito alegre e divertido, parecia ser também superficial, mas era puríssimo engano...; ao conhecê-lo melhor, vi que era dono de um intelecto profundo e de valores tão sólidos que aparentemente nem o inferno abalaria. Nutria um grande círculo de amizades e penetração na esquerda estudantil, da qual se dizia apenas um simpatizante, mas de forma alguma se comprometia. Logo que o conheci, pensei que fosse linguarudo, porém mais tarde descobri que sua língua grande era apenas para assuntos triviais e fofocas leves, *"Para temperar a vida"*, como dizia. Tive oportunidade de descobrir dentro de si um arsenal de informações que colecionava de forma hermética e para poucos exibia. Durante os dois últimos anos de nosso curso, tornamo-nos muito amigos; não havia mais Alceu, afastado de mim pelo vendaval político daquele tempo.

O medo dominou a escola, e a vida perdeu muito de sua graça, porque a ansiedade estava plantada nos corações. Até nossas festas já não duravam um fim de semana inteiro, apenas uma tarde e uma noite de sábado, e tornaram-se menos divertidas, porque corríamos riscos de ser confundidos com subversivos reunidos. A casa de Ceci, por exemplo, ficou definitivamente vetada, uma vez que se situava quase na frente de um quartel da Marinha. Tinha-se de ter muito recato, muito cuidado..., as paredes daquele tempo de fato tinham ouvidos. O único que parecia não se importar era Raimundo Leite; continuava com seu jeito de sempre, como se deslizasse por cima daquilo tudo com a agilidade de um esquiador, gozando os outros e recebendo gozações; parecia não ligar a mínima para o que acontecia.

Até os professores foram atingidos. Nesse ano o governo iniciou uma reforma para "inchar" as universidades, dobrando suas vagas sem, entretanto, aumentar as verbas delas; foi um desmonte. Na escola o desmonte começou pelo nome; não mais se chamaria como se chamava, havia já quase um século, pois seu nome foi mudado para Centro de Ciências Biomédicas de não sei das quantas e, no fim, Universidade Federal do Pará. Tirar o nome da escola para pôr um rótulo qualquer não foi o pior; fizeram como se misturassem cristais e parafusos numa caixa e a sacudisse. A partir de então, não haveria mais o sistema de primeiro, segundo, terceiro ano etc.; e seria substituído por um sistema de créditos, em que o aluno iria acumulando matérias até se formar, mas, quando passava no vestibular, não sabia direito o que seguiria. No caso da medicina, o aluno faria vestibular pensando nessa profissão e corria sérios riscos de sair da universidade formado pela faculdade de farmácia, por exemplo, e, em tese, vice-versa.

Achataram cadeiras inteiras para caberem na tal reforma, que em curtíssimo prazo comprometeria o sistema de interligação entre as matérias, que vinha funcionando havia décadas na formação do médico paraense. Poder-se-ia cursar a cadeira de microbiologia antes da de parasitologia, o que os mestres de ambos os cursos achavam um absurdo, ou se fazer oftalmologia antes de neurologia, o que seria outro absurdo, e assim por diante. Os mestres revoltaram-se e com inteira razão, mas a ditadura enfrentou-os e eles foram obrigados a se submeter, então a reforma seria implantada na escola a partir dos alunos que entrassem no ano seguinte. Mestre Tabosa, da histologia, um dos mais inflamados, percorria os corredores clamando teatralmente para que todos salvassem o que restava do velho casarão de Santa Luzia, até ser chamado para ter uma conversa com o "soldado", segredou-me Leite, ficando manso como um cordeirinho.

Esses fatos contribuíram em muito para minar a cabeça das pessoas impacientes, que gostavam de resultados rápidos, e também levaram a coisas como o sumiço de colegas; mas esta é uma outra lembrança.

Embora não tenha sido vítima dela, dava perfeitamente para sentir a cooptação comunista. De mim eles não se aproximavam, porque toda Belém conhecia minhas convicções políticas; muito ao contrário, comecei a sentir o retraimento de alguns colegas, inclusive de minha própria turma, daqueles mais esquerdistas. Às vezes, em algumas festas do mês, aproximava-me de um grupo e a conversa cessava; meu Deus, já havia passado por isso antes... Mas, para não me afetar, reagia pensando ironicamente que, se aqueles projetos de Stalin tomassem o poder, eu estaria mesmo com a vida "ralada". No fundo estava era gargalhando para eles, que, iludidos, acreditavam que teriam chances de derrotar uma ditadura que se mantinha com as armas das instituições militares, voltadas contra quem as tinha comprado; voltadas contra o povo brasileiro.

A outra "infiltração", esta eu vi. O Instituto Evandro Chagas foi fundado pelo SESP para ser seu laboratório central e tornou-se um dos maiores laboratórios de vírus do planeta; entretanto nem por isto deixou de ser vinculado à instituição de saúde. Em seus laboratórios pesquisavam cientistas indianos, canadenses, americanos, franceses etc. Todos professores de universidades desses países que, por meio de convênios entre governos, mantinham o Evandro Chagas num nível razoável de tecnologia. Embora muitas coisas não pudéssemos fazer, exatamente por carência tecnológica, quase todas as semanas se isolava um arbovírus novo, geralmente inócuo para o caboclo e mesmo para os habitantes de Belém, mas cruel e fatal para pessoas de fora, porque nestas poderiam causar encefalite, doença que, quando não mata, demencia.

Num determinado momento, o instituto deixou de ser vinculado ao SESP e ganhou autonomia administrativa e política. *"As coisas podem melhorar no que diz respeito à tecnologia"*, disse-me Dr. Sérgio, e de fato melhoraram; de um momento para o outro, começaram a aparecer nos laboratórios caixas com aparelhos inimagináveis para nós. Gostava de ficar, após os trabalhos, lendo aqueles jornais americanos que vinham embalando os aparelhos, com aquelas fotos coloridas oferecendo para venda coisas lindas. Afinal, melhoraram as condições tecnológicas, e passamos a fazer exames incríveis e extremamente sofisticados, como microscopia eletrônica de varredura e em contraste de fase. Havia um exame em que literalmente se via o choque do antígeno com o anticorpo, difundidos em gelatina especial; percebia-se a olho nu aquela linha leitosa se formando.

Dr. Sérgio tornou-se taciturno e mal-humorado. Pensei que a causa fosse apenas Alceu, mas estava enganado. Uma vez questionei e ele desconversou, resmungando algo como "convênios de merda" e coisas assim; como não insisti, o assunto ficou por aí. Estranhei sua atitude, porque imaginava que logo os mestres das universidades que haviam mandado aqueles aparelhos estariam chegando; certamente o Evandro Chagas teria fechado convênios diretos com universidades norte-americanas usando sua recém-adquirida autonomia, e isso eu achava que seria muito bom. Ledo engano... Em vez de mestres americanos, vieram oficiais do Exército norte-americano, atacado que fora por uma repentina e insólita sede de aprender microbiologia tropical. Dr. Sérgio andava irritado, por ser um patriota, mesmo não gostando de futebol, que era o parâmetro de patriotismo da época.

Compreende-se esse interesse da Força estrangeira por medicina tropical ao se lembrar de que o instituto, por ser o responsável sanitário como laboratório-piloto para praticamente toda a Amazônia, dispunha de infraestrutura de barcos e aviões para o deslocamento de técnicos em excursões que cobriam toda a selva. Os pesquisadores, que permaneciam na mata por semanas, agora teriam a companhia de soldados americanos. Parecia até que a direção do instituto não acreditava na proteção que poderia receber da ditadura, e foi pedir arrego à nação mentora dela. Haja cobiça mundial por esta terra, que não arrefece com o tempo...

Todos vermelhos e grandalhões, tratavam-me muito bem e diziam que parecia um garoto de uma certa região do Texas; falavam comigo em inglês, elogiando minha pronúncia quase sem sotaque e consideravam-me da "sua gente". Um dia encontrei três deles, dos mais jovens, no Xodó, um bar que estava na moda, e passamos a beber uísque. Depois de uma conversa sexualmente apimentada, porque os caras estavam doidos por mulheres, insinuei que era agradável saber que os militares americanos se interessavam em estudar microbiologia e doenças tropicais. Entreolharam-se cuidadosos e, num tom francamente defensivo, disseram que as Forças americanas estudam muito e eram voltadas para o social, daí a preocupação com a medicina etc.; um deles incisivamente me perguntou se em meu país os militares não eram assim. Respondi, não sem um pouco de gozação, afirmando que sim, que estudavam muito; no momento, por exemplo, dedicavam-se ao estudo da anatomia humana, e caí na gargalhada depois que acabei de falar. Eles não só não riram como esfriaram comigo.

O primeiro sinal de alerta foi Elcio, que parou de frequentar as aulas; ele era da minha turma. Depois sumiu um cara do quarto ano; próximo do fim do ano letivo. Alceu, que já vinha frequentando raramente a escola, desapareceu com Valéria e Flávio, um garoto do segundo ano. Dr. Sérgio não conseguia saber por onde andava o filho, que também muito pouco aparecia em casa, ficando quase o tempo todo no apartamento da namorada, de quem não gostavam. Uma vez fui ao apartamento de Valéria no dia do aniversário de Alceu; estava com Eliana, que na época era minha namorada. As pessoas que estavam lá não tinham nada a ver comigo, e muitas não gostavam de mim. O cheiro da maconha impregnava o ambiente, mal disfarçado com incensos baratos e de odor mais enjoativo ainda.

Já conhecia a erva que invariavelmente aparecia nas nossas festas mensais e, claro, experimentei-a algumas vezes; dava-me uma sensação de preguiça e hiperatenção, ampliando a capacidade de percepção. Adverti Alceu para que não a confundisse com alguma espécie de aditivo cerebral e que não era tão inofensiva como uma vitamina, mas ele não me deu bola e seguiu o ritual, como muitos: primeiro, festa onde aparecia maconha; depois, festa onde tinha maconha; depois, maconha sem festa; e o último estágio era uma sala do diretório acadêmico que nós chamávamos de "turíbulo". Todos os dias eles se reuniam lá, com aparência desleixada, esverdeados, perdiam aulas, geralmente com a cabeça cheia de planos mirabolantes e audazes para levar o país ao paraíso do socialismo.

Na festa tentei conversar com Alceu, mas ele parecia largadão e indiferente; como tentei irritá-lo e não consegui, desconfiei que já não estávamos no mesmo mundo, e nossos mundos estavam muito distantes. Saí dali deprimido e irritado, colocando a culpa em Valéria, mas Eliana desarmou-me com seu equilíbrio, dizendo que o momento político era que era o culpado, pois desfazia cabeças e amargurava corações. Pensei muito nessas palavras e passei a ter um pouco mais de condescendência com as esquerdas: elas não eram causa, talvez fossem produtos, no máximo pretexto.

Dr. Sérgio, após o desaparecimento de seu filho, procurou-o de todas as maneiras e, não o encontrando, tomou-se de profunda melancolia; definhou e morreu dois dias depois de minha última prova final do quinto ano. Grande perda para a medicina do Pará e para mim, que sofri como se tivesse perdido um pai. Procurei confortar como pude aquela família, até mesmo me mudando para morar com eles por um tempo, a pedido de dona Lúcia, que assim se sentia um pouco mais perto de Alceu. Depois de alguns meses, ela apegou-se à sua profissão de nutricionista, que tinha abandonado para acompanhar sua família, e matriculou-se num curso de atualização dessa área.

No sexto ano já não tínhamos mais aulas sistemáticas nem provas, todavia os estudos não paravam; era um ano de estágios nas clínicas básicas onde tocávamos as respectivas enfermarias, ficávamos responsáveis por aqueles pacientes com uma dedicação total e, perante os mestres, deveríamos mostrar que dominávamos aqueles casos com técnica e teoria. Tradicionalmente o sexto ano de medicina é um ano em que o acadêmico já se sente médico. A avaliação de cada um é dada pelo desempenho com os pacientes das enfermarias, com a apresentação e defesa de um tema perante uma bancada de mestres.

Pouco antes de Eliana me deixar, fomos a uma festa na casa de Amadeu, de quem ela era muito amiga; o ambiente era o mesmo da que tinha ido alguns anos antes, só que temperada com uma espécie de "frisson" político, pois Amadeu era um cara da esquerda não revoltada. Raimundo Leite estava lá e me disse que as pessoas que desapareceram na escola eram poucas, em comparação com o número de desaparecidos em outras faculdades; informou ainda que alguns tinham "caído", como chamávamos a prisão pela ditadura, porém a grande maioria estava com armas em operações de guerrilha no sul do estado, mais precisamente nas regiões dos rios Araguaia e Tocantins. Nunca tinha ouvido conversa parecida, mas Leite afirmou que era verdade, e mais: sabia com certeza que Alceu e Valéria não haviam "caído". Percebi que Leite falava sério, fiquei muito impressionado e exigi mais informações, todavia o cara vestiu rapidamente sua "capa de superficialidade", encerrou a conversa e saiu pela sala naquele seu estilo periférico saltitante.

Guerrilha no Pará? Eliana acreditou que era possível, principalmente depois que os sonhos da Transamazônica goraram, bem como os planos de desenvolvimento da região. "*Caldo de cultura para rebeliões é o que não falta por ali*", afirmou, grave. Nessa noite pedi fervorosamente a Deus para que Alceu estivesse vivo, mesmo pegando em armas.

Durante o tempo em que trabalhei no Instituto Evandro Chagas, fiz grandes amizades no SESP; embora tenha desistido da bolsa da instituição no início de meu sexto ano, as amizades permaneceram. Quando se aproximou a formatura, procurei Dr. Trinado, o diretor-geral do SESP para o estado do Pará, um de meus amigos, que me recebeu muito bem e, com muita calma, ouviu os meus planos. Como eu era um cara pobre, não poderia me especializar em psiquiatria logo que saísse da escola; antes queria passar dois anos no interior, praticando medicina e juntando algum dinheiro, para depois ir em busca da especialização em São Paulo ou em Porto Alegre, cidades que possuíam uma psiquiatria avançada. O diretor gostou de meus planos e prometeu me ajudar, pedindo que o procurasse logo após a colação de grau. Foi ele, no entanto, quem me procurou nas vésperas do grande dia, dizendo que eu seria funcionário do SESP, mas ainda não sabia para onde iria, provavelmente para a unidade hospitalar de Santarém.

Poucas cidades brasileiras podem se orgulhar de ter uma praça como a da República de Belém. Ela se divide em três quadras, sendo praticamente três praças juntas umas das outras. A maior é cheia de anfiteatros, monumentos e coretos, todos franceses, espalhados em longos gramados. A menor, na frente do Cine Olímpia, o mais tradicional da cidade, contém um grande chafariz com uma estátua no meio, que me lembrava muito Alceu dormindo no colo dela. A intermediária também é cheia de coretos e jardins, donde se ergue majestoso o Teatro da Paz, rodeado por seu pedestal de escadarias. Na sua arquitetura do século passado, vê-se o belo grandioso que os arquitetos pós-modernistas tentam resgatar. Naquela noite ele estava esplendoroso, todo iluminado, realçando as estátuas de sua fachada, que simbolizavam as artes, provocando nostalgia de um passado de riquezas, antes que os ingleses nos roubassem as sementes de seringueiras para plantá-las na Malásia.

A bela capital do Pará preparava-se para uma de suas maiores festas culturais: formar uma turma de seus filhos que escolheram os sofrimentos e as delícias da carreira de médico, e saíam da veneranda Escola de Medicina e Cirurgia do Pará, sem dúvida a maior expressão da cultura universitária de toda a região amazônica. Entrei naquele teatro sentindo-me diminuído, devido ao esplendor do prédio, e observando seus imensos lustres, o contraste entre o encarnado do veludo de suas poltronas e o dourado dominante em suas paredes e camarotes.

Madre Liganó veio de Castanhal convidada para ser minha paraninfa, com mais cinco irmãs, que, na plateia, destacavam-se do colorido reinante com seus hábitos negros. Elas não paravam de chorar, emocionadas, e madre Liganó beijava-me e chorava ao mesmo tempo, dizendo que ver seu *"bambino"* formado médico era uma das maiores alegrias de sua vida. Dona Lúcia, que temi não comparecesse, veio com Alex e desfilava distintamente por ali, em um lindo vestido prateado; abraçou-me chorando discretamente, e eu tinha certeza de que se lembrava de Alceu, a grande falta naquela noite, que "melou" um pouco a festa. Saí do Teatro da Paz com as palavras de Amsterdã, o colega escolhido para orador de nossa turma, ainda ecoando em meus ouvidos: *"Acautelem-se, colegas, porque nossa geração tem outros problemas além dos espinhos tradicionais e muito comuns na carreira do médico; lembrem-se de que vivemos tempos em que, em terra de cegos, quem tem um olho passa por mentiroso, e corre o risco de perdê-lo com a própria vida".*

Após a farra tradicional, aliás muito elegante e bem-comportada, um pouco diferente da do vestibular, dormi essa noite pensando muito em Alceu e pedindo a Deus que promovesse uma chance de ainda nos encontrarmos.

A sede central do SESP na rua Santo Antônio era um edifício de dez andares; no último se situava o gabinete do diretor-geral. Entrei, e ele, que esperava, recebeu-me informalmente. Parabenizou-me pela formatura e passamos a conversar diversos assuntos, perdendo toda a manhã; convidou-me para almoçar e, durante o almoço, informou que o Instituto Evandro Chagas tinha voltado a ser uma unidade do SESP, mas que estava encontrando resistências de alguns pesquisadores, porque resolvera acabar com alguns convênios estapafúrdios, firmados durante o curto período de autonomia do grande laboratório, e que incomodavam até mesmo Brasília. *"Também!... Recebiam rios de dólares e não prestavam contas a ninguém..."*, concluiu. No fim da conversa, disse-me que Santarém estava com seu quadro de médicos completo e me enviaria para a unidade hospitalar de Marabá, às margens do rio Tocantins. *"Estão acontecendo algumas coisas por ali, mas tu não deves te impressionar"*, acrescentou, após me explicar que antes eu faria um estágio probatório de 30 dias na unidade ambulatorial de Castanhal. Alguns meses depois, Dr. Trinado apareceria morto dentro de seu automóvel, em circunstâncias estranhas.

Por essa época, já se falava à boca pequena que no sul do estado estava havendo uma verdadeira guerra com grandes focos de guerrilhas, obrigando a ditadura a uma campanha militar superior em número de participantes à da Guerra de Canudos. O que Raimundo Leite me segregara anos antes já era do conhecimento de toda a universidade paraense. Sabíamos de casos escabrosos e que a ditadura estava vencendo; claro... que chances teriam aqueles pobres garotos...? Ouvia-se falar de torturas horrendas e eliminações sumárias, mas o Pará, bem como todo o Brasil, estava acostumado àquela verdadeira *"pax romana"* promovida pela ditadura sanguinária e ensandecida. Não havia más notícias nos jornais nem contestações; ninguém reclamava, a sociedade brasileira estava amortecida com as ideias de "Brasil grande", "Superpotência do ano 2000" e outras babaquices típicas do período em que reinou o "presidente" dos olhos azuis.

Desde que saí, nunca mais tinha voltado a Castanhal, e foi com um pouco de ansiedade que voltei àquela cidade. Tia Dora poucas vezes fora me visitar em Belém, mas de vez em quando a via, porque, sempre que ia para Salinópolis com a família de Dr. Sérgio, dávamos uma parada na casa do padre para um café e uma prosa com o cônego. Depois da morte do médico, parei de ir para a cidade praiana, estava havia quase um ano sem ver tia Dora e morrendo de saudades.

Encontrei mudanças em Castanhal. O cônego, já aposentado ou resignado, segundo a terminologia católica, tinha enfim encontrado seu irmão em Fortaleza e mudou-se para lá com o objetivo de passarem juntos o resto da velhice. Apenas tia Dora morava na casa do padre, pois padre Ávila tinha ido morar em uma casa que havia construído, e tia Dora, que não gostava dele, recusara-se a acompanhá-lo. A casa do padre estava em ruínas; uma parede da grande sala tinha desmoronado e a aparência era de desolação e abandono. O colégio já funcionava em seu prédio novo, e no antigo, agora, funcionava o convento, sonho maior de irmã Adelaide. A cidade cresceu muito e ficou mais rica. Os japoneses tinham chegado com suas plantações de pimenta do reino e a região desenvolvia-se. Com seus edifícios altos, largas avenidas e logradouros novos, Castanhal perdia suas características de sítio e assumia ares de grande cidade; o trilho do trem e a estação desapareceram com a extinção da estrada de ferro Bragantina, e no lugar da "rua do trem" havia uma grande avenida de duas pistas ladeada por prédios novos, lojas modernas e até postos bancários. Aqui e ali, um prédio conhecido: o eterno Cine Árgus, a igreja de São José, o Grupo Escolar... Mas a Castanhal da minha infância não mais existia.

Se estava apreensivo com a recepção da cidade, verifiquei que não havia motivos; na primeira noite que fui ao cinema, seu Duca em pessoa veio me dizer que eu não pagaria. Seu Hermenegildo, o artesão de couro, deu-me de presente uma alpercata que fez especialmente para mim, com um couro de qualidade; era linda, toda feita em treliças de tirinhas em couro supermacio, ótima de calçar nos dias quentes. Todos pareciam orgulhosos do médico castanhalense, Dr. Benedito Gomes Filho, que saiu da cidade um nada e voltou doutor.

Tia Dora tinha se recusado a ir à festa de formatura porque, preta e velha, achou que seria um "bibelô" feio a enfear o ambiente, mas agora desfilava pelos lugares orgulhosíssima de o jovem médico estar morando com ela. Com meu primeiro salário, fiz uma pequena reforma na casa do padre; comprei para ela um fogão a gás e uma geladeira, além de panos, colchão, panelas, louças, um bocado de coisas. Era divertido vê-la assustada com seus enormes beiços abertos, dizendo para eu não gastar todo aquele dinheiro, e eu retrucava dizendo que agora ela era "mãe de rico", entre gargalhadas. Eu também estava feliz porque nunca tinha visto tanto dinheiro em meus bolsos.

Dr. Magalhães, o filho do farmacêutico, formado três anos antes, convidou-me para trabalhar com ele em sua já bem concorrida clínica, mas polidamente recusei, explicando que tinha como meta me especializar em psiquiatria. Muitos moradores também me procuraram no SESP por doença e mostravam-se surpresos e constrangidos quando os reconhecia e os tratava com dedicação. Dr.ª Luiza foi muito solícita e ensinou com boa vontade toda a rotina do serviço. A casa onde morou Dr. Sérgio passou a fazer parte do posto e transformou-se em ambulatórios. Os funcionários eram os mesmos, mas agora, longe de me ignorarem, tratavam-me muito bem. Amilcar, o guarda sanitário, sumiu da cidade e ninguém sabia por onde se encontrava.

Com meu segundo salário, institui uma quantia que mandaria para tia Dora todos os meses, já que não queria me acompanhar para Marabá; dizia que eu era ainda uma "mudinha", mas ela, sendo uma "velha mangueira", sofreria muito e poderia morrer, se saísse de lá.

O SESP tinha-me oferecido, nesses trinta dias, alojamento no Hotel Braga, e seu proprietário foi me buscar pessoalmente na rodoviária, dizendo que ele próprio havia preparado o quarto onde eu ficaria. Agradeci dizendo que não era pessoa de fora para ficar em hotel e que sempre teria uma casa para onde ir em Castanhal, enquanto tia Dora fosse viva. Ele não se mostrou ofendido e preparou uma festa de despedida em seu hotel, com Dr.ª Luiza, que era mulher muito festeira, nas vésperas de minha partida; até tia Dora compareceu e foi a primeira vez que entrou naquele lugar de "gente rica", como dizia.

TOCANTINS

Se houve um dia em que o Criador estava inspirado, certamente nesse dia Ele criou os jambeiros da Amazônia. Árvore frondosa, que dá suculentos e saborosos frutos em abundância, tem sua copa, em exatidão geométrica, o formato de um grande cone, como se outros jardineiros a podassem de vez em quando e não contasse apenas com a mão da mãe natureza; possui folhas grandes, e as pétalas de suas flores são delicados filamentos cor-de-rosa. Na floração da árvore, esses filamentos, ao caírem, se transformam num lindo tapete natural cor-de-rosa em forma de círculo, com o tronco da árvore no meio; pisar descalço naquele tapete é sentir a sensação gostosa e confortável de pisar em veludo. Nunca entendi por que o nome da cidade tinha de ser Castanhal, se o que se via por todos os lados eram jambeiros, e não havia uma única castanheira pela região.

Mais uma última tarde em Castanhal, e a única saudade que sentia era de Alceu. Tinha tirado as alpercatas para "sentir" o tapete de um jambeiro que ficava ao lado da casa do pomar, a primeira casa em que morou Dr. Sérgio, e Alceu vinha-me insistentemente à memória. De Castanhal jamais senti saudades, mas, andando por aquelas ruas, compreendi que não tinha nenhuma razão para guardar rancor dessa cidade; se achava tudo tão natural na minha vida, porque então sentia tanta vergonha de falar sobre o que sabia a respeito de minha origem, até mesmo com Alceu e a família do Dr. Sérgio? Eu era um cara que assustava, e decerto a católica e provinciana Castanhal tinha razões para rejeitar-me; além do mais, senti como se a cidade estivesse arrependida, um certo constrangimento expiatório por parte da população. Neste pensamento olhei para os calçados que segurava nas mãos e lembrei-me de seu Hermenegildo me entregando para o padre. Apesar de tudo, devia muito àquela cidade, trazia em minha cabeça a sua cultura e fui preservado sobrevivendo pela caridade de pessoas de Castanhal. Não sentiria saudade dela, mas jamais a poderia esquecer, pois algumas lembranças até traziam nostalgia, como, por exemplo, as matinês no Cine Árgus, gritando e torcendo para que *Superman* chegasse a tempo de retirar Mirian Lane das garras dos bandidões.

Não me interessei pelas meninas de Castanhal, nem elas por mim; apenas uma num domingo após a Missa se aproximou e disse que tínhamos sido colegas no colégio, mas não me lembrava dela. As garotas de Castanhal não me achavam bonito, ao contrário das de Belém. Eu era um cara alto, de pernas longas e musculosas, assim como o traseiro, mas no tórax e nos braços não tinha muito músculo, e era aquele tipo de cara magro da cintura para cima; acho que fiquei assim por causa do futebol. Não tinha um único pelo no corpo, a não ser os pentelhos, mais louros ainda que meus cabelos, e um buço amarelo, quase invisível, em cima de meus lábios; meu rosto era longo e anguloso, tinha o queixo partido e as feições extremamente delicadas, um nariz fino ligeiramente arrebitado, meus olhos eram grandes de uma tonalidade de azul-escuro com dois traços amarelos em cima, que eram minhas sobrancelhas. Também não me achava um cara bonito. Ficava irritado, mas no fundo concordava com Raimundo Leite quando me provocava dizendo que eu tinha cara de mulher. Na realidade, meu grande problema não era a questão de ser ou não ser bonito, e sim ter cara de garoto de 17 anos, como me disse Dr. Trinado, advertindo que isso era bom, mas que poderia trazer problemas para um médico.

Meu primeiro dia em Marabá foi muito agitado; um ônibus que vinha de Belém virou na "PA 70", estrada que liga Marabá a Belém/Brasília; o hospital do SESP estava cheio de feridos, com um especialmente grave: uma senhora aparentando já ser quarentona, muito conhecida na cidade. Tinha sofrido várias lesões no abdome e estava com grandes hemorragias internas. Durante a preparação para operá-la, ela morreu gritando que tirassem aquelas crianças de perto dela, que parassem com os choros daquelas crianças; imaginei que tivesse sido um delírio agônico qualquer até a hora em que uma enfermeira, assustada, disse-me que Ângela, a falecida, era a maior aborteira da cidade. Voltei naquela tarde/noite para o Hotel Esplanada, onde estava hospedado, taciturno e me sentindo insignificante perante a grandiosidade de Deus, e as maneiras às vezes estranhas com que mostra Seus desígnios. Minha cabeça evocou lembranças já sepultadas, de madre Liganó expulsando o Demônio para longe de mim no fim de uma procissão. Procurei rememorar o que já tinha visto em minha nova cidade, fugindo daquelas lembranças.

Em nenhum lugar se via presença militar ostensiva, ao contrário do que eu imaginava, mas sentia-se no ar que aquela não era uma cidade comum. Em três anos, Marabá teve multiplicada várias vezes a sua população, com migrantes do Brasil inteiro, e o número de habitantes já se aproximava das 50 mil almas, com 90% de migrantes, principalmente do Paraná e de Santa Catarina. Já no momento de minha chegada, senti também um clima de fim de festa; a Transamazônica, verdadeira estrada para onça passear, como disse um político qualquer referindo-se à Belém/Brasília, demonstrava que o sonho de grandes produtores de grãos na Amazônia, acalentado pelo "presidente" de olhos azuis, nada mais era do que um furo n'água, até mesmo nocivo para o ser humano. Enterrou-se uma montanha de dinheiro num ato de burrice explícita.

Achou que poderia trazer agricultores do Sul e implantá-los na Amazônia, sem levar em conta o fato de que os organismos são adaptados para a região em que vivem; os resultados da estupidez vieram aparecer na época em que estive por lá, e famílias inteiras morreram nas minhas mãos impotentes, por não possuírem resistências aos falcíparos, protozoários causadores da malária. Muitos dos que sobraram foram assolados pelos arbovírus e suas encefalites fatais aos alienígenas daquele mundo verde. Era a filosofia de trabalho da ditadura do "Brasil grande", como se via nas placas já enferrujadas que a rodovia ostentava nos primeiros quilômetros próximos a Marabá.

Para eles, o homem não deveria ser levado em conta; criaram nos brasileiros a figura do ser humano descartável. O delírio do general de olhos azuis estava-se transformando em pesadelo de escombros. Com o malogro da agricultura, a "moda" era achar que o boi salvaria o país, então começaram as grandes queimadas para o plantio de capim de pasto, mesmo sabendo-se que o solo da Amazônia não suporta mais do que três semeaduras e depois se transforma em capoeira; como a extensão de terras é muito grande, os daninhos queimam outra área para onde levam o rebanho, deixando de rastro um "Saara" inteiro em formação, num processo de desertificação progressiva. Se continuarem por muito tempo, seria bom começarem a pensar na importação de camelos.

Eu ainda não sabia o que era a floresta amazônica; em Belém e na região próxima do litoral paraense, já não existe a exuberância florestal do interior. Vista da estrada, é feia e pouco verde, porque a poeira torna a floresta avermelhada nas margens das rodovias, mas pelos igarapés a floresta mostra o seu encanto. Uma vez Márcio, pouco tempo depois que o conheci, convidou-me para uma pescaria e nós dois passamos o domingo em uma lancha voadeira, pelos rios secundários do sistema hídrico do Tocantins; entrávamos em igarapés cada vez mais estreitos, onde era difícil de ver a luz do sol, porque as matas de suas margens se uniam acima, formando um espesso túnel verde, deixando passar apenas uma penumbra esverdeada. Num momento, vimos, repousando num robusto galho, enrolando-se em três voltas, uma imensa sucuriju, cujas extremidades estavam mergulhadas n'água; Márcio desligou o motor e passamos a usar os remos, fazendo o máximo de silêncio, principalmente na hora de navegar do lado daquelas duas colunas que emergiam da superfície do igarapé para abraçar o galho, e passamos tão perto daquele colosso que poderíamos tocá-lo. Aquela cobra, com fome, adquire uma agilidade surpreendente para seu tamanho e tornava-se perigosa até mesmo para o ser humano.

Na primeira vez que fui a Coco Chato, uma localidade às margens do rio Tocantins, vi o couro de uma dessas cobras, que media 8 m de comprimento. Semanas antes, escondida nas raízes de uma árvore, atacou uma criança que brincava por ali; disseram-me testemunhas que, com metade do corpo, esmagava o corpinho do infeliz e, com a outra metade, punha-se em atitude ameaçadora para as pessoas que foram acudir. Tiveram de esperar a criança ser esmagada, envolvida pela saliva da cobra e engolida por inteiro, quando então a fera relaxou e foi morta a cacetadas; tiraram de seu estômago o corpinho do garoto, completamente disforme. Uma história sem dúvida dantesca, mas que não diminuía meu prazer de ir a Coco Chato.

Era um lugarejo condenado pelas águas da represa de Tucuruí, que seria construída, e ficava no município de Marabá, distante 100 km da sede. Tinha de ir uma vez por semana prestar atendimentos médicos a seus poucos habitantes, em um minúsculo posto de saúde, que tinha apenas dois funcionários fixos, pagos pelo SESP: uma atendente de enfermagem e uma funcionária responsável pelo escritório sanitário. Na viagem para esse lugarejo, viam-se, às margens da Transamazônica, as casas dos colonos, todas em madeira, numa distância de 5 km umas das outras, a maioria já abandonadas, e que caíam aos pedaços. No meio do caminho, havia uma casa onde serviam refeições e água gelada, que chamávamos de "restaurante das cobras", porque seu dono enfeitou a frente do estabelecimento com cipós amazônicos retorcidos que se assemelhavam a esses répteis. O cardápio era composto de animais de caça: churrasco de porco-do-mato, paca, tatu, grelhado de onça (delicioso, por sinal), jacaré etc.; só me repugnava com as coisas muito exóticas, mesmo para mim, um paraense, portanto pertencente a um povo já por si um tanto exótico. Como uma pessoa pode comer guisado de filhotes de sucuriju ou omelete de ovos de jacaré com aquele seu conteúdo avermelhado?

Quando nos aproximávamos de Coco Chato, havia uma elevação na estrada e lá de cima se observava o lugarejo com sua praia do lado; praia estranha aquela, que de longe e do alto resplandecia como um espelho. Andando em suas areias brancas e cintilantes, éramos surpreendidos com grandes pedras de aparência metálica em várias cores, com diversas tonalidades de azul, vermelho e marrom esverdeado; todas as vezes que andava por ali, tinha a sensação de pisar o solo de algum planeta que não a Terra, como os que se via nos quadrinhos de *Flash Gordon*.

Foi uma época em que viajei bastante pelos derredores, os meus primeiros dois meses de Marabá. Um dia soubemos que numa aldeia indígena apareceram uns casos de sarampo; essa doença em grupos indígenas é gravíssima e pode dizimar tribos inteiras. Fui para a aldeia com uma equipe do SESP e lá chegando encontrei uma equipe do Instituto Evandro Chagas com seus pesquisadores a postos; o trabalho já tinha começado, com a drenagem dos casos para Belém pelo seu avião e helicóptero do Exército, que os viria buscar no outro dia. A minha equipe vacinava os índios, e os cientistas colhiam sangue, que seria examinado em minúcias. Foi bom encontrar velhos amigos de Belém, que me trataram muito bem e convidaram para voltar com eles para Marabá, onde havia ficado o avião do instituto, no helicóptero que os viria buscar no dia seguinte.

Após terminar meu trabalho, passei a observar a aldeia e puxei conversa com uns índios jovens, que falavam português; percebi que as ideias do general dos olhos azuis haviam envenenado aquela sociedade e a contaminado com o vírus da ambição capitalista. A aldeia dividia-se entre os que queriam explorar a madeira e os minérios da reserva, e os que queriam que a vida continuasse como sempre fora.

Claro que achava a sociedade dos índios de cultura pobre e que poderia ser melhorada de uma forma qualquer, com os bens da civilização, preservando, no entanto, a estrutura política milenar daquele povo. Revoltava-me com os puristas que achavam que até canibalismo, se encontrado, deveria ser preservado em nome do politicamente correto, mas também não concordava com aquela aculturação substituindo uma estrutura social que se desenvolvia havia milênios para colocar no lugar dela apenas as mazelas de nossa cultura, a começar pelo vil metal.

Notei que o pajé me olhava muito; num certo momento, chamou-me e, com a ajuda de um garoto que falava português, conseguimos conversar. Ele me via perseguido por espíritos ruins e pediu que dormisse na aldeia, pois de noite queria estudar melhor o "caso". Resolvi aceitar a carona do pessoal do Evandro Chagas e mandei minha equipe de volta para Marabá com a sensação de que me divertiria.

Estava ao lado de uma fogueira vendo uns curumins brincarem e fui chamado pelo garoto que estava de tarde com o pajé; pegou em meu braço e, sem resistências de minha parte, fomos em direção a uma cabana de rituais onde morava o feiticeiro. Entrei em sua cabana, parcamente iluminada com candeeiros, e vi-o vestido apenas com pinturas no corpo; pediu que me despisse, e, nu, tive o corpo todo pintado com listras vermelhas e brancas. Estendeu-me uma cuia com um líquido quente dentro e, sempre com gestos, pediu que bebesse aquela espécie de chá, que tinha gosto de vegetais, o que fiz ouvindo o garoto explicar que era uma bebida feita com folhas e cipós. Acabei de tomar tudo, hora em que o garoto saiu da pequena cabana.

O pajé fez sinal para que me sentasse no meio de um círculo traçado no chão, acendeu um charuto de folhas, exalando um cheiro forte na maloca, e começou a entoar uma melodia monótona, acompanhando com batuques em um pequeno tambor. Senti um certo torpor no momento em que a cadência da melodia aumentava, ficando cada vez mais rápida; quando me deitei no chão, obrigado pelo crescente torpor, o pajé deu um grito agudo, levantou-se de um banco onde se sentava e passou a dançar em redor de mim com movimentos estranhos. O torpor que sentia continuava a crescer e, deitado, fechei os olhos, mas de uma maneira qualquer continuei "vendo" a cena, agora com cinco pajés ao derredor, dançando alucinadamente, alguns me olhando e me ameaçando com gestos agressivos.

Mergulhei numa malemolência e tive a impressão de estar flutuando longe dali, mas sempre com os pajés a dançarem, fazendo círculos em volta de mim. Conclui que naquele chá deveria haver substâncias alucinógenas, pois sentia algo semelhante ao efeito da maconha. Foi o último pensamento lógico naquela noite que me lembro de ter tido, porque pouco depois não tinha mais discernimento e, impelido por uma força incontrolável, levantei-me e pus-me a dançar com os pajés da mesma maneira que eles.

Subitamente um pajé parou, bateu palmas, e caí ao solo sem conseguir controlar minhas pernas; levantei a cabeça, e já agora só nós dois nos encontrávamos no pequeno salão. Ele, em completa exaustão, chamou o garoto, para o qual falou algo apontando para mim, que estava no chão; o garoto aproximou-se e disse que agora eu não mais morreria, seria maltratado pelos espíritos ruins, mas resistiria. Mal o garoto acabou de falar, dormi profundamente ali mesmo.

Acordei no outro dia com a cabeça pesada e um pesquisador do Evandro Chagas avisando que me preparasse para partir. Encaminhei-me a um igarapé perto da aldeia e tomei um banho; as listras brancas em meu corpo saíram com facilidade, mas as vermelhas de urucum levaram dias para sair. Fui embora muito impressionado, depois de o garoto que traduzia me dizer que os outros pajés vistos por mim eram espíritos bons que chamaram o espírito ruim que me rondava, para dançar com eles e se acalmar. Não foi uma noite divertida e deixou-me como sequela uma dor de cabeça que durou dias. Nunca mais voltei àquela aldeia e prometi a mim mesmo jamais desfazer da crença alheia, principalmente se não a conhecesse. Enganei-me, porém, por achar que ele fora desprendido, porque pensei que não me cobraria nada pelo esconjuro.

Marabá era uma cidade que ficava entre dois rios: o Tocantins e seu afluente Itacaiunas. Havia várias ruas que cortavam uma rua principal e suas paralelas. A cidade oferecia muito mais diversões que Castanhal: boliche, boates, muitos bares, cinema e várias lanchonetes; dispunha de dois hotéis e um comércio bem desenvolvido. Uma de suas praças terminava na margem do Tocantins, e dela admirei os mais belos fins de dia que já vi em minha vida; gostava de ficar ali sozinho, curtindo minha solidão, observando o sol descer por trás do mundão de matas e água, e a claridade esvaindo-se em todas as cores do espectro, como se socorrida pelas nuvens que se tingiam de vermelho e púrpura. Depois, com Cíntia, ficávamos em silêncio ali de mãos dadas deixando o ocaso desenvolver-se como a um filme passando na tela do céu.

No mês de maio, as águas do rio começavam a baixar, deixando aparecer de forma crescente uma coroa de areia branquinha como talco, bem no meio. No mês de julho, em sua plenitude, a coroa de areia ficava imensa, com vários quilômetros de comprimento por algumas centenas de metros de largura, e permanecia por quatro meses. Aquela praia era a maior diversão da cidade; atravessava-se para ela em pequenas canoas, algumas motorizadas, e era gostoso passar o dia por ali. Alguns habitantes, logo que aparecia a coroa de areia, mudavam-se para lá, armavam umas barraquinhas onde moravam e tocavam seus negócios; vendiam tudo, de peixe frito até bebidas finas. Na parte central da coroa, existiam umas raízes retorcidas, que se assemelhavam aos rolos de arame farpado os quais se via em filmes de guerra antigos; ao serem expostas ao sol, brotava dessas raízes uma folhagem, e logo se transformavam em uma densa vegetação. Num domingo, eu e Márcio, pouco depois que o conheci, passamos praticamente uma manhã inteira numa lancha voadeira, para circular completamente aquela coroa, de tão grande que era; de sua extremidade, dava para ver o começo de outra coroa, que soube ser maior da que ficava em frente da cidade.

O banho no Tocantins é muito gostoso, pois sua água, nem fria nem quente, é cristalina e límpida, de uma cor próxima ao verde-musgo. Havia um perigo naquela praia, para o qual se tinha de tomar cuidado: pequenas arraias peçonhentas que, ao ferroarem, não matavam a vítima, mas esta ficava com vontade de morrer de tanta dor. Algumas vezes também ouvi que, em outros anos, houve acidentes com sucurijus. Conheci bem o estrago que as arraias causavam, mas sucurijus, enquanto estive em Marabá, só soube do caso de Coco Chato.

Frequentava poucos lugares em Marabá: a Pensão da Sebastiana, um velho e decaído bordel, mas onde se servia, durante a noite toda, uma deliciosa sopa de peixe. Algumas vezes fui ao Tapera, uma casa de danças escura onde se reunia a moçada da cidade. Havia uma lanchonete cujo salão dava para o rio, minha preferida nas muitas tardes quentes para tomar cerveja gelada. Perdi a televisão, que ainda não havia chegado, mas tinha as conversas deliciosas na frente das casas de algumas famílias tradicionais que se aproximaram; eram pessoas distintas e muito simples que me tratavam com toda a deferência, como se o simples fato de conversarem comigo em frente a suas respectivas casas e tomando o cafezinho feito em suas cozinhas fosse um motivo de grande honra, de grande acontecimento. Essa atitude da parte deles às vezes até me constrangia, pois preferia ser tratado com simplicidade, logo eu, o mais simples entre as criaturas humanas e que apenas tive a chance de estudar. Estavam fascinados pelo desenvolvimento e pelo progresso que diziam ter a cidade recebido, mas não gostavam dos forasteiros. Não me consideravam como tal, porque achavam que um paraense não poderia ser forasteiro no Pará.

Na chegada à cidade, apresentei-me ao Dr. Mauro, que era o diretor do hospital. Tinha vindo substituir Dr. Celestino, que dentro de um mês voltaria para a Bahia, sua terra natal.

O hospital do SESP, de porte médio e que dispunha de raios X e centro cirúrgico, era o único hospital num raio de 300 km, sendo ponto de convergência dos problemas médicos de toda essa área. Dr. Celestino era um cirurgião especializado pelo Hospital das Clínicas em São Paulo, operava muito bem, e nesse mês aprendi muita coisa com ele. O pessoal paramédico do hospital era excelente. Dispúnhamos de duas enfermeiras-padrão, uma delas especializada em saúde pública, e ambas muito competentes em serviços hospitalares, assim como as atendentes e as auxiliares de enfermagem. Material não nos faltava, embora não houvesse em abundância, e por isso procurávamos economizar ao máximo; cesarianas, por exemplo, só eram feitas quando não havia possibilidade de parto normal. O trabalho médico era universal; atendíamos ambulatórios e pronto-socorro, operávamos e tocávamos os pós-operatórios, visitávamos diariamente os pacientes internados; e ainda havia a obstetrícia, com seus partos atípicos e complicados que tínhamos de fazer, ao sermos chamados pelas obstetrizes que se encarregavam dos partos normais.

O SESP não se indispunha nem combatia as parteiras da cidade, ao contrário, atraía-as fornecendo a cada uma delas uma valise de couro com material para três partos e promovia para elas cursos de noção de higiene e como usar o material. Ao retornarem em busca de mais material, recebiam outras informações; muitas já se achavam "da casa" e vinham trazendo outras colegas. Não poderia ser de outra forma, porque em Marabá viviam apenas cinco médicos e, mesmo que não fizessem outra coisa a não ser puxar bebê de mulher, nem assim dariam conta de assistir todos os partos da cidade. Nesse tipo de produção, jamais houve ou haverá crise na história dos homens. Com os ensinamentos ministrados às parteiras, diminuiu-se muito o índice de doenças como infecções puerperais e tétanos umbilicais. Era com muito esforço que conseguíamos mostrar para aquelas mulheres que cocô seco de boi não era o ideal para colocar no umbiguinho das crianças. É muito difícil combater crendices em pessoas acostumadas a elas.

A geografia de Marabá produzia uma grande inconveniência para a cidade: havia as enchentes do Tocantins e, em alguns anos, o rio só poupava pouquíssimas áreas, como, por exemplo, onde ficava o hospital. Decidiram então mudar a cidade para 5 km rio acima, numa região mais alta, imune às enchentes, na qual construiriam uma cidade artificial; a Nova Marabá. Neste local só havia uma clareira na selva com um núcleo-piloto: algumas casas ao lado de um pequeno hospital, que mais parecia um barracão cheio de leitos. Tinha sido inaugurado dois anos antes como hospital de campanha, por um órgão de "fachada" de reforma agrária, e, depois das pompas, ficou abandonado até ser encampado pelo SESP, que o usava como hospital de retaguarda, para onde iam os doentes terminais ou que precisassem de isolamento.

O núcleo, com meia dúzia de casas, fora construído para os funcionários públicos, mas ninguém queria morar ali, por ser muito isolado, no meio do mato e distante da cidade. Havia, entretanto, a necessidade de um médico morar naquele núcleo, por causa dos pacientes internados no hospital de retaguarda, que poderiam precisar de assistência principalmente durante a noite. O médico que morava lá era o Dr.

Celestino, o que estava se mudando; sua família já tinha seguido, e depois de sua mudança eu teria de morar ali. Propôs ele vender-me sua casa já montada. Aceitei, mas tive rapidamente de comprar um carro financiando, então um "Fusquinha", e não houve problemas, porque Eliana havia me ensinado a dirigir, já que achava não ficar bem para uma "*lady*" guiar um automóvel com um cavalheiro ao lado.

Minha primeira noite no que poderia chamar "minha primeira casa" foi inesquecível, mesmo estando sozinho. Celestino deixou tudo que havia, levando apenas objetos pessoais e suas roupas. Examinei superficialmente meus domínios e meu Fusca lá fora; fiquei orgulhoso e pensando que só me faltava uma mulher. Nesse pensamento, meu corpo incendiou-se e lembrei-me da sopa da Sebastiana, mas resolvi tomar um banho. Mais calmo, olhei com grande alegria e detidamente meu espaço; era uma casa pequena de dois quartos e todos os móveis necessários, como camas, guarda-roupas, mesas e cadeiras, armários, a cozinha estava equipada com geladeira e fogão a gás. Celestino não levou sua radiola e deixou todos os seus discos, dizendo que estava farto deles.

Servi-me de uísque com gelo, pus um disco dos Beatles e fui para a varanda que ficava na frente da porta de entrada. Era inacreditável a quantidade de vaga-lumes; parecia o cosmos com suas galáxias ao redor de mim. Olhando para cima, ficava difícil distinguir as estrelas daqueles insetos com sua luz azul e fria. A escuridão era plena e absoluta, mas, pela claridade que vinha da sala, podia-se ver aquele pequeno jardim abandonado, e pensei em recuperá-lo um dia.

Da radiola vinha o som de "A day in the life", música favorita de Alceu, mas procurei evitar este e outros pensamentos tristes, programando pôr luz em volta da casa, porque aquela escuridão me assustava. Ainda bem que havia luz elétrica e o hospital de retaguarda, com seus três funcionários, pacientes e telefone, o que quebrava um pouco a sensação de isolamento. Imaginei um caminho iluminado até o pequeno hospital e outras coisas; pensei em mim enturmado, arranjando namoradas, recebendo amigos em minha casa, fazendo festinhas..., nada poderia me deter. Eu, Dr. Benedito Gomes Filho, estava em meu lar, cercado das minhas coisas que me davam conforto e me sentia muito bem. Fui dormir com a sensação de que um dos primeiros moradores da Nova Marabá estava prestes a conhecer o sabor da felicidade, coisa que nunca havia experimentado em sua plenitude.

No primeiro fim de semana depois do episódio da aldeia, Anita, uma atendente do pronto-socorro, fez aniversário e convidou-me para uma festinha em sua casa; sem muita vontade, compareci e foi lá que caí "de quatro" por uma mulher. Já estava em Marabá havia dois meses, e esse tempo todo sem mulher. É claro que o homem dispõe de alternativas para "lançar mão" neste tipo de "emergência", que ameniza o problema, mas de forma alguma representa a sua resolução. Às vezes saía do Tapera e ia tomar sopa na Sebastiana, onde sempre circulavam prostitutas, muitas feias e algumas até bonitinhas, mas definitivamente não sou um cara para prostitutas. As mais ousadas sentavam-se à minha mesa e tentavam me levar para a cama, mas invariavelmente me esquivava, pagava umas bebidas para elas e ia embora dormir sozinho. Jamais me passou pela cabeça aproveitá-las com seu amor profissional, para saciar as carências de meu corpo. Creio que essa abstinência foi um dos fatores determinantes que açoitaram meu coração em direção a Cíntia.

Cheguei à festa, Anita com seu namorado vieram me receber, e ela me apresentou algumas pessoas. Vi Cíntia antes de ser notado, e não mais consegui desviar meu olhar, sentindo que algo parecido deveria estar acontecendo com ela, porque se aproximou e pegou em minha mão, dizendo que queria dançar comigo. Dançando, fiquei muito atrapalhado, chegando até a pisar em seus pés, e não conseguia me concentrar em outra coisa que não em meus braços a envolver aquele corpo dentro de um vestido negro. Com o coração disparado e a boca seca, conclui que era aquela a mulher de minha vida. Deus do céu, como a desejei...! Eu a queria como nunca quis nada no mundo, e a partir daí Cíntia passou a ser o meu tudo, soberana do meu pensamento e dona de minha vontade. A festa para mim acabou e fiquei "babando" tanto ao seu lado que Anita chegou a tirar "sarro". Cíntia e eu, ao nos olharmos pela primeira vez, entendemos que já estávamos apaixonados um pelo outro antes mesmo de nos conhecermos, e todos na festa perceberam, inclusive Anita.

De uma família tradicional de Marabá, Cíntia tinha chegado recentemente de Belém, onde concluíra o curso de educação física. Na cidade abriu uma academia de musculação e ginástica. Não era muito bonita; seus olhos eram pequenos, e ela os compensava com maquiagem pesada, tinha o corpo musculoso e mais alto que a média das outras garotas. Extremamente objetiva, possuía um carisma que me deixava tonto à sua simples proximidade, nos primeiros dias em que ficamos juntos. Era uma garota calada, mas, quando abria a boca, destilava inteligência e personalidade forte; saí daquela festa atordoado e sem graça de ir sozinho para minha casa.

No sábado pela manhã, fui buscá-la para mostrar meu lugar secreto, onde às vezes ia curtir solidão: uma fazenda abandonada que fora desapropriada para a construção da nova cidade, e que ficava perto da clareira onde se situava minha casa. Tudo estava em ruínas; os estábulos, moinhos e casa central bem nas margens do Tocantins. Ali nos beijamos pela primeira vez e começamos a nos conhecer, depois fomos para minha casa e a fiz mulher. Ela era virgem e sangramos os dois juntos, pois pela segunda vez sangrei num ato sexual, levando-a a perguntar-me intrigada se eu também era virgem; sorri sem jeito e respondi negativamente.

O amor com Cíntia era diferente de todas as outras transas que tive na vida; ela era dona do ato e eu apenas um detalhe. Meu prazer era secundário, pois minha máxima prioridade era fazê-la chegar ao êxtase quantas vezes fosse possível, e não sentia a lassidão pós-ato característica do homem; ficava cansado, mas com uma imensa sensação de paz. A partir desse fim de semana, todos os momentos livres queria estar com Cíntia; saía do hospital às 17 h 30 min e ia para sua academia, onde fazia musculação até as 19 h. Jantávamos ora em sua casa, ora em restaurantes, e depois dávamos um passeio, que invariavelmente começava em minha casa, onde nos amávamos. Nos sábados depois do amor, íamos dançar, voltávamos para minha casa, onde nos amávamos novamente, e no domingo ia buscá-la para irmos à praia, após nos amarmos. Às vezes pensava no *Schistosoma mansoni*, o macho eternamente abraçando a fêmea, naquela cópula constante, e cheguei a imaginar quanto seria prático para um casal apaixonado se os homens também fossem assim. Esse não foi o único pensamento idiota que tive nesse tempo, porque o amor deixa mesmo a gente meio bobo.

Márcio, namorado de Anita, eu já havia encontrado na cidade e ele não poderia passar despercebido, porque era o cara mais forte que já tinha visto. Depois que Anita nos apresentou, o sujeito pareceu que quis ser meu amigo na marra; sempre me procurava. Às vezes saíamos em sua voadeira sem as garotas, porque ele dizia que me mostraria lugares perigosos, e eu ia, mas ficava o tempo todo com saudades de Cíntia, sem ver nenhum perigo para ela, se estivesse ali.

Alguns fins de semana acampávamos os quatro na praia, e foi num desses que vi uma moça ser ferroada de arraia. A infeliz berrava desesperada com os olhos esbugalhados, e eu ali sem poder fazer nada, embora soubesse como agir. Desde esse dia jamais me afastei de Marabá sem minha maletinha de materiais de emergência.

Márcio, a princípio, não se mostrou um cara tão desagradável; era veterinário, dizia ter uma fazenda distante, onde ficava, às vezes, até por três semanas, e tinha vindo do Rio de Janeiro, onde nascera, já completando três anos de Marabá. Aparentava uma vida abastada com um bom carro, lancha voadeira e gostava de demonstrar que tinha sempre muito dinheiro. Quando saíamos os quatro, fazia questão de pagar as contas, o que me deixava um pouco constrangido, pois gostava de pagar minhas próprias despesas. Na cidade se hospedava no mesmo hotel em que fiquei logo que cheguei, e foi lá que o vi algumas vezes antes de conhecê-lo. Certas horas ficava "grudento", e eu lançava mão de evasivas, como no dia em que se insinuou para morar em minha casa em vez do hotel onde ficava; respondi nem que sim, nem que não, para não parecer indelicado, mas dei a entender que a ideia não me agradava. Ele não insistiu.

Numa tarde particularmente corrida no SESP, pois era dia em que entrevistava tuberculosos, Márcio apareceu dizendo ter vindo para bater um papo e tomar um café, mas dessa vez respondi secamente que estava muito ocupado. Fiquei irritado por ele ter me chamado de "Dito" na frente de meus pacientes, coisa que detestava, embora gostasse de meu tradicional apelido. Era um sujeito animado, que gostava de programar passeios e festas, mas de conversa vazia e um tanto ignorante para um veterinário, que deveria entender de patologia, por exemplo, e que não era o caso. Anita confessava-se perdidamente apaixonada, mas ele não demonstrava tanto amor, e tinha eu a impressão de que às vezes até evitava a companhia dela. Ao deixar Cíntia em casa, necessariamente passava em frente à casa de Anita e Márcio, fazendo sinal para parar, arrastava-me para um bar qualquer a fim de uma cerveja no fim da noite; no começo aceitava, mas depois fui recusando porque era um saco aguentar a conversa daquele cara. Como era mais alto do que eu e muito forte, chamava atenção das garotas, mesmo tendo traços equinos em seu rosto, mas ele parecia não perceber; alertava-o, mas ele se esquivava dizendo-se fiel a Anita. Nunca aceitei acompanhá-lo nos passeios em que se tinha de enfrentar a Transamazônica e nunca conheci sua fazenda; a estrada era tenebrosa e não tinha nenhuma beleza, apenas a monotonia de poeira vermelha e mata pesada de um lado e de outro.

Conheci muito da bacia do Tocantins na voadeira de Márcio; aí sim, via-se a beleza típica da Amazônia. Entrávamos na floresta através de suas veias, os rios daquele mundo mágico e cheio de vida. Navegando nos igarapés estreitos, os pequenos animais perdiam o medo e aproximavam-se, examinando-nos apreensivos; de vez em quando, aparecia uma ave colorida como um tucano, ou uma arara, num ambiente obscurecido pelo espesso túnel verde. Mas nada se compara em beleza com as vitórias-régias, com suas folhas imensas e flutuantes que aguentam o peso de um homem e suas belíssimas flores brancas do tamanho de um barril. Um dia um bando de macaquinhos nos seguiu durante um bom tempo pelas árvores, deliciando Anita e

Cíntia, que estavam conosco. Animais de grande porte só vi jacarés e uma enorme sucuriju.

Cíntia gostava de organizar festas em minha casa para me apresentar seus amigos, e vivi um tempo divertido. Depois que todos iam embora, ficávamos sozinhos e vinha o melhor da festa. Após o furor sexual inicial das primeiras semanas, nosso amor cresceu em intensidade, mas nossos órgãos foram se acalmando; embora ainda sentisse cada célula do meu corpo a chamá-la 24 horas por dia, já conseguíamos dar longos passeios sem que quisesse possuí-la por ali, até porque às vezes ela começava a ficar irritada.

Passei a observá-la e descobri o ciclo hormonal agindo na sua sensualidade e estado de espírito, o que me levou a compreender um pouco o que significa habitar esta coisa maravilhosa que é o corpo feminino, bênção maior de Deus aos homens. Em certas fases de seu ciclo, Cíntia ficava ardente e sequiosa de mim; já em outras apenas cedia porque queria me deixar feliz. Um dia ela reclamou dizendo que adorava o meu corpo e meu sexo, porém pediu que me controlasse um pouco, porque já estava começando a se sentir como uma "capa de proteção". Foi difícil controlar o desejo de praticar o "exercício", contudo a partir daí procurei me segurar um pouco mais.

Não era evidente do ponto de vista físico, mas a ocupação militar da cidade era um fato que se sentia em todos os momentos. A cidade funcionava, os estudantes iam para as escolas, tinha juiz, tribunal e tudo, mas quem mandava era o comandante do "oito", como conheciam na cidade o quartel que ficava no KM-8 da Transamazônica, saindo de Marabá. Era aquele militar que exercia o controle de fato da cidade, por si só extremamente violenta. O juiz da cidade, ao interesse da Justiça, nomeava-me legista e então quase diariamente eu ia levantar cadáveres vítimas de assassinatos e outras barbaridades.

Circulavam pela cidade uns tenentes, rapazes muito jovens do Rio de Janeiro e de Minas Gerais, que pertenciam a tropas de elite; apurei depois que havia 6 tenentes (3 cariocas e 3 mineiros), mas no auge da guerra esse número chegou a quase 30. Eles pouco apareciam e, algumas vezes, encontrava-os na praia. Seu Jaime, o pai de Cíntia, disse-me que, após várias brigas com os nativos em noites de bebedeiras, o comandante resolveu abrir um espaço no canil que ficava alguns quilômetros rio abaixo, onde fizeram um clube para a oficialidade.

Já havia tido contato com militares. Quando completei 18 anos, tive de me apresentar às autoridades e fiquei um dia inteiro esperando que um médico medisse minha pressão arterial, só que trancado numa sala abafada com mais de 50 outros garotos todos pelados. Nesse dia fiquei irritado com a falta de sensibilidade de nossas Forças, a submeterem todos os brasileiros ao que considero uma indignidade, pois timidez e pudor são da natureza humana e não comprometem nem o nacionalismo nem a masculinidade.

Como já cursava medicina, fui dispensado com a obrigação de apresentar-me no fim do ano em que estivesse cursando o sexto ano da faculdade; eles costumam "aproveitar" dos recrutas a sua profissão, se relacionada com a saúde, independentemente da vontade deste, que consideram mera propriedade das Forças Armadas. Ao me apresentar na segunda vez, já formado, um oficial, com ironia, disse que não tive a "sorte" de o Exército precisar de mim, no que ficamos empatados, porque o que eles tinham para ensinar não me interessava; já havia aprendido a fazer ginástica e a amar muito a minha pátria, sem necessitar de aulas de especialistas nesses assuntos.

Com o comandante do "oito" tive contato pela primeira vez em meu segundo mês de Marabá, porque ele quis explicações de atos médicos meus; então um dos tenentes com dois soldados foram-me "convidar encarecidamente" para comparecer no quartel, e já traziam a carona: um Jeep verde-oliva. Lá era assim...., quando sua majestade o canhão chamava, eles vinham buscar e não poderia haver vontade acima daquela. Numa tarde me procurou um caboclo que depois soube ser informante do comandante, com um bilhete deste dizendo ser de seu interesse que a esposa do portador fosse operada de cesariana, e tivesse suas trompas ligadas. Examinei o caso, vi que se tratava de uma mulher jovem e ainda em seu segundo filho, que já estava emitindo sinais de que queria nascer; a posição da criança era normal, bem como o estado da parturiente, e nada se opunha a que aquela mulher parisse como parem os mamíferos, desde que apareceram na face da Terra. Expliquei isso ao caboclo, que se revoltou e saiu.

Jamais gastaria um material inteiro de cesariana com um caso como aquele, pois os guardava para emergências, como, por exemplo, a placenta numa localização que bloqueia o canal de saída do bebê, e o parto normal poderia matar a criança. Usava também as cesarianas em mulheres megamultíparas no 18º ou 19º parto, então as esterilizava com a laqueadura.

Retornando ao hospital o protegido do comandante, seu filho já havia nascido, deixando-o muito bravo. Ameaçando as atendentes, saiu, para pouco depois chegar a viatura do "oito" em busca de mim.

Já na entrada do gabinete, senti o rancor do comandante, um tenente-coronel de cara fechada e muito careca, que aparentava meia-idade. Perguntou por que me recusava a colaborar com o "esforço de campanha" deles; respondi me fazendo de besta e dizendo não saber do que ele estava falando; ele atalhou-me afirmando com ênfase que eu sabia sim, já que tinha desobedecido uma ordem sua. Expliquei com calma que a medicina só tinha razão de ser se exercida de forma livre, a única pressão a que o médico devia se submeter era a da sua consciência, e acrescentei que não compreendia em que o nascimento de uma criança poderia interessar ao tal "esforço de campanha". Ele ficou me olhando com uma cara de quem pensava: *"Tão garotinho, e tão atrevido..."*. E eu estava irritado mesmo; ser arrancado de meu trabalho e esperar sentado por uma hora para encontrar-me com "sua majestade", aquele orangotango.

Não gostei daquele sujeito desde o primeiro minuto. Depois da minha resposta, fez cara de enfado e resmungou que, de ali em diante, teria de deixar de contar com o SESP, e com um sinal mandou-me embora. Senti vontade de perguntar se ele não tinha mais o que fazer, mas fiquei quieto e voltei para o hospital morrendo de raiva.

O assunto "terrorismo" era tabu em Marabá; algumas vezes perguntava sutilmente, mas as pessoas fugiam do tema como o Diabo da cruz. Dr. Mauro, o diretor do hospital, médico que já estava havia muito tempo na cidade, deu-me algumas informações. Até um ano antes, chegavam feridos nos helicópteros militares, após algumas batalhas; apenas soldados feridos, nunca aparecendo guerrilheiros. Ele soube que dos guerrilheiros "aproveitavam" apenas os polegares, que, em vidros com formol, eram enviados para Brasília.

Via-se nitidamente que Marabá se dividia em duas sociedades: de um lado a sociedade tradicional, dominada pelos "barões da castanha", porque Marabá, dentro do contexto paraense, nunca foi uma cidade pobre, pela produção de castanha que o mundo inteiro comprava e em torno do que se formou uma elite; do outro lado havia a sociedade dos forasteiros, com muita gente boa, sem dúvida, mas também composta de escroques e aventureiros que se aproveitavam da agitação pseudodesenvolvimentista para aplicar seus golpes. Eram duas sociedades distintas e que, de tão diferentes, como a água e o óleo, jamais se misturavam. A honestidade e a religiosidade da sociedade tradicional eram marcantes, mas não possuíam a mínima sensibilidade social; um dos acidentes do trabalho mais cruéis de que já tomei conhecimento era o que não raro acontecia com os catadores de castanha durante a colheita, que eram as pessoas encarregadas de apanhar os ouriços que caíam no chão.

As castanhas-do-pará vêm naturalmente acondicionadas numa esfera lenhosa pesada e muito dura que se chama "ouriço". As castanheiras são árvores lindas que lembram muito a araucária do Sul, porém com folhas como as da mangueira; é muito alta, e seu tronco reto termina na copa em forma de guarda-chuva. Os ouriços formam-se nas copas, e caindo, às vezes, encontram uma cabeça no caminho. Durante a colheita, parecia que a natureza gostava de brincar de bola de gude com os ouriços e a cabeça dos catadores; se acertava, caso não matasse, o que quase sempre acontecia, deixava o dono da cabeça defeituoso e demente para o resto da vida. Não insisti ao notar que meus amigos produtores de castanha não gostaram de minha ideia de tentar fazer alguma coisa, como projetar um capacete, um chapéu amortecedor do choque ou coisa assim.

Da outra sociedade poderíamos esperar tudo o que se podia esperar de testas de ferro de investidores nacionais e estrangeiros, grileiros e simples bandoleiros. Era uma sociedade cuja elite se media pela extensão de terra que possuía, ou pela amizade com os donos do poder, e que não ligava a mínima para Pará ou tradições paraenses, muito menos religião, pois tinham vindo com uma única finalidade: predar. Tinham como valor apenas o tilintar das moedas no bolso. As duas sociedades, entretanto, possuíam algo em comum, embora antagônicas a ponto de falarem mal uma da outra: ambas aceitaram e se submeteram, pacificamente, vivendo a lamber os pés das forças da ditadura, mimando-as com presentes ou oferecendo apoio logístico, como era o caso da elite dos forasteiros. Desta última eu não me aproximei, apenas conversei um pouco com umas garotas de Minas e do Paraná antes de aparecer Cíntia, mas, como tinham mentalidade muito aventureira, não querendo se fixar em coisa nenhuma nem em ninguém, logo desisti e nada foi para frente.

Com quatro meses de namoro, já tinha decidido que não queria mais perdê-la e comecei a falar em casamento; Cíntia não se mostrou muito entusiasmada, para meu desapontamento, porque nos achava muito novos, mas prometeu que pensaria. Fiz papel de bobo, fui falar com seus pais para que pedissem a ela que se casasse comigo, falei com seu irmão, com Anita, até que uma noite, sem que puxasse o assunto, disse que tudo bem, casaria comigo, desde que desse dois meses para ela decidir a data, mas em troca queria que eu parasse de incomodar meia Marabá com nosso namoro. Dormi feliz naquela noite me imaginando chefe de família, com filhos e tudo o mais.

Conseguimos por esse tempo um comportamento sexual mais equilibrado e gostávamos de passar os sábados sozinhos em minha casa ouvindo discos, brincando e amando-nos, sem ligar para o que acontecia lá fora. Num sábado à noite, após uma festa promovida por

Cíntia, depois que todos foram embora, Márcio resolveu ficar com Anita e dormir em casa. No fim dessas festas, eu e Cíntia prolongávamos a noite com orgiazinhas íntimas, coisa que jamais faríamos na frente de terceiros, como dançarmos nus e coisas assim. Márcio deve ter ficado decepcionado ao me ouvir dizer que ficassem à vontade, antes de trancar-me no quarto com Cíntia. Depois de um tempo, eles se acomodaram no outro quarto, e a orgia a quatro que me passou pela cabeça de Márcio esperar não houve. Aquele cara já começava a me cansar, apesar de sua voadeira, de onde conheci lugares muito interessantes. Passear de lancha voadeira é o melhor programa de lazer na região do Tocantins. Nessas alturas, já recusava os passeios a lugares "perigosos", onde as duas não pudessem ir, então íamos os quatro, e nunca um jacaré devorou um dedo sequer de alguém.

Por dois meses pressionei Cíntia para que marcasse a data de nosso casamento. Tornei-me irritadiço e comecei por implicar com a maquiagem que usava nos olhos; ela dizia que só poderia ser influência do Márcio, o que me deixava mais irritado ainda. Fiquei ciumento e vivia procurando briga, mas Cíntia, com seu jeito seguro, sabia como contornar minhas investidas; tentei ficar sem possuí-la, mas não aguentei mais do que três dias, e fiquei furioso quando percebi que ela sabia de minhas intenções.

Não houve alternativa; apenas depois de dois meses ela explicou que, como já estávamos quase no fim do ano, nos casaríamos no fim do outro ano porque ela queria consolidar sua academia e não poderia se casar em hipótese alguma durante esse tempo que achava ser de um ano. Fiquei bravo, esperneei, disse que queria me casar já e que ela pensaria na sua academia depois que voltássemos de São Paulo, ambos especializados, que deixaríamos filhos para mais tarde etc. Cíntia não arredou pé de sua posição, disse que o assunto estava encerrado e que queria me amar. Claro que teria amor, pois eu não passava de uma propriedade sua, com a qual poderia fazer o que bem entendesse; a minha vontade era a sua, e, em troca de me presentear com a dádiva de seu corpo, que tivesse o meu tantas e quantas vezes quisesse. Mas eu conseguiria apressar esse casamento, da mesma maneira que consegui com que abandonasse a maquiagem pesada de seus olhos, ficando mais bonita, por sinal.

Para o hospital do SESP, vinham doentes e acidentados de regiões longínquas, desde sua inauguração, havia mais de 20 anos; muitas vezes chegavam pessoas que viajavam dias, antes de chegarem ao socorro médico, o que causava um grande agravamento dos seus respectivos estados clínicos. A cidade, muito violenta, provia-nos de esfaqueados, baleados, acidentados, e muitas vezes foram-me buscar na praia ou tarde da noite em casa, para com Mauro começarmos uma cirurgia a fim de fechar buracos no intestino de um, ou estancar uma hemorragia interna de outro. Numa noite fui chamado ao hospital; Anita, que estava de plantão, após suturar a barriga de um garoto, notou que um filete de sangue teimava em escorrer do ferimento suturado. Tratava-se de um garoto de 17 anos que brigou com a namorada na praça, esta foi à sua casa e voltou armada de uma tesoura, que enfiou na barriga do rapaz. Parecia um nada, uma feridinha à toa, dessas que as atendentes suturavam sem chamar o médico para examinar; com uma pinça verifiquei que a cavidade abdominal tinha sido perfurada e o garoto devia ser imediatamente submetido a uma laparotomia exploratória, cirurgia de exploração da cavidade abdominal, a fim de procurar e sanar estragos nas delicadas vísceras abdominais.

No SESP, de médicos havia eu, recém-formado, Dr. Mauro, clínico geral, e Dr. Hernani, cirurgião e anestesista, mas todos fazíamos tudo, de medicina legal a pedido do juiz, até assistência sanitária a tuberculosos e leprosos. Nós três entramos no centro cirúrgico e, depois de muito tempo e estudo minucioso de todos os órgãos, achamos o local da hemorragia: um lobo de seu fígado havia sido atingido e sangrava pouco, mas de forma contínua. Foi uma cirurgia demorada e conseguimos estancar a sangria com um ponto apertado no tecido hepático, em cima da lesão, usando uma linha grossa feita de material, que depois de um tempo seria absorvido pelo organismo; esse garoto recuperou-se rapidamente e continuou namorando a menina que o atacara. Voltaram a brigar, com ele ainda internado.

A Universidade de São Paulo mantinha um campus avançado em Marabá, e todo mês mandava uma equipe de estudantes de várias áreas e médicos recém-formados. Um dia, uma dessas equipes regressou de uma excursão com um garotinho aparentando 5 anos, que estava com o polegar da mãozinha direita completamente podre, ardendo em febre pela ação da gangrena; levaram-no para o hospital.

A criança ficava com a mão para cima, ostentando aquele curativo malcheiroso e me olhando de forma suplicante. Clovis, um médico recém-formado da USP, explicava-me que a criança não tinha dono e que vagava numa pequena povoação perdida na selva, onde ninguém o conhecia. A criança, percebendo que se falava dela, aproximou-se com seu corpo magrinho, aqueles olhos no fundo das órbitas e disse com sua voz fina e fraquinha: "*Não é nada disso moço; as pessoas não gostavam de mim e agora que não posso mais trabalhar me puseram para fora de casa*".

Pensei, fazendo ironia comigo mesmo, que com esse aí a coisa foi feita sem anestesia, pois não teve casa do padre nem madre Liganó, nem nada que o ajudasse. Era medo o que sentia, sentimento ensinado desde cedo às crianças pelas forças que se digladiavam pela região. Nas primeiras noites que passou em minha casa, durante pesadelos, deixava transparecer, em gritos, alguma coisa do que realmente tinha acontecido...

A mandioca era ralada nos sítios numa máquina primitiva de nome "caititu", que nada mais era que um torno em forma de ralo que ficava girando; tinha-se que empurrar a mandioca a seu encontro, e o toco da raiz empurrava-se com a polpa do polegar; às vezes, o "caititu", além da mandioca, ralava o polegar do acidentado. Esse acidente ocupacional era muito comum nas selvas paraenses e já tinha tratado de muito deles, porém nunca numa criança daquela idade que foi achada numa aldeia, vagando perdida, faminta e doente. Não tinha nome, e, como a equipe da USP não podia se demorar mais, trouxeram-no após procurar por dois dias de forma infrutífera por seus pais. Clovis explicou-me que a única informação conseguida da criança era o que ela dizia; nem seu nome sabia.

Perguntei seu nome, e ele respondeu-me com uma pergunta: *"Tu é que vai sê o dotô que vai me tratá?"*. Respondi afirmativamente, e ele, dando um suspiro melancólico, respondeu minha pergunta, *"Sei meu nome não, dotô"*, com aquele seu português que, de tão caboclo, se tornava de difícil entendimento, sem muita convicção e com sinais evidentes de que estava mentindo; ele não queria voltar para casa. Consegui fazer a cirurgia contando com grande cooperação dele, que se mostrou muito corajoso e suportou bem a infiltração de xilocaína em sua mão; essa droga abençoada, ao entrar nos tecidos, provoca uma grande sensação de ardência, antes de neutralizar os nervos condutores da dor, amortecendo a região. Permanecemos com ele no hospital por 20 dias até não ser mais possível fazê-lo, já que era uma criança muito viva, que queria ficar correndo pelos corredores.

Procuramos o juizado, e este se declarou incompetente para a guarda, nomeando-me tutor provisório do garoto, enquanto a Justiça procurava o paradeiro de seus pais. Levei-o então para minha casa. Ele se deu muito bem por lá e vivia procurando me agradar de todas as maneiras; tratei de ensinar-lhe coisas, sendo a que mais sentiu dificuldades em aprender foi usar o vaso sanitário, pois insistia em fazer cocô acocorado por ali em volta da casa, mas com paciência consegui que fosse aprendendo. Prestei uma melhor atenção naquela criança, que no hospital recebera comida e carinho por parte dos funcionários e começava a se transformar, ganhando peso e adquirindo nova cor. Possuía feições de indiozinho, muito comuns em toda a região amazônica, e era um garoto muito vivo. Ao notar que estava se acostumando a pegar as coisas, adaptando sua mão direita sem o polegar, percebi que haveria necessidade de educá-lo a usar a mão esquerda; não seria tarefa fácil, porque implicaria mudar o hemisfério cerebral dominante, esperando-se, por isso, distúrbios principalmente da fala, uma vez que o organismo se utiliza do centro da fala que há no hemisfério dominante e "esquece", digamos assim, o centro da fala que existe no outro hemisfério. Minha tarefa implicaria mexer em todas essas determinantes neurológicas, mas valeria a pena e, numa criança ainda nova, seria possível com mais facilidade.

Para motivá-lo, comprei alguns jogos de cubos e de armar, exigindo que o fizesse com sua mão esquerda e instituindo, como prêmio, poder brincar com meu caminhãozinho, que ele descobrira e adorava, havia muito esquecido na sua embalagem de jornais. Ele cooperava, mas por um tempo ficou gago, depois de quase dois dias sem conseguir falar nada. Ofereci lápis de cor e papel para ele riscar usando a mão esquerda e tinha de manter vigilância, pois, se me descuidasse, ele logo passava a usar a sua mão direita, defeituosa, que tinha perdido uma das maiores conquistas evolutivas do ser humano: a pinça anatômica que o polegar faz com os outros dedos, característica do *Homo sapiens*, não existindo na mão de nenhum outro mamífero do planeta. Por falta de um nome, chamava-o de Curumim.

A primeira vez que viu Cíntia, ainda no hospital, eu explicava para ela que, por ter sido operado, ele estava internado, mas fui atropelado pela sua vozinha fina dizendo que estava enganado, que tinha sido expulso de casa etc. e tal... E no fim acrescentou que o "dotô" tinha sarado a mão dele e agora cuidaria do "seu curumim", demonstrando que já havia me "adotado" e aceito seu apelido. Espertíssimo, percebia meu estado de espírito; se me via triste, procurava repetir e fazer coisas que tinham me feito rir anteriormente; se me via alegre, procurava tirar proveito pedindo balas ou um brinquedo; e, quando me via bravo, procurava se esconder ou ficar fora de minha vista. Permanecia o dia inteiro na minha casa e, na hora do almoço, a funcionária do hospital de retaguarda levava comida para ele e ia vê-lo de tempos em tempos.

Comprei roupas e alguns brinquedos, mas todos os dias o encontrava aflito e chorando pensando que tinha sido abandonado. Bem mais tarde, Curumim segredou-me que um dia acompanhava o cara que o criava pela mata e depois se perdeu dele. Lembrei-me de uma fábula infantil de origem europeia, em que dois garotos são abandonados na selva porque os pais não podiam alimentá-los. Tia Dora sempre me contava essa história e todas as vezes me deixava aterrorizado, imaginando se um dia ela ou madre Liganó me abandonariam nas matas. Aquele garotinho vivenciou esse conto infantil, que não representa o que de melhor a Europa ofereceu à cultura universal, e, além do mais, muito romântico. No Brasil, por exemplo, abandonam-se crianças não necessariamente por não ter comida para alimentá-las, e as mais abandonadas são as esquecidas dentro de casa, cercadas de toda a comida do mundo, mas estes nossos dramas não viram contos infantis.

Nessas reflexões, prometi ao Todo-Poderoso que não voltaria as costas para o destino, e cuidaria daquela criança que o mundo jogara em minhas mãos. Abandonado doente para morrer de fome, sem discussão e sem incêndio, duma maneira fria e impessoal, da forma que se abandona um animal incômodo, natural que chorasse desesperado, se ficasse sozinho por muito tempo em minha casa. Decidi que todas as manhãs ele iria comigo para Marabá, ficaria em casa de Cíntia, que cuidaria dele para mim.

Numa manhã monótona e muito calorenta, recebi um telefonema de Dr. Jonas, o juiz de Marabá, dizendo que teria uma audiência marcada para as 17 h; que gostaria que assistisse à sessão e depois fugiríamos do calor em sua casa, com umas "lourinhas suadas", como o brasileiro chama carinhosamente a cerveja gelada. Frequentava a casa daquele homem e gostava muito dele; jogávamos cartas em duplas, quando entrava sua esposa, dona Gilda, uma mulher para lá de quarentona, mas belíssima, e seu filho, um garoto de 14 anos que usava óculos e tinha cara de intelectual.

Desde que Dr. Mauro nos apresentou, o juiz expandiu por cima de mim um tipo de manto de proteção, dando-me conselhos geralmente regados a cerveja, e dizia que eu, sendo culto e democrático, era o seu tipo de rapaz; em contrapartida, ao seu lado sentia uma sensação de amparo de que sempre careci em minha vida. Era um homem ligeiramente amargurado com o seu papel decorativo na cidade, porque sabia que quem mandava lá era uma "instância" superior, a mais alta corte brasileira, desprovida de cultura jurídica ou de outra qualquer. Comigo falava francamente e sofismava sua situação, dizendo que a vida tinha de continuar, que alguém precisaria despachar os casamentos, nascimentos, impor os limites sociais aos indivíduos, todas essas coisas.

Ouvia com um respeitoso silêncio e também compartilhava de sua amargura. Procurava elogiar-me para os interlocutores, deixando-me lisonjeado, mas chamava-me muito de "garoto", "menino", "meu filho", coisa de que não gostava.

Entrei em sua sala austera naquela tarde tépida e encontrei-o sentado num plano mais alto, perante um homem de rosto muito aflito: era o cara que cuidava do Curumim já havia quase dois anos. O nome do garoto era Junho, isso mesmo, Junho Santos da Silva, e completaria 7 anos em dezembro. Creio que os pais queriam que fosse Júnior. O homem contou a história na minha frente e, depois, o juiz recomendou-me que esquecesse tudo o que havia ouvido.

Dois anos antes, os habitantes de uma pequena comunidade de um arraial ribeirinho foram presos pelas forças da ditadura, sob a acusação de ajudarem os guerrilheiros. Todos apanharam muito antes de ser interrogados. Alguns não voltaram quando a comunidade foi liberada, e, entre estes, encontravam-se os pais do garotinho, que nunca mais foram vistos. Curumim ficou na casa de uma tia, mas era tratado como estorvo naquele lar. A realidade era que a criança era um sobrevivente desses tempos de ditadura; acidentou-se enquanto trabalhava ralando mandioca e acabou sendo abandonado à própria sorte. O cara dizia que o garoto havia se perdido.

Dr. Jonas, ostentando uma cara de enfado, perguntou-me o que faria com aquele sujeito, e o homem tratou de anunciar que, se eu quisesse Junho, poderia ficar com ele, já que sua mulher, a própria tia do garoto, não o queria em casa; falava de forma nervosa, como temendo a presença do juiz. Ainda com a cara de enfado, Dr. Jonas virou-se para mim, com seu rosto gordo suarento e, balançando as mãos rechonchudas espalmadas para cima, como se estivesse cansado daquilo, perguntou-me *"Tu vês uma coisa destas?"* e, sem esperar resposta, perguntou-me se queria Junho. Respondi balançando afirmativamente a cabeça. Virou-se então para o homem e disse que fosse embora para sua casa, que aquele assunto estava encerrado e não queria perder mais tempo com ele, tempo que poderia estar gastando com uma boa prosa com seu amigo "doutorzinho" (outro termo que me deixava furioso), e que não esquecesse que o "curumim" tinha mais sorte que ele, pois Deus colocou-o nas mãos de um grande cristão, e por aí foi me elogiando. Luiz, o caboclo, riu a teclados de piano para mim e saiu da sala com a velocidade do raio.

Dr. Jonas, um tanto constrangido, falou-me que o que tinha sido tratado naquela sala deveria ser classificado como assunto extremamente sigiloso, "*Por suaves razões*", concluiu, de forma irônica. Depois, colocou uns papéis numa gaveta e trancou-a, levantou desconfortavelmente seu corpo obeso, apoiando sua mão em meu ombro e dizendo: "*Vamos, meu garoto, vamos botar os assuntos em dia e com umas bem geladas, que o calor está de rachar*". Dessa vez não fiquei com raiva dos tratamentos porque estava muito feliz; tinha ganhado meu primeiro filho. Compreendi ali que já amava muito Curumim e foi com uma fisgada no coração que enfrentei a possibilidade de ter de devolvê-lo.

Eu e Cíntia completávamos seis meses de namoro e resolvemos acampar sozinhos na coroa em frente de Marabá, numa de suas extremidades; era a primeira vez que acampávamos sem que viessem também Márcio e Anita. Foi difícil, porque não nos interessava melindrá-los, mas conseguimos nos livrar daquele casal, pois queríamos ficar a sós. Ainda na sexta à tarde, saímos de um cais que existia na fazenda abandonada perto de casa, em direção ao lugar que escolhêramos, numa voadeira que havia alugado. Tivemos de levar tudo, inclusive lenha para nossas fogueiras, e estávamos muito bem equipados, de forma a precisar comprar na praia apenas gelo para os isopores onde estavam nossas bebidas. Armamos apressadamente nossa barraca, porque no fim da tarde nuvens pesadas anunciavam chuva; como não choveu, acendemos uma fogueira e começamos a conversar sentados no chão na frente dela.

Falei para Cíntia que em seis meses teria direito a férias, que nos casaríamos e viajaríamos por 15 dias no estado de São Paulo, depois voltaríamos e só sairíamos da cidade com a academia de musculação já consolidada. Disse também que Junho não era mais criança de dar trabalho e não nos atrapalharia, já que pensava em adotá-lo. Realcei detalhes de meus planos, como o fato de morarmos juntos, que, aliás, poderia ser perto de sua academia. Cíntia, serena, ouvia tudo em silêncio, como era de seu estilo, esperando para falar só quando eu não tivesse mais nada para dizer. Quando acabei, ela descartou a adoção de Junho, dizendo que não se indispunha em criá-lo, mas mãe seria apenas dos meus filhos. Neste momento já fiquei inflamado, querendo começar a fabricação do primeiro deles; beijei-a fogoso, e lentamente fui descendo com ela em direção à areia, que parecia um leito, de tão macia.

Desvencilhando-se de meu abraço, deteve-me firmemente dizendo que havia momentos de se conversar e que conversaríamos; "murchei" imediatamente, admirando-me com o poder de comando que aquela garota possuía sobre meu corpo. Prometeu que estudaria minha proposta, acrescentando que também achava que um ano seria um tempo grande para esperarmos. Jantamos à moda indígena, e, para isso, trouxe folhas de bananeira; Cíntia havia temperado um peixe, que, envolvido em folhas de bananeira, era enterrado na areia numa profundidade de mais ou menos 10 cm, em cima do qual acendemos a fogueira. Depois foi só desenterrar para comer aquela delícia, sonhando com nosso futuro comum. Como estava muito calor e a chuva não vinha, resolvemos dormir com os colchonetes fora da barraca e amamo-nos profunda e intensamente naquela noite. O isolamento era total no pedaço da coroa onde estávamos; muito ao longe, podíamos ver as luzes do pequeno povoado armado na frente da cidade, composto de bares, pequenos restaurantes e casas de dança. Era bom estar com Cíntia acampado, sem ter de aturar o papo muitas vezes grosseiro e inconveniente de Márcio, principalmente quando exagerava na bebida.

De manhã bem cedo, acordei com Cíntia massageando-me o corpo e comentando a respeito de seu trabalho; ela dizia que agora eu estava forte por inteiro e de fato não era mais magro da cintura para cima. A primeira vez que Cíntia me viu nu, deu uma sonora gargalhada, deixando-me desconcertado e vermelho; aí ela apontou para as marcas encarnadas de urucum que o pajé tinha feito em minhas costas. Tinha conseguido tirar as listras do peito, mas esquecera as das costas. Comentou que, magro como era e com aquelas listras, parecia um pirulito de caramelo. Naquele dia foi a primeira vez que me massageou, agradecendo a Deus por ter me dado estrutura óssea no tórax, que encheria de músculos, pois achava que era a única coisa que faltava em meu corpo para ficar perfeito, já que eu tinha as pernas e a bunda mais bonitas que tinha visto num homem. Naquela mesma semana, submeteu-me a um severo programa de musculação; até doeu nos primeiros dias, mas nos subsequentes fui acostumando-me e fiquei menos magro e bem mais esbelto.

Uma das delícias de amar Cíntia era receber suas massagens depois do amor, mas havia um problema: ao começar a massagear-me, logo incendiava meu sexo e tinha de interromper para nos amarmos de novo. Preferia então "esgotar-me" primeiro, para depois massagear lentamente cada músculo de meu corpo exausto, sem condições de interrompê-la; nessas horas, se começava a elogiar meus contornos e beijar-me em pontos sensíveis, compreendia que era a vez dela de se incendiar, e que, com sua chama e seus lábios, tiraria as últimas gotas de energia daquele corpo que era sua propriedade, seu brinquedo.

Cheguei cedo à casa naquele dia. Cíntia viajara para Belém para comprar alguns equipamentos, e nada tinha de fazer na cidade. Fui com Curumim à fazenda abandonada e, num momento em que ele brincava por perto com sua bola, gritei: *"Junho, vem cá!"*. Já esperava algum tipo de reação quando me ouvisse chamar seu nome, mas assustei-me com a forma como o garoto se desesperou, chorando convulsivamente e implorando, agarrado em minhas pernas, que não o mandasse de volta. Fiquei bastante emocionado e, também chorando, expliquei que ele era meu e que nada nos separaria, mas Junho não se acalmava e retornei para casa carregando-o, porque seu corpo tremia todo e estava paralisado de terror. Em casa, como não se acalmava, eu o fiz tomar um comprimido com 2 mg de Diazepam, e ele dormiu.

Curumim era um garotinho que foi traumatizado por dois acontecimentos: o abandono e o acidente. Do acidente já começava a se recuperar, usando com mais facilidade a mão esquerda, embora tenha superado problemas muito sérios, fazendo-me lamentar que Marabá não contasse com uma fonoaudióloga. O trauma social instalou-se de forma abrupta, com o assassinato de seus pais e depois culminando com o seu abandono, não sendo ele poupado da verdade por tanto tempo, como num caso que conheci muito bem; sua "casa do padre" foi o mundo.

Meu mestre de psiquiatria, adepto da psiquiatria biológica praticada no hospital do Juqueri em São Paulo, onde defendeu suas teses, dizia que nessa idade começam a se desenvolver as funções cerebrais afetivas do aprendizado, como a "construção" e a "destruição", e via-se claramente Junho exercendo-as quando desmontava seus brinquedos para ver como eram por dentro, iniciando a busca intuitiva gerada pela eterna e bendita curiosidade do ser humano. No caso dele, o desenvolvimento dessas e de outras funções foram certamente prejudicadas; poderíamos minimizar os prejuízos com muito amor e dedicação, mas os efeitos provocados na personalidade daquele garoto só veríamos com ele adulto. Podia-se perceber que os acontecimentos não tinham afetado seu intelecto, e permanecia uma criança muito viva e inteligente. Sua dedução psíquica em pensamento abstrato, na ocasião em que foi chamado de Junho, foi tão espantosamente rápida para um garoto daquela idade que deveras me assustou. Anteriormente já havia me surpreendido com sua inteligência; um dia encontrou meu jogo de xadrez em uma gaveta e, ao saber que era um jogo, quis aprender. Ensinei os movimentos das pedras e verifiquei que, depois de semanas, ainda sabia mexê-las corretamente; a partir daí, comecei a ensiná-lo de verdade.

Ao acordar sonolento no outro dia, Junho começou a chorar e já pedindo para não ir embora. Acalmei-o e, após o café, perguntei por que não gostava de seu nome, e ele respondeu que gostava, pois seu nome era Curumim; argumentei que Curumim não poderia ser nome, seria o mesmo que dar o nome de "Cachorrinho" para um filhote de cachorro, e acrescentei que, se ele não gostasse de se chamar Junho, poderia escolher outro nome. Ficou pensativo por alguns minutos, perguntou se não seria mandado embora e, depois que assegurei que não, disse, após mais uns segundos de meditação: *"Então pode me chamar de Junho mesmo".*

O relacionamento de Cíntia e Junho tornou-se um problema extra para mim. Desde nossa conversa na praia, ela foi ficando cada vez mais fria e distante do menino, que respondia na mesma toada. Uma vez, muito sério, disse que havia "crescido" e não seria mais preciso ficar em casa de Cíntia durante o dia, porque não teria mais medo de ficar sozinho em casa. Tinha, entretanto, se tornado grande amigo de Carlinhos, meu cunhado, que o adorava. Junho sempre me pedia que o levasse para brincar com "seu amigo". Cíntia, um dia em que conversávamos, vendo o pôr do sol, insinuantemente falou em orfanato para Junho; rosnei, sério, que gostava muito daquele garoto, que seu futuro estava ligado ao meu e que jamais o abandonaria.

Cíntia não entendia minha atitude, porque nunca falei nada sobre minha origem para ela, dizendo reticentemente apenas que era órfão. Foi a primeira vez que existiu uma controvérsia entre nós, mas pareceu conformada e encerrou o assunto para ficar no meu pé. Alguns dias depois, arranjou uma briga por uma coisa à toa, e brigamos feio; terminou comigo aos gritos e mandou-me embora. Fui para casa irritado e disposto a não mais voltar a procurá-la. Não resisti dois dias, e foram os dias mais longos e vazios que vivi; como poderia desistir da vida? Ao nos encontrarmos, nossos braços e lábios mataram os ressentimentos, diluindo-os no universo de amor que nos unia.

No SESP eu era o responsável pela assistência médico-sanitária aos tuberculosos e aos leprosos; algo estava me incomodando: os casos de lepra estavam aumentando mês a mês de forma sistemática, agravando uma situação já bastante séria, porque aquela região ostentava os maiores índices da doença em todo o Brasil. Mandei alguns informes para o escritório central do SESP, e depois de um tempo a direção agiu; chamaram-me a Belém para um curso intensivo de hanseníase (o termo eufemístico da lepra) e ordenaram a contratação de mais um guarda sanitário para o hospital, o que foi feito imediatamente, mas meu curso esperaria por 15 dias.

Márcio, que andava meio desconfiado comigo, porque de saco cheio andei dando algumas "podadas", perguntou se poderia pegar uma carona, uma vez que teria de ir a Belém por uns dois dias e seria pela época de minha viagem. Não gosto de maltratar deliberadamente as pessoas, nem que fiquem constrangidas perto de mim. Às vezes Márcio me deixava irritado porque, talvez sem esta intenção, ficava entre mim e Cíntia, mas não tinha raiva dele, que até poderia ser uma companhia na grande e sacrificada viagem, já que seguiríamos pela PA-70, uma estrada estadual de 200 km, antes de pegarmos a Belém/Brasília, ambas estradas de terra. No caso da PA-70, encontraríamos condições bárbaras e apenas uma povoação durante a estrada inteira, de nome Vila Rondon. Na melhor das hipóteses, fazia-se o percurso de pouco mais de 400 km em dez horas.

Saímos bem cedo, e ainda fui me despedir de Cíntia em sua casa e deixar Junho. Dona Piedade, a mãe de Cíntia, preparou um almoço para comermos na viagem, beijei Cíntia e comecei meu tormento de 15 dias sem vê-la. A viagem foi um flagelo, poeira, buraqueira, fumaça; pois havia muita queimada na mata e um calor intenso, isso combinado com o papo cretino de Márcio a me cansar os ouvidos. No meio da viagem, havia um grande igarapé com uma pequena praia do lado da estrada. Resolvi tomar um banho e almoçar por ali. Tirei minha roupa, verifiquei se não havia jacarés de tocaia e refresquei-me para valer naquela água gelada e cristalina, que amenizava o calor infernal.

Márcio não quis entrar na água e ficou na pequena praia de areia branca. Estava me enxugando com uma toalha na praia, quando percebi Márcio me olhando como se estivesse me devorando e, por um momento, passou pela minha cabeça que estava sendo alvo de um olhar que conhecia desde a Caju: era um olhar de veado. Esse pensamento me fez olhar cabreiro para ele enquanto instintivamente enrolava a toalha em volta da cintura; percebendo-me desconfiado, ficou sem jeito e comentou *"Puxa, Dito, como tu ficaste forte"*, e deu um sorriso amarelo. Almocei procurando tirar aquilo de minha cabeça. Tudo bem; era chato, grudento, mas não podia ser veado, antes, pelo contrário, tinha uma aparência muito máscula.

Prosseguimos a viagem com ele me dizendo que tinha uma noiva no Rio de Janeiro, que morava em Copacabana, o seu bairro. Entre conversas de surf, praia com garotas e bebedeiras, filtrei que seus pais eram funcionários da Petrobras, tinha um irmão, com quem não se dava bem, e, porque também não gostava de seu pai, saiu cedo de casa. Foi com a ajuda de seu avô, um homem muito rico, que adquiriu a fazenda no município de Marabá. Disse que seu relacionamento com Anita não tinha futuro porque não gostava dela, acrescentando que não percebia o que eu tinha visto em Cíntia para ficar apaixonado daquela maneira que toda a cidade falava. Após seu comentário, fechei a cara e nada falei, demonstrando claramente que não havia gostado dos rumos que a conversa tomara; a partir daí, Márcio calou a boca, felizmente, e começou a cochilar. Já estávamos no asfalto e graças a Deus perto de Belém. Deixei Márcio onde me pedira e recusei, dizendo que trabalharia duro e não teria tempo, quando deu a ideia de nos encontrarmos um dia à noite. Não mais vi o cara durante minha estada na capital.

O curso era no Leprosário de Ananindeua, pequena cidade pertinho de Belém. O Leprosário, uma pequena povoação com toda uma estrutura de poder própria e autônoma, derivava de uma antiga colônia de doentes que se recusaram a sair do lugar, havia mais de três décadas, desde a época da desativação da colônia, ao se verificar que confinar a doença em guetos não só era antiterapêutico como desinteligente. O governo do estado mantinha uma infraestrutura precária e um ambulatório no lugar. Do ponto de vista técnico, o curso pouco me acrescentou, pois a escola tinha-me dado sólida formação em dermatologia, e o mal de Hansen conhecíamos a fundo; apenas me atualizei com novas drogas para o combate do mal que, maravilhosas, prometiam a cura total da doença.

O Hansen é uma doença ainda hoje considerada muito grave e deformante, mas meu mestre de dermatologia dizia que era um "tigre manso", explicando que seu contágio era muito difícil; seu controle e erradicação, muito fáceis, desde que houvesse vontade política, e a repugnância social que a acompanha tinha mais a ver com motivos religiosos e culturais do que propriamente com seus quadros clínicos.

O combate sanitário da doença consiste em procurar os pacientes que eliminam o bacilo causador, ou doentes "bacilíferos", e tratá-los, que em poucos meses param de eliminar os micróbios e deixam de ser contagiosos. A história de um ser humano leproso andando pelas ruas, deixando cair seus pedaços, é de uma estupidez que vem de eras bíblicas; existem formas graves dessa doença, mas o portador tem de deixá-la evoluir por muitos anos sem auxílio médico. As piores formas do mal, entretanto, são as que se encontram apenas na imaginação das pessoas, seu sintoma mais doloroso é o estigma social e a discriminação, ou mesmo o repúdio que gera a simples menção de seu nome na sociedade. Seu micróbio mais perverso é o descaso das autoridades, que deixaram o Brasil com estatísticas indianas, porque erradicar a lepra significaria dar um padrão de vida à nação brasileira, a qual as autoridades acham não merecer desde a época das capitanias hereditárias.

Enfim de volta a Belém. Na noite em que cheguei, telefonei para Raimundo Leite, dei a ideia de tomarmos umas cervejas no Bar do Parque no sábado à noite, e ele aceitou, dizendo que depois iríamos a uma festa. Fiquei preocupado por saber muito bem o que significavam as festas do Leite, mas tudo bem..., eu iria.

O Bar do Parque é um pequeno quiosque do lado do Teatro da Paz, na calçada da praça da República, e foi construído também na França, com o teatro, do qual acompanha o estilo arquitetônico, para ser uma espécie de casa de chá, onde as madames dos barões da borracha faziam fofocas após ver bailar Anna Pavlova e outros astros da época. Atualmente, e há muitas décadas, o quiosque é um bar que nunca fecha e o centro da boemia dos belenenses, esse povo tão deliciosamente boêmio. As noites acabavam naquela esquina da praça. De madrugada, quando lá íamos fazer um lanche durante as noites de estudo, podíamos ver de mendigos a políticos, de doutores a prostitutas e de universitários a meninos de rua. Um tipo de "território livre" em Belém, muito intelectualizado.

Na noite de sábado, saboreando aquela cerveja debaixo das mangueiras e recebendo no corpo o sopro suave e morno do vento que corria pelo túnel verde da avenida, numa mesa do Bar do Parque com Raimundo Leite, fiquei pensando que de fato Belém tinha a melhor cerveja do mundo. Nossa cervejaria é uma das melhores do Brasil, porque a água paraense é excelente para o fabrico desse néctar, inventado pelos alemães. A cerveja paraense pode ser exportada para todo o planeta, mas não podemos exportar nossa praça e nosso clima, o mais apropriado que existe para o consumo dessa bebida. Se um cidadão do mundo quiser tomar a melhor cerveja que existe, terá de sentar-se à mesa do Bar do Parque numa noite morna e beber a "véu de noiva", como chamamos a cerveja quase no ponto de congelamento, portanto teria de vir se aconchegar nos braços de Santa Maria de Belém, a cidade-mulher que sorri.

Raimundo Leite pôs-me a par dos assuntos da cidade; mais um seu irmão tinha passado no vestibular e já cursava a escola, o que não era novidade naquela família de médicos. Leite informou que estava namorando sério, aí comecei a rir, pois todos os seus namoros eram "sérios", mas poucos resistiram ao fim da semana em que começaram. Depois de ouvir meus risos, ele protestou dizendo que namorava essa garota já havia dois "longos" meses. Por minha vez, falei que estava para me casar, e de Cíntia, depois de Cíntia, e mais um pouquinho de Cíntia, até que Leite, olhando-me ironicamente, disse meio na gozação: "Égua cara...! Tudo bem, já sei que tu estás apaixonado, mas agora vira o disco, *porque a noite ainda é criança para começares a entrar na fossa*". Daí me manquei e aproveitei para tomar mais alguns goles, olhando para a manga que caía espatifando-se na calçada, uma imagem tão da cidade quanto o cheiro de tucupi em suas esquinas. Era bom estar em Belém e do lado de um amigo. Despertei de meus pensamentos com a pergunta dele: "*E Alceu?*"

Tomei um grande gole de cerveja, como se tentasse substituir a amargura em que aquela pergunta jogou meu coração pelo doce amargor da bebida, e sacudi negativamente a cabeça. Raimundo Leite começou a falar de um jeito inconfundível; creio que poucos conhecem esse seu jeito de falar. Informou que houve derrotas cruciais e sangrentas naquele lugar e que muitos morreram; disse que um grupo ainda estava em debandada tentando fugir dali, mas que o major "Bem-te-Vi" os mataria um por um, e seria preferível que não fossem apanhados vivos. Levantei a cabeça, intrigado, e perguntei: "*Bem-te-Vi? Que major Bem-te-Vi?*". Ele me olhou surpreso e, após secar seu copo, explicou-se, mostrando-se admirado que eu, morando em Marabá, não soubesse quem era major Bem-te-Vi, e depois acrescentou que tal indivíduo era o comandante das forças de informações na área, o dono da vida, o que não fazia prisioneiros e agia com um pelotão conhecido pelas atrocidades com que tratava guerrilheiros, e como interrogava simpatizantes da guerrilha. Eu nunca tinha ouvido falar desse sujeito na cidade.

Perguntei sobre Alceu, e ele, parecendo não querer mais se manter no assunto, disse que não sabia; entendi que não soube da sua morte, o que não deixava de ser animador. Raimundo Leite fechou bruscamente seu "baú secreto" e não consegui arrancar nada mais dele. Num momento em que insistia por informações sobre Alceu, mirou-me fixamente dizendo que quem morava em Marabá teria de tomar muito cuidado para não se deixar envolver.

Raimundo Leite sempre me surpreendeu. Falei para ele sobre o ocorrido na aldeia, esperando vê-lo rir e caçoar de mim, e, no entanto, sério e pensativo, aconselhou-me a não brincar com a medicina religiosa indígena, porque é feita de magia, o que para ele era sinônimo de poderes mentais e estava muito além de nossa imaginação, já que os magos desapareceram de nossa cultura havia mais de mil anos, exatamente na Idade Média, queimados em fogueiras clericais.

Saímos do Bar do Parque bem "mamados" para a festa na casa de uma amiga da sua namorada, que o estava esperando lá. Na festa havia poucos casais; a dona da casa estava "avulsa" e logo se acercou de mim. Bebi bastante, resultando num grande pileque com direito a choro de saudades de Cíntia e tudo. A festa não demorou a terminar, pois todos foram embora. Acabei dormindo por lá mesmo, sendo consolado pela amiga da namorada de Leite, que não perdeu a oportunidade de se aproveitar de um rapaz embriagado; não sei bem se fui eu quem a comeu, ou se foi ela quem me comeu.

Acordei de manhã apressado, morrendo de dor de cabeça e remorsos por ter entregado um corpo que não mais me pertencia para outra que não Cíntia, sua dona. O telefone tocou estridentemente no pequeno apartamento, martelando-me as têmporas e, após atender, a garota passou-o para mim; era Raimundo Leite dando-me parabéns porque soubera que dessa vez eu tinha dado conta do recado, funcionando muito bem, mas que não esquecesse de pagar a garota, que vivia disso. Sentei-me desanimado e impotente numa cadeira. Que grande vontade tive naquela hora de torcer o pescoço magro daquele cara; armou para que eu pagasse pela primeira vez por uma noite com uma mulher.

Um dia na escola, tinha-me desafiado que eu ainda faria isso, e armou essa armadilha. Paguei a garota, que me cobrou, e caro, mas ele tinha razão: meu pinto não diminuiu de tamanho por causa disso. A garota disse-me que tinha gozado bastante comigo, o que não acontecia com todos os "clientes", anunciando que estaria disponível para mim até de graça, se não tivesse que pagar a escola da filhinha, o médico da mãezinha doente, essas coisas. Saí dali rápido antes que me pedisse mais dinheiro. Fiquei uma semana preocupado com blenorragia, mesmo Leite me assegurando que não arranjaria "qualquer uma" para fazer tal "serviço" em mim e tirou o maior sarro, dizendo que agora sim eu estava "desvirginado" e definitivamente no mundo masculino, pois contribuíra com a mais antiga das profissões, gerada pelas necessidades do corpo do homem. O cara às vezes era patético.

Visitei Alex e dona Lúcia numa noite de quinta-feira; na sexta iriam para Salinópolis para passar o fim de semana; convidaram-me, e claro que aceitei. O mar do Pará tem características únicas, pois a variação da maré entre a cheia e a vazante é mais ou menos de 15 m, e então na maré baixa o mar se retrai por quilômetros, deixando atrás de si uma imensa praia. Os caboclos da região aproveitam-se dessa particularidade para pescar e constroem uns cercados muito resistentes com bambu, que chamam de "curral de peixe"; na maré cheia esses currais, onde previamente foram colocadas iscas, ficam sob as águas, totalmente encobertos, os peixes lá entram em busca das iscas e com pouco mais de uma hora de vazante não mais conseguem sair do cercado. Na vazante, com o curral fora d'água, o caboclo vai lá e "pesca" peixes de grande porte, como o cação, matando-os a cacetadas. O caboclo da Amazônia jamais desperdiça as oportunidades que a natureza oferece; seria interessante pesquisar sua cabeça antes de se fazer qualquer plano de desenvolvimento da região, porque a tecnologia talvez tenha o que aprender com a cultura popular do amazônida, que explora os potenciais da natureza a seu favor, de uma forma que parece ter sido ensinada pelo próprio Criador.

O banho na praia do Maçarico tem hora marcada e dura no máximo duas horas, com suas ondas às vezes grandes e ensurdecedoras; depois desse tempo o mar se retrai por vários quilômetros e o banhista tem de se contentar, o que não é difícil, com os lagos de água salgada aqui e ali, que o mar vai deixando espalhados pela grande praia. Quem quiser sair em busca das ondas, encontra o mar após uma caminhada pela areia, mas existe um perigo fatal: ao começar a enchente, tem de voltar imediatamente, pois corre o risco de ficar ilhado numa das muitas coroas de areia, separadas umas das outras e do continente por verdadeiros rios de correnteza fortíssima e, em pouco tempo, tudo fica sob as águas. Havia umas bandeirinhas vermelhas que subiam, alertando a todos para que voltassem, e muitos dos que as desobedeceram morreram afogados.

Alex e eu passamos a tarde de sábado pescando no curral de Pedro, um pescador nosso amigo, com quem pescávamos desde crianças.

Achávamos divertido ver aqueles peixões serem agarrados por Pedro, de uma forma que parecia segurar borboletas; os menores ele deixava para a gente brincar, "*E para crescerem*", dizia quando os devolvia ao mar. Paramos numa barraca e não resistimos a tomar a sopa de caranguejo, a especialidade do lugar, a qual estava deliciosa naquele fim de tarde, em que, com o pôr do sol, já víamos o belo farol da cidade, aceso como um grande brilhante, circulando seus quatro feixes de luz em forma de crucifixo.

Pedro foi embora, e, quando ficamos apenas nós dois, Alex começou a me falar de Alceu, confessando que não conseguia esquecer o irmão, desaparecido havia quase quatro anos; disse que, depois que Dr. Sérgio morreu, ele ainda o procurou e a última notícia que soube foi que tinha embarcado com a namorada para um curso de guerrilha na China, sob o patrocínio do Partido Comunista do Brasil, que seguia a pobreza mental de Mao Tsé-Tung. Como Alceu era um assunto que deprimia sua mãe, pouco falavam dele em casa.

Passando a contar de si, disse que, já formado, trabalhava como auditor em uma multinacional e dentro de três meses seria transferido para a sede da empresa em Londres; sua mãe também iria e já providenciara um curso de doutorado em nutricionismo numa universidade inglesa; e, logo ao acabar seu curso de farmácia, sua namorada, de nome Jasmim, iria para a Inglaterra, onde se casariam. Ficou feliz ao me saber apaixonado e no estrangeiro esperaria notícias minhas.

Depois da ducha no jardim para tirar o sal e a areia, dona Lúcia, ao nos ver, comentou, chorando, que se lembrava daquela algazarra no jardim, mas no tempo em que seus três filhos chegavam da praia; fiquei emocionado por ter sido chamado de "filho" por aquela mulher, e de fato fazia bom tempo que não ia para Salinópolis com eles. Ela lembrava uma época também para mim muito saudosa, com Alceu e Dr. Sérgio. Dormi triste naquela noite; além da falta sufocante que Cíntia fazia, deixando meu corpo inflamado e agoniado, eu me vi às voltas com uma saudade de Alceu muito grande, quase materializada. Pedi fervorosamente a Deus que fizesse um dia ele abandonar a loucura da sedição e voltasse à convivência de seus amigos e de sua família para que, juntos, reconstruíssemos um arremedo do que fora a vida, já que jamais conseguiríamos substituir a imagem do grande médico que foi seu pai.

Num dia, telefonei para madre Liganó pedindo para que providenciasse minhas certidões de batismo, crisma e primeira comunhão, pois os originais haviam sido perdidos. A madre recebeu-me no Colégio São José toda sorrisos e com as certidões nas mãos, dizendo que poderia me casar sossegado; olhei-a intrigado porque ainda não tinha falado nada e, parecendo que adivinhava meus pensamentos, disse saber que um rapaz procurando certos documentos eclesiásticos, na certa, estaria pensando em se casar. Anunciou que veria seu "*bambino*" começar a construção de uma família cristã, nem que precisasse ir a pé até Marabá. Falei de Cíntia e do meu amor por ela, de meu trabalho e das coisas que fazia, deixando a madre e as irmãs que me ouviam completamente maravilhadas; falei de Junho e do problema que estava armado com a rejeição de Cíntia e pedi conselhos. Ela, em seu jeito de austeridade carinhosa, elogiou meu gesto de caridade cristã, mas recusou-se a aconselhar, porque entendia que, em decisões do coração, não cabiam conselhos, pois só ajudam em decisões de rumo a tomar, orientando os desnorteados. "*Segue a voz do amor*", finalizou.

Tia Dora estava doente, e tentava me explicar, em seu linguajar caboclo, que parecia não ter o sangue força para voltar para o coração, ficando todo parado em suas pernas. Apresentava um grande inchaço nos membros inferiores, indicando que ela estava com seu coração insuficiente; ela tinha razão. Resolvi dormir em Castanhal naquela noite, para de manhã bem cedo conversar com Dr.ª Luiza a respeito da doença de tia Dora.

Após o jantar, fui ao Cine Árgus e lá encontrei Maurício, um dos guardas sanitários, que estava com a esposa; depois da fita, convidei-os para uma cerveja no Hotel Braga. Relembramos o passado numa conversa amena e perguntei pelo seu irmão Amílcar; olhando para os lados, como se temesse ouvidos atentos e disfarçados, falou que Amílcar primeiro entrou no "partido", depois desapareceu; apurou que estava em armas com outros rapazes de Castanhal, das famílias mais pobres, e por isto os desaparecimentos não geraram grandes repercussões na cidade. Soube também que muitas pessoas desapareceram das cidades da zona Bragantina, como Capanema e mesmo em Bragança, cidade grande e antiga já no litoral; ele até mesmo sabia que muitos dos desaparecidos haviam sido presos porque eram simpatizantes do "partido".

Constatei nessa noite que não apenas pessoas intelectualizadas foram vítimas da pregação comunista.

Ao acordar de manhã, bem cedo atravessei a rua e fui ao SESP conversar com Dr.ª Luiza. Ela ficou muito alegre quando me viu e quis providenciar uns guaranás e salgadinhos, mas expliquei que estava com pressa porque ainda tinha de ir a Ananindeua no Leprosário, que ficava a meio caminho de Belém, e o que tinha para falar era muito importante, pois tratava-se da saúde de tia Dora. Ela ouviu em silêncio e chamou a velha negra que tinha chegado comigo; examinou-a minuciosa e pacientemente, depois com um eletrocardiograma completou seu exame. O diagnóstico: tia Dora sofria de insuficiência cardíaca congestiva. Felizmente, a medicina dispõe de um "chicote" usado para fazer cavalgar um coração preguiçoso; os digitálicos, drogas extraídas de uma planta, como a provar que a medicina alopata também se preocupa com a composição dos vegetais. Naquele dia mesmo, tia Dora começou seu tratamento sob supervisão de Dr.ª Luiza, e voltei para Belém mais tranquilo.

Faltavam dois dias para regressar a Marabá e, no começo da noite, recebi um telefonema de Amadeu dizendo que precisava me ver com urgência e que, aliás, já estava me esperando na frente do Stop, um bar na praça de Nazaré. Reiterou para que eu fosse, porque teria assuntos importantíssimos para tratar comigo. Estacionei meu Fusca perto da Basílica e, atravessando a praça, dirigi-me para o bar, mas no meio da caminhada, alertado por uma buzina, virei para o lado e vi Amadeu em seu belo Maverick prateado. Entrei no carro e saímos dali, ficando a rodar pela cidade, conversando assuntos amenos, mas a pergunta estava no ar: o que Amadeu teria de importante para conversar comigo?

Passou a falar sobre as injustiças sociais e indignidades humanas que estavam acontecendo. Concordava plenamente com tudo o que ele falava, apenas não achava boa ideia mudar esse estado de coisas por meio de pontes explosivas; os gorilas passariam, e a nação seguiria soberana, sem precisar da tutela escravizante dos que a amedrontam com as armas, tampouco dos que se diziam iluminados e achavam que só eles saberiam o que era bom para ela, desde que seus respectivos nomes constassem das "*Nomenklatura*" de privilegiados do novo regime, que substituiria a ditadura e nos obrigaria a ser felizes, dentro dos moldes deles, é claro.

Estava ainda em minhas reflexões quando Amadeu parou em frente a um bar gay de nome Lila's, onde entramos; havia uma pista de dança em que rapazes dançavam com trejeitos afetados e o som era muito alto.

Ficamos numa mesa de canto, eu me sentindo como se sente alguém num meio que não o seu, não por simples discriminação, e sim porque me sentia diferente de todos ali. Uma coisa era frequentar a casa de um amigo homossexual; outra, ir a um local feito para gays; nas festas em casa de Amadeu, ele me interessava por ser meu amigo, mas naquele bar nada me interessava.

Perguntei, sem rodeios e impaciente, o que queria comigo. Amadeu começou a dizer que perderam uma guerra e que havia combatentes precisando de instruções para abandonar a área, mas o pessoal do Bem-te-Vi tinha destruído todos os canais de comunicação de que dispunham em Marabá, restando apenas uma linha muito tênue e que teria de ser aproveitada, pois para muitos era a última chance de escaparem de cair nas mãos de Bem-te-Vi. Passou então a descrever o que o tal Bem-te-Vi fazia com os prisioneiros antes de assassiná-los. Seu relato horrorizou-me, mas perguntei por que ele estava dizendo todas aquelas coisas para mim, e respondeu, tentando vencer o volume do som: "*Porque tu terás de levar uma mensagem para Marabá e passá-la, pois, tenho certeza, não te negarás*". Levantei-me da cadeira olhando perplexo para ele e um pouco tonto, tanto pela estridência do som quanto pelo significado de suas palavras. Antes de refazer-me do susto, ele arrematou: "*Alceu é um dos que tu vais ajudar a tirar de lá*". Quedei-me pesadamente de volta à cadeira; sim, eu tiraria Alceu de lá.

O último ato dessa minha viagem a Belém foi na "Santo Antônio", como os funcionários chamavam o escritório central do SESP na capital, em alusão à rua onde se situava. Dr. Salomão Caiate havia sido recentemente nomeado diretor da instituição, pois Dr. Trinado, poucos meses após desfazer os convênios do Instituto Evandro Chagas, aparecera morto dentro de seu automóvel em condições esquisitas e misteriosas. Conhecia Dr. Caiate, e ele recebeu-me muito bem; questionou sobre o problema do Hansen, respondi mostrando os gráficos e tabelas que apontavam a incidência em Marabá e meus planos de combate à disseminação da doença. Sugeri que o SESP adotasse drogas modernas recentemente descobertas, como a rifampicina, em seu tratamento-padrão, mas ele assegurou que existiam estudos avançados em direção à minha sugestão.

Saiu de sua mesa, aproximou-se de uma mesinha sobre a qual havia uma garrafa térmica com pequenas xícaras e ofereceu-me um café, que recusei. Após tomá-lo, sentou-se de novo em sua poltrona e, enquanto eu arrumava meus papéis, ele preparava seu cachimbo; remexeu-se em sua poltrona, procurando uma posição confortável, e fui atingido pela sua pergunta, estando ainda enrolando uns gráficos: "*Garoto, o que está havendo entre ti e o comandante da cidade?*".

Mas será possível...? Sempre que pessoas mais velhas se dirigem a mim era na forma de "garoto", "meu filho", "doutorzinho", mesmo em conversas sérias como aquela! Fiquei irritado, mas não deixei transparecer e antes contei a história da cesariana, da ordem e posterior "convite com carona" do comandante grosseiro. Depois de ouvir calado e reflexivo, disse que minha atitude, do ponto de vista técnico, estava corretíssima, mas acrescentou que vivíamos tempos em que era prudente tergiversar e que eu procurasse tomar cuidados, porque em tais tempos não deveríamos deixar nossa cabeça muito evidente.

Lembrei-me das palavras de Amsterdã, o orador de minha turma; era verdade... sentia-me numa terra de cegos, com um homem sereno dizendo que fechasse meu único olho porque era bom para a saúde. Minha irritação foi desalojada do cérebro por outra emoção, que me provocou um frio na espinha. "*Jesus Cristo, ajudai-me*", pensei alto, assim que saí daquela sala. A viagem de volta, afora os tormentos comuns, decorreu mais palatável, porque não tinha o papo-furado de Márcio, mas em compensação Alceu pareceu até que estava ao meu lado, porque não consegui tirá-lo um único minuto de minha cabeça...

Toda a escola sabia da amizade que nos unia, e um dia, no bar da esquina, Alceu quebrou um dente de Amadeu porque este, achando-se engraçadinho, insinuou que ele tinha um "caso" comigo. Os dois ficaram um ano sem falar um com o outro, mas consegui que Amadeu, que nunca mais se atreveu a nos desrespeitar, pedisse desculpas a Alceu pela brincadeira, e naquele momento Alceu, de forma sincera, também lamentou o dente quebrado. No começo de seu descaminho, Alceu ficou muito próximo de Amadeu, de quem Valéria era amiga. Amadeu deveria ter sido o "canal" que drenou Alceu, ou teria sido Valéria que cooptara os dois?

Foi uma viagem marcada pela aflição e por questionamentos desse tipo. Que chegasse logo o domingo para a saída desse peso de minhas costas, que era fazer o que teria de ser feito. Foi melhor mesmo eu tomar conhecimento apenas do que já sabia; eles precisavam de uma data e um lugar, mas estes eu jamais saberia, pois somente passaria a mensagem, e teria de ser eu, no domingo.

Já estávamos na quinta-feira.

Cheguei a Marabá depois de atravessar a balsa do rio Tocantins e, como passava da meia-noite, resolvi dormir em casa na Nova Marabá, que ficava a meio caminho entre a balsa e a cidade. Apesar de trazer comigo a ansiedade como uma companhia desagradável, relaxei com o pensamento em Cíntia e dormi profundamente. Não demorei a acordar, porque o outro dia começou cedo; dois carros colidiram na Transamazônica, próximo da cidade, e às 6 h o hospital estava lotado com os feridos. Sobretudo pela manhã, foi um dia de muito trabalho; fizemos duas cirurgias, inclusive uma laparotomia para estancar uma hemorragia no baço de um garoto de 16 anos. Mal tive tempo de mastigar um sanduíche no almoço, porque o pronto-socorro parecia uma oficina de costura, tantos crânios e membros havia com ferimentos para suturar.

Ao acabarmos, por volta de 18 h, telefonei para Cíntia anunciando que mais tarde a apanharia para jantarmos juntos e depois dançarmos no Tapera. Fui para casa e, depois de tomar um banho, passei a observar o ocaso da varanda, tentando dar vazão a uma pergunta que, embora combatida, queria insistentemente se formar na minha cabeça: *"E se eu não fizer nada? O que poderia me acontecer? Do que poderiam me acusar?"*. Não, não tinha essa alternativa e jamais poderia me omitir. *"E se Alceu morresse devido a minha omissão? Seria fácil continuar vivendo com isto nas costas?"*. Deus...! O pavor era muito e às vezes me sufocava.

Procurei dar uma arrumada na casa, que estava bagunçada da forma como a deixei antes de seguir para Belém, pois queria voltar depois com Cíntia. Ela, quando via minha casa desarrumada, recusava-se a ir para a cama comigo, só o fazendo depois que a arrumasse, deixando-me impaciente; naquela noite não queria perder tempo. Ao pensar nela, prometi a mim que não permitiria Alceu entre nós dois; ainda haveria o sábado inteiro para pensar nesse assunto.

Encontrei Cíntia linda em seu vestido de gaze vermelha, que a deixava leve e vaporosa como uma ninfa flutuando numa nuvem escarlate; seus pequenos olhos negros transmitiam amor e alegria. Junho, feliz, agarrava-se o tempo inteiro em minhas pernas e dizia não ter chorado uma única vez.

Chegou a hora dos presentes. Dona Piedade ganhou uma caixa de madrepérola com todos os materiais de costura, das linhas aos metais. Dei para seu Jaime um jogo de cachimbos importados, com um suporte em madeira trabalhada e prata. Carlos ficou muito feliz quando recebeu o jogo de camisas do Clube do Remo, que pedira para seu time, acrescido com duas bolas oficiais, que comprei também pensando em mim, saudoso que andava de um bate-bola. Junho gritou de felicidade ao ver o trenzinho elétrico que ganhou, cujos trilhos imediatamente começou a armar com Carlos; claro que eu tinha a intenção de brincar com aquele trenzinho. Trouxe para Anita, que estava com Márcio na casa de Cíntia, um anel e um par de brincos em prata com marcassita.

Márcio, sentindo-se esquecido, perguntou se não daria nada a ele; senti que não estava com gozação, porque demonstrava um ar infeliz. O cara realmente pensava que eu compraria "presentinhos" para ele, já que demonstrava grande decepção. Foi a primeira vez que duvidei da sanidade daquele sujeito, mas meti a mão no bolso e tirei uma caneta de que havia gostado e comprado na casa onde achei os cachimbos para seu Jaime, e dei para ele, que ficou radiante.

Todos perguntaram: "*E Cíntia?*". Comecei a retirar, da sacola que carregava, algumas caixas em veludo vermelho; de forma lenta, fui abrindo e procurando... um efeito, *tcham!... tcham!... tcham!... tcham!...*, mostrei o belo conjunto de pulseira, anel, brincos e colar em platina, brilhantes e grandes rubis, que faiscavam nos olhos espantados de todos na sala. Custou-me um mês de salário, mas o que significava isso, se não era para agradar e enfeitar o eixo da minha existência, um pedaço de mim que faltava desde meu nascimento? Cíntia, ostentando as joias na frente do espelho, chegou a lagrimar de alegria e sua presença ofuscava meus olhos. Que vontade louca de amá-la!

Não demoramos muito no Tapera, apenas o suficiente para os dois ficarmos irritados. Cíntia era daquelas mulheres que, mesmo em trapos, mantinha uma elegância marcante e, lindamente vestida como estava, atraía os olhos da moçada, deixando-me enciumado. Cíntia, por sua vez, chegou a fuzilar com os olhos uma garota que olhava insistentemente em minha direção. Em Marabá, devido à quantidade de paranaenses e catarinenses, era comum encontrar pessoas louras e de olhos azuis, mas com meu novo visual, forte da cintura para cima, notava que as garotas me olhavam mais, até porque Cíntia me queria sempre muito bem vestido. Eu, porém, continuava lamentando parecer um garotinho grande e forte e não possuir, por exemplo, um vasto e másculo bigode que desse uma austeridade adulta a meu rosto; em vez disso, tinha aquela penugem amarelada em cima dos lábios, que só aparecia com o meu rosto vermelho depois que tomava sol. Era gostoso ver Cíntia incomodada de ciúmes, sempre que havia garotas por perto.

Depois de um tempo, para mim insuportavelmente longo, ficamos, enfim, sozinhos em minha casa. Márcio havia insinuado de irmos os quatro para lá fazermos uma "festinha", mas recusei dizendo que estava cansado; aquela noite seria apenas de nós dois. Em meu quarto, transformado num templo, com a presença de minha deusa, iniciamos sôfrega e lentamente a liturgia do amor, um despindo o outro com as mãos do desejo e acariciando cada linha dos corpos, que já se tinham transformado em órgãos sexuais e logo se fundiram na alta temperatura da paixão. Pareceu que um raio havia nos atingido durante nosso orgasmo simultâneo. Esgotei-me mais rápido que de costume naquela noite, e Cíntia, que conhecia tudo sobre minha sexualidade, percebeu. Massageando-me, perguntou se a havia traído em Belém e respondi que nem poderia, porque todas as noites ela esteve em minha cama, não havendo uma única em que não tivesse me masturbado pensando em momentos como o de minutos atrás, ficando depois com meu corpo frustrado com o prazer vazio e inútil, esperando em vão seus dedos nas divinas massagens, como a que me fazia.

Era a primeira vez que mentia sem dar muito na vista, e desconfiei, naquela hora, que em certos assuntos o homem já nasce sabendo mentir. Não fiquei com tanto remorso assim, porque afinal transei bêbado com uma prostituta de quem nem sequer lembrava o nome. A mulher deveria compreender melhor o funcionamento do corpo do homem, que algumas vezes não dá chances ao discernimento.

Após a massagem, já estava recobrado e amamo-nos mais e mais de forma intensa e total; nada do que acontecesse fora de nossos braços tinha importância, pois somente deixávamos o barco de nosso amor singrar livremente o rio do prazer de termo-nos. Acordamos naquele sábado com a manhã já avançada e, antes de levantar, Cíntia quis me amar, o que nos reteve por mais uma hora na cama, onde aproveitou para dizer que, no sábado seguinte, em um almoço na sua casa, oficializaríamos nosso noivado. Eu teria de pedir ao pai dela para nos casarmos. Concordei com tudo, mas avisei que morreria de vergonha de seu Jaime. Logo depois fomos para sua casa, onde almoçamos o resto do jantar de dona Piedade, que parecia mais gostoso ainda: um grande tucunaré assado e recheado com farofa de azeitonas.

Após o almoço, avisando que tinha algumas coisas para fazer em casa, peguei Junho e fomos para Nova Marabá. No caminho fui pensando no valor das aparências no ambiente das famílias; seu Jaime não era um homem ingênuo e certamente sabia do tipo de relacionamento entre mim e sua filha, e até Carlos, depois de uma noite que Cíntia passou comigo, interpelou-me agressivo e irritado, dizendo que, se engravidasse sua irmã e não me casasse com ela, ele me mataria; só se acalmou ao saber a verdade: eu não me pertencia, e era propriedade de sua irmã, que faria comigo o que bem entendesse, desde me casar até manter-me sob seus pés, se assim o desejasse, porque meu destino era a sua vontade. Depois de ouvi isso, Carlos mudou de assunto. Seu Jaime, logo que comecei a namorar Cíntia, recebeu-nos de semblante fechado em alguns domingos, quando começamos a chegar de manhã; mas um dia falou que confiava na cabeça de sua filha, pois ela saberia o que era certo ou errado e o que seria bom para si. Agora teria de pedir para ter Cíntia...; apenas uma formalidade, porque já nos pertencíamos havia muito tempo.

Chegamos à casa, armei o trenzinho de Junho na sala, deixei-o brincando e fui para o meu refúgio na velha fazenda. Olhando aquelas paredes em ruínas, afundei-me em meus problemas. Eu teria de tomar uma decisão; grande parte de mim me obrigava a fazer de tudo para evitar um destino indigno para Alceu, mas outra parte me refreava, mostrando o pavor e as consequências, implorando prudência ao tratar assuntos que não eram meus e não me diziam respeito. Relembrei toda a minha vida e a importância que teve a família de Dr. Sérgio nela, a única coisa que conheci próximo do que fosse uma família. Lembrei-me da fidelidade de Alceu e do grande afeto que ainda nos unia; lembrei-me de nossos estudos, de nossas farras, do fim de nossa virgindade na ilha do Mosqueiro, de nossos "pegas" com o Paysandu no futebol de salão e, principalmente, das inúmeras vezes que Alceu se meteu em brigas só para me defender, desde que éramos criancinhas. Surgiu em minha mente a imagem de um garotinho investindo contra uma gangue de moleques na frente do Cine Árgus, distribuindo e levando porrada de tudo quanto era lado.

Aquele assunto me dizia respeito sim e eu estava obrigado a ajudar Alceu a ter uma segunda chance, por ele e pela memória do Dr. Sérgio, o único homem que me deu afetos como se fosse meu pai. A proximidade do perigo, as atrocidades relatadas por Amadeu, as prudentes palavras de Dr. Caiate e principalmente o rosto de Raimundo Leite recomendando-me cuidado, não saíam de meu pensamento e produziam uma sensação imensa de medo, não só pelo que poderia passar, mas também pelo sofrimento que causaria a Cíntia na hipótese de ser descoberto. Procurei vencer-me e decidi, ficando firme contra meus temores, que ajudaria Alceu, mesmo que isso significasse o fim de minha vida. Sair-me-ia bem; afinal de contas, o meio de comunicação dos subversivos era muito bem bolado e eu não seria descoberto. Procurando envolver meu pensamento com a certeza de que não teria problemas, voltei para casa mais tranquilo.

No fim da tarde, disse para Junho que sairia; deixei jantar e a geladeira abastecida para ele, e ordenei que tomasse banho e dormisse cedo. Peguei minha barraca, apanhei Cíntia em sua casa e atravessamos para a praia, que já estava pequena, porque o rio começava a encher. Armamos a barraca não tão longe do povoado na frente da cidade, que já diminuíra com o desmonte de muitas das pequenas construções de madeira.

O habitante de Marabá despreza a praia desde o início da cheia, principalmente porque era época de aparecimento de um verdadeiro flagelo: umas moscas minúsculas parecidas com moscas de fruta, mas hematófagas, e sua picada era ardida e pruriginosa; sem determinados cuidados, como repelentes para a pele, era impossível ficar na praia por causa dos "piuns", como chamavam as mosquinhas. Havia também outro perigo: quando o rio começava a encher, os acidentes com arraias tinham seu número várias vezes multiplicado.

Havia pouca gente acampada e no pequeno povoado; quase ninguém nos poucos bares abertos. Sentamo-nos num deles e, tomando uma cerveja, senti vontade de contar tudo o que estava se passando para ela; depois, pensando melhor, resolvi não envolvê-la naquela história. Fomos para a barraca porque a noite não estava calorenta e tentei amá-la, mas não consegui, porque pela segunda vez na minha vida eu brochei. Estava ali na barraca, assustado com essa reação de meu corpo, tremendamente envergonhado, já que humilhado pelos meus órgãos, mas Cíntia pôs minha cabeça entre seus seios, dizendo que não ficasse deprimido daquele jeito; tinha lido que essas coisas acontecem com todos os homens e que eu aproveitasse e desabafasse com ela, pois já havia percebido que estava com algum problema desde que cheguei de Belém.

Disse que andava cansado, preocupado com tia Dora doente e contei-lhe toda a minha vida em detalhes; pela primeira vez para alguém, relatei a minha origem em vales de sombras eclesiásticas. Depois de ouvir tudo, abraçou-me ternamente, prometendo que teríamos um lar tão feliz que me faria esquecer o que passara, enquanto lágrimas deslizavam por sua face. Meu Deus! Que vontade tive naquela hora de amá-la, mas minha genitália recusava-se a obedecer ao desejo e dormimos naquela noite abraçados como dois irmãos. Ambos acordamos de manhã com o despertar de meu sexo, e o amor, embora retardatário, aconteceu com intensidade.

Ainda cedo atravessamos para a cidade, Cíntia ficou em sua casa, combinando que nos veríamos de noite, porque passaria o dia com arrumações em sua academia, e dirigi-me para Nova Marabá. No caminho repensei minuciosamente o que teria de fazer e lembrei-me de que teria de trocar de roupa, pois a senha que passaria a mensagem seria comparecer à Missa das 10 h de camisa azul e calça branca. Cheguei à casa e, depois de um banho, retornei com Junho para a cidade, onde o deixei brincando com Carlos. Pouco antes das 10 h, estava na frente da igreja matriz. Num bar tomei um guaraná porque estava com a boca seca, e entrei na igreja; pedi com toda a fé que a Virgem me ajudasse naquele dia, e que me perdoasse por usar a igreja para outra atividade que não louvar a Deus. Minhas pernas não paravam de tremer, e o frio em minha espinha deixava-me encurvado.

Após a Missa, encaminhei-me para a Toca do Pescador. Sentei-me à mesa que Amadeu havia indicado em fotografias e esperei chegar 11 h 30 min, tomando uma cerveja e repassando mais de uma vez tudo o que teria de fazer. Onze e meia em ponto cruzei minha perna esquerda sobre a direita; era o sinal de que a mensagem começaria a ser passada. Os caras dominavam todo um alfabeto, cujas letras ou sílabas eram gestos simples que começavam com a perna esquerda cruzada sobre a direita.

Amadeu, por prudência, recusou-se a dizer o teor da mensagem, e nem sequer revelou o significado dos gestos. Então comecei: dois toques na orelha esquerda, pegar o nariz como se estivesse assoando, outro toque na orelha esquerda, passar a mão direita no cabelo, e bocejar colocando as duas mãos na frente da boca; depois cruzar a perna direita sobre a esquerda, fechar a mão esquerda e colocá-la sobre a testa, estender o indicador desta mão, dar um toque na orelha direita com a mão esquerda, em seguida um gesto como se me espreguiçasse, com os dois braços para cima, a mão direita espalmada e a esquerda fechada. A mensagem estava passada. Esperei 15 minutos e repeti minuciosamente os gestos.

Estava em uma mesa na calçada e a instrução que eu tinha era de sentar-se numa cadeira de frente para a rua, pois seria "lido" por alguém a distância. Repetindo pela terceira vez os gestos, fiquei tentando imaginar quem seria a pessoa encarregada de receber a mensagem e onde estaria.

Logo depois que terminei, Márcio passou em frente ao bar em seu carro e saudou-me com um aceno; pensei que ele pararia e "grudaria" mais uma vez, mas seguiu.

Estranhamente não sentia mais medo, boca seca ou frio nas costas. Paguei a bebida e afastei-me lentamente daquele lugar, seguindo em direção à igreja, onde agradeci a Deus por tudo ter corrido bem.

Padre Pardáliga estava por lá e, quando nossos olhares se cruzaram, cumprimentou-me, balançando a cabeça e aproximando-se. Eu não gostava muito dele porque achava que se aproveitava de seu púlpito para inflamar o povo, parece que esquecendo o que Stalin fez com os sacerdotes depois que transformara as igrejas russas em museus. Convidou-me para almoçar e aceitei.

Almoçando, percebi que ele sabia de alguma coisa, porque deu bandeira numa hora em que, sem ter nem por que, disse que Deus às vezes se utilizava de inocentes para mandar suas mensagens. Fiquei preocupado, mas desviei o assunto, elogiando o excelente pirarucu no leite de coco de sua cozinheira, passando a conversar sobre saúde pública. Saí de lá com a sensação de que Pardáliga fazia parte do esquema dos guerrilheiros e sentindo-me leve como fumaça; parecia que tinha me livrado de um peso do tamanho do mundo.

Estava feito e não fui preso. O sol ainda brilhava sobre mim e o céu era azul, mas ajudei Alceu a não ter uma morte horrível. Tudo acabara e agora poderia dedicar-me totalmente à mulher que se apossou de minha alma; ao pensar em Cíntia, lembrei-me do fiasco na véspera, mas nesta noite com certeza daria a ela o maior presente que um homem poderia dar a uma mulher: seu corpo ardente.

Depois de assistir a uma fita de bangue-bangue no cinema, fui para a casa de Cíntia; ela estava com uma roupa "de guerra" e instalava alguns aparelhos que haviam chegado de Belém, ajudada por uns caras que havia contratado para tal. Deu-me um beijo e dispensou-me dizendo que nos veríamos de noite; peguei Junho e fomos para casa. Sentia a sensação gostosa de ter cumprido um ato extremo de lealdade, que me deixava quase eufórico e com a alma leve e revigorada, pronta para Cíntia alojar-se nela. A noite não chegava; ainda eram 16 h, então ficamos, eu e Junho, batendo bola na frente de casa num campinho que providenciara, com trave e tudo.

Cíntia estranhou meu ar de extrema felicidade quando nos encontramos e ouviu-me dizer enigmaticamente que naquele momento estava totalmente para ela. Aquela seria a nossa noite. Saímos para jantar na

Peixaria Caparaó, a melhor da cidade, que servia um peixe realmente delicioso; depois de comermos e bebermos vinho branco alemão, fomos para minha casa. Cíntia, impulsionada pelos vapores do vinho, estava ávida de mim e começou a me acariciar ainda no caminho, desabotoando botões e beijando-me em lugares que me prejudicavam na direção do carro; ela parecia que, daquela vez, também não conseguiria esperar. Junho dormia em seu quarto e fomos para o meu, onde nos amamos numa intensidade ainda desconhecida por nós. Ela, então, acreditou quando disse que não havia mais problemas.

QUANDO CAEM AS CINZAS

Cíntia quis dormir em minha casa naquela noite e, de manhã cedinho, saímos na direção da cidade, ambos sonolentos após uma noite em que fizemos tudo excessivamente menos dormir; ela ficou em sua casa e fui para o hospital. Dr. Mauro, esperando-me à porta, pediu que eu fosse à sala de parto, onde a obstetriz estava com problemas.

O SESP dispunha de atendentes especializadas em parto, que ajudavam as crianças a nascerem com maestria e perícia em partos normais; mas ao menor problema, na mínima complicação, chamavam o médico. Judite, a obstetriz, disse que o toque de uma das mulheres não estava muito característico e, depois de calçar luvas, verifiquei que de fato aquele parto daria trabalho. A parturiente já estava com grande dilatação do colo do útero, mas no toque meus dedos, em vez de encontrarem a textura do crânio do feto, tocaram um tecido macio, demonstrando que aquela criança estava com apresentação atípica e aparentemente de nádegas. Não havia possibilidade de cesariana devido ao avançado estágio do trabalho de parto; a criança nasceria pela via natural e eu a ajudaria.

Preparei-me vestindo um avental de plástico que protege do jato de líquido amniótico, o qual acompanha a saída dos bebês em muitos dos partos normais, e comecei procurando o púbis da criança, onde firmaria meus dois dedos indicadores, mas não a encontrei; aquilo não era a nádega. Tentava ainda raciocinar, mas, numa contração, o corpo da mulher expulsou o feto: um monstrengo; eu havia ajudado a nascer um monstrengo. No momento do nascimento, enrolei a criança num lençol e disse para a mãe que seu filho nascera com problemas.

Sempre que em uma maternidade nasce uma criança acentuadamente defeituosa, muitos ficam tensos porque existe uma superstição que prediz coisas ruins para quem faz o parto. Um caso desses, num local ainda com características de cidade do interior, como Marabá, é o suficiente para aguçar a curiosidade popular. Uma auxiliar de Judite passou mal quando viu a criança e mandei-a para casa, o que foi um erro, porque a moça abriu a boca e em poucos minutos a notícia correu por todo o canto, fazendo com que o SESP ficasse cercado, duas horas após o parto, por uma multidão, que queria invadi-lo para ver a "criança-peixe" que havia nascido. Dr. Mauro pediu força policial, que se mostrou insuficiente para conter os populares, sendo necessário apelar para o comandante do "oito", que enviou duas viaturas repletas de soldados, cuja simples chegada foi o suficiente para serenar os ânimos e conter o ímpeto da turba.

Fui para a sala do pré-parto, onde tínhamos alojado o pequeno infeliz, que teimava em viver, chorando como uma criança normal. Passei a examiná-la: sua pele, como a de todos os seres humanos, havia se formado em várias partes do zigoto, mas não tinha se fundido, então a criança apresentava-se como se tivesse sido toda retalhada por uma navalha. Não havia pernas nem pés, e, no lugar, um único membro que acabava em dois dedos; onde seria o púbis, via-se um esboço de órgão sexual não identificável, tanto parecendo com uma vulva como com uma bolsa escrotal mal desenvolvida. Seu tronco, afora os cortes, era normal, assim como seus braços, mas que não acabavam em mãos, e sim em dois dedos, como o único membro inferior. Seu rosto era medonho, não tinha lábios e ficava com as gengivas à mostra; havia um buraco onde deveria haver um nariz, e seus olhos eram opacos e sem pálpebras. Bem próximo das têmporas, estavam plantadas duas orelhas, mas completamente deformadas, sem existir canal auditivo. Os ossos de sua caixa craniana não se tinham formado, seu cérebro estava à mostra, e era este órgão que meus dedos tocavam, fazendo-me imaginar que tocavam nádegas. Um bizarro erro da natureza, sem dúvida. Imaginei que as más formações internas inviabilizariam a vida daquele ser e, de fato, após algumas horas, ele morreu.

    Estava acabando de examinar o feto, e Graça, uma atendente, veio avisar que tinha visita para mim na sala dos médicos. Aquele local era usado para tomarmos café, batermos papo nos poucos momentos de folga e recebermos nossas visitas. Entrei na sala meio chateado com o ocorrido e lá encontrei Márcio com um sorriso espantado, perguntando o que havia acontecido, pois encontrara o hospital cercado de tropas e de gente. Respondi contando tudo, porém omitindo detalhes éticos; pediu para ver o feto e recusei, dizendo que, mesmo a um monstrengo, a medicina deve aplicar suas leis éticas: jamais permitir o constrangimento de alguém, tornando públicas suas doenças e más formações. Aquela criança era feia, malformada e inviável, mas tinha saído de uma mulher que não a fabricara sozinha, portanto era um ser humano. Márcio pareceu compreender, sorriu e perguntou que horas eu sairia do hospital, pois havia pessoas influentes querendo me conhecer; ele viria me buscar e depois iríamos juntos para a casa de Cíntia, onde Anita o esperaria. Disse que tudo bem e às cinco e meia da tarde estaria preparado. Ele insistiu para ver o feto, porém, mais uma vez, recusei, explicando novamente o motivo da recusa e acrescentando, em tom de brincadeira, que, se insistisse, eu chamaria o guarda. Acabou de tomar o café que ofereci, despediu-se sorrindo e foi embora.

    Telefonei para Cíntia e disse que nos veríamos de noite. Na hora do almoço, fui à casa verificar se tudo corria bem com Junho, brinquei um pouco com sua pequena locomotiva elétrica e voltei para o hospital.

    Exatamente às 17 h 30 min, fazendo um barulho muito grande, pousou um helicóptero tipo "esquilo" no lado da horta do hospital, com o piloto e Márcio, que desceu da nave. Ao me ver numa janela com outras pessoas, sorriu e fez sinal para ir ter com ele. Márcio sempre foi um exibicionista em termos de grana, mas aparecer de helicóptero só para impressionar era o cúmulo dos cúmulos.

A aeronave estava pintada com o logotipo da U.S. Steel, uma multinacional americana de minérios que atuava na região em parceria com empresas estatais. Imaginei que Márcio talvez precisasse de meus conhecimentos em inglês para conversar com algum executivo da multinacional. Claro... Como poderia falar com americanos, se aquele cara não sabia falar direito o próprio português? Em meu Fusca, apanhei a maletinha de emergência, subi no helicóptero com Márcio e decolamos, sob os gestos de adeus dos funcionários, que se aglomeravam às janelas.

Voamos por 20 minutos sobre o rio Tocantins; como era a segunda vez que voava e a primeira sem dor de cabeça, senti certa euforia vendo o majestoso rio serpenteando naquele imenso tapete verde que se perdia no horizonte, e curti o voo, o que não aconteceu ao voltar da aldeia de helicóptero. Mais além, podia-se ver o Itacaiúnas lindamente prateado pela ação da luz do sol vespertino, que já morria com as tradicionais aberrações cromáticas, manchando as poucas nuvens existentes. Márcio estava calado, como se estivesse aborrecido; perguntei, brincando, se estava com dor de dentes e ele, sem rir, negou balançando a cabeça. Achei estranha sua atitude, logo ele, sempre disposto a rir de minhas brincadeiras.

O piloto avisou que pousaríamos e fomos aproximando-nos do lugar: uma fazenda na beira do Tocantins, cuja casa sede ficava a uns 2 km da margem, rodeada de casas menores pintadas de branco. Esse aglomerado se ligava à margem através de uma estrada asfaltada, que terminava numa área de lazer onde se viam duas piscinas, algumas quadras de esporte e uma casa avarandada. O terreno acabava bruscamente na margem do rio, caindo em ribanceira na direção da minúscula praia, onde havia um cais para embarcações pequenas. Aproximamo-nos para pousar e vi que dois helicópteros estavam pousados, também de multinacionais e bem maiores que a aeronave em que estávamos. Pousamos perto da casa avarandada e, após descermos da aeronave, o piloto tornou a decolar, desaparecendo nos ares.

Estava havendo uma festa e notei outra coisa estranha; a festa parecia que estava acabando. Encontravam-se lá cerca de 20 pessoas, entre as quais alguns dos tenentes, com umas mulheres que nunca tinha visto na cidade, bonitas e muito bem vestidas, mas notoriamente vulgares e uma já completamente embriagada. Estavam também alguns casais que se via não serem de Marabá. Despediram-se ao redor da churrasqueira onde se encontravam e, meia hora depois que chegamos, decolaram nos dois helicópteros em meio a uma barulheira danada.

Questionei Márcio sobre os caras que queriam me conhecer, ele avisou que nossa festa começaria um pouco mais tarde e que aproveitasse o calor e a piscina, ficando à vontade, porque ele teria algumas providências a tomar e por uns momentos não poderia me dar atenção.

Passei a examinar o lugar: quadras de tênis, de basquete e um campo de futebol, duas piscinas, uma das quais terminava dentro do avarandado da casa, perto da churrasqueira. O sol despedia-se da tarde por trás do rio com sua coroa de areia branquinha no meio brilhando como um espelho. Um belíssimo ocaso. Deus!... Como gostaria de ter Cíntia do meu lado. Encaminhei-me para a casa avarandada; era grande e possuía um enorme salão ao lado de uma verdadeira academia, com saunas, sala de musculação e ginástica.

O calor estava de rachar; tirei minha roupa e, ficando apenas de cueca, mergulhei na piscina, com sua água não muito fria. Márcio saiu da casa, e da piscina vi que ele montava um aparelho na varanda, em cima de uma mesa; tornou a entrar, saindo com uma tela, então entendi: Márcio passaria *slides*. Comecei a sair da piscina antes de ele me chamar e caminhei em sua direção, dando pulos para a água escorrer de meu corpo; só percebi quando já estava quase seco, mas antes vi a cara de Márcio, olhando-me com um riso sarcástico, como nunca havia visto antes. Ele já tinha projetado o *slide* e apenas esperava minha reação.

Ao ver o que estava sobre a tela, o sangue congelou-se todo em minhas veias. Nela estavam três fotos da minha entrada no Lila's, o bar gay, com Amadeu; fui descoberto. *"Mãe de Deus, quem é Márcio?"*, perguntei a mim mesmo, com o pensamento a cem por hora, mas paralisado, sem conseguir sequer me mover. Senti a mão dele em meu ombro, virando-me delicadamente; ao ficarmos face a face, atingiu meu nariz com violento soco, arremessando-me em direção à parede da varanda, que me conteve, e encostado nela fui lentamente escorregando em direção ao chão, onde acabei sentado com uma torrente de sangue escorrendo de minhas narinas, deixando tudo abaixo vermelho, inclusive meu tórax.

Fingindo-se afetado e desmunhecando, disse: *"Então o doutorzinho é boneca do Lila's..."*. Limpei meus lábios e meu queixo, onde já começavam a se formar coágulos, e assoei o que restara de meu nariz, enquanto tentava me levantar, com a certeza de que meu fim havia chegado. Ainda tive forças para dizer, depois que fiquei em pé, que não era nem doutorzinho nem veado, antes de receber um poderoso soco no abdome, e, mesmo tendo percebido e contraído antes a musculatura, não escapei da forte dor e sufocação que se seguiram, fazendo-me rolar angustiado pelo chão da varanda. Após um tempo agoniado, pude respirar melhor e, embora persistisse a dor abdominal, consegui me levantar amparando-me na parede, ficando encurvado. Ele se aproximou sério, tocou meu rosto melando a ponta do indicador com sangue, enquanto olhava seu dedo fez uma cara de quem estava muito aborrecido. *"Quanto desperdício, Dito..."*, disse, limpando lentamente seu dedo em minha cueca. Depois de alguns segundos, indaguei: *"Quem és tu?"*. Ignorando minha pergunta, explicou que eu tinha uma informação para dar a ele e a daria, porque não queria me machucar. Mantinha-me ereto praticamente pendurando-me pelos cabelos com sua mão direita, sem demonstrar nenhum esforço. Atirou-me ao chão e entrou por um momento dentro da casa. Foi o tempo de pensar que Amadeu tinha razão em não me dar acesso ao conteúdo da mensagem, mas também imaginei que já deveria estar preso ou mesmo morto.

Márcio, ou seja lá o que fosse aquilo, saiu de dentro da casa com uma máquina cineprojetora, desligou o projetor de *slide* e passou um filme na tela, onde eu aparecia fazendo os sinais sentado numa mesa da Toca do Pescador, primeiro em velocidade normal e depois em velocidade acelerada. Evidente... Três vezes os mesmos gestos; eles descobriram tudo e só não sabiam que eu não detinha informação alguma, e não poderiam arrancar de mim o que queriam. Márcio veio em minha direção e pegou de novo meus cabelos; arrastou-me para junto da tela de projeção e, sempre segurando minha cabeça em direção a ela, passou o filme mais uma vez e depois, aproximando meu rosto da sua cara feia, perguntou o que significava aquilo, tão de perto que podia sentir o seu hálito. Respondi que não sabia, antes de receber um soco do lado direito de minha boca, que partiu meu lábio superior e um dente incisivo. Desta vez só não fui parar no gramado porque uma das colunas que sustentavam a varanda aparou o meu voo.

Sentindo dor forte nos lugares dos golpes, pensei que o fato de não saber a mensagem me manteria vivo por mais um tempo. Ele chegou perto, e, ao virar minha cabeça, respinguei sangue em sua camisa, já que, embora a hemorragia nasal tivesse cedido, começava outra em meu lábio partido. Olhou as manchas de sangue, foi até a mesa, retirou sua camisa e colocou-a cuidadosamente no espaldar de uma cadeira, depois voltou a mim e disse, de forma suave, que não estava gostando de fazer aquilo e que desse a informação, que ele pararia de me espancar. Perguntei de novo quem era ele, e respondeu de forma impaciente, com sua mão esquerda tornando a pendurar-me pelos cabelos e a direita socando-me o tórax com as pontas das falanges de seus dedos dobrados, até perceber a respiração ofegante e minha dificuldade crescente ao respirar. Soltou meus cabelos, deixando-me cair no chão. Tornou a entrar na casa; consegui levantar-me, aproximei-me da mesa e sentei-me numa cadeira, aproveitando para rezar umas orações e pensar em Cíntia. Quem ou o que poderia ser esse cruzamento de trator com cavalo que até a pouco chamava de Márcio, meu Deus?

Ainda olhava meu corpo totalmente vermelho de sangue e o cara apareceu à porta, com uma garrafa de uísque e dois copos; pôs um copo em minha frente, despejou um pouco da bebida dentro dele e mandou-me beber, o que fiz imediatamente em grandes goles, sem me fazer de rogado, provocando ardor na ferida em meu lábio. Observei melhor e notei que ele apresentava o tórax completamente respingado com o meu sangue.

Conversando como se estivéssemos no ameno ambiente de um bar qualquer, disse que a "brincadeira" na região do Araguaia e do Tocantins já estava terminando, mas que pessoas como eu tentavam esticá-la e faria um grande favor se dissesse a informação que queria, para logo estar com Junho e Cíntia. Com lágrimas nos olhos, pensei quanto estava distante dos dois e imaginei que jamais os veria de novo. Comecei a falar com uma voz anasalada, sentindo coágulos a me obstruírem as narinas, e disse que, embora nem sequer fosse simpatizante dos guerrilheiros, havia concordado em trazer uma mensagem e passá-la em Marabá para tentar ajudar um amigo, mas, por precaução, Amadeu não tinha me passado o seu teor.

Márcio, que acabara de esvaziar seu copo, colocou-o na mesa com gestos lentos, virou-se para mim e, depois de observar meu rosto por alguns momentos, desferiu um forte murro em meu olho direito. Como estava sentado, fui arremessado em direção ao piso com cadeira e tudo. Concluí que esse último golpe abriu um ferimento em cima de meu olho, porque imediatamente senti o sangue escorrendo por sobre ele. Desta vez fiquei muito tonto e pensei que não conseguiria mais me levantar. Márcio, içando-me mais uma vez pelos cabelos, disse que eu tinha de terminar com aquilo, pois estava sofrendo muito ali, todo ensanguentado, e ele não estava gostando nada de me machucar, já que me queria íntegro, o rapaz bonito que sempre havia sido. Senti náuseas, comecei a vomitar o uísque que havia bebido e ele largou meus cabelos, fazendo-me cair pesadamente no piso.

Foi até a mesa, tomou mais alguns goles e tornou a chegar perto de mim. Levantou-me pela axila direita com sua mão esquerda, que de tão grande quase a envolvia com seus dedos, muito próximo de se tocarem por cima de meu ombro, e, sacudindo-me, pediu mais uma vez a informação com sua voz trovejando: *"Fala, porra!..."*. E novamente disse que não sabia. Consegui desviar a cabeça no instante em que vi seu enorme punho vindo com velocidade em direção ao meu rosto. O soco atingiu atrás da orelha esquerda, bem próximo da nuca, e só não fui arremessado longe porque ainda estava preso pela axila. A dor foi intensa na parte de trás de minha cabeça, e ouvi, no ouvido esquerdo, um barulho como se tivesse uma cachoeira dentro dele. Uma dor extremamente forte começou a envolver meu pescoço, dando a sensação de que o estavam torcendo. Largou-me e caí no piso da varanda, protegendo com as mãos a cabeça, que doía insuportavelmente.

Voltou à mesa e, verificando que a garrafa acabara, entrou na casa, de onde saiu com outra, já tomando uns goles no próprio gargalo. A dor em meu pescoço crescia de intensidade, então comecei a chorar alto, observado por Márcio sentado com a garrafa na mão. Entre goles, disse que tudo bem, acreditava que eu realmente não sabia o teor da mensagem. *"Mas tu tens outra coisa que quero há muito tempo, Dito"*, ainda disse, antes de se levantar desabotoando sua cinta. Calculei que, com mais um golpe na cabeça, poderia morrer e imaginei que seria açoitado com seu cinturão, mas qual... Antes fosse.

Márcio calmamente retirou suas calças, dobrando-as cuidadosamente antes de colocá-las onde já se encontrava a camisa. Veio para perto de mim de cueca e, quando começou a tirá-la, compreendi o que queria; ele iria... "Ah, meu Deus! Isso não, por favor...", falei para ele, que, não dando ouvidos, arrebentou minha cueca com suas duas mãos, quase arrancando meus testículos, provocando dor forte neles, e começou a me estuprar. A dor era lancinante e tentei reagir, ficando sem fôlego e imobilizado, com dois socos em ambos os lados de meu tórax. Procurei refúgio nas palavras de Amadeu em busca do tal prazer, mas não cabia prazer naquilo; era extrato puro de dor intensa, restando-me apenas gritar com todas as forças que ainda tinha, ouvindo-o dizer que gritasse à vontade, pois ninguém me ouviria, já que estávamos sozinhos, e que ele gostava daqueles gritos. Fartando-se, seguiu em direção à piscina, tomou uma ducha e caiu na água.

Aproveitei para examinar-me; peguei meu pulso e senti-o firme com uma pulsação em torno de cem batimentos, o que afastava a possibilidade de hemorragias internas volumosas. Apalpei meu tórax e verifiquei um afundamento com provável fratura da última costela do lado direito, mas o que me preocupava era a intensa dor que sentia no pescoço e parte de trás de minha cabeça. Vi um pequeno lavabo com a porta aberta e luz acesa, que dava para a varanda, arrastei-me até ele, deixando um rastro vermelho por onde passava e, com muito trabalho, consegui me sentar no vaso sanitário.

Era um cubículo que continha, além do vaso, uma pia com um espelho em cima. Ainda no vaso, descobri que apresentava grande hemorragia anorretal. Abri a torneira, joguei água em minha face e tentei levantar-me apoiando-me na pia, o que consegui com imenso esforço, porque mal tinha forças para respirar e não conseguia mover minha cabeça.

Olhei-me no espelho. Meu olho esquerdo estaria totalmente fechado dentro de horas, caso ainda estivesse vivo; o nariz parecia um tomate, de tão vermelho e inchado; meu lábio superior apresentava um corte no lado direito, que deixava a mucosa e avançava alguns milímetros pela pele; e havia ainda um ferimento profundo e longo na sobrancelha esquerda. Todo o meu cabelo, de amarelo, tinha-se transformado em vermelho, empapado de sangue que estava, porque tudo sangrava em meu rosto. Com um pouco d'água, retirei coágulos de minha orelha esquerda e vi, aterrorizado, um filete de sangue a escorrer insistentemente do canal auditivo; estava com uma fratura na base do crânio. Além da hemorragia externa, poderia estar havendo outra interna, como é comum nesses tipos de fraturas, e o sangue já começava a envolver estruturas vitais do sistema nervoso, como o bulbo e a ponte, destruindo-os com sua ação corrosiva quando fora das veias e artérias.

Pai celestial!... Eu estava morrendo e logo entraria em coma. Sentei-me novamente no vaso e iniciei uma oração, pedindo para que Deus se apiedasse de minha alma, e nesse momento tudo escureceu.

Senti que alguém me carregou e me deitou em uma cama. Estava em estado de coma superficial, e nesse estado a pessoa só consegue reagir fracamente a estímulos, mas registra-os bem, principalmente estímulos sonoros, que guarda na memória, lembrando-se deles mais tarde, embora não os possa aproveitar em pensamentos lógicos durante o momento do coma, por causa do estreitamento de consciência. Lembro-me de que era uma sensação estranha: tudo ficava claro, e entendia-se alguém falando algo, para logo ficar escuro quando parava de falar. Não conseguia mover um único músculo de meu corpo.

Não sei quanto tempo permaneci ali, mas senti alguém me examinando, medindo minha pressão arterial e apalpando-me cuidadosamente. Ouvi a voz aflita de Márcio perguntando se eu morreria, e a voz de Adônis respondendo que havia grande possibilidade, pois estava com fratura de base de crânio, cujo índice de mortalidade era altíssimo.

Márcio, com voz trêmula, disse que eu não poderia morrer, e foi atropelado por Adônis dizendo que da próxima vez tivesse mais cuidado e concluiu: *"Parece que não conheces a força que tens, Bem-te-Vi...; tu quebraste a cabeça do garoto, que agora está quase morto, e não tenho muito que fazer. Vou tentar proteger suas estruturas nervosas aprofundando o coma, transformando-o em coma medicamentoso, e procurar refazer o rosto do rapaz"*. Senti ainda a picada em cima da clavícula direita e a passagem do cateter na veia subclávia, o intracat. Ainda ouvi Márcio dizer que ele não poderia me deixar morrer, antes de tudo desaparecer de minha cabeça sob ação da dose maciça de fenobarbital.

Adônis é um colega mais velho formado três anos antes de mim, e que seguiu na vida militar depois que fora "agarrado" pelo Exército, após ter-se formado. Devido a sua carreira militar, quatro meses antes tinha chegado a Marabá, onde trabalhava no ambulatório do "oito". Foi seu rosto a primeira coisa que vi logo que acordei naquela manhã, com a sensação de que estava atrasado para ir ao hospital.

Ao ver Adônis, foi-se formando lentamente na lembrança o acontecido, inclusive o diálogo que ouvi durante o tempo que estive em coma superficial, coincidindo com o aparecimento de dor por todo o meu corpo e, como para impedir que me refugiasse na ideia de que apenas sofrera um pesadelo, a primeira dor que senti foi uma aguda em qualquer tentativa de contração da musculatura perianal.

Adônis debruçou-se sobre mim e, falando baixo, disse que eu escapara de morrer, ainda corria grande perigo, mas tinha uma chance de escapar com vida, embora não entendesse muito bem a razão. Explicou que me deixou em coma barbitúrico por cinco dias, suspendendo a administração de fenobarbital na noite anterior a mando de Bem-te-Vi. Perguntei por Cíntia e Junho e soube que estavam bem, e mais... todos na cidade pensavam que o helicóptero em que decolara do SESP havia caído, eu internado muito grave no quartel sem condições de traslado para o hospital e sem receber visitas por ordem do comandante.

Adônis levantou a cabeça, certificando-se de que apenas nós dois e ninguém mais se encontrava no pequeno espaço, uma pequena sala de curativos, depois falando mais baixo, ainda disse que fizesse tudo para permanecer vivo, porque alguém teria de testemunhar mais tarde o que estava acontecendo. Advertiu que eu teria um dia duro, por isso me sedaria suavemente. Enquanto aplicava a injeção de diazepam no ombro esquerdo, insistiu mais uma vez em que eu procurasse continuar vivendo e finalizou: "*Lembra-te de que nada pode ser mais escuro do que a noite, e mesmo ela se rende ao nascer do sol*". Apagou a luz e retirou-se, já me deixando sonolento.

O diazepam começou a fazer efeito, produzindo um delicioso torpor e indiferença com tudo o que se passava, característico do desmonte afetivo que a sedação por essa droga provoca. Fiz força para permanecer em vigília, mas não demorei muito a dormir, não antes de ouvir sons de helicópteros, além de Pink Floyd tocando alto, em uma aparelhagem perto, seu *Dark Side of the Moon*. Não tenho muita certeza se ouvi gritos e latidos de cachorros, mas lembro-me nitidamente de ter ouvido tiros. "*Tiros! Ora, tiros...*", pensei, antes de dormir, aproveitando aquele gostoso sossego químico.

Acordei com o som aumentando bruscamente pela porta sendo aberta, por onde a claridade fosca se filtrava nas frestas que sobravam, pois estava obstruída com o corpanzil de Márcio, ou melhor, major Bem-te-Vi, que acendeu a luz e olhou sorrindo para mim. Estava vestido com calção de banho e o corpo todo respingado de sangue seco; claramente se divertia ao dizer: "Ah!... Então o doutorzinho acordou; que bom! Vais tomar parte na festa". Aproximou-se cambaleante, parecendo embriagado, deixando a porta aberta, por onde entrava a voz de Janis Joplin berrando "Summer time", e começou a afagar meus cabelos, dizendo que tinha ficado feliz ao saber que eu não morreria. Informou que eu tinha dormido cinco dias e, por esse tempo, ele mesmo me alimentou por um tubinho que saía do nariz, mas antes ele e o Dr. Adônis deram-me um bom banho e agora eu era dele, que tomaria conta de mim e me protegeria para nunca mais sair da linha, "recuperar-me" e deixar de fazer bobagens.

Estava deitado em uma maca hospitalar, com duas fivelas prendendo-me nela, mas os braços completamente livres, e podia ver que de fato estavam limpos; mas a ideia daquele animal me dando banho repugnou-me tanto que creio até minha alma ficou enojada.

Acariciou meu rosto, comentando que Adônis era um grande médico; puxou o lençol que me cobria, dizendo, com seu ar de embriaguez: "*Coitadinho, vejam só o que aprontou para ele, ainda está todo roxo*", referindo-se aos hematomas em meu tórax e provavelmente no rosto. Desafivelou os cintos e ajudou-me a levantar.

O diazepam não impediu que um pavor imenso se apossasse de mim; era tão intenso e denso que tive a impressão de que era algo do meu lado. Aquele cara estava cheirando a sangue humano; eu conhecia bem esse cheiro, e parecia que o revigorava, pois já havia visto Márcio em trajes de banho, mas nunca demonstrando o vigor que ora demonstrava. Entregou-me um calção de banho que me pertencia e, vestindo-o com dificuldades, procurei entender como aquele calção tinha ido parar na mão dele. Fui empurrado em direção à porta, por onde entrou uma luz fosca, antes de ele acender a luz, como se fosse dia de chuva. Todos os centímetros de meu corpo doíam aos movimentos, mas procurei andar rápido porque Bem-te-Vi pegou meus cabelos sem puxá-los, e temia isso, pois a cabeça era o que mais me doía.

No gramado reconheci, pelos fundos, a casa avarandada e vi que estive numa sala de curativos para pequenos atendimentos. Não fiquei ofuscado porque não havia claridade, e sim uma penumbra acinzentada. Olhei para o céu e levei um tempo para acreditar que o que via não era produto de alguma alucinação pós-trauma craniano; o céu estava negro, pois o azul tinha sido substituído, em altas camadas da atmosfera, por um lençol negro encrespado que tomava todo o céu. O sol parecia uma bola marrom, que podia ser mirada sem problemas; perto dele o encrespado negro ficava mais nítido e notava-se que se deslocava lentamente. Entendi o que era ao ver o chão de um verde enegrecido e, caindo dos céus, aquela chuva de flocos de vegetais em cinzas, aqui e ali uma folha pequena inteira transformada em carvão. "*Meu Deus!... Estão queimando meia Amazônia*", falei alto, provocando risos em Bem-te-Vi.

Pela posição do sol, conclui que eram 15 h. Bem-te-Vi pôs a mão em meu ombro depois de largar meus cabelos, e fomos andando em direção a uma distante quadra de tênis, onde uns caras em calção de banho brincavam com uns cachorros, por baixo daquele sol, que parecia ter-se transformado numa Superlua, e em nada parecia nosso velho companheiro de todos os dias. Talvez por isso, ou porque estava morrendo de medo, eu não sentisse nenhum calor. Márcio, embriagado, cambaleava e apoiava-se em meu ombro, fazendo com que a caminhada demorasse muito mais do que seria esperado. Ainda só tinha visto o cenário; o pesadelo infernal estava apenas começando.

A quadra de tênis ficava a cerca de 500 m da casa avarandada e já próximo do fim da clareira na mata, onde o local estava inserido. Ao nos aproximarmos, entendi a "brincadeira" com os cachorros. Dois indivíduos grandalhões, em trajes de banho e corte militar nos cabelos, continham dois enormes cães *dobermann* que encurralavam um infeliz num canto da quadra e iam soltando lentamente a corda, com os cães tentando abocanhar o indivíduo, que estava completamente nu e procurava se livrar das mandíbulas dilacerantes, subindo pela tela que cercava a quadra, mas sendo contido por um ninho de arame farpado logo acima, ficando os cães aos pulos em baixo, tirando pedaços dos pés e das pernas do desgraçado, que gritava por clemência, provocando o riso dos soldados. Bem-te-Vi, com um grito, fez os grandalhões terminarem com a brincadeira; como num passe de mágica, pararam os gritos e os latidos dos cães, deixando o ambiente ser dominado pelo ruído estridente da floresta, que achei mais alto que o normal, pois parecia que a selva estava gritando. Ao longe se ouvia um som cíclico de quem deixou um disco acabar e não levantou o braço com a agulha do aparelho, mas pouco se ouvia o barulho eletrônico, abafado pelo som da selva bem próxima.

Chamou minha atenção a réstia de gramado entre a quadra e a floresta, porque havia cadáveres lá; encaminhei-me em direção a eles, sendo seguido de perto por Bem-te-Vi, que não tirava um sorriso do rosto e os olhos de mim, como achando muito engraçada a minha reação à visão daqueles horrores. Os cadáveres estavam todos nus, jogados aleatoriamente na grama, semicobertos com as cinzas que caíam; eram 12 homens e quatro mulheres, o que custei a concluir, pois alguns corpos apresentavam lacerações que dificultavam distingui-los. Havia mulheres sem os seios; e homens sem o pênis e bolsa escrotal, arrancados por mordidas de cachorros.

Andando por entre os corpos, detive-me no de uma mulher que, apesar de muito inchada, reconheci; era Valéria, uma das que estavam com as mamas arrancadas, e a respeito dela ouvi a voz de Bem-te-Vi: *"Essa aí, coitadinha, passou para o nosso lado quando a coisa ficou preta e pensou que não iria morrer, mas morreu por engano"*. Acompanharam as palavras de Bem-te-Vi gargalhadas dele e dos dois soldados, fazendo os cães rosnarem.

Procurei ansiosamente, sabendo que encontraria, e então o vi; seu pé direito estava praticamente descarnado pelos cães, e notava-se que tinha sido interrogado, pois faltavam algumas unhas de suas mãos e seu olho direito. Foi um trabalho tecnicamente perfeito, porque pouparam a pálpebra, que flutuava no vazio. Apesar da magreza que apresentava, ainda encontrei traços tão meus conhecidos naquele rosto; era Alceu.

Deixei-me cair de joelhos a seu lado e segurei sua mão direita. Havia um orifício de bala em sua testa, anunciando que havia sido executado depois de interrogado.

Senti o pé de Bem-te-Vi em minhas costas, e, com pisões, deitou-me naquele gramado sujo de cinzas de frente para ele, dizendo: *"Ah!... Então era este teu amiguinho"*. E continuou, mas, para minha surpresa, em um inglês perfeito: *"Ele morreu na hora em que o cara que o estava comendo ia gozar; levou um tiro na cabeça e as contrações musculares quase cortam o pau do cara"*. E acrescentou, ainda em inglês, como se não quisesse ser entendido pelos soldados, *"Eu estou doido para sentir esta sensação"*, sorrindo sarcasticamente para mim, provocando-me náuseas, mesmo sem ter nada no estômago para vomitar.

Gritou para os soldados que trouxessem o prisioneiro, levantou-me desta vez puxando meus cabelos e, pondo minha cabeça frente a frente com a sua, voltou a falar em inglês, dizendo asperamente: *"Dito, eu quero ser bonzinho contigo, mas vai ter que me obedecer em tudo, porque, quando me aborreço com quem me desobedece, posso ficar malvado"*. Explicando que eu veria o que ele fazia nos momentos em que ficava malvado, agarrou pelo braço o prisioneiro, que tremia, forçando-o a ficar de joelhos em sua frente, pegou uma pistola que um dos soldados estendera, encostou na cabeça dele, que me olhou desesperado e, naquele momento, reconheci aquele rosto por trás da máscara de sangue, antes que o estampido da pistola abrisse um furo em sua têmpora direita, donde o jato de sangue que espirrou respingou em mim e no assassino. Era Amilcar, o guarda sanitário de Castanhal, que já tresfolegava agoniado pelo chão.

Voltamos lentamente para a casa avarandada, e desta vez o assassino não foi agarrado em meu ombro; seguia-me cambaleante com aquela conversa de bêbado, falando que seria bom para mim e me protegeria. As cinzas que caíam lentamente grudavam nos respingos de sangue ainda fresco em nosso corpo.

Ao chegarmos, entrou por uns instantes na casa, onde retirou o braço da aparelhagem que ainda descansava ruidosamente em cima do disco que acabara, pôs um disco dos Beatles, aumentando o volume do som, e fui estuprado pela segunda vez na calçada de mármore em volta da piscina, entre cinzas e sangue, gritando desesperadamente e levando porrada nas costelas para ficar quieto. Quando acabou, disse que dentro da casa havia uma sacola com roupas enviada por Cíntia, recomendou-me que tomasse um banho e ficasse por ali até segunda ordem. Apenas limpou seu pênis com papel higiênico e vestiu a roupa por cima do sangue seco e cinzas em seu corpo. No cais subiu, numa lancha voadeira que estava estacionada e desapareceu numa curva do rio Tocantins.

Cabisbaixo de humilhação e tristeza, fui ao banheiro para, entre outras coisas, tentar vomitar; eu, que pensava já haver visto o Cão com seu rabo em ponta de seta! Ouvir falar em Cíntia foi como um estilete em meu peito, pela dor que produziu e pela sensação de distância que existia entre nós dois; será que continuaria me amando, se soubesse de momentos em minha vida como o de minutos atrás? Algum dia ainda a veria? Essas questões me torturavam a mente nos momentos difíceis que passava no banheiro, e a pergunta final que me queimava a consciência: *"O que ainda estou fazendo vivo, se meu mundo é de mortos?"*. Lembrava-me do olhar de Bem-te-Vi no igarapé em nossa viagem para Belém, mas recusava-se a aceitar a resposta que começava a se formar em meu pensamento: não morreria para meu corpo servir de pasto ao corpo de um anormal. Numa ideia pecaminosa, pedi sinceramente a Deus que então me matasse, porque suicídio não existe em minha cabeça, embora tenha desejado morrer mil vezes sentado naquele vaso sanitário e depois tomando um banho vigoroso, como se pudesse tirar com ele minha própria pele; como se fosse o último.

Corri para a sala e vi uma minha sacola, que, ao abrir-se, revelou um bilhete de Cíntia em primeiro plano, dizendo que me amava e torcia para que ficasse bom logo. Desde criança não me lembrava de ter chorado sem sentir uma dor física, mas depois de ler o bilhete de Cíntia chorei muito, principalmente por causa do sofrimento que causaria à mulher que amava. Sentia remorsos por ter-me metido em assuntos que não me diziam respeito e, assim, comprometido todo um futuro de felicidade que teríamos juntos, porque eu agora era um prisioneiro político de uma causa que não era a minha, e por ela estava com a vida a depender do interesse de um assassino anormal sobre meu corpo. *"Jesus Cristo, ajuda-me"*, pensava a todo instante.

    Cíntia enviou alguns livros, algumas roupas, pijamas e um estojo de higiene pessoal; vesti-me e fiquei a esperar a tal segunda ordem numa cadeira da varanda, vendo a bola marrom, e cada vez mais opaca, em que se tinha transformado o sol morrer sem uma gota de beleza ou poesia enquanto a chuva de cinzas não parava de cair. Ao longe, os dois soldados acendiam grandes fogueiras, e conseguia-se ver os cadáveres sendo jogados nelas para serem reduzidos a cinzas. Pensei comigo que estavam destruindo provas, temendo um posterior "Nuremberg" brasileiro; nesta constatação percebi a fragilidade da minha vida e não pude evitar o pensamento: *"O que ainda estaria reservado para mim?"*. Foi nesse clima de incerteza que vi um Jeep verde-oliva se aproximar da casa.

    Um soldado desceu, disse para acompanhá-lo e seguimos no veículo em direção ao que imaginava ser a sede da fazenda. Na estrada, olhei para trás, no rumo da luminosidade bruxuleante das fogueiras, e, afastando-me daquele festim de Satanás, as lágrimas não paravam de escorrer em meu rosto. O soldado que dirigia o veículo perguntou por que chorava, já que ninguém havia me machucado, pelo que sabia; respondi com o silêncio, pois creio que ele não teria sensibilidade para entender que o que me doía era a profunda marca em minha alma, ferida nos últimos dias a ferro e fogo por um grau de perversidade do ser humano que nem de longe imaginara existir. Era como se estivesse em um cinema vendo o filme das tais guerras de libertação da África, só que eu e Alceu não estávamos sentados em poltronas; "estrelávamos" na fita.

    Não era fazenda nem sede de fazenda; aquilo era um canil totalmente montado ao lado de um alojamento de soldados que mais parecia um pequeno hotel. Uma casa grande de dois andares onde, no térreo, havia refeitório, salão de jogos, cozinha e uma grande sala de estar; no segundo andar, havia dez suítes, todas com três camas de solteiro. Apenas nove soldados se encontravam ali e dois tenentes, que já tinha visto em Marabá, mas os soldados nunca foram vistos por habitantes da cidade, pois não tinham permissão para irem lá, segundo informou depois Arley, um dos soldados.

Estavam todos na sala de estar, e não senti clima de hostilidade contra mim, mas ignoraram-me completamente desde a hora em que entrei. Jonas, um dos tenentes, de forma fria e distante, ordenou-me que o seguisse. Na frente de uma das suítes, explicou que ali seria meu alojamento e informou os horários: café às 7 h, almoço às 12 h e jantar às 19 h; acrescentou, de forma irônica, que reclamações só com Márcio, o gerente. No jantar, mesmo com a comida não sendo muito boa, comi bastante, pois, apesar de tudo, estava morrendo de fome, e depois fui para o meu tal alojamento; ninguém me maltratou, e aparentemente continuavam a me ignorar. Aproveitei para conhecer meu quarto; apenas uma das três camas estava arrumada, fazendo-me acreditar que ficaria sozinho ali. *"Onde estão as celas?"*, pensei, mas não me atrevi a perguntar a ninguém. Tremia de medo com a sensação de que, a qualquer momento, um daqueles me mataria com uma bala na cabeça, como mataram Amilcar. Nessa noite não consegui dormir, pensando sobre os acontecimentos do dia e de antes desse dia. *"Então Márcio e Bem-te-Vi são a mesma pessoa, e o cara é uma bichona assassina"*.

Lembrei-me de Alceu e concluí que havia morrido pouco antes de ver seu corpo, porque ainda não apresentava o *rigor mortis*, endurecimento típico de cadáveres de horas. Procurei imaginar o porquê de sua tortura, se já estavam eliminando o pelotão guerrilheiro que procuravam, e, com um arrepio de medo, imaginei que o motivo estava dentro da cabeça de Bem-te-Vi, aquele psicopata sádico. Esse pensamento trouxe uma onda de pavor que disparou meu coração, obrigando-me a fugir pensando em Cíntia, mas atormentaram-me remorsos e a sensação de que teria para ofertá-la apenas problemas e meu corpo violado, fazendo-me voltar a chorar na certeza de que ela sofreria muito, pois estava certo de que não sairia vivo daquele lugar.

Tentei imaginar meus colegas do SESP preocupados comigo: Dr. Mauro, Graça, Judite... Pessoas do meu dia a dia. Achei difícil que houvessem "engolido" a conversa da queda do helicóptero, todavia naquela cidade não existia escolha; ou se acreditava, ou se fingia acreditar nas mentiras criadas pelas forças da ditadura que ocupavam a cidade.

De manhã ainda cedo, bateram à porta, tirando-me de meus pensamentos, uma vez que não dormira a noite inteira; meu coração quase saiu pela boca porque pensei que poderia ser a hora de minha execução, mas depois me acalmei com a reflexão de que quem mata não bate na porta da vítima, principalmente se não estivesse travada, como era o caso. A porta abriu-se, e Adônis entrou com sua maletinha, anunciando, sorrindo, que tiraria os pontos das suturas em meu rosto; durante seu trabalho, conversou comigo procurando me animar e disse que eu sairia vivo dali, só não sabia em que dia, pelo menos havia assegurado Bem-te-Vi. Ele só não entendia o porquê, pois eu fora flagrado ajudando os guerrilheiros e o cara não era homem de perdoar coisas desse tipo; pessoalmente acreditava que Bem-te-Vi me deixara vivo apenas pelo fato de que já me conhecia e que éramos amigos.

Informou que Cíntia chorava todos os dias com saudades e preocupações comigo, o que provocou o rolar de lágrimas por minha face, prejudicando seu delicado trabalho. Disse que os médicos do hospital não estavam sobrecarregados, pois, por determinação do comandante, ele cumpria meio expediente no SESP; soube também que Junho estava bem na casa de Cíntia. Perguntei a razão pela qual não estava em uma cela, e sim naquela espécie de colônia de férias; ele olhou-me pensativo e explicou que o canil não era uma prisão, mas um local de interrogatórios, portanto não existiam celas, e, além do mais, Bem-te-Vi disse a todos que eu fora preso por engano. Acabou seu trabalho, prometeu que procuraria Cíntia para tranquilizá-la e foi embora.

Cinco minutos depois, apareceu um dos soldados, que, como os outros, era grandalhão, quase como Bem-te-Vi, e disse que descesse, porque o café estava servido. À mesa, perguntei para um soldado em que dia estávamos e soube que era domingo. Depois de uma sessão de ginástica, foram todos para a praia e levaram-me, porque, embora preso por engano, não confiavam em mim para me deixarem sozinho apenas com o cozinheiro e os dois soldados destacados para a faxina.

Fiquei sentado na ribanceira vendo-os se divertir sob a chuva de cinzas que continuava a cair daquele céu enegrecido e pensando no mundo que possuía e que havia acabado. Uma semana atrás, eu e Cíntia vimo-nos pela última vez e parecia que já se passara um século. Veio a minha cabeça que aqueles momentos não mais existiriam. Atormentava-me a ideia de não ser mais um homem digno para Cíntia, com meu corpo e meu destino nas mãos de um assassino cruel e enlouquecido. Depois do almoço, retornarmos à praia, onde mais uma vez me entreguei às aflições; e, no fim da tarde, aos alojamentos. No começo da noite, tomei um comprimido que me fora dado por Adônis e dormi até a outra manhã.

Os dias eram todos iguais naquele lugar, quando não havia assassinatos, até mesmo com o céu negro e o sol opaco; não tinha nada parecido com disciplina militar. A única atividade física dos soldados, além da faxina do alojamento, era ginástica e musculação no começo da manhã e ócio o resto do tempo, quando aproveitavam para ir à praia ou bater bola no campo da casa avarandada da beira do rio. Continuavam me ignorando e só se dirigiam a mim se tinham alguma coisa a dizer, que faziam por intermédio de monossílabos e um mínimo de palavras.

Na segunda tarde, fui de novo com eles para a praia e, sentado no mesmo lugar do dia anterior, preparava-me para voltar a mergulhar em meu sofrimento, quando percebi uma lancha voadeira se aproximando. Um dos soldados que estavam na água entrou no rio procurando chegar próximo da lancha e, ao pôr a mão nela, deu um grito desesperado; havia sido ferroado por uma arraia. Já havia visto uma reação igual na praia em frente a Marabá, mas desta vez estaria preparado, se não me tivessem roubado a maletinha de emergência que trouxera. Corri para a casa depois de gritar que levassem o acidentado à sala de curativos nos fundos; ao entrar vi a maletinha no mesmo lugar em que a tinha deixado.

Urinando-se todo, esperneando e aos gritos, com seus olhos quase saindo da órbita, sendo carregado por outros quatro soldados e dando muito trabalho, porque era um dos mais fortes, o pobre rapaz entrou comigo na sala. Com ele deitado e imobilizado pelos seus companheiros, infiltrei abundantemente xilocaína ao redor do lugar da ferroada: o dorso de seu pé esquerdo, bem próximo do tornozelo. Ao efeito da xilocaína, o rapaz foi se acalmando e já estava em silêncio na hora em que acabei de curetar as paredes do buraco em seu pé, provocado pelo ferrão do animal, tentando retirar o máximo da peçonha necrotizante, que saía na forma de uma matéria enegrecida, pois já se agarrara nos tecidos, começando sua atividade destruidora, escurecendo-os.

Apliquei em sua nádega uma injeção de anti-inflamatório e analgésico para protegê-lo quando cessasse o efeito do anestésico, lavei e guardei meu material de volta na maletinha e já ia saindo da sala, mas tive de voltar para perto do soldado que me chamava; acerquei-me dele perguntando o que queria. O rapaz segurou minhas mãos e, num gesto espontâneo, beijou-as, agradecendo-me por ter cuidado dele e estancado uma dor que nunca havia sentido na vida. Saí de lá emocionado e imaginando que poucas profissões trazem ao profissional sensações como a que eu experimentava naquele momento, apesar de tudo. Há muita verdade no que já diziam os antigos: *Sedare dolorem opus divinum est*. Aquela emoção foi como um respingo de paz para uma alma encerrada num horrendo calabouço de dor. Os outros voltaram para a praia e fiquei sentado na ribanceira, desta vez acompanhado pelo garoto acidentado.

Soube que seu nome era Arley, tinha nascido em Goiânia 21 atrás e, por falta de outras perspectivas, engajara-se na força, em que seguia carreira militar havia três anos. Começou a falar das operações de que tinha participado, mas foi interrompido pela chegada de um dos tenentes; era um cara ruivo e já o conhecia de Marabá, pois foi o único deles que puxou assunto comigo numa noite em que, solitário, bebia uma cerveja.

Aquiles, o tenente, ficou em pé do meu lado e, com um olhar combinado com um gesto de cabeça, ordenou que Arley se afastasse, ocupando depois o lugar onde segundos antes sentava o soldado; agradeceu por ter cuidado do rapaz e tentou puxar outros assuntos, mas, como viu que eu não estava a fim de conversa, levantou-se e foi ter com os outros militares que se espalhavam na pequena praia.

Passei a andar e a observar melhor aquele lugar. Ao contrário do canil, aquela espécie de clube já dava sinais de abandono, com as piscinas demonstrando que havia muito não tinham suas águas tratadas. A casa, imunda, ainda mostrava resquícios da última festa, a do dia em que cheguei, principalmente na churrasqueira, onde se podiam ver pedaços de carne apodrecidos; na varanda, perto da piscina, ainda estava minha cueca ensanguentada, que fora arrebentada pelo assassino. Na lembrança daquela noite, senti-me mal, saí dali como se fugisse do acontecido e rumei vagarosamente em direção à quadra de tênis, onde testemunhara um assassinato; mas no meio do caminho ouvi um assobio fino do outro tenente, avisando que estava na hora de retornar ao canil.

Naqueles dias, com o sol permanentemente encoberto com um manto negro que não dava sinais de arrefecer, anoitecia cedo e não fazia calor. Eram aproximadamente 17 h e caminhávamos vendo a escuridão quase esconder o cair contínuo de detritos que deixava tudo cor de cinza, inclusive a coroa de areia no centro do rio.

De noite os caras pareciam um tanto alegres e, da indiferença total, passaram a me procurar, tentando angariar minha amizade; o cabo cozinheiro foi o primeiro que se aproximou, trazendo uma cerveja, que bebemos juntos antes do jantar, enquanto agradecia por ter curado o garoto, que nem mais parecia ter sido ferroado por arraia. Após o jantar, convidaram-me para jogar cartas, mas recusei, preferindo ir para a cama tentar digerir uma dor do tipo que não cessa com xilocaína.

Bruscamente a porta do quarto se abriu e, embora já estivesse mais à vontade ali, meu coração disparou e sentei-me na cama assustado; era Arley, que entrava sorrindo com uma garrafa de uísque, um balde de gelo, dois copos e muita disposição para conversar e me conhecer. Foi enchendo os copos com gelo e a bebida; dizia que não sentia nada em seu pé, que eu era um grande médico, muito melhor que Dr. Adônis, o médico vindo da cidade para tratar de dois outros acidentes que aconteceram desde que estava lá. Os acidentados berraram e espernearam até a chegada do médico, que não conseguiu estancar a dor, deixando-os berrar o resto do dia e da noite; um ficou até aleijado, sem conseguir andar como antes. Atalhei rápido o rapaz, protestando por Adônis, que não teve culpa de nada, explicando que, em acidentes peçonhentos, a rapidez do atendimento dá o prognóstico favorável e no caso dele, Arley, seu socorro foi imediato; já os outros tiveram de esperar o médico, dando tempo para o veneno ir se infiltrando pelos tecidos e deixando uma área afetada muito maior, dificultando até a anestesia.

Enquanto bebíamos, o rapaz começou a falar de si, e veio-me ao pensamento que talvez quisesse me estuprar, mas tranquilizei-me verificando que ele era do meu tamanho, apenas um pouco mais forte; não era um Bem-te-Vi, e numa porrada poderia até me ganhar, entretanto não terminaria com disposição de estuprar quem quer que fosse. Eu estava enganado; o cara estava muito grato e queria apenas ser meu amigo. Soube que já estava havia um ano na região e morria de saudades de Brasília, onde morava com uma irmã casada que o criara, porque perdera os pais muito cedo; não pretendia deixar o Exército, mesmo estando um pouco decepcionado.

Eu bebia com moderação, já o garoto "entornava" copo após copo, o que foi soltando sua língua. Disse que pertencia, assim como todos, a um batalhão secreto criado para combater a guerrilha, daí a proibição de aparecerem na cidade, e que, no começo das operações, os guerrilheiros andaram dando umas surras no "oito", mas atualmente não havia mais "inimigos". Perguntou por que fui preso e disse que por engano, provocando risadas nele, que se admirou de eu ter tomado toda aquela porrada de Bem-te-Vi à toa e que talvez tivesse sido por remorsos que Bem-te-Vi passou os cinco dias em que estive doente preocupado e sem sair do "clube", como chamavam o conjunto na beira do rio. Completou informando que eu era a única pessoa que saíra viva das mãos dele desde que a operação começara.

Após mais uns goles, perdeu completamente a prudência que se poderia esperar de um componente de pelotão secreto e passou a falar que nunca tomara parte em um confronto com guerrilheiros, mas o pelotão tinha histórias de combates para contar. Houve muitos "pegas" e morreu muito subversivo, porém havia um ano que a região estava calma; no momento, por exemplo, ninguém vigiava o lugar porque sabiam que não existiam inimigos para atacá-los, e por isso o pelotão começava a ser desativado, para desespero de Bem-te-Vi, que não se conformava em passar o controle da região para as forças estaduais e se recusava a deixar o teatro de operações.

O pelotão estava reduzido a dez soldados, bem menor que os 35 nos "bons tempos". Perguntei como tinha ocorrido a última operação, e ele, muito embriagado, começou a explicar que não fora uma operação, e sim uma rendição daqueles caras, que estavam doentes, famintos e esfarrapados, mas todos vieram vivos para o canil. Bem-te-Vi sabia da localização deles, porque o grupo fora traído por uma guerrilheira de nome Valéria, em troca de ter a sua vida e a de seu namorado poupada. Foi a primeira a morrer, segundo Arley, acrescentando que, antes de morrer, ela teve de confessar sua traição sob tortura, e ver seu namorado servindo para Bem-te-Vi mostrar como se arrancava um olho do interrogado sem pôr em risco a sua vida, deixando o infeliz berrando de dor e implorando que o matassem, mas Bem-te-Vi retardou sua execução, dizendo que prometera deixá-lo vivo.

Ele francamente não gostava de Bem-te-Vi e falava de seus atos de uma maneira que deixava claro não ter gostado de ter visto aquilo. Eu tinha razão, porque, mais embriagado ainda, passou a falar mal de Bem-te-Vi, dizendo que todos sabiam que ele gostava de foder prisioneiros antes de matá-los, mas nunca mulheres, apenas rapazes, e que todos tinham medo dele, inclusive o comandante do "oito". Perguntei se ele estuprara alguém na última operação e soube que não, fazendo surgir comentários entre os soldados que talvez estivesse apaixonado. Olhou de maneira cínica para mim, deixando-me corado. Depois, muito embriagado, virou para o lado na cama em que estava e dormiu profundamente. Antes de dormir, procurei imaginar a cena dantesca, e os sofrimentos que meu amigo passou antes de morrer. Parece que tinham perdido o controle sobre Bem-te-Vi, e o que poderia acontecer só o Diabo, o patrono, seria capaz de saber.

O terceiro dia decorreu sem novidades; os soldados foram para o "clube" e, como já gostavam de mim, deram-me liberdade de escolha, então recusei ver outro dia sem sol com o patrocínio da ditadura e sua pirotecnia na vida humana e na biomassa. Foram mais competentes que Hollywood no cenário para a peça de horror que ora passavam.

Belos tempos... O nazismo e o comunismo matando-se para ver quem tomava conta de nós, a "nação coitadinha", que os comunistas acham tão cega a ponto de precisarmos deles para iluminar nossos caminhos, mas com eles sentados nas nossas costas, é claro. Já os nazistas, bem..., estes querem literalmente arrancar os nossos olhos para que fiquemos cegos, porque, verdadeiros cegos, acham que a nação cega chegará mais rápido ao seu destino de grande nação mundial. Não há maior cegueira entre a esperteza comunista e a burrice nazista, já que ambas fazem todo um povo sangrar quando tomam o poder.

Tentei ler e não consegui; aproximei-me do cozinheiro, que trabalhava, era um homem sério, o mais velho do grupo; um cara forte e de pele morena escura, quase negra. Percebeu que o observava e me chamou. Caminhei em sua direção, pensando que ele era a única pessoa que realmente trabalhava ali, sendo recebido com um copo de cerveja bem gelada.

Sidney, seu nome, era cabo com curso de sobrevivência na selva, e via-se logo que era uma pessoa inteligente; cozinheiro desde que se entendia, entrou no Exército e destacou-se com sua capacidade inata para a cozinha e seu culturismo físico, pois não aparentava a idade de 37 anos, apesar de um prateado em suas têmporas. Sidney não pertencia ao pelotão, e seis meses antes fora emprestado para o destacamento de Bem-te-Vi por punição, soube depois. Falou sobre seu curso de sobrevivência, no qual passou com notas baixas, porque tinha provações horrorosas em termos de gastronomia, como comer vermes e larvas, mas ele as "suavizava" procurando uma maneira de tornar as coisas mais palatáveis, temperando-as com raízes e pequenas castanhas da floresta, e os monitores não gostaram nem um pouco de ver alguns alunos com saudades das "iguarias" que comeram durante o curso.

Sutilmente procurava mostrar uma feição diferente, para mim desconhecida, do Exército Brasileiro e, já no fim da conversa, fez um apelo para que não confundisse com a instituição o que estava acontecendo; ele me pareceu sincero. Disse que era de Marabá, de uma família do lugar, e servia originalmente no quartel do "oito", desde o início de sua vida militar, que completava 19 anos. Não estava proibido de ir à cidade, onde já tinha me visto, porque morava com sua família perto da casa de Cíntia, de cujo pai era amigo. Disse achar que, só pelo fato de ter demonstrado muita força mental e humanismo, por ter tratado o soldado, eu não poderia morrer e exortou-me a fazer tudo para continuar vivendo. Despediu-se e voltou para seus afazeres.

Lembrei-me de Arley e fui ao seu quarto, encontrando-o febril, com seu pé inchado e dolorido; estava também um pouco ressaqueado e demonstrando arrependimento por ter falado demais na noite anterior. Apliquei um analgésico injetável em sua nádega. Ele perguntou o que tinha dito para mim e eu o tranquilizei, dizendo que só havia falado em mulheres e sacanagens. Procurava de todas as maneiras preencher meu tempo para escapar de meus temores, da incerteza de minha situação e até batatas descasquei ajudando Sidney. Desejei que todos viessem da praia ferroados de arraia para que tivesse o que fazer.

No outro dia também fiquei em casa e voltei a conversar com Sidney, que parecia mais solto, demonstrando revolta com o que se passava. Num certo tempo, parou de trabalhar e disse que sabia o que estava acontecendo comigo, por isso tinha muita pena de mim. Ele não concordava com o que chamava de "certas coisas" que achava indignas da instituição na qual servia. Com mais ênfase, defendeu o Exército, lamentou por também nele existir pessoas ruins como Bem-te-Vi, mas assegurou que um dia isso tudo acabaria e a instituição voltaria a ser o que era: amada, nunca temida, e respeitada sem precisar reinar.

Deu-me algumas dicas de como proceder com Bem-te-Vi; nunca contradizê-lo, manter uma prudente distância dele bêbado e, quando quisesse "abusar" de mim, procurasse não reagir, pois soube-se de um guerrilheiro que resistiu ao estupro e morreu tendo seus pedaços arrancados em vez do tradicional tiro de execução. Fiquei mortalmente envergonhado por ele saber dos estupros e parece que dei bandeira, porque começou a dizer lenta e enigmaticamente que não era eu quem deveria ficar com vergonha pelo que estava acontecendo, mas sim a instituição e ele, que sentia vergonha por ela. Nesse momento, pela janela, ao longe vimos o grupo voltando da praia e o psicopata com eles. Sidney pôs a mão em meu ombro e apertou-o, dizendo *"Boa sorte, garoto..."*, antes de voltar para seu trabalho de terminar o jantar.

O assassino estava alegre e animado naquele meio de tarde, cercado pelos soldados, todos em roupas de banho. Dentro de casa falou comigo como que em casa de Anita, avisando que conversaríamos mais tarde; fiquei tomado de pavor, principalmente depois que tomou banho e me ordenou que o seguisse em direção à casa avarandada. Estava aterrorizado, mas caminhava ao seu lado procurando disfarçar o tremor de minhas pernas. Ele quebrou o silêncio: *"Amanhã tu voltas para tua casa, mas têm umas modificações..."*. E seguiu dizendo quais eram; ele moraria comigo; até já tinha se mudado para minha casa, mais tarde veria se eu poderia trabalhar no hospital. Perguntei se continuaria sendo estuprado e, como não obtive resposta, parei e disse: *"Então me mata agora"*.

Dizendo que eu não morreria, pegou-me pelo braço, forçando-me a caminhar, e prosseguiu informando que não tinha a intenção de me maltratar, mas tudo dependeria de mim; por exemplo, deveria ficar de boca fechada sobre sua identidade, pois, se falasse para alguém, esse alguém morreria em um acidente ou coisa assim, fosse quem fosse, e eu, claro, tomaria porrada. Disse ainda que todos já estavam sabendo que moraríamos juntos para dividir as despesas. Perguntei de novo se continuaria sendo estuprado e mais uma vez respondeu que não me maltrataria, se não merecesse.

Chegando à varanda da casa, que estava sem luz elétrica, ele acendeu um candeeiro e o pôs em cima da mesa, trazendo luminosidade naquela noite escura. Da casa trouxe uísque, que começou a tomar sem gelo, depois de sentar e me ordenar a fazer o mesmo. Ofereceu-me a bebida, que recusei, então começou a falar, como se nada tivesse acontecido, aqueles mesmos papos furados, aquelas conversas vazias e sem sentido, achando que estava falando uma coisa interessantíssima. Deus Pai! Aquilo também era uma forma de tortura, principalmente porque eu estava sentado, depois percebi, na mesma cadeira onde fora esmurrado, ainda manchada com meu sangue. Parou de falar tolices e reiterou que eu deveria obedecê-lo em tudo e não falasse nada do acontecido com quem quer que fosse; tudo o que conversasse com outras pessoas deveria depois dizer para ele, e que essa regra valia até mesmo para meu relacionamento com Cíntia. Atropelei-o rápido, dizendo que terminaria com Cíntia; ao me ouvir, pareceu ter entrado em pânico, tentando demover-me da ideia, no princípio com suavidade, mas, como nada respondia, fechou a cara e rosnou que eu não terminaria com Cíntia porque ele não queria, e deixou claro que me castigaria, se o desobedecesse.

Esmurrando a mão direita com seu punho esquerdo, pediu que não o contrariasse, pois não queria machucar-me de novo, e começou a acariciar os curativos de meu rosto; empurrei seu braço quando tentou acariciar minha orelha. Ele sorriu e voltou a falar com seu sotaque horroroso, de seus tempos de Rio de Janeiro, de turmas de surf em Búzios, de "Flamengo até morrer", de porradas no Maracanã e em bailes; enfim, recomeçou a agonia, enquanto eu ficava ali olhando os inúmeros insetos atraídos da floresta pela luz solitária na clareira, preocupado em como seria a minha vida dali em diante: obrigado a ficar com Cíntia, omitindo a verdade e sob ameaça constante de estupro por um anormal que resolvera viver "maritalmente" comigo, como opção à morte sob tortura.

Depois que cansou de falar bobagens, levantou balançando as mãos na frente do rosto; os insetos começaram a ficar incômodos e um enorme besouro teimava em pousar no seu nariz de cavalo. Parece que se aborreceu de ficar ali e, apagando o candeeiro, disse que iríamos embora.

Caminhamos um tempo em silêncio naquele tapete de cinzas em cima do asfalto da pequena estrada, que abafava o som de nossos passos. Subitamente, virou-se para mim e com o rosto iluminado pela lanterna que portava ouvi sua voz, naquele seu errado português carioca: "*Não é tão ruim viver comigo, Dito, tu vais ver..., eu sou um cara divertido e alegre, tu irás a passeios e festas e tenho certeza de que gostarás*". Fiquei muito preocupado, porque o cara parecia que estava sem crítica e ficando doido; o anormal achava que eu diria: "*Ah! Sim, Bem-te-Vi, então está bom; eu não gostei muito do último passeio, mas os outros poderão ser melhores*". Eu não estava enganado... O cara estava enlouquecendo; parecia até a loucura da sífilis terciária, que provoca um solapamento do senso crítico do doente. Era necessário todo o cuidado, porque poderia ter reações imprevisíveis. Exemplo clássico de ser humano para ilustrar ditadores latino-americanos; além de mau-caráter, louco e burro.

Acordei de manhã, já tarde, com Sidney me chamando. Estávamos apenas nós dois, porque todos tinham ido à praia. Pela janela notei que o sol brilhava um pouco mais e, ao olhar para cima, vi que a camada de fumaça esmorecera, as cinzas caíam em menor quantidade e já não se podia olhar para o sol como se olhava para a Lua.

Enquanto tomava café, Sidney perguntou se havia sido maltratado por Bem-te-Vi na noite anterior; entendi o que ele queria saber e disse que não havia sido tocado por ele. Voltou a dizer que tomasse cuidado porque Bem-te-Vi era muito violento e, nervoso, já agredira e torturara até soldados; ele mesmo tinha visto o cara amarrar um soldado em cima de um formigueiro por algumas horas, divertindo-se com os gritos do desgraçado. Informei que Bem-te-Vi prometera não me maltratar e ouvi seu comentário explicando que geralmente Bem-te-Vi cumpria o que prometia, fazendo-me lembrar de Valéria naquele momento.

    Perguntou sobre uma dor nas costas que sentia havia algum tempo e ali mesmo, num exame, constatei inflamação do nervo ciático, dei o nome de umas injeções que deveria tomar e seguimos conversando assuntos amenos. Depois do café, acompanhou-me numa cerveja e, enquanto bebíamos, foi ficando sério, falando de forma grave que não esquecesse que não estava num quartel, e sim num lugar clandestino, que sediava um pelotão e uma operação também clandestinos e que a instituição militar brasileira nada tinha a ver com aquilo. Perguntei quem havia criado aquela operação, e ele, mostrando embaraço e desconforto, respondeu que foram os canalhas que estavam no poder, mas que eles passariam e a força voltaria a ser uma amiga da nação, e não seu algoz.

    Bem-te-Vi chegou no meio da tarde e, após alguns minutos, saímos os dois em uma lancha subindo o rio, volteando por suas coroas, que pareciam vestidas de cinzas. Ainda era cedo e o céu estava claro, embora não propriamente azul; no caminho não trocamos nenhuma palavra e chegamos ao cais da fazenda abandonada, depois de passar pela frente da cidade. A caminho de casa, continuando em silêncio, fui ouvindo o assassino pedindo mais uma vez para não o desobedecer, pois, dizia ele, sinceramente não gostava de me espancar, já que realmente gostava de mim. Avisou que, ao chegarmos à casa, ele buscaria Cíntia e Junho para me verem e passou a realçar sua figura, autoavaliando-se um cara muito legal e agradável, que eu gostaria da sua convivência e todo aquele papo que já repetira por mais de uma vez, até que se cansou e também ficou em silêncio.

    O assassino, logo que chegamos, entrou em seu automóvel e rumou para a cidade em busca de Cíntia e Junho. A casa estava completamente arrumada e limpa, com as mudanças já aparecendo; minhas coisas estavam no quarto que deveria repartir com Junho, porque o que era meu quarto tinha virado aposento do anormal, que já espalhara pela casa seu cheiro nauseabundo de suor, corpo sem higiene e perfume barato. Senti náuseas, a sensação companheira daqueles dias, mas procurei controlar-me com o pensamento em Cíntia; eu a veria e era isso a única coisa que importava.

    Finalmente abraçados, por um longo tempo choramos juntos; saímos da casa ficando a passear pelos derredores onde havia iluminação. Disse-me não ter trazido Junho porque me queria esta noite só para ela. Não era a mesma coisa para mim, já que sentia a presença de algo entre nós, que mais cedo ou mais tarde ela também sentiria e eu teria de contar. A simples ideia encheu-me de medo, pois poderia perdê-la; algo me dizia que a perderia.

    Caminhávamos perto do hospital de retaguarda e ela começou a beijar os hematomas em meu tórax, que agora adquiriram uma coloração amarronzada, depois de pedir que tirasse a camisa. Perguntou como havia ocorrido o desastre e respondi que não percebi porque estava cochilando na hora. Abraçamo-nos, com ela dizendo *"Ah! Meu amor, quase morri de medo de te perder"*, e voltando a chorar. Contou que a notícia do desastre se espalhou rapidamente na cidade, souberam que eu estava em estado tão grave que não poderia sequer receber visitas, e apenas no terceiro dia Dr. Adônis anunciou que eu tinha melhorado, embora permanecesse em coma, mas acreditava que me recuperaria, já que havia superado a fase mais crítica. *"Saboreei as palavras do Dr. Adônis, pedindo a Deus que poupasse tua vida"*, acrescentou, e caiu num choro convulsivo.

    Senti-me o maior verme do mundo ao procurar consolá-la, dizendo que agora estava ali e que as coisas voltariam a ser como eram antes. Eu sabia que as coisas nunca mais seriam como antes; a diferença trazia em meu corpo violado e meu destino transformado em propriedade privada de um sádico. Pedi perdão a Deus na hora em que senti rancor pelos mortos, nascido de um inconformismo muito grande contra Alceu e Valéria, que praticamente me obrigaram a trair minhas convicções, travando minha vida.

Tarde da noite fomos deixar as duas, pois Anita também tinha vindo. Em nosso retorno, sem ameaças, mas de forma insistente, Márcio tentou perscrutar o que conversara com Cíntia. Recusei-me a dizer, informando apenas que não o desobedecera, acrescentando que sabia ser ele capaz de matar Cíntia, se fosse o caso; ele ficou em silêncio e não insistiu. Já em casa explicou ter "acertado" com Dr. Mauro que eu, dali em diante, cumpriria meu horário de trabalho no hospital de retaguarda. Protestei dizendo pensar que não seria maltratado, mas impedir de fazer meu trabalho e confinar-me num hospital de retaguarda entre meia dúzia de doentes à espera da morte seria uma tortura pior que as porradas que levei. De fato seria uma tortura passar o dia no meio de pessoas para as quais só teria o recurso de ouvir seus gemidos; ele ouviu calado e prometeu que pensaria no assunto.

De manhã fui para o hospital de retaguarda e, depois de uns cinco minutos, recebi um telefonema de Dr. Mauro avisando que viria ter comigo, o que aconteceu meia hora depois. Disse que teria de ir à casa de uma gestante e queria que eu fosse com ele, mas fiquei apreensivo e anunciei que antes teria de passar em casa para ir ao banheiro enquanto ele tomaria um café; fomos para lá já em seu carro, donde desci com ele em meu encalço.

Entramos juntos na casa, o assassino respondeu ao cumprimento de Mauro e continuou a fazer a única coisa que sabia, além de assassinar: absolutamente nada. Ao saber que sairia com o outro médico, lançou um olhar carregado em minha direção, deixando-me embaraçado, e disse querer falar comigo depois que chegasse. Mauro, que já andava em direção ao carro, pareceu perceber algo no ar, mostrando-se constrangido.

A gestante era uma menina de 15 anos cujo pai não queria que a vissem grávida, mas Mauro conversou com o homem, que acabou permitindo à filha comparecer ao hospital para os exames pré-natais.

Na volta, depois de observar que eu não parecia ferido como quem sofrera desastre com helicóptero, Mauro estranhou o fato de não haver obtido permissão do comandante para me visitar. Sem mais preâmbulos, perguntou o que tinha acontecido comigo e de quem tomara aquela surra que entortou até meu nariz. Fiquei calado, e ele insistiu em saber o que estava ocorrendo e o que tinha Márcio a ver com isso. Um pensamento medonho passou-se na minha mente, com Bem-te-Vi sabendo da desconfiança de Mauro e assassinando-o. Reunindo toda minha força e aparentando uma grande segurança, porém escorado apenas na lança gelada do medo em minhas costas, falei a ele que estava enganado, pois ocorrera um desastre, sim, mas graças ao Pai estava vivo e me recuperando de fratura na base do crânio; disse que Márcio era apenas um amigo meio rude, mas um amigo, e tinha vindo morar comigo a meu convite, pois estava cansado de morar sozinho e Cíntia não queria se casar tão cedo. Disse ainda que ele se sentia culpado pelo desastre e por isso tentava convencer-me de não ir trabalhar no hospital, para me recuperar.

 Parei de falar e olhei a paisagem pobre daquele bairro periférico que se descortinava na janela de seu carro, evitando assim que nossos olhos se encontrassem. Mauro permaneceu um tempo em silêncio, parecendo ter-se convencido, mas, depois de dizer que eu respondesse se quisesse, pois não insistiria, perguntou se havia algo de que ele não poderia saber. Respondi balançando negativamente a cabeça, mas duas lágrimas inesperadas e traiçoeiras com minha mentira rolaram-me rápidas pela face. A chegada à frente da minha casa libertou-me do desconforto da conversa com Mauro, inquisidor como estava, forçando-me a mentir de forma convincente com a morte em meus calcanhares.

 E a morte estava furiosa dentro de casa; ao me ver, foi agarrando em meus cabelos da nuca, perguntando o que era que estava aprontando com ele e, soltando meus cabelos, atirou-me com violência na parede, onde bati de frente, felizmente com tempo de proteger meu rosto com as mãos. Falando com os dentes cerrados e demonstrando muita irritação, o assassino advertiu que, se tentasse alguma coisa, ele me faria conhecer o que era dor; entrou no quarto, emburrado, e desapareci em segundos em direção à companhia mais agradável dos moribundos no hospital de retaguarda.

Conhecia bem aquele hospital, porque desde que chegara a Marabá ficava duas horas por dia passando visitas na enfermaria de terminais, procurando aliviar as dores e os desconfortos agônicos, além de ouvi-los com paciência em seus queixumes, e muitas vezes blasfêmias, que a revolta com a doença provocava. Não era um serviço agradável, mas extremamente necessário, e era com boa vontade que o desempenhava; entretanto abrir mão de um rico e importante trabalho de medicina, tanto curativa quanto preventiva, para passar os dias inteiros naquela espécie de plataforma da agonia era o fim da picada para qualquer médico.

Naquele momento havia seis pacientes no hospital de retaguarda, donde se destacava dona Gertrudes, uma mulher de pouco mais de 40 anos que sofria de ascite tuberculosa e com uma aparência que parecia saída de um dos antigos quadros de terror surrealista de Hieronymus Bosch. Basicamente, era um esqueleto com um couro amarelo e ressequido por cima, e aquela enorme bola de pele brilhante em que tinha se transformado seu abdome mais parecia uma bexiga de gás de tão túrgido, como uma bolha.

O mecanismo da ascite era hipertensão portal, o mesmo do *Schistosoma*, só que no caso do verme são seus corpos que diminuem o calibre da veia; e, no de dona Gertrudes, a veia era comprimida por grandes tubérculos produzidos pelo bacilo de Koch o da tuberculose. De uma ascite não se pode drenar o líquido todo de uma vez, porque causa a morte do paciente em minutos, por descompensação hídrica, devendo-se drená-lo lentamente gota a gota. No caso da mulher tuberculosa, parecia que o líquido era produzido mais rápido que nossa capacidade de drená-lo. A pobre enferma só abria a boca para gemer ou implorar que não a deixassem morrer. Aliás, era o que mais se ouvia naquele hospital, onde nunca acontecia nada além das mortes inexoráveis.

Naquele dia aconteceu algo. No meio da tarde, o assassino apareceu muito bem vestido e gentil com os funcionários, sorrindo e parecendo alegre, bem diferente daquele animal bufando que tinha ficado em casa. Ao vê-lo entrando naquela casa de dor como quem entra numa boate qualquer de Copacabana, procurei a direção da tuberculosa, fingindo que não o tinha visto, mas ele alcançou-me na frente do leito da mulher; pediu desculpas por ter ficado nervoso e avisou que poderia afastar-me, desde que avisasse com antecedência.

Estava ainda a olhá-lo, odiando-o com todas as minhas forças, quando vi seu rosto deixar subitamente aquela expressão de alegre jovialidade e transformar-se numa máscara de terror. A palidez encovou sua face e seus olhos ficaram arregalados e fixados num ponto atrás de mim. Lembrei-me da paciente e fiquei mal ao perceber a imensa sacanagem que estava fazendo, expondo-a para o "exame" de um cara como Bem-te-Vi. Cobri a doente com o lençol que tinha tirado para aliviá-la do calor infernal daquela tarde. Ela, olhando para o anormal naquele aspecto moribundo e hediondo, falou com sua voz de coisa acabando *"Moço, não me deixa morrer"*, deixando-o trêmulo do queixo às pernas.

Horrorizado, perguntou, gaguejando, creio que repetindo três vezes cada sílaba: "O que é que ela tem?". Segurei seu braço e forcei a caminhada de nós dois em direção à saída com passos largos, e ele se deixou levar, mas olhando para trás e repetindo a pergunta várias vezes, sempre gaguejando e errando nas sílabas. Na saída do hospital, expliquei-lhe pacientemente que era uma tuberculosa prestes a morrer com uma forma rara da doença, e chegara a esse estágio devido a ter abandonado vários tratamentos iniciados com a moléstia ainda em sua forma pulmonar, fazendo a doença voltar daquela forma e, o que é pior, resistente aos remédios conhecidos. Bem-te-Vi mostrou-se muito condoído de dona Gertrudes, perguntou se ela não precisava de alguma coisa, pois estava disposto a providenciar, e respondi que ela tinha tudo de que necessitava.

Como se lembrasse de algo importante, voltou a arregalar os olhos e examinar as palmas de suas mãos, procurando alguma coisa, enquanto perguntava: *"Mas, se é tuberculose, eu posso me contaminar?"*. Duvidei de que aquele cara fosse veterinário formado e balancei afirmativamente a cabeça, dizendo: "*Mas, se apenas lavares as mãos, eliminarás muito a possibilidade de contágio*". Sem esperar o fim de meu conselho, disparou quase correndo na direção de casa.

Fiquei intrigado com o traço de piedade demonstrado, antes de se lembrar da possibilidade de adoecer. Paradoxo dos paradoxos; o homem que dias antes assassinara pessoas, torturando-as e arrancando pedaços delas, mostrou-se profundamente tocado e condoído da situação de uma mulher doente que estava morrendo. Encontrar um resquício de humanidade naquela personalidade egoísta e perversa achava ser mais difícil do que ver sair um urso polar do meio da floresta.

Cheguei à casa depois do expediente, e Márcio avisou que iríamos imediatamente para a cidade, onde Cíntia e Anita nos esperavam. Junho, quando me viu, aproximou-se assustado, mas sem demonstrar muita emoção, e perguntou se já tinha sarado mesmo, ostentando um ar sério e adulto. Não me surpreendi ao ver o menino dizer, de uma forma fria, que já tinha se acostumado à ideia de ser criado por Carlos, a quem ensinara jogar xadrez.

Andei com Cíntia lentamente pela cidade, e as pessoas agiam como se tivessem me visto no dia anterior; nem mesmo seus pais fizeram muitas perguntas. Chegamos à praça a tempo de ver o pôr do sol; a camada de fumaça era muito tênue, deixando o céu com uma cor azul acinzentada e proporcionando um ocaso em preto e branco, como numa foto antiga. No lugar das belas gradações cromáticas, estava um *dégradé* de cinza, parecendo a versão triste e sombria de um filme alegre e colorido. "*Roubaram-nos até o pôr do sol*", comentei, e Cíntia falou que, pelo pouco de cinza que caía, achava que os incêndios tinham terminado. Toda a paisagem estava obscurecida, inclusive a já pequena coroa do rio.

Cíntia declarou que, desde que se entendia, nunca tinha visto nada igual em sua cidade. Sempre aparecia um filete de fumaça no horizonte, mas nada parecido com aquela coisa cobrindo o sol, exasperando até mesmo donas de casa, como sua mãe, porque a roupa lavada não secava e não podia ser estendida, devido à queda da sujeira, que mais parecia neve diabólica infernal. Caminhando de volta para sua casa, Cíntia começou a questionar se eu estava infeliz, dizendo que ela sentia isso. Eu a subestimara, pensando que demoraria um tempo mais longo para perceber o que ia em minha alma; respondi que estava feliz e que não se deixasse trair por sua imaginação, porque estava vivo e do lado dela, portanto muito feliz. Cíntia mudou de assunto, mas não se convenceu.

Voltamos para casa, e Junho no carro seguia contando as novidades, sendo cortado por Bem-te-Vi, que anunciou estar com a intenção de promover um acampamento numa coroa do rio das mais altas, que ainda estava com uma boa área, e que iriam até mesmo as crianças. Junho, ao ouvir, exultou de alegria.

Já em casa, começava a dormir, mas despertei com a porta sendo aberta e Márcio entrando apenas de cueca; sentei-me rápido na cama perguntando-me se ele teria coragem de tentar alguma coisa na frente de uma criança, e meu coração começou a disparar. Deu-me um pacote com frutas, pediu que entregasse à mulher da barriga grande e, demonstrando estar envergonhado, disse que, depois do fim de semana, eu poderia voltar a trabalhar no hospital da cidade. Voltei a ficar surpreso com a atitude do sujeito, mas dona Gertrudes não usufruiu de seu presente, pois morrera de madrugada. Nunca mais Bem-te-Vi pôs os pés no hospital de retaguarda.

Saímos na voadeira de Márcio, na sexta-feira, ainda claro, pois já não mais havia fumaça no céu, e começamos a descer o rio. Passamos pela frente da cidade, do canil e, depois de uma hora de viagem, chegamos à coroa; realmente era mais alta e maior que as outras, já quase desaparecidas, e possuía uma grande área de vegetação em seu centro. O acampamento constava de quatro barracas, sendo três de alojamento e um toldo que serviria de cozinha, com fogão, mesa e bancos portáteis. Tínhamos luzes de baterias para os alojamentos e candeeiros a querosene para nossa barraca de cozinha.

O belo e saudoso pôr do sol trouxe nuvens pesadas, anunciando chuva, o que nos obrigou a correr na montagem do acampamento.

Estávamos reunidos para o jantar quando Anita anunciou a divisão do pessoal nas barracas; as crianças ficariam em uma; ela com Cíntia em outra; e eu com Márcio na terceira. Fiquei com minhas orelhas ardendo, apertei com força a mão de Cíntia, e creio que Anita percebeu meu desconforto, porque discretamente, depois de um tempo, disse que tinha dividido o pessoal daquela maneira por causa das crianças.

Após o jantar, Cíntia queixou-se de cólicas, comuns em seu ciclo, tomou uma aspirina e foi dormir, sendo logo seguida por Anita. Restava eu, o assassino e as crianças, que disputavam uma partida de xadrez; passei a observá-las. Jogavam num estágio adiante do que eu esperava; uma partida emocionante, com ataques de iniciativa de Junho e defesas bem estruturadas de Carlos. Junho venceu e, como o olhava admirado, passou a explicar jogadas para o outro garoto. Sentindo sono, os meninos foram dormir, e afastei-me um pouco do acampamento em direção à água no fim da coroa. Sentia-me um bobo por não ter visto a intenção do assassino em convidar as crianças. O maldito queria ficar sozinho comigo em uma barraca e poderia até ver a cara dele dando a sugestão para Anita, usando as crianças para conseguir seu intento.

Foi com um grande susto que senti sua mão em meu ombro virando-me, e instintivamente protegi o nariz; mas com a outra mão estendeu-me duas latas de cerveja, e aceitei, retirando uma. Enquanto bebíamos, ele perguntou: *"Dito, eu não tenho nenhuma chance contigo?"*. Fingi-me de desentendido, e ele repetiu a pergunta. Quis saber o que aconteceria comigo se a resposta fosse não, recebendo sua palavra de que nada aconteceria; perguntei se meu sim seria entendido por ele como uma senha para estuprar-me sempre que quisesses, e ouvi de sua boca que só transaria comigo outra vez no dia em que pedisse para ele. Por um momento, refleti o suficiente para avaliar de que serviria a palavra daquele assassino; eu mesmo vi o que ele fizera com Valéria.

Resolvi ganhar tempo com minha resposta: *"Márcio, tu precisas me dar um pouco de tempo. Eu ainda nem sei direito porque estou preso, acusado de seguir uma ideologia que não é a minha, e com isso mostrastes um mundo novo de uma forma brusca, tão brusca que ainda estou surdo do ouvido esquerdo; mas não fecho minha vida e não tiro a chance de ninguém. Apenas peço tempo, porque muita coisa aconteceu e estou muito confuso em meu corpo e minha mente".* Parei de falar e corri para a barraca, escondendo do maldito meu pranto que chegava.

    Deitado, odiava-me por não ter dito ao cara que jamais seria homossexual, como ele pensava em me deixar, e que me matasse de uma vez; mas o motivo gritava dentro de mim. Eu não queria morrer e achava ter ainda muita coisa que fazer na vida. Estava pensando em quanto seria bom se o assassino enfartasse e morresse de repente, quando ele entrou na barraca, acendeu a luz e acocorou-se perto de mim. Disse que eu não imaginava quanto estive perto de morrer minutos atrás, mas começava a acreditar em mim, esquecendo que eu ajudara comunistas na tentativa de entregar nossa pátria a Moscou, e completou, demonstrando grande felicidade. *"Tu terás todo o tempo do mundo que quiser, meu garoto, desde que aprenda a me amar"*, disse, enquanto acariciava meu rosto molhado, deixando-me com vontade de soluçar de revolta e desespero. Deitou-se do lado e em minutos estava roncando como um animal.

    Lá fora a borrasca desabava, e dentro eu reprimia meu nojo e uma tempestade que insistia em descer de meus olhos. Conclui, aterrorizado, que, se tivesse dito que ele não teria chances, naquele momento já estaria morto. Tive razão em desconfiar e agradeci a Deus por me inspirar na resposta, mas a consequência dela adubando nas raízes o amor anormal daquele psicopata embrulhava-me o estômago.

    Foi agradável ver de manhã que a tempestade tinha limpado a coroa, expulsando os resquícios da chacina florestal e deixando a praia branquinha e limpa. Márcio e Anita saíram com as crianças para pescar, mas Cíntia não quis ir, por estar indisposta. Ficamos sozinhos numa extensão de areia de mais de 2 km de comprimento, por uns 500 m de largura; passeamos por ali, eu fingindo que estava tudo bem, mas não conseguindo convencer Cíntia, que a tudo ouvia desconfiada. Perguntou se havia outra mulher e respondi que ela seria a última mulher de minha vida, mas continuou desconfiada; não há mulher que não perceba desconfortos no coração do homem que ama.

Tentamos fazer amor, e não foi bom, devido a sua menstruação e meu desempenho sofrível; ejaculei rápido e não consegui mais, deixando-a insatisfeita. Tentou massagear-me, porém seus dedos pareciam ter agulhas ao passarem nos hematomas de meu tórax, e pedi que parasse; parou, começou a chorar e tentei confortá-la, pedindo que confiasse em mim. Repeti que ela era o primeiro e verdadeiro amor de minha vida, e falei com tanta confiança que se acalmou. Pensei em contar todo o acontecido ali mesmo, mas refreou-me a imagem de Bem-te-Vi estrangulando-a, e apenas prometi que nós arranjaríamos um jeito de ser felizes.

Almoçamos uns enlatados que preparamos e ficamos abraçados na areia debaixo de um guarda-sol, fugindo da inclemência equatorial do astro rei, apenas curtindo a felicidade de estarmos juntos, sem falar nada. Despertamos daquela letargia com a chegada dos que foram pescar; haviam almoçado, numa coroa minúscula, um peixe preparado à moda índia, com fogueirinha em cima. Tomamos banho de caneca na beira do rio, com medo de entrar nele devido às arraias, e procurava mostrar-me feliz e alegre, por causa de Cíntia.

No outro dia também ficamos no acampamento e num momento, depois do amor também não satisfatório, Cíntia disse que queria se casar imediatamente. Comecei a explicar que não poderíamos, pois estava enfrentando problemas sérios, um dia ela saberia quais, e que nem sequer poderíamos marcar a data. Ao seu olhar incrédulo, respondi com soluços angustiados, por não ter mais nada para dizer, enquanto era abraçado por ela, que dizia: "*Dito, meu amor, por onde tu estás, que não consigo mais te encontrar?*". Depois que choramos abraçados, ela quis saber quais eram os problemas e respondi implorando sua confiança e explicando que logo que pudesse ela saberia de tudo. Lentamente, eu percebia: meu relacionamento com Cíntia estava se despedaçando com a entrada da desconfiança em sua cabeça.

Procurei me adaptar como pude àquela nova situação. Márcio não me maltratava, muito pelo contrário, procurava favorecer-me no que podia, pedindo "por favor" quando queria as coisas e dizendo "obrigado" ao recebê-las, tentando até ser educado. Ele apresentava um comportamento que não se podia esperar de um assassino, mas era muito difícil acostumar-me com aquela presença em meu dia a dia, principalmente nos momentos em que ele ficava de sunga andando pela casa, achando que me impressionaria com seu corpo, já que se achava o mais belo homem do mundo; era o que demonstrava ao ficar horas mirando-se num grande espelho que mandara instalar em "seu" quarto Algumas vezes, sentia-me cortejado, com o maníaco trazendo café na cama, coisas assim. Por minha parte, nunca procurava desagradá-lo, pois não queria que perdesse as esperanças de um dia eu vir a gostar dele; sabia que isto representaria o meu fim. Muitas vezes fiquei aflito e embaraçado com os olhares que me lançava; nesses momentos usava o expediente de falar sobre medicina e suas catástrofes, porque descobrira que a besta tinha fascínio sobre tais assuntos. Escolhia uma doença das ruins, uns pacientes fictícios e descrevia feridas que cobriam o corpo todo, chagas que carcomiam o pênis, e por aí seguia, deixando o assassino com expressão lívida e horrorizada, mas não arredava pé e pedia melhores descrições.

Não raro, ele gostava de realçar quanto era uma pessoa boa, nacionalista, que amava o Brasil acima de tudo e muito fiel com quem gostava; eu demonstrava indiferença com sua presença, mas sem muita ênfase, e procurava rir de suas piadas sem graça. Às vezes pensei em fugir, mas para onde? Cair na clandestinidade?

Soube que Márcio tinha uma noiva no Rio de Janeiro, era veterinário, vinha de uma família tradicional de militares e, exceto a faculdade, só estudou em colégios da caserna. Com exceção de uma única noite, ele nunca me maltratou, mas sentia sua presença possessiva em questões de horário; depois do expediente, tinha de ir imediatamente para casa apanhá-lo, fazíamos juntos musculação até as 19 h, jantávamos juntos, depois namorávamos nas casas de Cíntia e Anita até as 23 h 30 min, e voltávamos para Nova Marabá levando Junho, que tornei a trazer à cidade todas as manhãs, por medo de deixá-lo sozinho com o assassino. Tentei me adaptar a essa realidade, buscando levar a vida, até que um dia não aguentei mais; corri em busca da morte e não a encontrei.

Procurei analisar Bem-te-Vi pela ótica de meu mestre de psiquiatria, Dr. Pedro Notto do Valle; com suas atitudes, aquele só poderia ser classificado como um psicopata perverso. Não se usa em medicina o termo "psicopata" para designar um doente mental, como sugere a etimologia da palavra: *psico* = pensamento; e *pata* = doente. Ao doente mental, chamamos de psicótico; por psicopata denominamos os indivíduos antissociais e de um egoísmo tão profundo que vê os outros como uma extensão de si e cuja finalidade é servi-lo.

Na prática, as atitudes de Bem-te-Vi eram as de um psicopata, mas existia um complicador para esse diagnóstico: o cara estava sendo sincero ao se condoer da moribunda no hospital de retaguarda, e isso revelava um movimento afetivo em seu psiquismo, incompatível com a aridez afetiva do psicopata perverso em relação aos outros, e esta é a pior forma de psicopatia, já que um indivíduo assim é capaz de matar a própria mãe, se isso lhe trouxer vantagens. Outro sinal incaracterístico de psicopatia em Márcio era a forma sinuosa com que tentava me conquistar; em vez de pular em cima e pegar o que queria, demonstrava que, embora doentio e anormal, cultivava algo dentro de si que achava ser amor por outra pessoa.

Ele não mais me forçava a nada, mas, psicopata ou não, eu tinha consciência de que era o dono de minha vida e não titubearia em tirá-la, caso quisesse. Valéria e Alceu, todos de boas famílias, tiveram aquele fim; o que então faria comigo, um pobre órfão sem família e sem ninguém que me procurasse?

Oportunidade de me matar ele teve à exaustão, até recomeçaram os passeios a lugares aonde as meninas não podiam ir, e existiram três deles, um dos quais foi o canil, num "embalo" promovido pelos tenentes. Noutro desses passeios, estava tremendo todo no fundo da embarcação, imaginando que seria jogado para as piranhas ou servir de almoço a sucurijus; ele procurou me tranquilizar pedindo que não tivesse medo e, docemente, começou a falar para mim muitas das coisas que eu já havia falado para minhas namoradas. O medo foi substituído por sensações mescladas de ódio e nojo, mas não o suficiente para impedir de me sentir aliviado ao pisar em terra firme.

Um tempo de terror e incertezas; tinha medo por mim, por Cíntia e pelo Brasil, porque Bem-te-Vi representava a face do poder que, a pretexto de proteger a nação, desgraçava-a.

Estava quase no fim do expediente no hospital e preparava-me para ir à academia, mas Márcio apareceu nesse momento anunciando que iríamos para uma festa, já havia avisado Cíntia e Anita que estaríamos numa pescaria e só retornaríamos no domingo. Tentei falar com Cíntia, mas ele não deixou; protestei explicando que precisaria pelo menos de uma muda de roupa, e ele prontificou-se a levar-me de lancha até a fazenda abandonada, pegaria minha roupa e de lá seguiríamos para a festa.

Chegamos quando a tarde se desvanecia, e foi com o coração aos pinotes que desembarquei em sua companhia naquele lugar tão conhecido por mim: o canil. Logo notei que realmente havia festa; a casa estava muito limpa, bem como a piscina que dava para o avarandado, e Roberto Carlos estava presente na aparelhagem de som. Espalhados pelos ambientes, contei cinco tenentes e sete prostitutas, muito bonitas e bem vestidas, que nunca tinha visto, e concluí que contavam comigo para a tal festa.

Aquiles, o tenente ruivo, aproximou-se e, apontando para uma loura vestida de vermelho, disse que aquela era a minha mulher; secamente expliquei que não queria mulher nenhuma, pois a minha mulher não se encontrava na festa. Depois de me olhar ironicamente e um tanto desconcertado, o tenente afastou-se; mais tarde vi que conversava em um canto com Bem-te-Vi. Pelo olhar dos dois em minha direção, desconfiei ser eu o tema da conversa, e parecia divertida, já que riam muito.

Saí daquela sala e fiquei na varanda onde levara a maior porrada de toda a minha vida. Abri a maletinha de emergência atrás de um libertador sonífero, e não vi Bem-te-Vi chegar abraçado com uma mulher; assustei-me quando ouvi sua voz: "*Dito, por que tu não estás te divertindo?*". Disse que tive um dia duro e estava com uma insuportável dor de cabeça, por isso tomaria um comprimido e descansaria um pouco para ver se melhorava. Parecendo convencido, afastou-se fazendo cócegas em partes íntimas da meretriz, que respondia com gargalhadas agudas. Tomei um comprimido sonífero e dormi até de manhã, numa rede atada ali mesmo na varanda.

Abri os olhos e a primeira coisa que vi foi Aquiles me olhando sonolento; convidou-me para um mergulho na piscina. Sem responder, entrei no lavabo que conhecia muito bem. Tomei café da manhã ouvindo os tenentes falarem das tropas paraenses que estavam prestes a chegar para assumir a patrulha da área; as prostitutas ainda dormiam, e eles aproveitavam para falar francamente sem se preocuparem comigo, porque sabiam que cadáveres que teimavam em viver não cometiam indiscrições.

Bem-te-Vi exaltava-se com o assunto e dava murros na parede, sem se conformar em passar o controle da área para o que considerava um povinho de merda, enquanto os tenentes, com ares de apreensão, tentavam pôr panos quentes, explicando que as operações seriam conjuntas e tudo o mais. Saí de fininho dali e fui conversar com Arley, que estava encostado, com outro soldado, no Jeep onde trouxeram o café da manhã e esperavam para voltar com as louças sujas. Receberam-me sorrindo, Arley dizendo que seu pé estava completamente sarado, e, durante a conversa, soube que nesse fim de semana não poderiam ir à praia; o outro soldado se queixou de que não aguentava mais ficar naquele lugar, que, pela falta de disciplina e atividades físicas, lhe provocava o aparecimento de gorduras no corpo todo.

Voltei à varanda, as mulheres ainda sonolentas e mal acordadas, mas apressadas com maus modos pelos tenentes, terminavam de se alimentar, e todos pareciam estar mal-humorados, principalmente Bem-te-Vi, que se mantinha amuado e irritadiço, deixando-me preocupado e com a certeza de que seria um dia em que teria de tomar o máximo cuidado. Depois que os soldados saíram no barulhento veículo, tentei ficar em casa, não acompanhando todos que saíam para a ribanceira, mas, depois de um olhar de Bem-te-Vi parecendo com o que o touro lança ao toureiro, apressei-me a acompanhar o grupo em direção à minúscula praia.

O tenente ruivo tornou a se aproximar e, com um papo insidioso, disse pensar que eu não fosse paraense, devido ao meu tipo físico diferente da gente feia daquele estado, e saiu com outros assuntos, como tentando abordar algo que me interessasse, mas não dei papo e depois de um tempo eu disse que ia urinar. Aquiles tentou me seguir, mas pedi licença, explicando, sério, que não sabia urinar com alguém me olhando, o que era verdade. Enquanto urinava perto do fim da clareira, pensava que aquele grandalhão ruivo queria alguma coisa de mim.

Num momento em que estava ao lado do assassino, de cabeça baixa disse a ele que, se fosse estuprado por aqueles caras, não precisaria me matar, porque eu me mataria. Levantei os olhos e arrependi-me do que falei, sentindo vontade de arrancar minha língua ao ver o sorriso de satisfação estampado no rosto do malsinado, enquanto ouvia: "*Não te preocupes, Dito, ninguém se atreverá a tocar num fio de cabelo teu*". Caí em mim que tinha falado uma bobagem, alimentando a loucura do sujeito.

Depois do almoço, que teve o mesmo esquema do café da manhã, consegui me divertir. Adotava uma atitude fria e distante dos assuntos que discutiam, mas na verdade estava atento e ligado ao ambiente. Algumas vezes Márcio e Aquiles tentavam me cooptar para suas discussões inúteis; fingindo-me desatento, nada respondia, com exceção de uma única vez em que Aquiles quis saber minha opinião sobre se estava certo quando dizia que uma grande nação se construía com armas terrestres e tecnologia, e não com navios de guerra. Respondi lenta e gravemente que armas defendiam um espaço que, se não fosse ocupado por uma nação, cedo ou tarde cairia, e uma grande nação para preencher um espaço como o do Brasil só poderia ser construída com mesas fartas e escolas cheias. Minhas palavras espalharam mal-

-estar, e o grupo desfez-se, com os casais afastando-se uns dos outros. Agradeci a Deus porque não conseguia mais conter o riso e estava para explodir em gargalhadas.

Eram nacionalistas extremados e, em nome disso, iniciavam discussões sem sentido e improfícuas, por exemplo, Angola estava se libertando de Portugal e o Brasil apoiava o movimento comunista de lá, o que parecia até ficção, ao contrário dos americanos, que apoiavam o movimento capitalista. Logo que Agostinho Neto ocupasse o poder, o Brasil invadiria Angola para apoiá-lo, e a pergunta era se os americanos teriam poderio para retirar as tropas brasileiras de lá; seguia-se uma longa discussão e, depois de dezenas de minutos, a conclusão esperada: os americanos não conseguiriam, pois os brasileiros eram ótimos. Era muita babaquice, e eu fazia força para não rir. Lembro-me de outra: se o Brasil invadisse a Guiana Francesa, a França conseguiria reavê-la? A resposta eles davam depois de muita conversa fiada e muita cretinice; claro que a França não desalojaria o Brasil, porque *"não somos de brincadeira"*.

Era torturante. Os paraenses, eles não sabiam, já haviam invadido a Guiana Francesa e a haviam devolvido por intermédio de tratados. O Brasil deve respeitar a França, e a França, desde a época da Cabanagem, aprendeu a respeitar brasileiros, na ocasião em que tentou vergar os paraenses, mas teve de dar meia-volta com seus navios em direção a Paris, após ter conseguido apenas vaias na frente de Belém.

Duvidava se aqueles ignorantes fardados algum dia na vida haviam estudado história, mesmo aquela bonitinha oficial e manipuladíssima do sujeito gritando em cima de um cavalo com uma espada de enfeite nas mãos, nas margens de um riacho, arrotando valentia contra o nada.

De noite estávamos no salão e começaram a jogar um jogo de estratégias então recentemente lançado. Conhecia o passatempo, cujo tabuleiro é o *mapa mundi*, e por isso logo notei que o deles estava adulterado, sem o mapa do Brasil. Algum tempo depois, questionado por mim, Aquiles explicou que resolveram retirar o mapa do Brasil para não atacá-lo nem de brincadeira. Não aguentei e caí na gargalhada, provocando Márcio, que quase esmagou meu ombro com sua mão, ordenando rispidamente que nunca mais debochasse dos militares.

Estava deitado numa rede, na varanda, e senti alguém chegar perto; era a "minha" mulher. Pegou-me pela mão e pediu que a acompanhasse num passeio, fazendo-me levantar e segui-la. Eu não a queria mal nem tinha intenção de humilhá-la; caminhando, ela quis saber por que não a queria. Expliquei que não era nada pessoal, mas estava apaixonado por uma mulher, para quem era fiel. Mara, seu nome, disse ser uma pena, pois já gostava de mim antes mesmo de entrar na vida, desde que me viu um dia dançando com uma garota na Maloca, em Belém. Soube que as prostitutas eram arregimentadas na capital; uma vez por mês, o agente delas recebia encomendas, e era a segunda vez que frequentava aquele lugar.

Após um curto período, acomodei-me em um dos quartos do casarão e dormi. Acordei em estado de grande excitação sexual, com Mara beijando-me em um lugar extremamente sensível da anatomia masculina. Que pobre vítima é o homem, tão indefeso e vulnerável perante as armadilhas da carne, por ser seu corpo o santuário da Testosterona, o hormônio do desejo. As mulheres deveriam pensar nisso com mais compreensão do que ciúmes. No domingo pela manhã, voltamos para Marabá.

Minha situação não passou despercebida por quem tivesse um mínimo de sensibilidade. Todos no SESP testemunharam minha mudança de rapaz retraído e calado, porém feliz, que demonstrava alegria de viver, para um cara amargurado e tristonho. Dr. Mauro várias vezes insistiu em saber o que se passava, mas eu emudecia, cabisbaixo, pois sabia que estava sendo espionado; havia encontrado um microfone escondido em meu consultório, o que me forçava a recusar ouvir qualquer queixa íntima de meus pacientes. Meu trabalho também era prejudicado de outras formas; às vezes era chamado ao hospital para atender emergências, geralmente de madrugada, mas Márcio não acreditava e acompanhava-me. Depois de algumas vezes, entretanto, ao perceber que nada mais fazia do que atender pessoas doentes, sem colocar em risco a segurança nacional, deixou de me acompanhar nessas emergências.

Depois de um desses atendimentos de madrugada, Dr. Mauro voltou a insistir em saber o que estava se passando comigo, e mais uma vez disse que nada havia, mas fiz sinal com as mãos para que me acompanhasse. Saímos para a rua e, na frente do portão do hospital, contei tudo, com exceção dos estupros, acrescentando que era um prisioneiro de Márcio ou Dr. Bem-te-Vi, e Mauro, apenas por saber disso, corria risco de vida, caso o assassino tomasse conhecimento. Mauro, muito assustado, ficou pálido e afastou-se sem fazer comentários, mas a partir daí passou a me evitar.

Meu namoro com Cíntia deteriorava-se dia a dia, e perdê-la era o que de pior poderia me acontecer. Tínhamos pouco tempo para ficar juntos, ela sabia da existência de algo e exasperava-se porque não conseguia fazer com que compartilhasse com ela o que me atormentava a alma. Num fim de semana, pedi a Bem-te-Vi que saísse com Anita e me deixasse sozinho com Cíntia, e o cara recusou-se imediatamente; depois voltei a pedir com muito tato, e ele permitiu.

Ficamos sozinhos em casa, mas nada era como antes; nosso sexo não era satisfatório, fosse porque eu acabava rápido, fosse porque me esgotava facilmente. Suas massagens eram rápidas, e ela já não curtia mais essa atividade, de que tanto gostava. Resumindo, nosso amor derretia-se, e eu não poderia fazer nada para evitá-lo. Tentava enganar-me pensando que aquela situação seria passageira e procurava cercá-la de carinhos, mas ela percebia que já não era o mesmo, e eu notava, por pequenos gestos e atitudes, que a estava perdendo. Sempre tive medo de perder Cíntia, mas naquele fim de semana tive a sensação de que já a perdera; isso transformou o sábado e o domingo nos dias mais tristes que enfrentei naquele tempo. Estive a ponto, mais uma vez, de contar meus problemas, mas lembrei-me da reação de Dr. Mauro, o que me travou a língua, e não tive coragem de dizer uma única palavra.

Na segunda-feira, num momento em que estava no consultório, entrou Anita com óculos escuros, que escondiam seu olho direito, cercado por um grande hematoma; começou a chorar dizendo que ultimamente Márcio estava estranho e violento, chegando até a espancá-la, coisa que nunca fizera. Fiz sinal para que calasse a boca, escrevi num papel que, dentro de 15 minutos, me encontrasse do lado da horta do hospital e falei que não se preocupasse, pois o que acontecia eram coisas de casal, um dia a tempestade passaria, que depois nós quatro nos encontraríamos e ela veria que tudo voltaria ao normal. Depois de dizer aqueles lugares-comuns, mostrei em silêncio um pequeno aparelho do tamanho de um botão, aderido na parede, debaixo da pia, e ela saiu do meu consultório intrigada.

Encontramo-nos na horta e contei toda a verdade sobre o desastre, os assassinatos, mas não falei nada sobre os estupros. Disse que era um prisioneiro, e ela informou que desconfiava de algo, porque de repente Márcio adquirira uma curiosa ascendência sobre mim depois do tal desastre. Ficou perplexa em saber que seu namorado era o Bem-te-Vi, nome lendário na cidade, que os habitantes recusavam até declinar, mas foi advertida de que, apenas por saber dessas coisas, corria risco de vida e que, portanto, não poderia dar "bandeira" nesse assunto.

Roguei que não terminasse com o anormal porque, certamente, ele me impediria de ver Cíntia, se isso acontecesse, o que seria de fato o meu fim. Recomendei que não passasse essa informação para ninguém, principalmente para Cíntia, porque Márcio, um assassino frio e cruel, matar-nos-ia antes mesmo de aquele dia terminar, se soubesse. Anita voltou para dentro do hospital trêmula e assustada, deixando-me ansioso com a possibilidade de Márcio perceber, pelo seu estado de espírito, que sabia de algo, o que seria uma grande ameaça para nós.

Encontrei o assassino com o semblante carregado e mostrando-se irritado na academia de Cíntia; brinquei com ele pela primeira vez depois do "desastre", perguntando se tinha levantado de pé esquerdo. Desconhecendo minha brincadeira, disse que me queria em casa às 22 h e que desse um jeito de deixar Junho dormindo em casa de Cíntia. Fiquei gelado, mas procurei disfarçar jogando xadrez com Carlos, conversando normalmente com seu Jaime, e disse a Cíntia que teria de ir mais cedo para casa, pois faria lá umas modificações. Pedi a dona Piedade que Junho dormisse aquela noite em sua casa, sendo prontamente atendido, e tomei o café com bolinhos que me oferecera, procurando mostrar-me alegre e despreocupado, mas o medo tinha-se instalado em todos os tecidos de meu corpo, deixando-me a sensação que não veria o dia amanhecer.

No caminho para casa, passei pela residência de Anita, e o anormal já havia voltado para Nova Marabá; expliquei para ela que teria grandes chances de morrer naquela noite e dei o endereço de madre Liganó e tia Dora, pedindo que as avisasse, caso acontecesse alguma coisa comigo. Ela começou a chorar, dizendo nunca esperar viver momentos como os que vivia desde nossa conversa perto da horta, mas consolou-se ao saber que eu já vivia inserido naquele terror havia um mês, até mesmo com sessões de tortura. Despedimo-nos com um longo abraço e fui embora com a certeza de que era a última vez que a veria.

Parei meu carro na frente de casa, do lado do carro do assassino e, antes de entrar, respirei profundamente o ar da noite, saboreando a vida e pensando valer ela a pena, apesar de tudo. Entrei em casa com a determinação de quem ia ao cadafalso, atendendo aos acenos impacientes de Márcio através da janela, que, com gestos, dizia para entrar imediatamente. Na entrada recebi como boas-vindas um murro em meu olho esquerdo, fazendo-me rolar por cima da mesa e de duas cadeiras. Márcio levantou-me pelo colarinho e deu um tapa de mão aberta no lado direito de meu rosto.

Notei com alívio que, tanto no murro quanto no tapa, o anormal não usou sequer um terço de sua força, e isso me animou, pois concluí que continuaria vivendo. Sentou-se, ordenando que me sentasse em sua frente e, afagando minha face, disse que não queria me machucar, mas que eu insistia em desagradá-lo, portanto teria de ser castigado. Perguntei no que o havia desagradado, e sua resposta foi um soco em minha boca, tornando a quebrar o dente que Izamar, a jovem dentista do campus da USP, havia consertado. Com o soco, caí para o lado, contundindo o tórax na quina da mesa, o que doeu bastante, arrancando choro de mim; então ele parou de me espancar, fazendo lembrar-me da época em que era espancado por padre Ávila.

Foi até a cozinha e veio de lá tomando uma cerveja; sentou-se novamente à mesa e, afagando meus cabelos, perguntou o que havia conversado com Anita por mais de meia hora no quintal do hospital. Expliquei que Anita estava nervosa devido à briga que tivera com ele e procurei acalmá-la, exatamente o que havia combinado com ela que diríamos, caso fôssemos questionados. Pegou com violência os meus cabelos, dizendo que não me machucaria, mas eu teria de dizer toda a história para ele. Encostou-me na parede e tirou do bolso uma pequena colher de chá, perguntando se sabia o que era aquilo; olhei melhor para a colher e vi que uma das bordas da concha estava amolada como o fio de uma navalha. Fiquei mais aterrorizado ainda, quando soube que tal "instrumento" era um invento seu para arrancar os olhos de quem se negava a dar informações importantes, mas acrescentou que para mim teria algo especial, porque não queria estragar o meu rosto.

Tornando a pegar em meus cabelos, arrastou-me para a área de serviço e fui pensando que eles, os cabelos, deveriam estar crescendo mais rápido naquelas semanas. Ao ver o tanque de lavar roupa transbordando de água, imaginei o que aconteceria, e foi exatamente como imaginara. Ele mergulhou minha cabeça n'água sempre com a mão esquerda agarrada em meus cabelos; senti sufocar e debati-me, com a sensação de ser abandonado por minhas forças. Retirava minha cabeça da água perguntando se falaria e, sem esperar resposta, mergulhava de novo por mais algumas vezes; na última, cheguei bem perto do desmaio por falta de oxigênio. Percebi que as pontas de meus dedos arroxearam pela anoxia e estava muito fraco, a ponto de cair ao ter livrado meu cabelo.

Ofegante, tossindo e fraco, consegui levantar-me com dificuldades, mas tornei a cair com um soco no abdome, que provocou uma sensação de sufocação pior que o afogamento; ao me refazer, recebi a ordem de retirar minha roupa e vi que retirava a sua. Debilmente tentei protestar, mas em segundos suas mãos estavam em minha camisa, transformando-a em farrapos, deixando vergões em meu tórax, e tornou a repetir a ordem. Despi-me lentamente e ficamos os dois nus frente a frente, o cara excitado como se estivesse na presença de uma mulher.

Aos empurrões, jogou-me na cama e fui estuprado pela terceira vez, com uma novidade: não pude gritar, pois tinha a boca tapada por sua mão, restando-me apenas esperar que o animal se fartasse, sofrendo a maior dor que um homem poderia sentir na sua carne e em seu espírito, na mesma cama onde por tantas vezes encontrara a felicidade nos braços da mulher que achava ser a da minha vida. Ao acabar, passou a dizer que me amava, mas fora obrigado a me machucar, porque eu insistia em não ser leal com ele. Tentei me levantar e fui impedido, pois queria ficar abraçado na cama comigo, como um casal depois do amor; disse que precisava ir ao banheiro, então ele permitiu.

No banheiro de novo, meu Deus, sendo envolvido pelo nojo com aquilo saindo de mim como lava incandescente a me queimar a alma, porque era um esperma que não o meu. Comecei a vomitar e creio ter sido vítima de alucinações visuais e olfatórias, pois senti que vomitava litros de esperma.

Passei a me debater pelas paredes feito um louco, enquanto, lá do vaso sanitário, meu sangue e a porra do maldito pareciam rir de mim. Felizmente o boxe era de plástico, pois lembro-me de tê-lo quebrado aos encontrões.

Acordei deitado numa cama, sentindo-me muito irritado e sem muita clareza do que estava acontecendo. Adônis em pé, ao lado, segurava meu pulso, enquanto Márcio, parecendo aflito, repetia que só tinha me dado uns tapinhas leves, que não poderiam ter causado aquilo. Vendo que estava acordado, aproximou-se dizendo numa voz preocupada e torcendo as mãos: "Dito, pensei que tu estivesses morrendo". E senti vontade de dar uma porrada na cara dele, mas não sabia direito o porquê. Adônis escreveu alguma coisa num papel e entregou-o a Márcio, pedindo que fosse buscar tal remédio no hospital de retaguarda e o trouxesse, que seria muito útil; ele desapareceu em segundos.

O médico virou-se para mim e perguntou o que havia acontecido; no momento que fui responder, a lembrança do ocorrido veio em sua plenitude na minha mente, com o vigor de uma chicotada, fazendo as lágrimas inundarem meus olhos. Disse a ele que estava vivo apenas porque aquele sujeito queria me foder sempre que bem entendesse, tinha acabado de me comer antes de eu desmaiar no banheiro, depois de alucinar, e acrescentei que era melhor ficar calado, pois o assassino estava chegando e, se me visse falando essas coisas, ainda levaria porrada naquela noite. Ele tranquilizou-me dizendo ter pedido algo que Márcio procuraria a noite toda sem achá-lo e informou que recebera um telefonema dele, encontrando-me convulsionando no banheiro ao chegar. Márcio pôs-me na cama a seu pedido, onde convulsionei por mais 15 minutos, após uma injeção de diazepam na veia. Disse ainda ter desconfiado do estupro, porque tinha visto sangue em minhas nádegas.

Envergonhado, confessei que não suportava mais aquele papel e preferia morrer de uma vez a continuar vivendo aquele pesadelo. Adônis, após pensar um pouco, disse que sofri convulsões raras: as tais convulsões ansiogênicas, causadas por fatores emocionais, talvez me tenham salvado da loucura que chegava com a alucinação sofrida, por funcionarem como uma descarga energética cerebral, e a opção mórbida para a convulsão seria a psicose reacional, uma forma de loucura que pode aparecer depois de traumas emocionais fortes. Olhou para cima e disse, sorrindo: *"Obrigado, professor Pedro!"*, aludindo-se ao nosso mestre de psiquiatria.

Assumindo um ar sério, acrescentou que não esquecesse minha condição de médico, portanto obrigado a acreditar que tudo na vida era preferível à morte. Meu organismo havia lançado mão de um raro mecanismo de defesa para proteger-me da loucura, e eu tinha a obrigação de procurar em meu pensamento um mecanismo de defesa contra a ideia de morte. Disse ainda sentir muita pena de mim e não querer estar na minha pele, mas plantou a esperança em minha mente, ao explicar que tal conjuntura era conhecida na caserna, que muitos achavam um absurdo o que estava acontecendo e estava sensibilizando certas áreas, tornando mais e mais insustentável a condição de Bem-te-Vi; portanto ficasse esperançoso, porque aquela situação parecia que não duraria muito tempo.

Desanimado, afirmei acreditar que então seria o último assassinado por Bem-te-Vi, que não me deixaria sair com vida da história. Adônis olhou-me sério e disse saber que Bem-te-Vi era um homossexual perverso, e que estava completamente apaixonado por mim a ponto de se expor para toda a instituição, portanto acreditava que jamais me mataria. Recomendou calma e mais uma vez procurava me animar, mas fora interrompido por um alarido de vozes fora de casa que precedeu a entrada brusca de Márcio, praticamente pendurando pela gola o atendente de enfermagem, que andava rapidinho nas pontas dos pés, jurando, pálido, que nunca tinha ouvido falar naquele remédio: *cromoglicato dissódico*. Adônis, aquela raposa velha, havia solicitado um remédio muito raro para doenças mais raras ainda, daqueles que só se consegue encomendando em farmácias de manipulação.

Depois que todos saíram, já estava em minha cama, e Márcio entrou no quarto pedindo desculpas e dizendo que daquele dia em diante não mais me machucaria, mas que procurasse gostar dele como ele gostava de mim, e prosseguiu falando coisas que as mulheres gostavam de ouvir de um homem, fazendo-me voltar a sentir vontade de vomitar. Pedi com calma que fosse dormir e me deixasse, porque qualquer pessoa, não sendo um grandalhão como ele, procura dormir depois de levar uma surra como a que levei. O maldito foi dormir saciado naquela noite, e eu, apesar do diazepam, amarguei insone um ódio tão grande que cheguei a sentir gosto de merda na boca, além da dor de meu dente novamente quebrado. Teria de procurar Izamar mais uma vez.

No outro dia, no hospital, podia sentir a eletricidade no ar. Ninguém acreditava na queda que disse ter sofrido no banheiro, para explicar o roxo ao redor de meu olho direito. Dessa vez não fizeram perguntas sobre o que tinha acontecido, e estava estampado no rosto de todos que sabiam que Márcio me havia espancado. Anita fugia de meu olhar, creio que por medo, e esperar o dia passar foi um verdadeiro martírio, suportando olhares, alguns estranhos e irônicos, outros perplexos, que me lançavam. Dr. Mauro evitava-me como nunca e chegou a dar meia-volta ao me ver num corredor.

Enterrei-me nos pacientes, evitando a todos, e não via a hora de estar com Cíntia. Encontrei-a na praça no "nosso" lugar, depois de ter o dente consertado mais uma vez pela excelente dentista da USP. Cíntia estava assustada porque tinha ouvido comentários na cidade de que havia brigado com Márcio. Observando a coroa quase inexistente do meio do rio, contei todo o acontecido sem omitir nada, nem sequer os detalhes dos estupros, com a posterior agonia dentro dos sanitários. Permaneci com o coração feito tambor, mas sem demonstrar nenhuma emoção em minha face machucada e sem derramar uma única lágrima. Cíntia, por um momento, ficou silenciosa e senti minha alma se debater sufocada, como se afogada num tanque cheio de paixões, pela possibilidade de tê-la perdido para sempre. No entanto ela pegou em minha mão, pedindo que a levasse a minha casa; de seu toque veio vida para meu corpo quase a desfalecer. Fiquei preocupado por causa de Bem-te-Vi, mas na passagem avisei-o e ele não se opôs, então fomos tranquilos.

Cíntia começou a tirar minha roupa, beijando cada parte de meu corpo, incendiando minha anatomia com a sua paixão. Fizemos amor não tão bom como antigamente, mas seguramente de melhor qualidade do que vínhamos fazendo desde o tal "desastre", embora meu tórax ainda doesse muito. Após o amor, ela me disse que superaríamos aquela situação horrível com nossas forças juntas, acrescentando que entendia o que se passava, mas haveria de ter uma saída. Senti-me renascer com a ideia de que Cíntia sabia o que estava acontecendo sem deixar de me amar. Estávamos para recomeçar nosso jogo amoroso, mas ouvimos o carro do monstro chegando e vestimo-nos rapidamente; saí para deixar Cíntia e buscar Junho, sob o olhar carrancudo do assassino.

No resto dessa semana, Márcio deu-me mais liberdade, então todas as noites eu e Cíntia íamos para minha casa e nos amávamos na cama de solteiro onde dormia, porque não tinha coragem de possuí-la na mesma cama onde eu sofrera um estupro e que estava impregnada com o cheiro daquela praga dos infernos. Era um amor apressado e não muito bom, mas que satisfazia a ambos e, no decorrer daquela semana, senti que minha alma se fortificava em sua essência masculina. Ela reclamava de que eu havia emagrecido bastante e que agora cuidaria de mim, enquanto me massageava o corpo. Senti muita vontade de viver ao constatar o amor, e o não abandono, de Cíntia.

Na sexta-feira Márcio avisou que iríamos para o canil e voltaríamos na tarde do domingo. Depois de muito implorar e prometer que não faria nada que ele não quisesse, consentiu com que eu ficasse, mas foi embora de cara feia. Eu e Cíntia teríamos um sábado inteiro só para nós.

Durante o dia brincamos de bola com as crianças e alguns amigos de Carlos. Cíntia parecia uma menina em seu delicioso colante vermelho, que realçava seus ângulos delicadamente musculosos, deixando-me atormentado de desejo, e mais de uma vez rechaçou minha ideia de entrarmos rapidamente em casa para um lanche ou coisa assim. Chegou perto e, baixinho, disse que, quando voltássemos, os moleques estariam todos de pinto duro, já que não eram tão crianças assim. De noite deixei Junho aos cuidados de dona Piedade, jantamos um peixe com bom vinho alemão e fomos a um baile no clube dos maçons, mas em pouco tempo perguntei se não preferia dançar comigo em minha casa, porque usar paletó exigido pelo baile era um suplício na tórrida noite; seu sorriso disse-me que sim.

Foi uma longa e deliciosa noite, que me fez acreditar em recuperação total de minha alma, depois que acabassem aqueles tempos escuros. Dormimos, por fim, exaustos, nos braços um do outro. Acordei pela manhã com o cheiro convidativo de café no ar e logo apareceu Cíntia à porta do quarto, dizendo que o desjejum estava servido. Vendo-a apenas de calcinha, senti outra vontade além da de tomar café, principalmente depois que vi essa mesma vontade nos olhos dela; em segundos recomeçamos a nos amar, permanecendo por mais um bom tempo na cama, deixando esfriar o café, mas que nos importava, se tínhamos o calor de nosso corpo?

Enfim, estávamos tomando café, mas tivemos de interrompê-lo, porque ouvimos um carro chegando e logo bateram à porta; corremos para nos vestir, já que estávamos completamente nus. Pensei que era Bem-te-Vi, mas logo vi estar errado; Bem-te-Vi jamais bateria à porta de uma casa, se considerasse que essa casa fosse dele, com tudo o que tivesse dentro, inclusive eu, como não perdia oportunidade de repetir, e depois tinha dito que só voltaria na tarde do domingo.

Já compostos, fomos abrir a porta. Envolta em vapores de perfume francês, entrou na sala uma linda garota muito bem vestida, carregando duas malas. Perguntou por Márcio e, ao saber que ele não estava, apresentou-se como Janaína, sua noiva do Rio de Janeiro; tinha chegado havia uma hora e viera de táxi do aeroporto. Oferecemos-lhe café, ela aceitou e, depois de tomá-lo conosco, disse-se exausta e perguntou onde era o quarto de seu noivo e se poderia tomar um banho. Respondi afirmativamente, e ela acomodou suas malas na cama do quarto, tirou de lá um robe, chinelos e uma toalha, enquanto a observava.

Ela era linda, com seu cabelo pouca coisa mais escuro que o meu e aqueles olhos que mais pareciam duas folhas de tão verdes; tinha a mesma altura de Cíntia, mas o rosto infinitamente mais belo, com traços finos e uma maquiagem suave, realçando-os. Seus lábios eram ligeiramente recurvados para baixo, emprestando altivez e majestade em seu semblante, que se completava com o que vestia: um conjunto de linho verde-água, a saia generosa, deixava à mostra boa parte de suas belas pernas e, por baixo do casaco, uma camisa de finíssima seda verde-musgo. Usava poucas joias; apenas um conjunto de anel, brincos e broche em prata e pedras verdes, que me pareceram turmalinas, além da aliança, também em pedras verdes. Todos os seus gestos eram delicados e deliciosamente femininos. *Tem bom gosto, o assassino*", pensei.

Nesse momento, virei-me para Cíntia e vi-a com os lábios apertados; percebi que estava irritada porque eu havia demorado muito examinando a "gata". Disse-lhe que ficasse à vontade e que seu noivo chegaria de tarde. Rumamos para a cidade, ambos um tanto atordoados; no caminho pedi a Cíntia que, se fosse contar o acontecido para Anita, o fizesse longe de mim.

Passamos o dia brincando com as crianças e surpreendi-me porque consegui esquecer meus problemas, chegando até a sentir a alegria de viver e a felicidade perdidas. Almocei em casa de Cíntia, que queria que eu formalizasse o noivado, mas pedi que tivesse um pouco de paciência, porque não sabia qual seria a reação de Bem-te-Vi. Fomos à Missa vespertina e procurei não ouvir a pregação de Pardáliga, mas, ao contrário do que esperava, o sacerdote fez um sermão moderado, propondo a reconciliação da nação para que construíssemos melhor o país de nossos filhos, acabando com o reinado divisionista de Satã na terra, que disseminava ódios e controvérsias.

Ele saudava o que prometera o general que seria nosso "presidente": de dar distensão política lenta, segura e gradual, logo que se insinuou para pilotar o destino da nação, sem que os brasileiros fossem consultados e sempre com aquele olhar de enfado que os ditadores daquela época apresentavam. Pedi muito a Deus que ele estivesse sendo sincero e que a impressão de nazismo se esgotasse em seu nome e nos traços germânicos de seu rosto.

Depois de um jantar muito bem preparado por dona Piedade, na hora do café, anunciei que eu e Cíntia queríamos nos casar e pedíamos a permissão e as bênçãos da família, mas não falei em data do casamento. O pai de Cíntia iniciou um longo e enfadonho discurso, com todos os clichês possíveis e imagináveis sobre o matrimônio, fazendo Carlos e Junho saírem de fininho do jantar e deixando Cíntia vermelha, mas finalmente concordou com nossa pretensão e saímos da mesa.

Iniciei uma partida de xadrez com Junho e assombrei-me com o progresso do moleque naquele entretenimento, mas jogava muito no ataque, sabendo pouco se defender; deixei-o ganhar a partida, e ficou andando pela casa parecendo um pavão, contando a todos a sua vitória. Eu sabia da necessidade de se estimular a vaidade daquele garoto, cujas dificuldades o tornaram muito prático, com exacerbação das funções do aprendizado pela sobrevivência, causando um desequilíbrio que o jogava para o pensamento concreto de forma plena, sendo necessário de vez em quando estimular emoções, como a necessidade de aprovação, inata no ser humano.

Estava mais animado naquela noite. Eu e Cíntia fomos dançar no Tapera e acabei me irritando porque um tenente não tirava os olhos dela; senti vontade de ir lá e dar umas porradas nele, mas preferimos sair e voltamos para sua casa. Carlos pediu que deixasse Junho, porque já estava de férias, seu time jogaria de manhã e Junho era titular. Relutei porque achava que já estava incomodando muito, mas dona Piedade protestou dizendo que gostava muito de Junho, e que gostaria de ficar com ele depois que nos casássemos. Hoje me pergunto se tal pretensão não surgiu por sugestão de Cíntia, que visivelmente não gostava da criança, que também não fazia esforço algum para demonstrar que gostava dela; mas não subestimava a imensa capacidade de sedução daquele garoto. A vida tinha ensinado precocemente aquela criança a usar também a sedução como forma de sobrevivência, e isso não era uma coisa boa.

Voltei sozinho para Nova Marabá e felizmente encontrei a casa vazia, mas mostrava que o assassino estivera ali, pois vi seu molinete e algumas roupas jogadas em cima da cama. Pus um disco na vitrola e saí para o jardim ao som de Milton e sua *Travessia*, procurando reencontrar aquele Benedito de meses antes, debaixo dos mesmos vaga-lumes, e não mais o encontrei; aconteceu Cíntia entre o passado e o presente. Outra imagem tentou entrar em meus pensamentos, mas lutei com todas as minhas forças contra e venci-a, porque com Cíntia ao meu lado seria capaz de desafiar até os infernos com suas legiões de coisas ruins; Cíntia, sendo minha, nada mais me importava, e que se danasse o mundo.

Senti uma força muito grande dentro de mim e a certeza de que venceria, libertando-me daquele cara, para depois me revigorar no mar estrogênico de amor que era a minha mulher. Como carapanãs começaram a me picar, resolvi entrar para o conforto telado da casa e servi-me de um uísque com gelo, pois o calor estava forte, mas não me atrevi a tirar a camisa, porque o assassino estava para chegar com aquela gata e poderia não gostar de me ver nu da cintura para cima. Procurei trazer Janaína para minha mente e, pensando alto, disse *"Uau! Que gata!..."*, começando a despi-la em meu pensamento, livrando-a daqueles panos verdes que a cobriam com elegância, mas uma pontada incômoda na consciência apagou minha imaginação, pondo-me a pensar: *"Acabo de receber de Cíntia a maior prova de amor que um homem pode receber de uma mulher, e já começo a sacaneá-la"*.

Senti uma sensação de pena daquela bela moça, certamente servindo de biombo para Márcio encobrir sua verdadeira identidade sexual. Esta vida às vezes, de fato, não é justa, pois decerto que aquela garota sofreria muito quando descobrisse com quem amanhecia na cama. Seria muito triste se, com aquela beleza toda, fosse também da laia do assassino. Pouco depois, os dois chegaram e, pelo jeito transtornado dela, descobri que estavam brigando.

Desliguei a vitrola, encaminhei-me para o quarto e, já à porta, a voz de Janaína atingiu-me, deixando-me tonto tal qual ficava depois de levar porrada de seu noivo: *"Não senhor, seu veado, tu vais ficar aqui mesmo e me explicar certas coisas"*. Virei-me assustado com o que ouvia, por um momento fitei aquele rosto borrado pelas lágrimas, com o desespero a transformar o ligeiro e elegante arqueado de seus lábios num verdadeiro ríctus nervoso.

Janaína acusava-me de delinquente e desencaminhador de homens, ofendia-me com palavras de baixo calão e, aos gritos, perguntava como então seu noivo havia virado veado, depois de se apaixonar por um veado como eu, a ponto de nós dois estarmos com viagem marcada, dentro de dez dias, para o Rio de Janeiro, onde viveríamos juntos como um casal. *"Vocês não são um casal"*, gritava a todo instante, entre soluços. Os músculos de sua face contraíam-se ao sabor da adrenalina que o ódio jogava em seu sangue, e seus olhos iluminavam seu rosto como dois borrões de luz verde.

Num momento em que parou ofegante, ouvi a voz do assassino dirigindo-se a mim: *"Pois é, Dito, eu expliquei para ela que estávamos apaixonados e dentro de uns dias iríamos para o Rio de Janeiro, mas Janaína não quis entender e pediu para falar contigo"*. Estava pasmo com o que ouvia e logo a garota recomeçou as ofensas, enquanto eu pensava em Alceu, Dr. Sérgio, Amilcar... Todos mortos. Pensei em Cíntia e no que aquela garota estava falando; pensei na minha sina de "esposa" de um anormal que assassinara meus amigos, então eu queria morrer. Por Deus, eu queria morrer e sabia como conseguir.

"Anormal!... Veado!... Psicopata!...". Com esses gritos avancei na direção do monstro e soquei sua cara duas vezes: no olho direito, no nariz e esperei. Janaína parou de falar e ficou observando a cena em que Márcio me olhava surpreso, mas sem esboçar nenhuma reação. Berrando que ele era veado, tornei a agredi-lo com um cruzado em seu queixo, um murro em seu malar direito e um potente soco, com toda a minha força, novamente em seu nariz, provocando-me dor na mão. Fiquei frustrado ao ver apenas um tênue filete de sangue escorrer de suas narinas; ele continuava sentado com os braços ao longo do corpo e não demonstrando que reagiria, limitando-me a olhar em minha direção atônito e um tanto atordoado, mas como se não sentisse.

Virei para Janaína e contei toda a história, inclusive os olhares afrescalhados que me lançara no igarapé, os assassinatos, as torturas e a operação clandestina, sua condição de homossexual e o uso que fazia dela, no Rio, e de Anita em Marabá, como simples cortinas de fumaça. Recomendei que tivesse bom senso e que fugisse do assassino; expliquei que eu não poderia fugir por ser um prisioneiro político, mas ela era livre, deveria se considerar uma garota de sorte não tendo casado com aquele assassino cruel, que, além de tudo, era veado, e só tinha me deixado vivo para me estuprar a hora que quisesse, pois era um estuprador inato, conhecido mesmo dentro da força em que servia. Afirmei que não iria de forma alguma para o Rio de Janeiro porque preferiria morrer e ele teria de me matar, pois estava disposto a espalhar por Marabá inteira que o major Bem-te-Vi era baitola. Aproximei-me da janela e gritei de encontro aos sons da floresta próxima: *"O major Bem-te-Vi é um veadaço!"*. Finalizei dizendo ainda não saber em que eu tinha me transformado, mas sabia que havia mais masculinidade num único fio de meu cabelo do que em todo o monte de merda que era o noivo dela. Peguei o copo com o resto da bebida que estava em cima da mesa e atirei-o no rosto de Márcio, ferindo ligeiramente sua testa, donde escorreu outro fio de sangue.

Quando parei, Janaína continuou olhando-me, incrédula por um momento, depois agarrou nos ombros do assassino, sacudindo-o e gritando, histérica, que ele dissesse que o que eu falara era mentira, que dissesse que era tudo mentira. Peguei mais uma dose de uísque e recolhi-me no quarto, onde por um tempo ouvi a voz esganiçada da garota, agora o insultando; sons de bofetadas transformaram os gritos histéricos dela em choro e *ais*.

Percebi que tinham saído ao ouvir o som do carro. Servi-me de mais uma dose da bebida, dizendo a mim mesmo que, se tivesse de morrer, que fosse bêbado, mas não demorou para Bem-te-Vi chegar e, sinceramente, desconfiei que tinha assassinado a garota. Então apaguei a luz do quarto, fingindo que dormia e, pelo som de gelo no copo, percebi que ele bebia na sala.

Depois de um tempo, a porta do quarto abriu-se e entrou Bem-te-Vi, acendendo a luz. Levantei-me e fiquei em pé na sua frente para ouvi-lo dizer que na realidade eu havia feito um favor para ele, contando tudo para Janaína, retirando assim um peso de suas costas, mas não tinha desistido de mim e provaria isso transando comigo naquele momento, porque eu era dele e sentia que já começava a amá-lo. Veio em minha direção e esmurrei seu abdome, sentindo como se esmurrasse uma parede; não me entreguei, procurando socá-lo de todas as maneiras, mas não consegui acertar nenhum outro golpe porque o assassino os abafava de forma técnica, e lentamente foi-me fazendo recuar em direção à parede, onde fui imobilizado com seu corpo. Disse que depois teria de me matar, se não quem morreria seria ele, pois eu o mataria, e eu sabia que seria capaz de matá-lo. Tentou me beijar, mas desviei o rosto para o lado e, num momento de oportunidade, cravei meus dentes em sua bochecha esquerda com toda a minha força, arrancando-lhe um grito de dor.

Depois de cuspir o sangue que ficara em minha boca, olhei seu rosto e estremeci. Nem sequer prestei atenção na sangria abundante da mordida; já tinha visto aquele olhar no assassino, exatamente no momento que matou Amilcar. Eu havia conseguido... Morreria, pois a morte já se mostrava em seus olhos. Envolveu lentamente meu pescoço com suas mãos e, ao sentir a pressão, fechei os olhos, preparando-me para morrer com o pensamento em Deus. A pressão aumentava e já sentia minha língua ser expulsa da boca, imaginei que logo sentiria a fratura do osso hioide consumando o estrangulamento.

Subitamente a pressão cedeu, e senti as mãos sendo retiradas da volta de meu pescoço. Abri os olhos e surpreendi-me ao ver seu rosto com a maior expressão de desespero que já havia visto numa face humana. Abraçando-me fraternalmente, começou a chorar, dizendo: "*Dito, por que tem de ser assim?*".

Eu não estava enganado. O monstro tinha, sim, algo de humano, portanto não era um psicopata, e sim um artefato. Fizeram-no assim. Márcio chorou convulsivamente, dizendo que não era um assassino e apenas defendia a sua pátria por ser um soldado; pedia que não o olhasse como um assassino, porque não o era, enquanto escorregava pelo meu corpo em direção ao chão, lambuzando-me com o sangue de sua face. Entremeava choro com pedidos de que não o abandonasse e repetia todos os sofismas que usava para justificar seus atos. Ao chegar ao chão, ficou enrolado em minhas pernas com seu corpo sacudido por um pranto que não dava sinais de arrefecer, e sua voz foi-se tornando ininteligível, permanecendo então aquele soluçar lancinante, como se padecesse de todas as dores que promovera em seus torturados. Gritando que o ajudasse a procurar um caminho, agarrou-se mais fortemente em minhas pernas.

Em pé, observava como coadjuvante a cena insólita: duas vítimas da mesma tirania, ele, sem dúvida, a maior; um rapaz de 27 anos transformado em cão de guarda da ditadura, em um artefato humano de crueldade e frieza inacreditáveis, que, ao ser confrontado consigo mesmo, chorava arrependido por não ser um psicopata, mas levaria para sempre em sua alma a marca do remorso da qual só se livraria com a morte. Cheguei a sentir pena de Márcio naquele momento; desesperava-se porque entendia agora não haver mais para ele um lugar entre pessoas normais, para quem sua simples presença levaria o horror. Acordaria todos os dias com sua consciência chamando-o de assassino e sua prisão estaria dentro de si.

Livrei lentamente minhas pernas de seus braços e fui afastando-me em direção à saída de casa, deixando-o a chorar e perguntando entre soluços: *"Dito, Dito, o que é que vou fazer de minha vida?"*. Olhei para trás e o vi no chão em posição fetal, dando socos na própria cabeça e chorando convulsivo. Entrei em meu Fusca, fui para Marabá impressionado e mal podendo dirigir. Naquela noite dormi na sala da casa de Cíntia, que se assustou quando me viu chegar ensanguentado, mas ficou orgulhosa de mim por tê-lo enfrentado, ao saber que estava sujo pelo sangue do assassino.

De manhã fui direto para o hospital sem voltar para casa, porque tinha medo; fui buscar roupas na casa de minha lavadeira. Se Bem-te-Vi quisesse me matar, teria de fazê-lo em público, com todos me ouvindo chamá-lo de veado. O dia decorreu na maior calma; de tarde, Anita perguntou-me o que faria depois do expediente, convidando-me para jantar com ela. Disse que eu e Cíntia a buscaríamos e perguntei por Bem-te-Vi; ela respondeu que ele avisou que iria para a sua fazenda.

Por volta de 20 h, fomos os três à peixaria Caparaó, onde escolhemos uma mesa isolada, o que não foi difícil, porque o restaurante estava quase deserto. Relatei às duas todo o ocorrido na noite anterior, inclusive o quase assassinato, e expus minhas preocupações para com Janaína, mas Anita informou que a garota tomara um avião para o Rio de Janeiro ainda pela manhã.

Alternando voz lamuriosa com destilação de ódio profundo e pleno, Anita disse que Márcio andava muito nervoso havia tempos e soube, no começo da tarde, no almoço de despedida de um tenente seu amigo, que as forças estaduais já estavam patrulhando a área; o "oito" ficaria com um mínimo de tropas e decerto a operação de Bem-te-Vi tinha sido ou seria desativada, daí o nervosismo do monstro e sua ideia de levar-me, dentro de alguns dias, para o Rio de Janeiro. Anunciei que estava com muito medo de voltar para casa, mas Anita disse que também iria, e com Cíntia; adverti que corríamos risco de vida, contudo Anita, abrindo sua bolsa e mostrando uma pistola dentro dela, disse que, se o cara nos atacasse, ela o mataria. Não duvidei, porque sabia perfeitamente do que era capaz uma mulher daquela cidade quando magoada por seu homem, lembrando-me de um garoto esfaqueado pela namoradinha.

Fomos todos para Nova Marabá depois do jantar. Em casa ainda estava o copo quebrado, pequenos pingos e manchas de sangue pelo chão, parecendo ter sido abandonada logo que saí. Anita entrou no quarto da fera e passou a examinar minuciosamente todos os seus pertences, resmungando, irritada, que havia abandonado Jonas, o tenente, por um animal como Márcio; não descobriu nada de interessante. Ao acabar, voltamos para Marabá; Anita fervia de ódio e mais de uma vez pedi a ela que tivesse prudência, já que lidávamos com um cara acostumado a matar pela menor contrariedade. Por volta de 23 h 30 min, criei coragem e voltei para casa com Junho e, depois de darmos uma arrumada nela, fomos dormir.

A partir dessa noite, passei a sofrer de pesadelos que se repetiam. Além dos óbvios, com Márcio estrangulando-me e arrancando meus olhos antes de me estuprar, apareciam alguns muito estranhos; por exemplo, Raimundo Leite expulsando-me de um lugar e dizendo que eu não era mais digno do mundo masculino. Às vezes aparecia o rosto de Alceu, com aquele seu saudoso e cristalino sorriso, falando "Dito, é preferível morrer...", como se estivesse me convidando para bater bola. Outras vezes me via vestido de noiva, entrando numa igreja com Bem-te-Vi ao lado, e Cíntia aparecendo e empurrando-me do altar. Acordava embaraçado e com medo de que, na intimidade de meu cérebro, estivesse me transformando num homossexual.

Elevava meu pensamento a Deus e pedia que me protegesse daquele destino que não era o meu. Márcio não voltou para casa naquela noite, e era a primeira vez que ia para a tal fazenda desde o "desastre" que "sofremos", havia pouco mais de 40 dias. Imaginei quanto seria bom se ele nunca mais voltasse. Ainda não sabia que, mesmo depois de morto, aquele cara continuaria amargurando muito a minha vida.

A CAIXINHA PRETA

Parecia ser outro dia de rotina no Cesp até as 15 h. Por intermédio de Anita, soube que Bem-te-Vi ainda não havia dado sinais de vida e que não deixaria de andar armada, para matá-lo logo que se sentisse em perigo, o que faria com gosto, porque não suportava a ideia de ter sido enganada por tanto tempo. Ela não precisou matá-lo.

Acabava de entrevistar uma gestante num exame de rotina, quando Anita entrou no consultório muito pálida e, num sussurro de voz, pediu que corresse urgente ao pronto-socorro. Ao chegar, vi três homens cobertos de sangue e, após alguns segundos, reconheci Bem-te-Vi, Arley e Jonas, o tenente, todos em trajes civis. Respirei profundamente, tentando tirar as emoções de minha cabeça, e friamente comecei a examiná-los de forma rápida, porém minuciosa. Jonas já estava cadáver havia pelo menos 10 minutos, com as pupilas muito dilatadas em midríase, sem a parte de trás de seu crânio; nada mais poderia ser feito. Arley olhava-me esperançoso, gritando de dor com o abdome perfurado e pedindo que não o deixasse morrer, mas já estava calmo na hora em que passei um intracat por baixo de sua clavícula direita, onde uma atendente adaptou um frasco de soro. Ordenei que o levassem para a sala de cirurgia, pois já era aguardado por Mauro e por materiais para exploração de seu abdome.

Passei a examinar Márcio, que aparentemente era o menos atingido. Não existia nada abaixo do terço médio de sua perna esquerda, mas ele estava em choque porque o garrotearam erradamente na perna, em vez da coxa, como seria o correto, pois a artéria da perna passa entre dois ossos e não é atingida pelo garroteamento. Os dois ossos terminavam expostos com fraturas em forma de cunha e, do coto da amputação traumática, não mais esguichava sangue, porque uma atendente já havia corrigido o torniquete depois de despi-lo. Ele me olhava com sua face encovada pelo choque por falta de sangue nos vasos, que o fazia sentir a agonia da morte; implorava-me ajuda com seus olhos, temeroso até de gemer. Aquele seu ferimento deveria estar doendo como deve doer quando se tem o pé arrancado com um pedaço da perna.

De forma fria e profissional, instalei um intracat em sua veia subclávia esquerda e, com o resultado do exame necessário providenciado, passei a injetar sangue em suas veias, mas ele precisaria ser operado imediatamente para a organização do coto de amputação. Folguei seu torniquete para que os tecidos abaixo dele se nutrissem de sangue oxigenado, fazendo aparecer pequenos esguichos vermelhos no coto, e depois de um minuto voltei a garrotear o membro.

Pedi que levassem o cadáver de Jonas para o necrotério; ele me incomodava. Comecei a lavar cuidadosamente com soro fisiológico o coto, tentando identificar os nervos e principalmente pinçar as artérias. Isso feito, envolvi tudo em compressas esterilizadas e tirei o torniquete, porque a hemorragia estava controlada; com as artérias pinçadas, aquele ferimento apenas "babaria", e não mais esguicharia sangue.

Voltando cor a sua face, ele mostrava estar melhorando e saiu do choque; perguntou se morreria e, com um sorriso irônico, respondi enigmaticamente: *"Existem pessoas cujo destino é matar, outras têm a sina de não deixar morrer"*. Sério e em silêncio, empurrei a maca de rodas em que estava, deixando-o na sala de pré-operatório, mas não o sedei; queria-o sofrendo.

A sala de cirurgia cheirava a cocô, anunciando que aquela era uma operação muito difícil, porque havia merda na cavidade abdominal de Arley. O primeiro passo nesse caso é identificar o rombo no intestino e o isolar, o que Mauro havia feito, já começando a lavar a cavidade com litros e mais litros de soro fisiológico. Arley havia sido atingido por uma bala no abdome, que por milagre não rompeu sua artéria abdominal, o que o mataria quase instantaneamente, mas seu intestino grosso fora perfurado e a cirurgia seria demorada, por necessitar de colostomia: um ânus artificial no abdome para isolar o intestino grosso até que se recuperasse de suas lesões. Uma posterior cirurgia devolveria o trânsito intestinal normal para Arley.

Havia uma pergunta no ar, dentro do centro cirúrgico, sobre o que poderia ter acontecido, pois só sabíamos que o cadáver e os feridos vieram com os soldados das forças estaduais.

Pelo vidro da porta de entrada da sala de operações, notei Anita entrando no espaço pré-operatório e fiquei atento para ver a sua saída; depois de dez minutos, passei a ficar intrigado. Como a cirurgia em Arley corria bem com Mauro e Hernani, o anestesista, dando conta da situação, saí da sala para ver o que Anita fazia e, na entrada do pré-operatório, ouvi sua voz baixa, mas num tom de deboche: *"Ah! Então estás com medo de morrer... queres que eu chame ajuda. E os que assassinastes também te pediram ajuda, canalha? Pede ajuda para teu pai, o Demônio, com quem vais te encontrar dentro de minutos, seu assassino, e espera no inferno a chegada daquela sirigaita carioca"*. Parei à porta e vi o ferimento de Márcio sangrando em jatos já fracos e as três pinças que usara para pinçar três calibrosas artérias, jogadas no chão; então compreendi. Anita estava assassinando o sujeito.

Márcio olhou-me e falou fracamente: *"Dito, tu estás livre! Tu estás livre para..."*. Convulsões sacudiram seu corpo, interrompendo-o no meio da frase e denunciando que sofrera uma parada cardíaca. Mecanicamente voltei a apertar o torniquete, que, desusado, jazia em sua coxa, e abri o equipo do frasco de sangue que havia deixado gotejando, mas que Anita fechara.

Nesse momento a crise de consciência atacou-me; uma parte de mim gritava que o deixasse morrer, mas minhas mãos, como que dirigidas por piloto automático, agiam de forma rápida contra o relógio.

Anita gritou que o deixasse morrer e, muito bravo, gritei que se retirasse, enquanto injetava sangue sob pressão em seu ex-namorado. Com a ajuda de outra atendente, levamos Márcio para a sala de cirurgia e lá coloquei um tubo em sua traqueia, para a atendente ventilar seus pulmões, usando um balão de borracha, enquanto massageava seu coração, que imediatamente respondeu. Em menos de dois minutos, nós o retiramos da parada cardíaca.

Assustando a todos que estavam dentro da sala de cirurgia, vários tiros ecoaram, deixando claro que estava havendo um tiroteio dentro do hospital. Depois de alguns minutos, assim que a situação do assassino ficou sob controle com novo pinçamento de suas artérias, deixei-o nas mãos da atendente e fui ver o que ocorria, tentando controlar a situação no hospital, que estava tomado por gritos e correrias.

Por todos os corredores, pacientes e funcionários, assustados, perambulavam desnorteados, e do meio deles vi surgir o comandante do "oito", vindo em minha direção. O sujeito perguntou por Márcio, e disse que estava na sala de cirurgia, onde seria operado dentro de instantes. O militar ordenou que o levasse como estava para o quintal do hospital, porque o aguardava um helicóptero que o viria resgatar para levá-lo a Belém. Procurando desviar das pessoas que se perguntavam o que estava acontecendo, conseguimos em minutos levar Márcio para um helicóptero militar, que já havia pousado, com a barulheira aumentando o pânico do hospital, pois permanecia com os motores ligados. Embarcaram Márcio e decolaram, inclusive com o comandante do "oito".

Quando ia voltando para o hospital, encontrei Anita, que perguntou por que não tinha deixado Márcio morrer, e, como não tinha a resposta, perguntei o que havia acontecido e o que significava o tiroteio no hospital. Anita explicou, muito excitada, ter apurado que uma patrulha das forças estaduais na Transamazônica, próximo da cidade, encontrou-se com os três liderados por Márcio em trajes civis e portando armamento pesado; abriram fogo, usando até mesmo granadas. Imaginei que os "serviços" na perna de Bem-te-Vi e na cabeça de Jonas foram feitos por granadas. Anita prosseguiu dizendo que, enquanto estávamos na sala de cirurgia, chegou um veículo do "oito" com quatro tenentes e dois soldados; ao verem o cadáver de Jonas, revoltaram-se abrindo fogo contra uns soldados da milícia paraense que estavam no fim do corredor, e que também responderam ao fogo, mas todos foram imediatamente contidos pelo comandante, que havia chegado pouco depois deles em outro veículo. Parou de falar, olhando-me com rancor, e tornou a perguntar por que salvara Bem-te-Vi da morte, sem saber que essa sua pergunta seria meu calvário por muito tempo. Baixei a cabeça em silêncio porque não sabia responder, e voltei para o hospital.

Procurei pôr ordem naquele lugar, mandando os pacientes para os leitos e convocando as faxineiras, para que limpassem o pronto-socorro e a sala de pré-cirurgia, onde havia uma poça de sangue, resquícios da tentativa de assassinato que testemunhara. Pelo vidro da sala de cirurgia, vi Mauro dizendo por sinais que tudo corria bem e não precisava de mim. Após mais ou menos uma hora, ele terminou a cirurgia e comentou que o jovem não morreria, mas não poderia de forma alguma ser transferido para outro hospital por pelo menos três dias. Mauro, depois de trocar de roupa, saiu em direção à sala dos médicos, onde era aguardado pelos tenentes. Pedi que me dispensassem, porque o hospital estava sob controle; e eu, muito abalado, mas no íntimo não queria mesmo era ver a cara dos oficiais; Mauro concordou, e à porta do hospital Anita deu a notícia: no caminho do aeroporto, Bem-te-Vi sofrera uma parada cardíaca e morrera.

Não consegui compartilhar da alegria que vi estampada em seu rosto e também não senti nem um pouco de tristeza, mas fiquei extremamente embaraçado ao não poder explicar, a mim mesmo, a sensação bem próxima da amargura que senti naquele momento. "É perigoso decolar de helicóptero deste hospital", foi o único comentário que emiti. E fui para casa com as narinas ainda impregnadas pelo cheiro de sangue humano, enquanto era atormentado pelas dúvidas que pipocavam em meu pensamento, martelando-me a cabeça.

Deitei-me e tentei pôr ordem na mente. Primeiro pensei em minha situação, porque ainda me considerava um preso político e não sabia se, com a morte de Márcio, minha situação havia melhorado, pois temia que, sem sua oposição, fosse mais fácil ser eliminado pela ditadura. Fiz força para pensar que apenas por isso não queria que ele morresse, mas eu sabia que havia algo mais, embora não soubesse o que. Temia muito ser transferido para um presídio ou simplesmente ser assassinado, mas no momento o que me flagelava era não saber o porquê de minhas atitudes e meus sentimentos. Duas perguntas conseguiam desvanecer até mesmo a imagem de Cíntia em meu pensamento, que evocava como refúgio: por que não deixei aquele assassino morrer? Por que não me senti feliz com sua morte, que tanto desejei? Algo estava acontecendo comigo e senti quão pouco me conhecia; rezei fervorosamente a Deus, pedindo que não permitisse que, nessas alturas de minha vida, descobrisse-me homossexual.

Tomei um banho, procurando não pensar em nada, e corri para a casa de Cíntia. A cidade naquela noite aparentemente estava calma, mas aquela cidade vivia sob a atmosfera do medo e sabia "abafar-se" nesses momentos, até por uma questão de sobrevivência. Encontrei Anita na casa de Cíntia e as duas receberam-me de semblante fechado. Saí com Cíntia, parei o carro na praça de frente para o rio e ficamos bebendo cerveja dentro dele. Circunspecto e pensativo, não tomei a iniciativa sequer de beijá-la, e senti que havia um vendaval em sua alma ao perguntar por que eu não tinha deixado Bem-te-Vi morrer. Balancei a cabeça em sinal de não e novamente fui questionado se estava gostando da vida que levava com ele. Suas palavras doeram profundamente como um punhal revolvendo minhas entranhas.

Explodindo em lágrimas, atirei-me em seus braços, implorando que não me abandonasse e dizendo que ela sabia a resposta, pois os 40 últimos dias foram os piores da minha vida; mas não sabia explicar por que não consegui deixá-lo morrer. Cíntia mudou de assunto dizendo que queria me amar imediatamente. Fomos para minha casa, e lá não consegui. Desta vez não houve compreensão, e foi Cíntia quem explodiu, mas em raiva e desconfianças acusou-me de estar deixando de gostar dela e perguntou o que estava acontecendo comigo. Tentei explicar que estava inseguro, pois ainda me considerava um preso político, mas nada no mundo parecia acalmá-la; exasperada, falava muito alto, insinuando que me transformara num veado. Cansada, pediu que a levasse embora. No caminho não trocamos palavras; em frente de sua casa, saiu de meu carro batendo fortemente a porta e não se despedindo.

Voltei dilacerado para Nova Marabá, com as dúvidas exacerbadas em minha cabeça, e Junho, como sempre fazia ao ver-me naquele estado, encolhia-se no banco de trás do Fusca, escondendo-se. Creio que nessa noite começou a morrer o sentimento que Cíntia nutria por mim, se é que algum dia nutriu algum.

No outro dia, no hospital, Mauro evitou-me de todas as formas, assim como Anita, que nem respondeu a meu cumprimento. De tarde tentei falar com Cíntia, mas por Carlos recebi o recado de que ela não queria me ver. De noite fiquei indeciso sobre o que era pior: ficar acordado com as dúvidas que me deixavam em estado crítico, ou se dormia, iniciando assim o tormento dos pesadelos, até mesmo com Alceu, numa espécie de arquibancada, torcendo pela morte de Márcio e gritando, naquele seu jeito agressivo, que me daria porrada, se o salvasse.

Levantei-me pela manhã com a sensação de que naquele dia a ditadura se manifestaria a respeito de minha situação, mesmo porque alguém teria de vir buscar as coisas de Márcio que ainda estavam em minha casa, como aparelhos de ginástica, aparelhagem de som, armas etc. Fiquei surpreso porque o dia decorreu na maior calma e sem novidades. Contra a pretensão de meu coração, não telefonei para Cíntia e no fim da tarde fui para minha casa. Junho, que havia dias não via Carlos, pediu para que fôssemos a sua casa porque morria de saudades de jogar xadrez com ele. Era o pretexto que me faltava e pelo qual ansiava todo o meu ser.

Paramos na frente da casa de Cíntia, Junho desceu e entrou correndo, deixando-me sozinho em pé, encostado no Fusca, meio abobado sem saber direito o que fazer, mas logo Cíntia apareceu à porta e em segundos estávamos abraçados. Pedi que não me deixasse e que me ajudasse nos momentos que enfrentava, pois sentia-me confuso e o único ponto de referência que tinha era o meu amor por ela; disse ainda que, se não recebesse sua ajuda, não conseguiria superar o que estava passando. Acabamos em minha casa, e a fisiologia de meus órgãos falou mais alto, permitindo que nos amássemos abrasadamente. Ainda nos braços de Cíntia, senti que me recuperaria e, com a ajuda de seu amor, aquela crise logo seria passado.

No outro dia, a ditadura manifestou-se de forma inusitada. Quase no fim da tarde, recebi um telefonema da funcionária do hospital de retaguarda avisando que tinha gente em minha casa. Fiquei um tanto despreocupado porque Junho estava em casa de Cíntia, mas entrei em meu carro e fui ver quem estava lá, embora já desconfiasse.

Aquiles, o tenente grandalhão ruivo, dentro de casa me recebeu se desculpando por ter apanhado na geladeira a cerveja que bebia. Falei que ficasse à vontade e perguntei como conseguira entrar; ele disse que encontraram a chave nas roupas de Márcio e tinha vindo buscar seus pertences, que seriam enviados para o Rio de Janeiro. Fiquei por ali vendo-o pegar as coisas e encaixotá-las, ajudado por mais dois soldados; encheram a caminhonete em que vieram, Aquiles deu ordem para que levassem as coisas para o "oito" e voltassem para pegar o resto. Ficamos os dois na sala, e ele perguntou o que faria; desconhecendo o que queria saber, perguntei para onde eu iria, já que ainda me considerava um preso político em prisão domiciliar, cujo guarda morrera.

Aquiles, com grandes volteios, começou uma torturante e intrigante sucessão de revelações. Compungido, disse entender minha preocupação de não querer ficar sozinho, depois de viver um tempo com um cara como Márcio, de quem era amigo desde a infância no Rio de Janeiro. Continuou explicando que, por ser "entendido", Márcio o fazia confidências e num dia soube por ele que eu já começava a dar mostras de que estava gostando da vida a dois; o plano que traçara seria deixar a vida militar e ir para o Rio, onde montaria apartamento para morar comigo em curtíssimo prazo, "aproveitando-me" para assumir sua condição de "entendido" perante sua família e seus amigos; mas era lamentável que tudo tivesse acabado daquela maneira. Olhou-me nos olhos, disse que sentia que eu estava sofrendo e compreendia meu sofrimento, porque conhecia Márcio. Assumindo um ar sedutor, mas sem desmunhecar, Aquiles disse lentamente que, se eu quisesse, ele poderia se mudar para minha casa e me proteger, porque também gostava de mim e, insinuando-se com um sorriso, finalizou: *"Nada como um alguém para esquecer outro alguém".*

O que aquele cara falava me esmurrava o estômago, deixando-me enojado e chocado, mas procurei ignorar o monte de idiotices que dissera e perguntei por que ainda não estava numa cela, já que era um preso político. Aquiles perguntou se poderia tomar outra cerveja e, como permiti, foi até a cozinha e trouxe de lá duas latinhas, entregando-me uma, que coloquei sem abrir em cima da mesa. Enquanto bebia, Aquiles observava-me interrogativamente, como se esperasse resposta à sua proposta. Depois que encarei com muita seriedade seus olhos, foi desviando o seu olhar do meu e começou a explicar que fui preso político até uma semana atrás e o único fator que impedira minha execução foi o amor de Bem-te-Vi, que desobedeceu a ordens superiores, deixando-me vivo, porque já gostava de mim antes mesmo de saber que eu era subversivo, embora comentasse que de vez em quando me dava umas porradas, porque insistia em contrariá-lo.

"Acontece que ninguém ainda conhecia teu prestígio internacional, que causou grandes movimentações em Brasília à tua procura, de forma que, para o poder central, foi uma sorte a paixão de Bem-te-Vi, pois, se tu estivesses morto, o Brasil enfrentaria grandes embaraços diplomáticos". E perguntou: *"A propósito, quem de importante tu conheces na Itália?"*, concluiu, mostrando-se surpreso por Márcio ter morrido sem dizer que sua ordem era de deixar-me completamente livre e em paz. Lembrei-me de que, antes de sofrer a parada cardíaca, ele tentou dizer alguma coisa assim.

Logo chegaram os outros dois soldados, carregaram o carro com o resto das coisas de Márcio e foram embora com Aquiles. Sozinho, pensei no que aquele cara havia falado de aproveitável e cheguei à conclusão de que deveria perguntar à madre Liganó sobre aquela história de pressões italianas. Lembrei-me também de que, na noite em que Márcio desistiu de me estrangular, já havia recebido a ordem de Brasília para me soltar, mas não acho que este tenha sido o fator que me salvara da morte, pois ele não teria nada a perder.

Deitei-me na cama e fechei os olhos, pensando que: eu, Dr. Benedito, bastardo eclesiástico, portador da marca demoníaca em minha origem, passei pelas entranhas da ditadura, fui deixado vivo pelo amor de um anormal; depois posto em liberdade por pressões italianas. Não fazia sentido; eu não acreditava que a Itália teria força suficiente para atenuar o furor sanguinário dos homens que detinham o poder na base da força em meu país. Veio a minha cabeça a parte sedutora do relato de Aquiles; então, no covil dos gorilas, achavam que eu não passava de uma bicha louca, daquelas que não podem ficar sem homem, e eu não tinha ânimo nem disposição para mudar esse conceito, porque desprezava profundamente a todos de lá. Que se danassem, com o que pensassem de mim. Contava com Cíntia, que me compreendia e me apoiava; tendo certeza de que venceria a todos, procurei curtir a minha liberdade adquirida.

Bebi uma cerveja, depois tomei um banho pensando em Cíntia e, terminando, corri para a casa dela. Cíntia demorou a sair do banho e fiquei um tempo conversando com seus pais, que queriam detalhes sobre o acontecido no hospital. Ela chegou, libertando-me daquele assunto desagradável, e fomos juntos para minha casa, deixando Junho a brincar com Carlos. No caminho contei todo o diálogo com Aquiles, dando risadas ao relatar a tentativa de sedução, mas Cíntia permaneceu séria, demonstrando não estar gostando do assunto. Entendi que afloravam em sua cabeça lembranças indesejáveis; mudei o rumo da conversa para minha liberdade restaurada e ficamos felizes.

Em casa nosso amor não decolou; eu estava extremamente ardente, fiz tudo o que podia, mas Cíntia não chegou ao orgasmo. Levantamo-nos da cama, bebemos uísque e tomamos banho juntos; voltamos para a cama, amamo-nos mais algumas vezes, mas gozava solitariamente, o que não me satisfazia e trazia uma sensação tão desagradável quanto brochar. Voltamos para a cidade em silêncio, até um momento em que perguntei, meio em brincadeira, se ela estava deixando de me amar; sua resposta não tinha nada de brinquedo e deixou-me extremamente preocupado: *"Dito, nem eu mesmo sei o que está acontecendo comigo"*.

Com Junho voltei para Nova Marabá, e nessa noite os pesadelos mudaram; sofri em meus sonhos todas as torturas que havia padecido nas mãos de Bem-te-Vi, só que Cíntia é que era a torturadora. Acordei, por mais de uma vez, muito assustado e esmagava-me a sensação de tê-la perdido, pois não acreditava que conseguiria suportar a vida sem ela.

O hospital estava cheio naquela manhã, dia de controle de hansenianos, e trabalhava duro, entrevistando-os, mas tive de interromper essa atividade porque Dr. Mauro, pelo interfone, disse que me esperava na sala dos médicos, e para lá me encaminhei. O diretor recebeu-me sério e objetivamente perguntou se eu queria ser transferido de Marabá para outra cidade; como respondi que não, advertiu que o comandante me queria fora de Marabá e que, ficando, correria o risco de voltar a sofrer da má vontade do quartel. Percebi, nas entrelinhas, seu aviso de que poderia voltar a ser torturado. Expliquei que não tinha medo e me recusava a fugir daquela cidade, porque tinha interesses nela, já que estava para me casar com uma menina nativa. Olhando-me enigmaticamente, Mauro falou de forma superficial que eu devia saber o que estava fazendo.

Pelo seu jeito, compreendi que também ele não me queria mais no hospital que dirigia. Voltei para o trabalho e, em pouco mais de uma hora, parou na frente do hospital uma viatura do "oito" pilotada por Aquiles. Ele entrou e foi conduzido por um guarda sanitário até meu consultório, onde, muito risonho, disse que tinha vindo me buscar porque o comandante queria falar comigo. Expliquei que estava muito ocupado e não iria, provocando o fim do sorriso do tenente, que ficou muito sério e disse ser melhor obedecer. Perguntei se aquilo era uma prisão e soube que era um convite, já que não era um prisioneiro. Recusei mais uma vez e falei que, se o comandante quisesse conversar comigo, seria todo ouvidos, mas ele saberia onde me encontrar, então que viesse a minha procura. Com a cara de quem não estava gostando, Aquiles saiu de minha sala para, em segundos, voltar com Dr. Mauro. Este, muito irritado, já à porta e quase gritando, disse-me que obedecesse ao comandante para não criar mais problemas além dos que já havia criado.

Entrei no Jeep verde-oliva ao lado de Aquiles e pegamos o rumo do quartel. No caminho, o militar contava suas façanhas no Rio ao lado de Márcio, numa conversa fiada muito semelhante ao papo furado do agora habitante do inferno. Parou por um instante e perguntou se eu havia pensado na sua proposta; olhei-o intrigado, perguntando que proposta, para ouvi-lo dizer que era a sua ideia de morarmos juntos, pois esperava ansiosamente a minha resposta porque sinceramente gostava de mim e queria me proteger. Meditei deprimido no papel impertinente e ridículo daquele sujeito oferecendo uma proteção que não lhe pertencia para satisfazer seus instintos anormais; era a própria imagem dos tempos atuais, produto da ideia de colocar toda uma nação à mercê dos interesses de meia dúzia de generais e de vontades alienígenas, ambos inconfessáveis.

Aquiles assustou-se com minha reação; comecei deplorando a quantidade de anormais fardados; passei pelo momento político, xingando-o de lambaio da ditadura liberticida; e prossegui informando não ser eu veado, como ele pensava, e que nenhuma tortura podia deixar saudades a um torturado. Expliquei que não era amante de Márcio, e sim seu prisioneiro e, ainda que fosse um homossexual, recusaria a proteção que me oferecia, pois implicaria uma tortura maior, ao ter de viver com um cara como ele, "burro de carteirinha", já que a única ciência que os neurônios de seu cérebro adoecido detinham era a prática da tortura e do assassinato de civis indefesos. Finalizei martelando que a nação deveria se preocupar porque, com a "especialidade" de nossas forças em lutar contra civis, seria uma temeridade uma invasão mesmo de um país mais fraco, porque nossos bravos soldados se haviam desacostumado a enfrentar outros soldados; em vez destes, vitimavam adolescentes apaixonados e iludidos.

Aquiles tudo ouviu em silêncio e passou daquela sua cor vermelha para uma palidez lívida. Ao entrarmos no pátio do quartel, ele quis falar alguma coisa, mas, como o veículo já estava parado, rapidamente saí e me afastei, não lhe dando chances de ser ouvido; já sabia onde se localizava o escritório em que trabalhava, fazendo nada, o imperador da ociosidade, e para lá me dirigi sozinho.

Mais uma vez, um chá de cadeira na sala de espera de um estúpido, para ver que "ordens" ele tinha para dar. O sujeito, com pouca conversa, disse para sair de Marabá imediatamente. Perguntei se era um preso político, para ouvi-lo informar que em Marabá jamais existiram presos políticos; comentei sutilmente: *"Entendo..."*. E continuei dizendo que, como não era um preso político, sentia-me um cidadão com todo o direito de ficar onde bem entendesse; que desenvolvia um trabalho extremamente útil àquela comunidade; e ele não poderia ir mandando-me embora, mas que olhasse ao seu redor e mandasse embora os inúteis, os parasitas e os sanguinários; assim talvez pudesse dedicar-me mais à população, em vez de perder tempo consertando as vítimas da insensatez. Eu mesmo me assustei com as minhas palavras, mas estava resolvido a enfrentar o mundo tal o estado de irritação em que me encontrava.

O chefe militar nem pôde disfarçar o ódio que o consumia e disse que de fato eu era livre e poderia fazer o que bem entendesse, mas ameaçou, acrescentando que restava saber se seria forte o suficiente para suportar as consequências de minhas atitudes. Procurando um meio de encerrar o encontro com aquela figura antipática e obtusa, perguntei se teria mais algum assunto para tratar comigo e se eu deveria voltar a pé para o hospital. Chamou Aquiles e ordenou que me levasse de volta; saí sem me despedir. Durante o percurso, Aquiles quis falar alguma coisa, mas atalhei-o dizendo que cumprisse as ordens recebidas e silenciosamente, poupando meus ouvidos de ouvir mais imbecilidades.

Seguimos em silêncio, eu morrendo de raiva, imaginando que, se aquele cara abrisse a boca de novo, pediria que parasse o carro e saísse na porrada comigo. Felizmente o fresco teve o bom senso de não mais falar nada.

Naquele mesmo dia, comecei a sentir as tais consequências de minhas atitudes, pois Anita informou que eu era presença constante na boca da população, que tomasse cuidado porque parecia que estava em curso uma grande campanha de difamação contra mim, e Cíntia estava ficando nervosa e confusa com o que estava ouvindo pelas ruas.

Em casa, esperava-me um telegrama de Dr.ª Luiza informando da morte de tia Dora. Junho bem que tentou me consolar fazendo gracinhas infantis quando me viu chorando; lembrava que, além das irmãs do Colégio São José e da família de Dr. Sérgio, tia Dora foi a única pessoa de quem recebi carinho e amor durante minha infância, e seu colo era um refúgio para o sofrimento de minha alma infantil. A raiva deu lugar à sensação de perda muito grande e uma tristeza avassaladora. Tomei um banho, mas não tive ânimo de ir ter com Cíntia; do hospital de retaguarda, telefonei-lhe contando o ocorrido e avisando que não iria. Notei sua voz fria e distante, mas procurei pensar ser apenas impressão minha. Tomei um comprimido de diazepam e dormi profundamente até de manhã, livre de pesadelos.

Passei o dia louco de vontade de estar com Cíntia. No fim do expediente, corri para a sua academia e depois da musculação fomos para a peixaria Caparaó, que, por ser sexta-feira, encontrava-se lotada. Havia, sim, algo no ar; todos, ao me olharem, sempre terminavam em risos debochados e notava que as pessoas cochichavam umas com as outras, tendo os olhos fixos na mesa onde me encontrava com Cíntia. Levantamo-nos e fomos para minha casa, para novo fracasso de minha parte, pois não consegui, novamente, que Cíntia atingisse o orgasmo; desolado, levei-a de volta e, à porta de sua casa, fui avisado que ela passaria o fim de semana com sua família, na fazenda de um amigo de seu pai.

O sábado decorreu lento e desinteressante; não tinha ânimo sequer para bater bola com Junho. De noite fui a um barzinho que às vezes ia com Cíntia e lá pude constatar o estrago e o desgaste que minha imagem estava sofrendo na cidade; todo mundo evitava até mesmo me cumprimentar. Estava tomando uma cerveja solitariamente em minha mesa e subitamente se sentou na cadeira à minha frente o tenente Aquiles, que estava sério e muito constrangido; de forma rápida, foi dizendo que não tinha nada a ver com o que estava ocorrendo e, apesar de tudo, fazia questão de minha amizade, já que me recusava em ser seu caso. Perguntei o que estava ocorrendo e soube que, na cidade, todos estavam sabendo que eu e Márcio éramos caso e estava sendo chamado depreciativamente pelo apelido de "viúva". Como não dei papo ao cara, ele logo se levantou e, despedindo-se, foi embora. Então era esse o jogo sujo! Percebi logo o dedo daquele macaco fardado, mas decidi que enfrentaria tudo o que viesse; apenas morto sairia de Marabá. Lentamente acabei de tomar minha cerveja e fui para casa iniciar mais uma sessão de medo e incertezas em minha cama.

Procurei reagir no domingo e fiquei o tempo inteiro brincando, feito uma criança, com Junho, na deserta Nova Marabá; fizemos estradinhas para meu caminhãozinho, brincamos de trenzinho elétrico, jogamos xadrez e batemos bola. Era gostoso ouvi-lo gritar de satisfação com as brincadeiras que eu também curtia. De tarde fomos a uma sorveteria e, enquanto tomávamos sorvete, as pessoas gargalhavam perto de mim e falavam baixo, mas dando para ouvir várias vezes as palavras "viúva" e "Márcio". Sem dúvida o escândalo havia evoluído, porque já faziam comentários abertamente sem a mínima discrição.

Como Cíntia ainda não havia voltado, 22 h retornamos para casa e, ao chegarmos, encontramos o muro totalmente pichado com as palavras "viúva", "veado" e uma frase: "Casa de veados". Lembrei-me de que havia tinta em casa e imediatamente começamos a pintar o muro; dei graças a Deus pelo garoto ainda não saber ler. Na cama raciocinei sobre os métodos baixos que estavam usando para obrigar-me a sair de Marabá, mas quando caí no sono o fiz com a convicção de que enfrentaria a todos e não sairia da cidade.

Na manhã seguinte, acabava de costurar a perna de um garoto que fora mordido por um cão e, após lavar as mãos, preparava-me para deixar o pronto-socorro, mas Anita deteve-me à porta e disse querer falar urgentemente comigo, pedindo que dentro de 15 minutos a encontrasse do lado da horta no quintal.

Anita revelou que o comandante estava infiltrando na sociedade forasteira a informação de que eu era homossexual, amante de Márcio e que tinha feito tudo para salvá-lo como uma esposa apaixonada; disse já saber dos estupros que eu havia sofrido e tinha certeza de que eu não era um homossexual, mas a sociedade nativa, tradicionalmente mais refratária às ideias dos militares, também estava se deixando contaminar e já começava a sentir repugnância contra mim. Sugeriu que eu e Cíntia saíssemos imediatamente de Marabá e advertiu que minha namorada estava cheia de dúvidas a ponto de um dia ter confidenciado que eu não era mais o mesmo, nem mesmo no amor. Informei que havia decidido só sair morto da cidade e tinha a certeza de que Cíntia me apoiaria.

Silenciando, Anita afastou-se de cabeça baixa, demonstrando sentir-se desconfortável, e, por um momento, tive a impressão de que ela me escondia alguma coisa. De maneira nenhuma sairia daquela cidade, não daquela forma, como fugitivo. Já sofrera outro escândalo social e fugira de Castanhal, mas desta vez eu enfrentaria, achando que teria ajuda, seguro de que estava do apoio de Cíntia. Por ela estava disposto a enfrentar tudo o que aparecesse.

Já tarde, saí do hospital porque tive de atender um parto complicado. Imediatamente me dirigi para a academia e, como fui a pé, senti que as pessoas me olhavam mais do que normalmente fariam, algumas chegaram até a me apontar o dedo. Após minha ginástica, vi Cíntia pela primeira vez desde que havia chegado e meu coração se alegrou. Tinha a intenção de convidá-la para jantarmos, mas, antes que eu falasse, ela, muito séria, pediu que a acompanhasse ao seu pequeno gabinete. Na sala, a cor que predominava era o rosa; e a decoração, toda feita com bichinhos de pelúcia. Cíntia, em silêncio, sentou-se, abriu uma gaveta e retirou de dentro algumas caixas que reconheci e as pôs em cima da mesa.

Evitando meu olhar, disse que já não mais me amava, estava terminando comigo e devolvendo as joias que havia recebido de presente; acrescentou que poderia continuar frequentando a academia, mas que o fizesse apenas depois das 21 h, porque alguns de seus clientes não gostaram da minha companhia durante suas ginásticas e ameaçaram cancelar matrícula. Ela já havia terminado outras vezes comigo, mas sempre no calor de uma briga; desta vez seu jeito definitivo dizia que tinha tomado uma atitude e cravava uma estalactite de gelo em meu peito. Dado o recado, levantou-se e ia em direção à porta, mas impedi-a segurando seu braço; ela parou, olhando-me interrogativamente, e por um momento nos encaramos em silêncio. Tinha a intenção de implorar que não me abandonasse, mas, atônito, falei apenas: "*Quando tu descobriste que deixou de me amar?*". Cíntia, desvencilhando-se de minhas mãos, disse achar irrelevante a minha pergunta e deixou-me sozinho na sala.

A dor que sentia era intensa e muito próxima da dor física; a angústia, como uma tenaz de aço, apertava-me o peito. Saí da academia meio cambaleante, e minhas pernas levaram-me na direção da praça na beira do rio. Não lembro quanto tempo fiquei sentado com o olhar no rumo do rio para a escuridão, o nada, o vazio, pondo-o em comunhão com a dor que sentia na alma. Ali meu pranto explodiu e senti vontade de entregar os pontos, de morrer; foi como, se daquela vez, as cinzas caíssem dentro de meu coração.

Não sei bem como cheguei à casa com meus pensamentos anárquicos e dispersos, mas já não mais chorava; apenas sofria, consciente que desse pesadelo não me livraria acordando. Entrei no quarto, logo vendo Junho dormindo; deprimido, pensei nestes dois pobres bastardos abandonados e solitários, arrastando o fardo da existência como párias danados, mas fez-me bem o pensamento de que ele dependia em tudo de mim, até para continuar vivendo. Lembrei-me de Deus e com uma oração pedi a Ele que de uma forma qualquer aliviasse aquela dor que me afligia, pois achava que não a suportaria. Tomei um comprimido de diazepam, mas demorei a dormir, atormentado com as imagens, que não mais voltariam, de nosso amor, nossos passeios, suas massagens... Jesus!... Cíntia arrancara meu coração. Chorei muito na cama antes de conciliar o sono.

A partir daquela fatídica segunda-feira, a vida para mim perdera a cor. Trabalhava e ia para casa, não saindo para lugar nenhum, procurando me divertir apenas brincando com Junho até a hora da agonia noturna em minha cama, onde tentava e não conseguia dormir sem medicamentos. Além das dúvidas pessoais que me assolavam, ainda tinha de administrar afetivamente o vácuo imenso que Cíntia deixara em minha vida. Não podia entender como um amor que parecia tão grande e sólido não conseguira resistir aos primeiros acordes de um escândalo pré-fabricado por um punhado de malditos. Saí de circulação por duas semanas, mais por não achar graça em nada do que por medo de enfrentar a população, absolutamente hostil à minha pessoa, entretanto não havia mudado minha decisão de não sair de Marabá.

Depois de duas semanas, procurei reagir e, numa sexta-feira, fui a uma lanchonete. Ainda tomava os primeiros goles da cerveja ao ver entrar Sidney, o cabo cozinheiro, que logo me viu e com um sorriso dirigiu-se a mim, sempre acompanhado de uma senhora que soube ser sua esposa. Sentaram-se à mesa onde me encontrava e Sidney, muito alegre, apresentou Marina e começamos a conversar animadamente, com ela dizendo que em sua cozinha Sidney não punha as mãos, pois só sabia fazer comida de soldado. Consegui me divertir com os dois e gostei muito de encontrar aquele militar, que nem de longe me lembrava momentos que queria esquecer. Despediu-se dizendo ser meu amigo e me convidando para jantar em sua casa no outro dia, no sábado; como seria meu aniversário e não queria ficar sozinho, aceitei. Eles foram as únicas pessoas a se aproximarem de mim em semanas.

Ainda nutria esperanças de que Cíntia aparecesse arrependida e dizendo que tudo voltaria a ser como antes, mas na manhã daquele sábado tudo se desvaneceu e compreendi que, por mais que doesse a ideia, ela era passado e uma página a ser virada em minha vida. Anita, pilotando o carro de seu pai, parou em frente de minha casa às 10 h, suspendendo o bate-bola em que me envolvia com Junho.

Entramos juntos e ofereci-lhe uma bebida; enquanto bebíamos, Anita retirou de sua bolsa, deixando-a vazia, as caixas com as joias que presenteara Cíntia, explicando que ela não as queria de jeito nenhum. Deixei-as em cima da mesa e respondi à pergunta de Anita, que desejou saber como eu estava: *"Machucado, mas inteiro"*. Perguntei por Cíntia e soube que havia viajado para Belém cinco dias antes; Anita prosseguiu dizendo que ela confessara ter deixado de me amar mesmo antes da minha prisão no canil e não podia mais manter o namoro porque recebera pressões frontais para terminar, sob pena de ter sua academia envolvida no escândalo e não queria ser prejudicada com sua empresa.

Depois que Anita se foi, abri aquelas caixas e, vendo as gemas que com tanto amor havia comprado, perguntei-me se algum dia Cíntia me amara de verdade e como pude amar uma pessoa que na primeira dificuldade abandonava o parceiro no meio do inferno. Pensei seriamente se a Cíntia pela qual me apaixonei existiria apenas dentro de minha cabeça. Como fascinado pelas pedras vermelhas, não conseguia desviar os olhos e ali começou a nascer dentro de mim um rancor, um ódio tão grande por aquela mulher, que nunca havia sentido por ninguém. Naquele momento decidi que aquela garota não conseguiria me destruir, nem mesmo auxiliada por toda a população de Marabá. Nunca mais me permitiria sofrer por causa de Cíntia, eu a esqueceria... Não sabia direito como, mas não tive dúvidas de que a esqueceria; ela tinha sido um erro em minha vida e seria desta maneira que seria esquecida.

Passei o resto do sábado brincando com Junho, o garotinho que fez o que estava ao seu alcance para tentar diminuir meu sofrimento. Ao ver Anita, Junho demonstrou sentir saudades de Carlos e fiquei satisfeito ao ver aquele garoto desenvolver afetos por alguém, sem interesses de sobrevivência.

Vesti-me com esmero naquela noite; era meu aniversário e resolvi dedicá-la a mim. Cheguei por volta de 21 h à casa de Sidney e Marina, uma simpática cabocla de feições indígenas, que havia preparado um delicioso jantar com comida típica do Pará: pato no tucupi, maniçoba e, para beber, refresco de cupuaçu, o qual, misturado com vodca, se transforma em ambrosia divina.

Estava na casa uma sua sobrinha que estudava em Belém e tinha vindo a Marabá passar a semana. Era uma garota ainda muito nova, de seus 18 anos, no máximo, tinha no rosto as feições marcantes da terra, porém numa versão bonita que emoldurava seu permanente sorriso. Aliás, dizer seu nome era sorrir: Nazaré. Trajava uma blusa de seda branca e uma calça jeans muito justa, o suficiente para deixar transparecer seu magnífico corpo; senti reações em meu púbis imaginando seu corpo e fiquei satisfeito em saber que algo dentro de mim permanecia vivo. Nazaré era uma garota muito bonita e simpática; deixando-me contaminar com seu sorriso, passamos a conversar quase que nos monopolizando, mesmo percebendo que Sidney queria falar comigo sobre outros assuntos. O sorriso daquela garota é o que de mais delicioso o Pará tem a mostrar. Se o Brasil tivesse uma face, o "sentinela do Norte" teria a oferecer o seu constante sorriso caboclo, que nasce da alegria de viver existente no coração dos amazônidas, pela sua comunhão eterna com a biomassa da hileia. Minha alma aquecia-se com o sorriso de Nazaré.

Falando baixo, Sidney revelou-me notícias da situação militar e da minha condição. Disse que o canil tinha sido desativado e as mudanças não parariam por aí, pois em pouco tempo haveria modificações também no quartel, porque o comandante havia caído em desgraça com o pessoal de Brasília. Estava sabendo da campanha contra mim, mas que procurasse não ficar com raiva da cidade e o considerasse um amigo. Informou-me que Bem-te-Vi não morrera de parada cardíaca coisíssima nenhuma e acabou sendo eliminado porque se tornara uma pessoa incômoda, por estar completamente fora de controle das autoridades militares, dificultando a instalação da Ação Cívico-Social (Aciso), que já deveria estar funcionando como prioridade no quartel. A Aciso, explicou, era um programa de assistência social médico-dentária, a fim de melhorar a imagem da instituição, numa população que, em maior ou menor grau, sofrera o impacto da guerra travada.

Enquanto Sidney falava, eu raciocinava na velha boçalidade desinteligente que estigmatiza a farda; então dilaceram o povo de seu próprio país e depois vêm dizendo que são bonzinhos, trazendo esmolas e "Band-Aids" sociais, tentando esconder a vergonha, pensando que o povo, por ser ignorante, também era burro. Que bom seria se o povo brasileiro fosse um povo culto... A começar pelos militares.

Eu gostava de Sidney, sentia-me bem e em paz na sua casa. Nazaré foi a grata surpresa da noite, um verdadeiro e gracioso presente de aniversário tê-la conhecido. Falamos sobre Belém, ela disse já ter me visto num jogo de futebol, portanto já me conhecia bem porque eu era um "gato" cobiçado na cidade. Senti que, em sua juventude, poderia se confundir e se apaixonar por mim, e fiquei preocupado por não ter nada a oferecer a uma garota, a não ser minha cabeça cheia de problemas.

Por volta de 23 h, Sidney disse que gostaria de falar comigo a sós e pediu que saíssemos juntos; despedi-me de Marina e Nazaré, e, caminhando, dirigimo-nos para um bar afastado, o mesmo onde que passei a mensagem guerrilheira.

Ainda caminhando, ele, gaguejando muito, disse que eu não poderia sentir-me culpado pelo que acontecera, que não deveria sentir-me menos homem por aquilo, e seguiu embaraçando-se no assunto, demonstrando medo de me ferir e ao mesmo tempo tentando me consolar, até que começou a chorar como se sentisse um pouco de culpa pelo ocorrido. Dei um grande abraço de reconhecimento naquele cara, que também me abraçou chorando, e sentia-me sendo abraçado por um gigante, como se a própria instituição me abraçasse, pedindo para não pensar ser sua a face que tinha visto em Bem-te-Vi, encarnando-se na figura daquele humilde cabo cozinheiro, que chorava de constrangimento pelo que ocorrera. Fiquei muito emocionado e grato àquele bom homem.

Acalmando-se já no bar, enquanto bebíamos, informava que meu nome era proibido de ser mencionado no quartel, porque o coronel Juarez tinha ataques de raiva só de ouvi-lo, e revelou admirar-me muito por tê-lo desafiado ficando em Marabá, obrigando-o a promover na cidade uma campanha de difamação contra mim, o que apressou sua queda, segundo comentara um dos tenentes. Recomendou que mantivesse a firmeza demonstrada até então, porque ele conhecia bem Marabá e a opinião daquela cidade mudaria em dias após a queda de Juarez. Perguntei o que sabia a respeito de pressões internacionais, e Sidney, embaraçado, disse ser apenas um soldado inculto que não entendia certas coisas, mas percebia que no quartel eu era considerado um cara especial, sem saber os motivos. Despedimo-nos, e cada qual foi para sua casa.

De manhã cedo, a funcionária do hospital de retaguarda veio avisar que me chamavam ao telefone. Era Nazaré convidando-me para passar o dia na fazenda de seu pai, para onde iríamos de lancha com a família de Sidney; pedi desculpas e recusei dizendo precisar estudar, mas ela me fez prometer que na segunda-feira nos veríamos. Passei o domingo brincando com Junho, e não era nenhum esforço, porque eu gostava de brincar com o trenzinho elétrico, bater bola ou mesmo a antiga brincadeira de raspar a terra com uma tábua em longos e sinuosos caminhos, passando por pontezinhas, pequenas cidades feitas de pedras que a imaginação juntava de gente em suas praças, para ver meu lindo caminhão passar.

Num sábado reavivei suas cores. Tratava-se de uma bela e complexa peça de artesanato, com suas rodinhas possuindo um delicado molejo independente, feito com fitas metálicas flexíveis que papai tinha encomendado em Belém; seu corpo, de 1 m de comprimento, era feito de madeira de lei trabalhada, o que lhe conferia delicadeza e robustez. Brinquedo feito para resistir à infância de várias crianças. Com saudades, lembrei-me de que aquele caminhão não me pertencia, era de meu irmão, a quem um dia eu o entregar de volta para dá-lo a seus filhos.

Na noite de segunda-feira, encontrei Nazaré esperando-me com aflição à porta da casa de Sidney, onde estava hospedada. Abraçou-me, beijando de leve minha boca, disse saber que eu estava sozinho e queria ser minha namorada; entramos na casa de mãos dadas, cumprimentei Sidney, Marina e seus dois garotos gêmeos, de 7 anos. Tomei o café oferecido e avisei que eu e Nazaré passearíamos. Saímos em meu carro porque, desde a tarde na sorveteria, aparecia raramente em público e, principalmente com uma garota, temia ser hostilizado na frente dela.

Ficamos rodando pelas ruas de Marabá, eu tentando explicar que a queria bem, mas pelo menos naquele momento ela não teria chances, porque eu vivia um grande conflito íntimo, uma grande dor amorosa, e ela não deveria se apaixonar por mim, pois teria grandes chances de sofrer. Nazaré assegurou-me de que nada exigiria, apenas seguiria juntando as migalhas de afeto que deixasse cair em meu caminho, e, se a queria bem, não a repudiasse; rogava que consentisse, porque não pedia muito, apenas até o fim de semana seguinte, quando voltaria para Belém. Fiquei comovido com a sua paixão e encontramo-nos todas as noites daquela semana.

Na quarta-feira, Sidney avisou-me que Juarez, o comandante, havia sido transferido e reiterou que veria mudanças na atitude da cidade em relação a mim, porque os tenentes disseminavam a notícia de que eu era uma pessoa muito importante. Quanto à maneira de a população me tratar, ele tinha toda a razão.

No sábado à noite, convidei Nazaré para dançarmos no Tapera. Ela estava deslumbrante num vestido amarelo, que causava um belo contraste em sua cor azeitonada; enfeitou-se com brincos de topázio e um pingente com a mesma pedra, porém a mais bela joia que a enfeitava era, sem dúvida, o sorriso constante que iluminava sua face. No Tapera todos me trataram muito bem e até pessoas que havia muito me evitavam chegaram perto para assuntar. Parecia até a transformação que acontecera em Castanhal, só que lá essa mudança demorou anos; e em Marabá, apenas semanas.

Meu coração acelerou-se no momento que a vi; Cíntia estava em companhia de Aquiles, o tenente ruivo, mas não consegui sentir ciúmes, e antes fiquei até com um pouco de pena, porque ela corria o risco de ter seu escândalo particular todas as noites com aquele seu "homem". Parecia até que as mulheres daquela família tinham vocação para disfarce de caras problemáticos. Procurei ignorá-los e mostrar-me muito feliz e alegre em companhia de Nazaré, embora meu coração disparado e minhas mãos frias e suarentas me traíssem. Cíntia não tirava os olhos de minha direção, e Nazaré percebeu meu embaraço, pois, como toda a cidade, ela sabia do acontecido entre mim e minha ex-namorada. Perguntou se queria ir embora e respondi que de forma alguma, porque estava me divertindo muito em sua companhia. Depois de algum tempo, Cíntia e o ruivo retiraram-se; eu e Nazaré ainda dançamos um pouco, mas ela disse que queria conhecer minha casa.

Eu não estava enganado; Nazaré realmente possuía uma plástica para ninguém colocar defeito e, surpreendentemente, tinha certa experiência sexual. Despiu-me peça por peça, carinhando meu corpo antes de despi-lo. Amamo-nos na cama onde dormia Márcio, e fiz que ela delirasse de tanto prazer, mas não consegui ejacular; não sei bem se por excesso de bebidas ou se fui atrapalhado por lembranças que aquela cama me trazia. Com o maior tesão, amando uma garota ardente e gostosa, e, no entanto, eu não conseguia gozar. Nazaré não percebeu e, quando acabei, por desistência, ficou acariciando meu peito enquanto me perdia em meus pensamentos. Que mais me poderia acontecer? Já havia brochado várias vezes, ejaculado precocemente outras e agora me apareceu "frigidez masculina", coisa de que nunca tinha ouvido falar. Cíntia poderia estar com a razão; eu parecia de fato não ser mais o mesmo.

Estava tentando digerir minhas ideias e bruscamente fui despertado pela voz de Nazaré: *"Dito, eu vou dizer para meu pai que não quero mais cursar a faculdade e virei morar em Marabá para ficar sempre ao seu lado"*. Assustado, disse que, se ela deixasse os estudos por mim, nunca mais me veria e anunciei que no fim da tarde de domingo eu a levaria pessoalmente ao aeroporto. Estava deveras preocupado com o que ela falara, mas tive de consolar Nazaré, que chorou o tempo inteiro em nossa volta para a cidade.

Na cama, nova sessão de preocupações e incertezas. Perguntava-me se havia perdido definitivamente a capacidade de atingir o orgasmo e gelava com a possibilidade de me aparecerem outras síndromes sexuais mais chocantes. Meus comprimidos de diazepam tinham acabado e, adormecendo, não escapei dos pesadelos naquela noite, um deles particularmente intrigante: estava na cama com Cíntia e, quando nos preparávamos para o amor, eu descobria que não possuía mais pinto; ela começava a rir de mim, e logo aparecia Aquiles dizendo que tinha pinto, portanto era melhor do que eu. Acordava sempre com calafrios, após um sonho desses.

    Depois de um domingo em que passamos juntos o tempo inteiro, fui com Nazaré ao aeroporto no fim da tarde; enquanto esperávamos o embarque, Sidney informou que o novo comandante chegaria em dois dias. "*Mudanças na macacada*", pensava, ouvindo o cabo explicar que o novo comandante era gaúcho e de inteira confiança do "presidente eleito". Demonstrando surpresa, perguntei que eleição houvera, pois não estava sabendo, daí Sidney esclareceu dizendo que a "eleição" fora indireta. Ele se referia a uma meia dúzia de lambedores de botas de soldados que se reuniam e "votavam" referendando o ditador escolhido para mais um período da ditadura, numa espécie de convescote da tirania.

    Pois muito bem, então temos agora "presidente eleito". Era realmente animador... O nazismo evoluía, pelo menos o nazismo brasileiro; trocávamos de "*führer*" de quatro em quatro anos e o apelidávamos de "presidente". Sidney era francamente um democrata, acreditava que as coisas mudariam, era otimista e amava muito a instituição na qual servia; mas, embora não me atrevesse o mostrar o descrédito que sentia quanto às atitudes de mais um palhaço usurpador, achava que apenas as moscas mudariam, porque a merda continuaria a mesma.

    Voltei deprimido para Nova Marabá; sentia um pouco de remorsos por causa da paixão que aquela garota desenvolvera a ponto de agarrar-se em mim, chorando desconsolada na hora em que chamaram os passageiros de seu voo. Mas também no aeroporto curti um pouco meu novo "status" de pessoa muito importante; todos me cumprimentavam e puxavam assuntos. Tive até de dispensar um cara maçante que se sentou à mesa em que eu e Nazaré tomávamos idilicamente uma cerveja, na pequena lanchonete, para puxar assuntos desinteressantes. Quanta artificialidade, meu Deus do céu... Aquela cidade pensava e media seus valores pela cabeça das forças de ocupação.

Fora um domingo estranho, até porque havia visto Cíntia na igreja; ela, que tanto implicava com esse meu hábito, chamando-me de carola e de outros adjetivos. Nazaré percebera que Cíntia lançava olhares e agarrou-se em meu tórax, provocando olhares de reprovação de algumas senhoras que estavam no templo. Eu ia à Missa sempre que podia, embora não gostasse do padre de Marabá, mas sentia paz e proximidade com Deus nas igrejas desde criança. Foi d'Ele que muitas vezes tive de me valer, pedindo para que não acontecesse comigo na vida real o que acontecia em meus pesadelos.

Preparava-me para sair a fim de almoçar no fim da manhã daquela quinta-feira, mas fui impedido por dois soldados que trouxeram a notícia, dando conta de que o comandante me esperava e tinham vindo com ordens de me escoltarem até o quartel. Dessa vez não me neguei; avisei Mauro e fui com os soldados, mas no caminho não pude deixar de ironicamente pensar que estava perdendo prestígio na tropa; agora não era mais escoltado por tenentes. Porém a companhia dos dois garotos fardados sérios e calados era melhor que a companhia da última viagem, o asqueroso tenente ruivo.

No quartel, não fui levado para o gabinete do comandante e, sim, para uma sala térrea, onde ao entrar vi um senhor aparentando uns 50 anos, já sentado a uma mesa muito bem arrumada, para o almoço de duas pessoas. O senhor levantou-se em sorrisos e apresentou-se como o coronel Jair, o novo comandante. Despachou os dois soldados e convidou-me para sentar; à mesa o coronel começou a explicar que tinha vindo para Marabá para mudar as coisas na cidade e que eu era a sua prioridade. Observei-o: era um homem alto e musculoso, mas seu rosto emanava simpatia; falava como se estivesse alegre, em contraste com meu semblante pesado. Desculpou-se pela maneira autoritária com que mandou me buscar, mas precisava conhecer-me e o melhor para isso, imaginou, seria almoçarmos juntos. Comentei que tinha então razão em pensar que meu fim estava próximo, já que era prioridade militar.

O coronel mostrou-se chocado com meu comentário; a alegria morreu em seu rosto e, abatido, disse que procurasse acreditar ser a função da instituição proteger a vida e o modo de vida dos brasileiros, e não matá-los. Senti que aquele homem era sincero e fiquei feliz ao constatar que o "oito" agora era comandado por alguém com características mais próximas de um ser humano. Naquele momento entraram dois garçons e começaram a nos servir, mas apenas tomei água gelada e não toquei na comida, sem tirar os olhos de cima do coronel; parecia que meu olhar o incomodava, porque evitava olhar-me nos olhos.

Depois que os garçons se retiraram, perguntei de forma direta e sem rodeios: "*O que o senhor deseja de mim?*". Parecendo ter ficado mais abatido ainda com a minha pergunta e olhando para os lados, começou a dizer que a missão militar era árdua e bela, mas às vezes existiam distorções e que eu tinha toda razão em sentir o ódio que ele percebia em mim pelas instituições militares; isso lhe causava um grande mal-estar, já que seu ideal era uma força respeitada, mas principalmente amada pelos brasileiros. Pediu que, por favor, entendesse que a grande maioria dos militares não concordava com o que acontecera naquela cidade e sua missão era justamente mudar as coisas. Pelo seu constrangimento em falar aquilo, tive certeza de sua munificência.

Comecei a comer a comida, que não era ruim, e isso animou o coronel. Durante o cafezinho, disse que havia gostado de mim, achou-me um rapaz simpático e um dia pediria minha ajuda para colocar as coisas nos devidos lugares naquela cidade, porque eu era uma pessoa muito importante. Perguntei no que me achava uma pessoa importante, e recebi como resposta: "*Seus amigos são pessoas muito importantes*". Nada mais acrescentou. Na despedida rogou novamente que acreditasse nele e no que falara, repetindo que se considerava meu amigo.

Saí dali desarmado e agradavelmente desconfiando de que poderia existir inteligência e afeto humano na caserna, ao contrário do que pensava até então. Coronel Jair deveras me impressionou muito bem, mas tive a percepção de que não tivera coragem de pedir alguma coisa que queria de mim. Voltando para o hospital, Dr. Mauro, que também seguira a mudança de atitude de toda a cidade, tratando-me muito bem havia alguns dias, tentou por todas as maneiras saber o que se passara no quartel, mas foi a minha vez de ser reservado e deixá-lo vítima de sua curiosidade.

No sábado à noite, estava sentado tomando cerveja numa lanchonete, que se encontrava cheia de rapazes e moças e, sem que esperasse, pois ainda não a tinha visto, sentou-se a minha mesa ela mesma, Cíntia, numa cadeira a meu lado. Após refazer-me do susto, mas ainda com um palpitar forte no peito, passei a olhá-la, intrigado e com uma expressão interrogativa, procurando não demonstrar a emoção que sentia. Com seu jeito seguro, perguntou como estava e respondi que sobrevivendo; mal acabara minha minúscula resposta, ela disse que queria dançar comigo no Tapera. Levantei-me e saímos andando depois que paguei a conta; a casa de danças ficava poucos quarteirões distante e resolvi ir a pé.

Como eu não abria a boca, Cíntia começou a conversar como se tivéssemos nos encontrado no dia anterior; falou de sua família, da academia e quis saber por que não mais aparecera para as sessões de musculação. Respondi que por medo de prejudicá-la, pois era considerado um cara maldito. Cíntia protestou dizendo que não devia mais ter aquele tipo de preocupação, porque a cidade agora me acatava, e concluiu sorridente que a tempestade havia passado.

Então Cíntia achava que agora tudo bem... A tempestade havia passado; e minha cabeça? Será que ela acreditava mesmo que os raios e trovoadas dentro dela tinham passado? Será que conseguia imaginar a tormenta que minha alma ainda enfrentava, em muito causada por seu abandono? Parei de caminhar, sentindo a irritação crescendo dentro de mim, e perguntei *"O que tu desejas de mim?"*, com o semblante tão carregado que a fez responder com voz insegura e trêmula: *"A tua amizade"*. Com calma, mas muito sério, disse que por um tempo pertencêramos de corpo e alma um ao outro, e um relacionamento desses, ao acabar, não deixava espaço para amizade e nenhum tipo de convivência, visto que não tínhamos nenhum interesse em comum, como um filho, por exemplo, portanto seria melhor cada qual seguir seu caminho, esquecendo um tempo que já ia longe e que, embora tenha sido muito bom, havia acabado; conclui dizendo que estava cansado para dançar e achava melhor deixá-la de volta na lanchonete com seus amigos, porque iria para casa dormir.

Ela disse que padecia de muita saudade e queria ficar comigo; e de forma insinuante encostou seu corpo ao meu, que imediatamente se incendiou. Tive força suficiente para vencer o apelo de meu sexo, afastá-la e pedir-lhe que não mais me importunasse e me deixasse em paz, já que havia me abandonado e evitasse pôr os dedos em minhas feridas, que ainda não tinham cicatrizado de todo. Cíntia, muito chocada com minha reação, disse que queria apenas ajudar, mas atalhei falando que ela já ajudara bastante ao mostrar a face amarga do amor para mim desconhecida, o abandono, a deserção afetiva e a falta de amparo, largando-me sozinho na chuva, pois para mim a tempestade ainda não havia passado; enfim, ela ensinara algo do amor que eu desconhecia.

Odiei-me porque não pude evitar as lágrimas que escorriam por minha face. Larguei-a no meio do caminho sem me despedir e saí rápido dali, com a razão prestes a sucumbir ao meu organismo, que teimava em querer abraçá-la e possuí-la ali na frente de todos. Na cama meu corpo todo reclamava a presença dela ao meu lado, e meu cérebro recriminava-me por não ter aceitado sua nada sutil sugestão de um reatamento do namoro; mas, em algum lugar de minha personalidade, sentia um revigoramento, como se surgissem brotos de amor-próprio.

Ao ver que não havia mais ameaças de perder seus clientes e prejudicar sua carreira, Cíntia queria-me de novo. Agora que me julgavam uma pessoa importante, era fácil gostar de mim, mas jamais poderia esquecer que terminara comigo como se encerrava um contrato comercial, esmagando-me o coração num momento em que mais precisava dela, fazendo com que enfrentasse tudo sozinho nas semanas seguramente mais difíceis de minha vida, lidando com maledicências e maldades. Não, Cíntia jamais me amara, e eu não repetiria o erro pela segunda vez. Tomei um comprimido de diazepam e pensei, preocupado, que estava virando rotina aquele medicamento em minhas noites.

Acordei no domingo com um barulho de carro na frente de casa. Olhei o relógio, que marcava 8 h 30 min; Junho já estava de pé e, pela festa que fez, imaginei que gostava do visitante. Era Anita, que trazia Carlos para brincar com Junho. Tomamos café juntos e ela começou a falar que Cíntia tinha ficado mal na noite anterior porque eu a maltratara. Engasguei-me com o café e, após tossir muito, perguntei quem maltratara quem; Cíntia abandonara-me cruelmente, deixando-me enfrentar sozinho uma campanha contra a minha moral, que ela sabia ser mentirosa, expulsou-me de sua academia para não perder seus clientes, quase matando minha própria alma, e agora se queixava de ter sido maltratada por mim.

Perguntei o que Cíntia queria e maldosamente questionei se o fato de agora a cidade estar comentando que eu era pessoa importante, como diziam os idiotas dos tenentes, não tinha sido o fator que a fizera querer voltar para mim, a fim de dar mais "status" e atrair clientes para sua academia. Anita, visivelmente constrangida depois de receber aquele vômito de rancor e amargura, revelou que Cíntia queria falar comigo, mas pedi que dissesse a ela para me deixar em paz, pois começava a me recuperar de meus ferimentos e sua presença era perniciosa nesse processo. Anita perguntou se poderia deixar Carlos, que o buscaria mais tarde, e, como concordei, foi-se embora. Passei o domingo brincando com os dois e procurando domar meu corpo, que se rebelava com as atitudes de minha razão. No fim da tarde, ao ir para a Missa, deixei Carlos em frente de sua casa e felizmente não vi ninguém.

A semana arrastou-se lenta, eu evitando as pessoas. Agora era o contrário; parecia que de repente virei o "tipo de rapaz" de todo mundo. Particularmente, evitei Anita, que demonstrava querer dizer-me alguma coisa, mas eu não queria saber de coisa alguma. Numa tarde estava na sala dos médicos tomando um cafezinho e ela entrou, logo perguntando se deixara de amar totalmente Cíntia; fiz cara de enfado, num jeito cansado, afirmei que não queria saber daquele assunto e saí da sala ouvindo seu comentário: *"Eu já sei a resposta"*.

No sábado não escapei. De manhã cedo, a pretexto de trazer Carlos para brincar com Junho, Cíntia apareceu à porta de casa antes mesmo de me levantar da cama. Sentindo que poderia até desmaiar, disse que ficasse à vontade e entrei no banheiro, onde minha razão foi novamente acionada para controlar meus impulsos. Resolvi que a trataria bem, mas de forma fria e distante, e de modo algum me poderia deixar emocionar. Não permitiria que Cíntia continuasse dona de minhas emoções. Depois de uma ducha fria, convidei-a para tomar café comigo, o que fizemos em completo silêncio; quando acabamos, ela disse que queria ir à fazenda abandonada.

Caminhamos aqueles 15 minutos também em silêncio e, ao chegarmos, ela comentou que tudo tinha começado ali. Como permaneci sem falar nada, iniciou uma espécie de "mea-culpa", dizendo que muitas vezes se cometiam erros na vida, ela às vezes errava por egoísmo e sempre se arrependia amargamente depois, como, por exemplo, o arrependimento com o sofrimento que me causara; deplorava o que havia feito e rogava meu perdão. Cíntia, com seu ar seguro, que muitas vezes havia sido meu refúgio, vestida naquela bermuda que contornava suas linhas que tanto amei, humilhava-se e pedia perdão. Afastei-me um pouco e comecei a jogar pedras no rio.

Era uma manhã radiosamente clara, os pássaros gorjeavam, rivalizando com o borbulhar do rio naquele trecho de águas revoltas, e esse foi o cenário em que descobri que não mais amava aquela garota; perdoava, sim, mas compreendi que o sentimento que nutria por ela estava irremediavelmente trincado, embora meu corpo atrapalhasse aquelas reflexões, pois teimava em querer abraçá-la; porém era apenas um empurrão da carne, desprovido de sentimentos. Fiquei feliz ao constatar aquela libertação afetiva.

Retirando a resposta pelo momento de silêncio que impus, encaminhou-se cabisbaixa para a velha e decaída porteira escancarada e lentamente já se dirigia para casa. Procurei alcançá-la e, andando a seu lado, disse que não havia mais rancor; perdoava-a, se era isso que queria, mas estava com um grande vazio em meu interior, o que me deixava sem condições de raciocínios afetivos. Na frente de casa, avisei que levaria de volta Carlos no fim da tarde, e não consegui vencer o impulso de convidá-la para dançarmos à noite no Tapera; seu rosto iluminou-se com um sorriso na hora em que aceitou. Foi meu corpo que a convidou, sem a participação de meu coração. Entrou no carro de seu pai e foi embora sorrindo.

Depois do jantar de um dia em que eu, Junho e Carlos passamos brincando o tempo inteiro, fomos para a cidade e, no caminho, Carlos pediu que Junho passasse o domingo na casa dele, com o que concordei. Cíntia esperava-me na frente de sua casa e inicialmente a levei para que jantasse numa churrascaria, enquanto eu bebericava uma cerveja, pois já havia jantado em casa. Procurei observá-la; estava realmente muito produzida, mas não era uma garota bonita, o que compensava com seu tipo muito elegante e gestos delicados. Estava mais alegre que o normal e, entusiasmada, não largava a minha mão. Meu corpo era só tesão e fiquei confuso com meus sentimentos, porque falavam alto os momentos de intensa felicidade que desfrutáramos juntos.

Fomos ao Tapera, Cíntia parecia querer que todos soubessem que havíamos reatado, e seus amigos tratavam-nos com a maior naturalidade, como se nada tivesse acontecido, como se nunca tivéssemos ficado separados. Dançamos muito, Cíntia apertava-me contra si, sentindo a excitação daquele corpo que um dia fora seu, e beijava-me no tórax, que havia exposto ao desabotoar minha camisa.

Era tarde quando a levei à minha casa, seguindo sua sugestão. Foi um sexo ávido, ansioso e extenuante. Ao acabarmos, Cíntia passou a me massagear e fiquei a pensar nas grandes diferenças; não foi como antes, porque na realidade buscava apenas a satisfação de meu corpo, e ela deixara de ser minha prioridade no ato sexual. Antes de me preocupar com ela, estava mais ansioso em saber se eu atingiria o orgasmo, ou se novamente não conseguiria ejacular. Mesmo sua massagem, que anteriormente sentia como se seus dedos afagassem minha alma, agora me cansava, deixando uma espécie de irritação.

Concluí que nada mais tinha a temer, porque Cíntia de fato me havia perdido e não mais a amava. Não poderia viver sem o ato sexual, como todos os homens normais, mas o ato pelo ato, apenas como uma descarga biológica, não satisfaz plenamente o homem depois que este se acostuma a fazê-lo com amor. No caso de Cíntia, eu não mais encontrei o amor. O fato de não poder viver sem o ato sexual não significava que não poderia viver sem ela. Após saciar-se com vários orgasmos provocados por mais uma ejaculação, graças a Deus, completa de minha parte, permaneceu abraçada comigo na cama, fazendo planos para nós.

Aquela situação me cansou; levantei-me e comecei a me vestir. Cíntia perguntou se sairia e disse que sim, que a deixaria em casa. Meio decepcionada, porque antes passávamos a noite juntos, ela me perguntou se me veria durante a semana. Fiquei calado e no caminho de volta procurei explicar que meu corpo aceitava um congresso sexual com o seu, porque era uma característica do homem conseguir ou mesmo tentar conseguir completar o ato sexual, até sem amor, mas não poderia mandar em meus sentimentos e deixei claro que não mais a amava. Disse que ela poderia dispor de mim quanto quisesse, mas deveria ficar consciente de que no fundo estaria usando-a para satisfazer apenas e tão-somente minhas necessidades masculinas e nada mais. Não queria ter remorsos se ela se machucasse naquele relacionamento, que a meu ver não tinha a menor chance, nenhuma possibilidade de futuro.

Cíntia mostrou-se chocada com minhas palavras, chorou muito e disse que entendia que tinha me perdido, mas nunca imaginara cristais tão delicados em meu coração e implorou uma segunda chance. Respondi que não dependia de minha vontade e que ela havia quebrado vários daqueles cristais, que permaneceriam quebrados para sempre, fazendo com que nunca me esquecesse dela, porque, assim como o primeiro amor não se esquece, o primeiro sofrimento com o amor também não; é aprendizado. Cíntia entrou chorando em sua casa naquela madrugada.

Na segunda-feira fui buscar Junho e esperei-o dentro do carro, porque não queria ver Cíntia; mas seu pai chamou-me e entrei agradecendo a Deus Cíntia não estar em casa. Seu Jaime, carrancudo, sem preâmbulos, disse que devia explicações por não querer mais me casar com sua filha, que agora vivia chorosa pelos cantos e muito infeliz. Ficou um tanto desconcertado ao ser lembrado que eu era que tinha sido abandonado naquela história e expulso da academia de sua filha, cujo amor não resistira à primeira prova, rendendo-se às calúnias assacadas contra mim pela maldade humana. Sugeri que pedisse explicações para sua filha, já que nem eu mesmo sabia direito por que havia sido abandonado no momento em que mais precisava do apoio daquela que um dia sonhara em ter como minha companheira para enfrentarmos a vida juntos. Lagrimei naquelas palavras e saí apressado depois de um seco boa-noite. Cíntia nunca mais me procurou.

Numa manhã, Dr. Mauro, muito sorridente, veio a meu consultório avisar que o coronel Jair me esperava ao telefone da sala dos médicos; ao atendê-lo, ouvi que no sábado seria seu aniversário, convidara alguns poucos amigos e contava com minha presença para um churrasco que faria em sua casa à noite. Aceitei imediatamente, e, ao desligar o aparelho, vi Mauro olhando-me interrogativamente; não contendo a curiosidade, perguntou o que queria o comandante. *"Parece que vou ser interrogado de novo"*, respondi evasivamente, deixando-o mais intrigado ainda.

A casa do comandante era muito confortável, e o churrasco foi servido ao lado da piscina. Nunca havia comido uma carne tão deliciosa, mas o comandante avisou que ele não estava muito bom, porque, embora o Pará tivesse um excelente rebanho que pasta no plano, como nos pampas, deixando a carne do gado macia, havia uma deficiência: o paraense não sabia cortar as carnes e isto prejudicava muito o delicado sabor. Não discutiria a respeito de churrasco com um gaúcho, mas protestei dizendo que estava uma delícia, principalmente acompanhada com cerveja gelada, naquela noite tipicamente equatorial.

Poucos convidados; Oscar, um comerciante de ferragens, forasteiro goiano e notório puxa-saco dos militares, estava com sua esposa. Sidney, que cuidava do braseiro, estava presente também, mas sem a esposa.

Mais eu e apenas quatro convidados. A mulher do comandante, uma senhora loura e bonita, provavelmente de etnia italiana ou germânica, era muitíssimo educada e emprestou seus traços a seu filho, um garoto de 17 anos, alegre e brincalhão, muito alto e de conversa agradável. Preparava-se para prestar o vestibular de medicina em Belém e procurava o tempo todo conversar sobre essa ciência e sobre a escola comigo. Louro e de olhos azuis, tinha muito pouco de seu pai, gaúcho típico, com seus traços guaranis.

Oscar não era uma pessoa de quem eu gostava; quando nos encontrávamos, mal trocávamos cumprimentos, mas nessa noite tentava puxar assuntos comigo e mostrava-se numa amabilidade melosa irritante. Sidney foi a pessoa com quem mais conversei naquela noite; constatei o grande sentimento que me unia àquele cara, e tê-lo conhecido foi o único saldo positivo na minha "hospedagem" no canil. Ele disse que o comandante o procurara a fim de tomar informações sobre minha pessoa, ficou muito emocionado ao saber do socorro que eu havia prestado ao Arley, e muito condoído com o que tive de suportar nas mãos de Bem-te-Vi, pois não cabia em sua cabeça o acontecido. Durante um dia, ficou extremamente irritado no quartel, deixando todos a pisar em ovos, e chegou mesmo a pedir a substituição de todos os tenentes.

Por volta das 22 h, os convidados começaram a se retirar, mas, segurando em meu braço, o comandante discretamente avisou que esperasse um pouco porque o chimarrão queria tomar em sossego e a sós comigo. Esperei o tal chimarrão num agradável papo com Paulo, o garoto seu filho, sobre meninas.

O gabinete de sua casa era de decoração leve, mais parecendo uma sala de estudos de um colegial. A cuia de chimarrão trocava de mãos entre nós, e aquele homem começou a falar, explicando o papel das Forças Armadas, os motivos da "revolução" e as intenções de Castelo Branco, o primeiro "presidente" golpista, o golpe dentro do golpe e a insensatez de ambas as partes que dilaceraram a nação, maltratando até mesmo inocentes como eu.

Interrompendo-o, disse que não era tão inocente assim e expliquei sobre a tentativa de passar a mensagem aos guerrilheiros. Ele contestou, dizendo saber toda a minha história e que, ao ver minha atitude na cidade, a coragem que tive ao enfrentá-la, o verdadeiro médico que eu era por deixar diferenças de lado e socorrer um soldado que gritava de dor, e ainda tentar salvar meu próprio captor, que fazia maldades inomináveis comigo, ele entendia que eu era um grande ser humano, que qualquer país se orgulharia de ter como cidadão; afirmou ainda que foi um erro muito grande a minha prisão. Estivesse o nosso país numa democracia, esse erro jamais teria sido cometido e acrescentou que o meu sofrimento não tinha sido em vão, porque fora um sinal mais do que claro de que as coisas teriam de ser mudadas, a fim de que a instituição saísse logo do verdadeiro lodaçal em que se metera.

Fiquei vermelho ao perceber que sabia dos estupros. Ele continuou pedindo que acreditasse que seu trabalho era de pacificação e encontraria reações de facções contrárias, mesmo dentro das instituições militares, mas as liberdades democráticas seriam devolvidas à nação em médio prazo, porque o futuro "presidente" estava a isto determinado.

Ah! O chimarrão... Já estava acostumando-me ao paladar daquela estranha bebida quente, mas que refrescava quem a bebesse naquele calor. O comandante voltou a dizer que sua principal missão seria pacificar a cidade, mas estava impedido de virar aquela página triste porque havia uma pedra em cima dela; percebi que era eu essa pedra logo que o coronel pediu que cooperasse com ele, deixando a cidade. Foi com a sensação de que as lágrimas inundavam meus olhos que disse não ter para onde ir e contei toda a minha vida, omitindo o reverendo Richard Carlton.

Coronel Jair tudo ouviu como um pai que ouve seu filho falar de seus problemas; depois, compreensivo, disse saber da existência de meu irmão em São Paulo. Elogiou minha intenção de especializar-me, achando ser este o melhor caminho para um jovem médico de meu quilate. Explicou que minha presença na cidade era um atestado vivo de extrema estupidez militar, que causava embaraços e dificultava sua missão. Voltou a dizer que eu tinha amigos influentes, que esses amigos já estavam providenciando contatos entre meu irmão e eu, e ofereceu carona aérea até Belém, caso me decidisse a viajar.

Rogou-me que procurasse pelo menos compreender o Exército, se não pudesse amá-lo, pois era uma instituição formada por homens e claro que havia os maus-caracteres e truculentos, porém assegurou que eram minoria; compreendia e respeitava meus sentimentos, mas apelava para que fizesse um esforço e não odiasse a instituição, pois estaria odiando a própria pátria, que não poderia pagar pelos erros de alguns, tendo de suportar o ódio de filhos ilustres. Finalizou dizendo que a carona oferecida no avião militar era extensiva ao garotinho que eu estava criando e havia providenciado também para que o tal garotinho ficasse ao meu lado de forma definitiva. Não sei se por paranoia, mas observei nas entrelinhas certa ameaça de problemas para a adoção de Junho, caso me recusasse a atender a pretensão do militar. Pedi ao comandante um dia para pensar na resposta que lhe daria.

Saí da vila militar e fui para casa pensativo e perguntando-me o que de fato me ligava àquela cidade, além das lembranças mais amargas de toda a minha vida. Intrigava-me também a história dos tais amigos influentes, sem conseguir entender por que uma ditadura brutal e ignóbil como aquela me tratava com luvas de pelica após me submeter a sessões de tortura violenta. Não, não fazia sentido, e eles deviam estar a me confundir com outra pessoa. Ocorreu-me também que, saindo agora de Marabá, não estaria fugindo, uma vez que aparentemente todos disputavam minha amizade. Dormi aquela noite propenso a sair da cidade o mais rápido possível.

No dia seguinte, Sidney e sua esposa receberam-me alegremente na casa deles e imediatamente aceitei o convite formulado para jantar. Após comermos a deliciosa comida de Marina, afirmei que os considerava os únicos amigos que tinha em toda a cidade e queria que me ajudassem a tomar uma decisão. Contei toda a minha vida, até mesmo sobre o reverendo missionário e a conversa da véspera com o comandante.

Ele começou dizendo que angariara a amizade do comandante a ponto de este quebrar a hierarquia e convidá-lo para a sua festa particular; prosseguiu informando que o chefe militar deixava claro no quartel que eu era pessoa de quem gostava muito, e perguntou se havia gostado dele. Balancei afirmativamente a cabeça. Sua esposa deixou-nos sozinhos na sala, Sidney perguntou qual seria minha resposta ao comandante e respondi que não sabia, por isso o procurara para que me ajudasse na busca da tal resposta. Sidney explicou que estava havendo uma guerra dentro da instituição e as pessoas que pensavam como o comandante Jair estavam vencendo, mas essa guerra não poderia aparecer ao público civil, e eu estava entre dois fogos, já que era extremamente embaraçoso um sobrevivente do canil andar à solta pela cidade, portanto a melhor coisa que faria seria sair de Marabá o mais rápido possível, pois o comandante havia detectado ameaças à minha integridade física e sabia que alguns colocavam como fator de soberania nacional a minha eliminação.

Ele falava francamente, e esse último tópico foi o ponto que fez com que me decidisse, já que entendia não ser certo atrapalhar a delicada e árdua missão de alguém tão humano como o coronel Jair; compreendi que de fato ele enfrentava uma guerra. Aproveitei a visita para me despedir daquela família amiga, da qual verdadeiramente sentiria saudades.

Na outra manhã, preparava-me para tomar um cafezinho, mas fui impedido por uma atendente, que entrou na sala dos médicos trazendo-me um telegrama. Ao ler o conteúdo, sentei-me meio abafado numa cadeira, sentindo uma onda de felicidade a me envolver; o texto dizia: "Meu endereço em São Paulo Rua Comendador Souza n 135 pt Vem rápido pt Abraços Lucas". No momento seguinte estava ao telefone falando com o comandante, perguntando se a carona ainda estava de pé, e ele, demonstrando muita satisfação, respondeu afirmativamente e convidou-me para jantar.

Enquanto saboreávamos um delicioso dourado assado com uma taça de vinho branco, o coronel informou que em dois dias sairia um avião para Belém, onde já constava na lista de passageiros o meu nome e o de Junho. Em tom de ironia e brincadeira, disse que já havia sofrido um desastre aéreo e perguntei quais garantias teria de não sofrer novo desastre; o coronel, muito sério, pediu mais uma vez pacientemente que acreditasse que as coisas haviam mudado. Despedimo-nos e cada qual pegou seu rumo.

O vinho atiçara a minha carne e saí dali direto para a casa de Cíntia; ela me recebeu com um sorriso e entrou no carro, não protestando quando me viu tomar o rumo de minha casa, para onde fomos sem trocar palavras. Em casa, também sem falar nada, despimo-nos e amamo-nos intensamente com plena satisfação mútua, mas a tradicional lassidão pós-ato que acomete o homem envolveu-me também intensamente. Eu nunca havia sentido tal coisa depois do sexo com Cíntia; anteriormente, invadia-me uma sensação de plena felicidade.

Ainda em silêncio, comecei a me vestir, sendo acompanhado por ela; entramos no carro e, antes que ligasse o motor, perguntou-me por que a tinha procurado e disse que para me despedir, pois em dois dias deixaria a cidade. Com duas lágrimas refletindo a luz da varanda de casa, tornou a perguntar se apenas queria me despedir ao procurá-la e fui franco; disse que não, que a tinha procurado porque meu corpo implorava por uma mulher e a busquei também em função disso, mas decerto não a procuraria se, por exemplo, Nazaré estivesse na cidade, porque era muito difícil procurá-la, já que entendia como uma derrota de meu amor-próprio para a pulsão sexual que me afligia. Não me senti culpado pelo soluçante pranto que Cíntia apresentou, porque ela saíra comigo já sabendo que não mais a amava, mas não me senti feliz com sua dor, e sim um pouco canalha por havê-la humilhado. Foi a última vez que vi Cíntia.

Minha estadia naquela cidade terminou com magia. Na véspera de viajar, o pajé, aquele mesmo da aldeia que acalmou os tais espíritos ruins, compareceu ao hospital acompanhado do garoto tradutor em busca de seu pagamento. O garoto tinha dificuldades em explicar que espécie de pagamento queria o feiticeiro, mas logo entendi que não era dinheiro; ele se esfalfava tentando explicar ao garoto o que queria e, ao ser traduzido, entendia que o pagamento desejado estava em minha casa, e marcava o sol. Não fazia sentido e não sabia o que tinha em casa que o pajé cobiçava. Pedi ajuda de algumas enfermeiras, mas ninguém conseguia entender o que ele queria; depois de um momento, o pajé desistiu de se dirigir ao curumim e começou a falar alto em sua estranha língua, voltando-se a mim como se pudesse compreendê-lo. Procurei prestar atenção no que ouvia, porém, mesmo sem entender, foi tomando forma em minha mente a caixinha preta com o relógio que ganhara do missionário.

Tentei pensar em entregar para ele o objeto que queria, mas uma força descomunal que senti não permitiu sequer que me aprofundasse em tal pretensão, levando-me apenas a dizer para o garoto tradutor: "*Não posso*". O pajé, ao ouvir a tradução de minha resposta, exaltou-se e gesticulou muito, mas não pude me concentrar em seus gestos espalhafatosos, pois formaram-se em minha mente duas caixas pretas exatamente iguais, então entendi.

Saímos os três do hospital e rumamos em direção a uma joalheria, onde pedi para ver relógios de ouro, e, depois de muita indecisão, o feiticeiro escolheu um deles, de mostrador quadrado, felizmente não o mais caro. Adaptou-o em seu braço e, olhando para a joia, falou mais um pouco e voltou a se formar em minha cabeça a caixa preta; pedi para o vendedor a caixa do relógio. Ao ver que o rapaz trazia uma caixa de veludo vermelho, esbravejou demonstrando ter ficado com muita raiva, então disse para que trouxesse uma caixa preta.

O pajé guardou a joia na caixa, falou mais alguma coisa dirigindo-se a mim, e o garoto traduziu que ele na realidade queria a outra, mas que esta servia e ele a aceitaria, mas que não o enganasse porque ele poderia "enfezar" o espírito que apenas tinha perdido sua "montaria", mas ainda estava rondando por perto. Foi com um arrepio que pensei estar grudada em minha vida a joia que ganhara do reverendo.

Saí dali impressionado e lembrando que, quando conheci Márcio, ainda trazia nas costas as marcas de urucum em minha pele. Eu jamais poderia enganar aquele homem tentando dar-lhe algo de valor inferior ao que pedia, embora o relógio tivesse custado uma verdadeira fortuna, mas este seria mais um mistério em minha vida, e acho que teve tanto a ver com o fato de estar vivo quanto com os tais amigos internacionais.

Meus últimos dois dias em Marabá foram para vender minhas coisas, inclusive meu carro, o que consegui, embora num valor bem inferior ao que valiam. Além de Sidney com sua família e de Adônis, não me despedi de mais ninguém na cidade, nem sequer dos funcionários do hospital, e apenas na véspera da viagem participei ao Dr. Mauro que estava indo para Belém pedir demissão daquela autarquia. Pensei em me despedir do juiz, mas lembrei-me de que ele também foi um dos que me evitaram durante o escândalo maledicente.

Durante a noite arrumamos nossa bagagem, com Junho extremamente excitado pela possibilidade de viajar dentro de um avião, e, por volta das 6 h, estávamos no aeroporto. O avião, um velho Douglas DC-3, era um avião de transporte de tropas muito desconfortável, porque não havia poltronas, e sim bancos de madeira corridos. Junho andava de um lado para outro da aeronave, vendo pelas janelas a monótona paisagem verde toda entrecortada de pequenos rios.

Já andavam longe os dias em que Junho escondia comida por todos os cantos da casa, ou que chorava desesperado rogando que não o abandonasse na estrada, caso levasse uma bronca por qualquer travessura, mas ainda era uma criança que me preocupava, principalmente pelo fato de que não me encontrava com cabeça para ajudá-lo.

Extremamente inteligente e sedutor aos 8 anos, que foi a idade revelada por seu tio, já havia desenvolvido as suas funções cerebrais em meio a grandes distorções sociais, o que sem dúvida o prejudicara, mas com muito amor e paciência consegui que conquistasse uma pessoa sem interesses prementes de sobrevivência, ou raciocínio concreto, segundo a psiquiatria, evidenciando que já começava a dissociar seus afetos de seu instinto nutritivo. Já conseguia gostar de alguém sem o ver como fonte de sustento ou como porto seguro para seus problemas, significando, em suma, que já começava a aflorar o amor em sua insipiente personalidade, o que muito me animava.

Eu amava muito aquela criança e sinceramente queria cuidar de seu futuro, mas no momento não tinha nada para ofertar; iria para São Paulo sem saber o que me esperava por lá. Claro que confiava em mim e acreditava que logo estaria adaptado, mas, durante o período de adaptação, ele não poderia estar comigo. Sabia, no entanto, a quem recorrer pedindo ajuda.

Além de um passeio de helicóptero com dor de cabeça e outro em direção ao inferno, aquele também era o meu primeiro voo, já que nunca havia voado em aviões. Ainda estava imerso em meus pensamentos ao ver surgir no horizonte as primeiras imagens de Belém.

Linda e já eterna em seus quase quatro séculos de existência, Belém, como uma cunhã recatada, é coberta por um verde véu de mangueiras, donde emergem modernos edifícios atestando sua vocação para metrópole. Verificando ser a cidade tão bela por cima como por baixo de suas mangueiras, descemos no aeroporto de Val-de-Cans após duas horas de voo.

Dirigi-me para a Caju, e mais uma vez padre Ruy, demonstrando alegria por me ver, hospedou-me com Junho. Tomei um banho e fui à sede central do Cesp, onde pedi demissão do cargo. Dr. Caiate tratou-me muito bem, não tocou em assuntos penosos de Marabá e desejou sucesso em meus planos.

Com o coração sangrando, fui à joalheria onde comprara as joias que me foram devolvidas por Cíntia; negociei um valor pouco menor do que me havia custado e o gerente aceitou ficar com elas. Ele notou as lágrimas que escorriam de meus olhos e tentou consolar-me dizendo que logo estaria ali comprando esmeraldas para a "próxima". Um homem percebe quando um seu semelhante sofre por causa de uma mulher. Agradeci ao cara com um sorriso molhado e saí com a certeza de que ainda sofreria muito com aquela ferida em meu coração.

Fiz ainda algumas compras e pouco depois das 20 h cheguei à Caju. Junho dava seu espetáculo particular; cercado por garotos que ainda não tinham seguido para suas cidades. Ele contava "casos" de Marabá, e a plateia ouvia, embevecida. Todos ficaram revoltados porque ele teria de viajar comigo e até padre Ruy, um homem que adorava a humanidade em geral, mas sempre seco em relação às pessoas individualmente, foi conquistado por Junho, e pediu que, por favor, o trouxesse algumas vezes.

Depois de uma hora de viagem em ônibus, chegamos a Castanhal, onde descemos no portal do Colégio São José. Irmã Odete abriu a porta e gritou para as outras irmãs que eu havia chegado, já se debulhando em lágrimas. Todas queriam me abraçar e dar graças a Deus por me verem com vida; quase todas choravam. Pacientemente, esperava, em um canto, sua hora de me abraçar aquele monumento de mulher que era madre Liganó. Deu-me um apertado e fraterno abraço, molhando minha camisa com suas lágrimas e disse que o colégio parara por dois dias suas atividades para que as irmãs fossem procurar conforto em orações na capela, logo que circulara a notícia de minha morte. Afastou-se um pouco e ordenou a irmã Odete que fosse à cozinha supervisionar pessoalmente um delicioso almoço para seu "filho" e aquele "*bambino*" bonitinho que trouxera. Depois me conduziu para seu escritório.

Perguntei que história era aquela de pressões italianas; ela sorriu e desconversou, interrogando-me sobre o que havia acontecido. Contei tudo sem esconder absolutamente nada, até mesmo os estupros, o escândalo, o abandono de Cíntia e depois minhas dúvidas, os fracassos sexuais, minhas incertezas e meu medo de estar virando homossexual. Lágrimas inevitáveis vieram-me aos olhos, e madre Liganó, que tudo ouvia, chorou um pouco ao saber do fim de Alceu e começou a falar na sua voz calma e carinhosa. Daqueles lábios saiu um bálsamo iluminado que precisava para untar a minha alma e começar a reconstruir minha existência.

Primeiro disse que eu não havia deixado Márcio morrer porque era um verdadeiro médico. Conhecendo-me, tinha a certeza de que, se deixasse um paciente meu morrer por motivos pessoais, teria quebrado meu juramento e não mais conseguiria praticar a arte de curar, portanto teria de abandoná-la. Disse saber que, em minha cabeça, não cabia ver a medicina submetendo-se ao sabor das paixões humanas; se tivesse cedido à pretensão de Satanás, assassinando por omissão um ser humano, certamente decretaria o fim de minha ainda tão curta carreira e o que fiz fora a atitude que esperava de mim. Explicou depois que, por ser um verdadeiro cristão, jamais poderia alegrar-me com a morte de alguém, mesmo de meu verdugo, porque a filosofia humanista que Cristo nos legara, e que me impregnava o coração, impediria que eu ficasse feliz com a morte de uma criatura humana. Continuou dizendo que o sofrimento da alma afetava o corpo, mas o sofrimento do corpo dificilmente afetaria uma alma como a minha, portanto, nas bênçãos de Deus, ficasse tranquilo porque minha alma sempre seria masculina, eu um verdadeiro homem dos mais belos do jardim humano do Criador. Finalizou afirmando que ainda seria chefe de uma linda família cristã com outra boa moça, já que Cíntia tinha perdido a oportunidade de ter um ótimo marido, castigada pelo próprio egoísmo. Quanto aos meus fracassos sexuais, foi lacônica; em tom recriminativo, ela os atribuiu à tormenta que me varria a alma e ao traço pecaminoso do sexo fora do sacramento matrimonial.

Recebi o singelo puxão de orelhas, mas não deixei de sorver a água que jorrava daquela fonte de amor e sabedoria, saciando assim minha alma febril. Tornei a perguntar sobre as pressões italianas, e ela riu. Aquela mulher, sempre que oferecia algo, impunha a conversa como uma negociação, alguma coisa parecida com o "toma lá, dá cá".

Abriu uma gaveta, tirando de dentro uma pasta que continha uma edição de *L'Osservatore Romano*, o jornal do Vaticano, e leu, traduzindo, um artigo que protestava veementemente contra o assassinato, pela ditadura brasileira, do jovem médico Dr. Benedito Gomes Filho, grande cristão e rapaz puro e fraterno, na cidade de Marabá. Informou que aquela nota caíra como uma bomba no colégio, bem como na cidade; ela telefonara para um seu irmão, alto funcionário da Chancelaria Italiana. Ele, que já me conhecia pelos relatos dela, conseguira do governo italiano uma nota oficial de protesto, e tirou da pasta um papel que disse ser uma cópia: "O governo italiano deplora as atitudes da ditadura brasileira, que continua a assassinar os mais ilustres filhos daquele país, desta vez dando sumiço ao Dr. Benedito Gomes Filho, jovem e brilhante médico muito amigo da Itália, que também se preocupava com seu destino". Tirou depois da pasta outro documento que disse ser uma cópia da resposta do governo brasileiro, reiterando não admitir intromissões de outros países em assuntos internos e esclarecendo que o Dr. Benedito Gomes Filho era funcionário público, prestando serviço normalmente na cidade de Marabá, "onde se encontra em absoluta liberdade". Perguntei quem havia posto a nota no jornal do Vaticano e ela, baixando a cabeça, respondeu: "A mão de Deus".

Passei a falar de Junho, dizendo que já o considerava um filho porque o amava muito, mas que nos próximos meses não teria condições de ficar com ele e pedi sua ajuda pelo menos nos quatro meses seguintes; ela aceitou hospedá-lo por um tempo. Contei-lhe tudo o que sabia da vida daquele garoto e, abrindo minha carteira, tirei o suficiente para passagem e estadia em São Paulo, colocando o resto em suas mãos. Ela, um pouco assustada por ser uma soma bem considerável, tirou um pouco daquelas notas e me devolveu o resto, pois não precisaria de tudo aquilo. Ganhava bem, e pouco gastava, de forma que tinha economizado uma boa quantia. Também pedi que providenciasse um mausoléu bonito para tia Dora, deixando dinheiro para tal.

No salão, na frente das outras irmãs, abri uma grande sacola com presentes. Para o colégio, ofertei um turíbulo de prata enfeitado com ametistas, que na capela substituiria o velho fogareiro de cerâmica, onde as irmãs queimavam incenso desde que me lembrava; elas ficaram boquiabertas com a beleza da peça, e aproveitei para pedir o velho fogareirinho, que tanto lembrava minha infância. Para a madre, ofertei um missal com capa de prata trabalhada e incrustações de ouro e turmalinas, e para cada irmã trouxe um mimo diferente: uma caneta, um hinário, um catecismo, todos comprados em lojas de artigos sacros, porque, para religiosas, não se pode ofertar presentes mundanos, como joias e perfumes.

Após o delicioso almoço que prepararam, chamei Junho e comecei a explicar para a madre que o tinha operado e que ficara comigo para cuidar da operação, mas o garoto interrompeu-me com sua velha ladainha: *"Não é nada disso, dona; é que minha mãe era uma vagabunda, e meu pai etc., etc., etc."*. Fiquei vermelho de vergonha, mas a madre, compreensiva, pôs a mão na cabeça da criança e repetiu a expressão com sotaque italiano que tanto confortou a minha infância: *"Pobre anjinho"*. Junho, sabendo que ficaria com as irmãs, abriu um grande berreiro, mas consolou-se ao ouvir que seria por pouco tempo e logo mandaria buscá-lo. A visão do belo quintal do colégio, suas árvores, o velho pé de carambola e o campo de futebol fizeram-no resignar-se; ele já acreditava no meu amor.

Saí do colégio e fui ao Cesp, e desta vez não escapei. Dr.ª Luiza, avisada pelas irmãs, esperava-me com uma verdadeira festa, em que não faltavam bebidas e salgados. Beijou-me e disse, fazendo beicinhos, para não pregar mais sustos nos amigos; ela soubera da história por madre Liganó. Procurei Maurício e soube que estava doente. Dr.ª Luiza, ao saber que teria de ir a sua casa, prontificou-se a me levar. No caminho relatei muito da história, omitindo estupros, amigos influentes e mesmo os diálogos com o comandante, mas falei das circunstâncias em que vira Amilcar morrer, deixando-a chocada. Ela informou que um dia recebera um telefonema da madre participando minha morte e, depois de dois dias, outro telefonema desmentindo o primeiro; posteriormente vira o jornal do Vaticano. Revelou que, depois dessa notícia, tia Dora, que já não vinha bem, nunca mais se recuperara e morrera falando em mim.

Maurício recebeu triste, mas conformado, a notícia da morte de Amilcar, e Dr.ª Luiza ainda me levou ao cemitério, onde fiz umas orações no túmulo de tia Dora, os saudosos primeiros braços que me ampararam ainda na noite em que começou a tragédia em minha vida. Na rodoviária peguei o ônibus para a curta viagem à capital.

Todas as vezes que chego a Belém me sinto feliz. Ela é assim tipo uma mãezona a abraçar quem chega com o morno calor de seus braços, e naquela tarde não foi diferente; sentia-me leve e alegre ao descer em sua rodoviária. Haja o que houver na minha vida, sempre restará o consolo de ter ainda a me esperar a cidade-pomar, com seu calor climático e humano. Resolvi ir a pé até a praça da República, numa caminhada de mais ou menos 4 km, para sentir Belém; amá-la em seus odores e devorá-la em seus sabores.

A "linda cabocla" acabara de banhar-se em seu tradicional banho vespertino; suas mangueiras ainda pingavam tal qual os cabelos molhados de uma cunhã à beira de um igarapé. Cigarras embalavam a tarde com estridência, e das calçadas subia aquele vapor com cheiro de Amazônia; aqui e ali, mangas esmagadas por pneus de automóveis e o calor continuando forte, secando os resquícios da chuva, que é tão abundante em Belém como o sangue em sua história. Não pude evitar o lamento, já antecipando a saudade, falando para mim mesmo: *"Ah! Belém, Belém... Quando será que te verei de novo?"*.

Saboreava uma cerveja no Bar do Parque e ouvi uma voz de mulher a me chamar do lado da avenida: era Eliana, dentro de um espetacular carrão estrangeiro conversível estacionado no meio-fio, que acenava sorrindo para mim. Desceu e foi dizendo de longe que me "ajudaria" naquela cerveja que tomava; após os primeiros goles, falou que estava havia um ano em São Paulo, onde se especializava em cardiologia no Hospital da Beneficência Portuguesa, e tinha vindo a Belém para passar com os pais as festas de fim de ano, mas eles ainda viajavam pela Europa, onde foram fazer algumas compras de Natal, e só chegariam dentro de cinco dias. Estava sozinha em casa, para onde me levou. Na sala pediu que ficasse à vontade e me servisse de uma bebida, pois tomaria um banho; bebi uma vodca russa, passando os olhos naquele apartamento cinematográfico, que já conhecia, com sua decoração alegre e moderna, mas cheio de objetos antigos e raros. Tudo ali denotava classe e requinte, fazendo ver quão era rica aquela família.

Estava admirando um antigo oratório cheio de imagens barrocas e tive a sensação de alguém perto de mim; virei-me e vi atrás, como se com medo de me chamar, Eliana enrolada numa toalha azul na altura de seus seios. Tomei-a em meus braços e fomos para a suíte de seus pais, onde nos amamos brusca e rapidamente, como a procurar no tempo que não nos víamos as crianças que um dia se amaram. Após aquele amor, fomos para o banheiro, onde brincamos na água como dois bebezinhos; depois voltamos para a cama e chegávamos a desfalecer sob o império das sensações que nosso corpo proporcionava. Ficando exaustos, começamos a conversar. Eliana, por imposição de seu pai, havia-se casado com um comerciante paulista, mas em pouco tempo percebera que o cara era um pilantra estelionatário e o casamento não durou seis meses.

Lisonjeou-me dizendo que, bonito como era, destacava-me em multidões, e no Bar do Parque, por exemplo, parecia uma bela garça entre os jaburus. Comentou que quem me havia dado aquelas porradas, no fim, havia prestado um favor, porque o nariz ligeiramente desviado para a esquerda e a cicatriz no lábio superior tinham dado um toque assim meio bandido, que emprestava charme masculino a meu rosto. Pensei na grande ironia: o cara que tentou me transformar em homossexual havia masculinizado minha cara na base da porrada.

Sem tocar nos aspectos sexuais nojentos, contei tudo o que ocorrera em Marabá, a morte de Alceu, a traição de Valéria e as porradas que tomara. Eliana beijou minhas cicatrizes, mais uma vez mergulhamos nas delícias do amor e dormimos, já tarde, abraçados. Não tomei o diazepam naquela noite, e os sonhos vieram atenuados; acordei apenas uma vez, agitado, despertando Eliana, que, me sentindo revigorado, exigiu-me mais uma vez com carinhos. Acordamos tarde de manhã, e Eliana não mais me deixou; levava-me para todos os lugares e disse que não me perderia de novo, nem que dessa vez tivesse de enfrentar seu pai, caso tentasse se opor ao nosso amor. De noite anunciei que iria sozinho à casa de dona Lúcia, a mãe de Alceu, para cumprir a tarefa difícil de revelar o ocorrido àquela família. Avisei que dormiria na Caju e a veria no outro dia à tarde; ela ficou um pouco triste, mas disse que tudo bem.

Cheguei àquela casa pouco depois do jantar. Alex com dona Lúcia receberam-me alegremente e conversamos assuntos triviais, porque não reunia coragem para dar a notícia na frente dos dois. Num momento em que dona Lúcia entrou na cozinha para providenciar um café, disse a Alex reservadamente que saíssemos porque havia um assunto muito importante que precisava conversar com ele. Dona Lúcia voltou à sala trazendo uma bandeja com xícaras e café e, após bebermos, ela quis saber a respeito de meu casamento. Baixei os olhos e, sombrio, disse que não haveria mais casamento, estava de mudança para São Paulo e iria sozinho, como sempre fora na vida, levando apenas a lembrança de poucos e grandes amigos, como ela.

Alex telefonou à sua namorada avisando que não poderia ir à sua casa e depois de alguns minutos, como se fosse de sua iniciativa, convidou-me para tomar alguma coisa no Stop; aceitei prontamente. Em vez da lanchonete, fomos à praça do Pescador, bem ao lado do Ver-o-Peso, com sua feira singular no mundo, onde se encontram todos os exotismos da região amazônica. Dentro do carro, contei tudo para ele, desde meu encontro com Amadeu, passando pelas surras que tomei, os assassinatos, os estupros, o amor de um anormal que me permitia viver, o escândalo na cidade com a deserção de Cíntia e a conversa dos tais amigos influentes, bem como a existência e contato de meu irmão que morava em São Paulo, assunto que nunca havia revelado a ninguém daquela família.

Alex a tudo ouviu impávido, com sua face parecendo de pedra, só dando um ligeiro e quase imperceptível soluço ao ouvir a descrição do estado do corpo de seu irmão. Perguntou se eu tinha ideia de quem eram os tais amigos influentes e respondi que não, mas contei a história da movimentação de madre Liganó e de seu irmão na chancelaria italiana.

Por um momento, ficou pensativo e depois começou a falar que seu irmão não tivera paciência de esperar, mas que nossa geração ainda veria essa ditadura ser posta para fora aos pontapés pelo povo brasileiro, e sairia para a história pela porta dos fundos dos palácios de Brasília; pelo menos era o que mostravam as projeções econômicas, agora com o malogro do decantado "milagre econômico" de três anos antes. Prosseguiu dizendo que o pior era que o ditador seguinte, para manter a ditadura à tona nos quatro anos de seu "reinado", só teria a opção de correr o mundo atrás de dinheiro emprestado e desconfiava que os banqueiros internacionais aproveitariam para enfiar-nos uma dívida descomunal, que nos causaria muitos problemas, até mesmo deixando os banqueiros com poderes que poderiam afetar a própria soberania nacional. Concluiu afirmando não saber se a ditadura fazia isso por falta de patriotismo, ou se pela burrice característica e tradicional de seus mentores e beneficiários.

Alex sofria muito com o que lhe revelei, mas, afora o suor que porejava de sua testa e um ligeiro tremor nas mãos, nada demonstrava em seu aspecto externo. Lentamente dirigiu o carro em direção à Caju; nesse trajeto, soube que dentro de um mês ele e dona Lúcia viajariam para Londres, onde morariam, e combinamos trocar os endereços logo que os tivéssemos, por intermédio de madre Liganó. À porta da Caju, não mais conseguiu represar sua emoção e abraçou-me chorando muito, agradecendo a Deus a bênção de ter poupado a vida de seu outro irmão, que era eu.

Na Caju, padre Ruy tentou conversar sobre o acontecido comigo, mas demonstrei que não estava disposto a comentar esse assunto e ele não insistiu. Deu para sentir que a esquerda belenense sabia de todo o ocorrido em Marabá. Jogamos uma partida de xadrez e, ao se recolher, avisou-me que Raimundo Leite telefonara insistentemente à minha procura. Na cama pensei em Eliana e no fato de ela ainda estar apaixonada por mim. Perguntei-me se seu amor resistiria ao que mais cedo ou mais tarde teria de contá-la. Não me encontrava em condições de me apaixonar por nenhuma garota, mas deixava-me levar por Eliana, porque sempre me sentia bem ao lado dela, desde que a conhecera. Foi com o desconfortável pensamento de ter de contar-lhe tudo o que se passara comigo em Marabá que o efeito do diazepam chegou à minha cabeça.

Acordei de manhã com o grito de Irineu, um garoto hóspede: "*Chamem o Chassi, que tem uma garota procurando por ele*". Levantei-me e entrei no banheiro. Já haviam se passado dez anos, e na Caju eu ainda era conhecido por aquele apelido, agora resumido para ficar mais sociável; simplesmente "Chassi". Foi difícil escovar os dentes sorrindo o tempo todo.

Considerava a Caju a minha casa, assim como muitos rapazes que se formaram e saíram de Belém, mas não esqueciam esse estabelecimento, criado pela determinação de um sacerdote profundamente humano. Só não conseguia entender como poderia ser socialista. Um dia perguntei por que socialismo, e padre Ruy respondeu com argumentos sobre o humanismo e amparo social promovidos por essa ideologia quando no poder; daí perguntei se Stalin era humanista e preocupado com amparo social. Desta vez ele levou um xeque-mate político, pois desconversou e mudou de assunto. Ele não entendia que o socialismo, como imaginado por Marx, jamais poderia dar certo porque não é vacinado contra a ambição humana, que nunca poderia ser erradicada dos cérebros, uma vez que é inata e responsável por amplos mecanismos do pensamento. O socialismo, então, ou seria administrado por anjos descidos do céu, ou só daria certo em sociedades irracionais, nunca de homens. Tentar "apagar" a ambição das pessoas... Mais fácil seria criar seres humanos sem cicatriz umbilical.

Saí de casa vendo que a molecada estava junto ao muro soltando gracinhas para Eliana, que fitava os rapazes no seu gênero "morena mistério". Ao me verem, ficaram em silêncio, mas um engraçadinho gritou: "Aí, Chassi, vais engatar na carroceria, hein?". Todos explodiram em gargalhadas, inclusive eu e Eliana, que pensei estar rindo sem entender nada.

Era um sábado e ela resolveu que iríamos à piscina da Assembléia Paraense, o clube aristocrático. Perguntei se havia esquecido que seu namorado era um pé-rapado que nem sequer era sócio daquele clube fechado, e ela no ato respondeu: "*Mas é o Dr. Benedito, noivo da Dr.ª Eliana, e quero ver quem fica na frente*". Informei que estava sem calção de banho, e ela rápida: "*Meu primeiro presentinho de Natal*". Reclamei pelo minúsculo calção de banho que me estendia, dizendo que ela não sabia meu número e poderia ficar apertando meu saco, ficando intensamente vermelho ao ouvi-la: "*Olha aqui, meu 'chassi de pica', eu conheço todas as tuas dimensões e há muito tempo ouviu?*", dando ênfase à palavra "todas" e com um riso malicioso no olhar.

A molecada havia dito para ela o meu apelido completo. Saboreei seu sorriso porque a conhecia: aquela era uma paraense atípica, pois não se chamava Nazaré, e sua face era de poucos sorrisos. Seu comentário excitou-me e ela percebeu, pela montanha que começava a crescer por baixo de minha bermuda de linho bege. Sem desfazer seu sorriso, pegou o rumo de sua casa, com uma mão no volante e a outra brigando com o zíper de minha braguilha. Fechei os olhos e pensei que a piscina esperaria por um bom tempo.

Não, eu não deixaria de ser homem; nada havia melhor que o ato heterossexual, concluí. É a complementação divina de um todo e um brinde à natureza; é o próprio momento de formação da alma humana, pois já disseram os poetas que não a temos, somos meras metades dispersas. O amor foi intenso naquela manhã, com Eliana deixando-me marcas no corpo e querendo-me mais e mais; depois, exaustos, na hidromassagem da suíte do ricaço, seu pai, ela, beijando-me o pescoço, pediu uma chance, porque me queria muito e imaginou que ficaríamos juntos em São Paulo. Seus grossos e longos cabelos negros roçavam em meu peito, dançando pelos turbilhões de água, e sua voz era um canto suave e melodioso a meus ouvidos, mas eu não a amava, e ela sentia isso. Expliquei que afetivamente me encontrava seco e sofrido, mas nunca tirava a chance de ninguém.

Lembrei-me duma praia onde um sujeito também me pedira uma chance e dei uma resposta semelhante. Ali, ao lado daquela garota, até tentei evitar ou, pelo menos, esconder, mas Eliana percebeu o Tocantins de lágrimas que saíam de meus olhos; chorou comigo dizendo: "*Dito, meu amor, o que fizeram contigo?*". Ela nunca havia me visto chorar. Respondi a sua pergunta baixando a cabeça em silêncio, por absoluto medo de ela fugir de mim, se soubesse a resposta. Disse que em São Paulo a procuraria e durante minha estadia em Belém ficaria o tempo todo com ela, sem fazer favor algum, pois a queria bem e sua companhia me deixava feliz.

Saímos do apartamento depois de almoçar e fomos para a piscina da Assembléia Paraense, porque naquela tarde Belém parecia ter febre de tão quente; em tardes assim, nem as seculares mangueiras conseguem atenuar o calor. O porteiro do clube a tratou com deferência, nem sequer ousou querer saber a identidade de seu acompanhante. Depois que entramos, explicou que seu pai agora era um dos diretores do clube. Levou-me ao vestiário masculino e depois nos encontramos à borda da piscina. Ela trajava um biquíni azul numa tonalidade mais clara que o azul do minúsculo calção de banho que me presenteara e que me incomodava; comentou que eu estava um tesão e pedi que parasse de me provocar, lembrando que naquela sunga não tinha espaço como na bermuda de linho e poderia dar vexame. Sorrindo, ela disse que já estávamos dando vexame porque minhas costas estavam marcadas de unhadas; e meu peito, de chupadas, já que queria mostrar para toda Belém que aquele homem pertencia a ela. Abraçou-me e caímos, beijando-nos, na piscina.

    O clube era realmente muito bonito, com sua sede campestre em estilo modernista, e lá se reunia a elite belenense nas tórridas manhãs de domingo, como naquele sábado, em que havia muita gente. Eliana parecia assumir uma atitude desafiadora perante a sociedade, provavelmente por causa da revolta que sentia com seu casamento fracassado, e mesmo na cama havia mudado. Lembro-me de que era uma garota que nunca tomava a iniciativa, muito passiva e parecia ter até vergonha de gozar, mas agora era quem dava as cartas no momento do amor, muitas vezes parecendo uma pantera no cio.

    Todos que estavam na piscina agiam com naturalidade em relação a mim, como se tivessem me visto sempre por ali. Por causa do esporte, era muito conhecido na cidade; a imprensa, depois dos campeonatos, chamava-me de o "leão louro", o "goleiraço do remo", ou simplesmente o "Ditão do remo".

    Olhando na direção do bar, vi Raimundo Leite por ali, que ao me ver veio andando em minha direção, deixando Eliana tensa. As meninas, desde os tempos da escola, não gostavam do Leite e detestavam a companhia dele para seus namorados, porque o achavam um galinhão. Eliana agarrou-se em meu braço; Leite cumprimentou-nos, depois se virou para mim e disse: "*Eu tentei te advertir...*". E deu um grande gole no copo de chope que segurava. Sentou-se na nossa frente, olhou meu rosto por alguns segundos e comentou "*Caramba...! Foi uma senhora porrada a que tomaste; até te entortaram o nasal*", no seu jeito brincalhão de sempre. Eliana mirou-o ousadamente e beijou-me o nariz.

Raimundo Leite informou que tinha uns assuntos importantes para tratar comigo e convidou-me para jantarmos juntos, mas, antes que pudesse abrir a boca, Eliana acintosamente falou: "*É uma pena, Leite, mas Dito já tem compromisso para hoje à noite; não é, meu amor?*". E fitou-o desafiadoramente. Estávamos deitados juntos em uma espreguiçadeira de piscina e agarrou-se a mim enquanto falava. Desvencilhei-me de seu abraço e levantei-me, dizendo a Leite que jantaríamos no domingo, e marcamos um restaurante na saída de Belém; ele disse que me apanharia na Caju, mas, antes que pudesse completar o combinado com o horário, a voz hostil de Eliana cortou o ar: "*Não! Pode apanhá-lo na minha casa, tu sabes onde é*".

Raimundo Leite andou em volta de mim como se me examinasse, depois se virou para ela, comentando com uma cara cinicamente compungida "*Coitadinho, foi tão torturado..., olha só o estado das costas dele*", referindo-se às marcas de unhas em minhas costas, e retirou-se, deixando Eliana louca de raiva.

A garra dessa garota por mim envaidecia-me e emocionava-me; de noite, após dançarmos, fomos para sua casa, onde nos amamos e dormimos alternadamente, até nos levantarmos exatamente ao meio-dia. Eliana queria ir para a piscina da Assembléia Paraense mais uma vez, mas no fim preferiu um passeio comigo até Icoaraci, uma vila belenense próxima, para ver o ocaso num arremedo de praia que existe lá.

Exatamente às 20 h, apareceu Raimundo Leite na casa de Eliana, e fomos os dois juntos em seu automóvel na direção da saída de Belém, mas não parou no restaurante combinado, preferindo parar já na estrada, num posto de gasolina com um bar de carreteiros, onde no balcão começamos a tomar cerveja. Não perdi a oportunidade de comentar sobre sua atração por lugares sórdidos, mas ele disse que queria exatamente assim; sórdido e deserto, para o que tinha de falar comigo.

Perguntou o que houvera em Marabá e tentei dizer que não queria comentar sobre o ocorrido, mas Leite atalhou dizendo ser importante que falasse, porque tinha a certeza de que eu não conhecia a história toda. Contei desde o encontro com Amadeu, passando pela traição de Valéria e descrevendo o estado do cadáver de Alceu, mas novamente omiti os estupros. Num ar irônico, perguntou como então eu escapara, fazendo-me compreender que sabia de todos os detalhes. Com minha voz saindo por entre os dentes, prometi destroçar sua cara se tornasse público os estupros e ele me cortou, sério, dizendo que com determinados assuntos não se deve fazer brincadeiras; deveriam ser tratados com seriedade.

Lamentou a traição de Valéria, com um comentário que entrou em minha cabeça como se rasgando meus tímpanos, embora falasse muito baixo: *"Coitada da Valéria... O que ela não sabia era que todos já tinham sido traídos há muito tempo"*. Olhei-o estupefato, perguntando o que estava dizendo, e fui informado por ele, em sua fase de sério, que as organizações conseguiram retirar uma parte do grupo que continha cabeças premiadas do partido das cidades de Óbidos e Oriximiná, mas precisaram para isso desviar a atenção de Bem-te-Vi com outra parte, que fora entregue como boi para piranha, justamente a parte em que estava Alceu e Valéria. Prosseguiu explicando que Bem-te-Vi ainda tentou destruir o grupo restante com um grande incêndio florestal na área onde achava que se encontrava, ajudado por multinacionais europeias de veículos, usando como fachada a realização de projetos agropecuários. Na realidade, o que queriam era literalmente cauterizar o foco guerrilheiro de forma completa e definitiva; fracassaram rotundamente, porque os tais cabeças premiadas já deveriam estar no exterior. Acrescentou que talvez eu não tenha visto o incêndio, já que estava em coma com o crânio quebrado. O tal incêndio, de tão grande, transformou-se em um escândalo internacional, porque satélites norte-americanos detectaram-no, e o Brasil foi denunciado na Organização das Nações Unidas (ONU) por entidades ambientalistas como destruidor de uma mega-área da Amazônia.

Meu Deus do céu! Raimundo Leite sabia muito mais do que eu imaginava, e fiquei ouvindo aquilo que me dizia calado e incrédulo. Comentei que ele me revelava uma bacia amazônica de lama. Seguiu na onda de revelações, dizendo que as organizações pediram a Amadeu que arranjasse uma opção de comunicação com Marabá, sabia que eu seria procurado como a única pessoa que poderia levar a tal mensagem e tentou me avisar, mas não poderia fazê-lo de forma direta, pois seria perigoso para si. Sabia também que o grupo de Alceu seria entregue a começar por Amadeu, que até mesmo fora preso e torturado. *"Um dos mortos que vistes no canil foi a pessoa que recebeu a tua mensagem e deu a localização do grupo"*, afirmou.

Tentei falar, mas Leite interrompeu para dizer que, assim que se soubera que eu tinha saído vivo do canil, a esquerda se mobilizara para assacar-me a pecha de traidor, e só não conseguiram destruir também a minha moral, já que me detestavam de "velhos carnavais", porque a história circulava em lugares bem-informados, inclusive o "ataque de veadagem" de Bem-te-Vi para cima de mim. *"Mas logo depois se soube quem tu és de fato, e a partir daí ninguém mais se atreveu a tocar num único fio de teus cabelos"*. Subitamente, Leite interrompeu-se com ar arrependido, como se sentisse que havia falado demais.

Completamente atônito, agarrei em seu colarinho e sacudi-o violentamente, perguntando aos gritos quem era eu, pedindo que me dissesse, enquanto lágrimas de nojo e revolta molhavam-me a face. Leite desvencilhou-se de minhas mãos, que sacudiam seu corpo magro, depois que o dono do bar de carreteiros disse para brigarmos em outro lugar. Saí de lá arrasado e com um ódio profundo da estupidez em que os militares e suas antíteses, os subversivos, jogaram nosso pobre país e porque Raimundo Leite se refugiou na trincheira do silêncio, recusando-se categoricamente a dizer o que sabia de mim que eu não poderia saber.

Levou-me a um bar de classe, o do Hilton Hotel, na praça da República, e continuamos a beber cerveja; mais calmo, eu implorava que ele me dissesse o que sabia a meu respeito, mas ele respondia mudando de assunto ou fazendo silêncio. Depois de um tempo, pedi que me deixasse na Caju. Fui dormir perplexo e enojado; tive de tomar dois comprimidos de diazepam, mas, mesmo assim, foi uma noite atormentada por sonhos ruins. De manhã, batia bola com alguns garotos que ainda não tinham seguido para suas respectivas cidades, embora já estivéssemos próximos do Natal, e recebi um telefonema de Eliana dizendo que viria me buscar. Corri para preparar-me, e a molecada cuidou de se reunir à porta da frente, para ver a bela "carroceria" do "Chassi", como diziam em gargalhadas. Ainda ouvíamos as gozações quando Eliana me perguntou se teria alguma coisa para fazer e, como respondi negativamente, avisou que iríamos para a ilha do Mosqueiro, para onde se podia ir por estrada, mas tinha de se que atravessar de balsa uma pequena extensão de mar.

Na balsa observava seus lindos cabelos negros, que esvoaçavam ao sabor dos ventos, pois estávamos no conversível de sua mãe. Eliana era linda; tinha um rosto de feições delicadas e expressão misteriosa em seus olhos negros. Seu corpo era uma escultura, e, onde em Cíntia havia linhas rudes e musculosas, nela eu via feminilidade e perfeição. Foi bom aquele dia nas praias do Mosqueiro, que estavam desertas; amamo-nos várias vezes nas areias da praia do Farol, tendo apenas gaivotas como testemunhas. Estranho lugar aquele; apresenta os efeitos da maré, tem enormes ondas em várias praias, como a do Farol, mas a água não é salgada e apenas alguns meses do ano fica ligeiramente salobra, por causa do oceano de água doce que desemboca por aquela região do litoral brasileiro. Um lugar encantado de tanta beleza. Como a cidade de Belém não possui praias, o sonho do belenense era a construção de uma ponte ligando a ilha ao continente, o que colocaria as praias a poucos minutos da cidade.

No início da noite, voltamos para sua casa e o porteiro avisou que seus pais haviam chegado. Ela, com desagrado, disse que teríamos de procurar outro lugar para passarmos nossas noites. Dessa vez, seu pai tratou-me muito bem e perguntou sobre Marabá, pois sabia que estivera por lá; fiquei muito preocupado que ele fosse integrante de um desses círculos bem-informados a que se referiu Leite, mas, se soubera de alguma coisa, não demonstrou. Perguntou para sua filha se havíamos reatado o namoro, comentando que ela tinha sido uma tola em ter terminado comigo da primeira vez, como se eu não soubesse os motivos que a tinham levado a isso.

Eliana, depois de tomar banho, avisou que me levaria à Caju e esperaria aprontar-me; fomos a um cinema e depois seguimos em direção à estrada do "Quarenta Horas", a estrada do amor; uma estradinha vicinal muito escura na periferia de Belém onde se percebem, de um lado e de outro, pequenas luzes vermelhas, que indicam a presença de motéis. Dormimos em um espetacular, cuja suíte possuía uma pequena piscina em sua sala de banho, e o teto dessa sala abria-se ao toque de botões, deixando-nos em nosso amor à visão indiscreta das estrelas.

A semana passou ligeiro comigo praticamente nos braços de Eliana, no apartamento do Hilton Hotel, para onde me mudei, seguindo sua sugestão, por ficar perto de sua casa. Uma noite bebíamos uns drinques no bar antes de subirmos ao apartamento, quando subitamente entrou Amadeu acompanhado de um rapaz e, ao nos ver, veio em nossa direção, naquele seu tipo que um dia Eliana definiu como de "frescura respeitável". Cumprimentou-nos, disse que estava acompanhado e não poderia ficar conosco, mas que faria uma festa em sua casa no sábado e fazia questão de nossa presença. Pareceu não se importar com minha cara fechada e, antes que pudesse recusar, Eliana confirmou que lá estaríamos; Amadeu fez um adeusinho delicado e voltou para seu companheiro, um garotão alto e musculoso.

Então Amadeu ainda não havia perdido o pique de organizar festinhas nas noites de sábado em sua casa, pensei. Disse a Eliana não estar a fim de ir, mas ela protestou falando que não poderia me tornar um cara grosseiro, além do mais, entendia que ele não tinha culpa de nada, já que também havia sido preso e torturado, pelo que soubera. Não pude evitar sentir-me mesquinho com suas palavras e aceitei ir à festa.

Resolvi seguir para São Paulo de ônibus, pois ainda não tinha tido tempo de pensar, já que não fazia outra coisa senão amar Eliana, que me queria 24 horas por dia. De avião chegaria em pouco mais de quatro horas e não teria tempo de reciclar as ideias. No sábado de manhã, comprei a passagem para segunda-feira à noite e chegaria ao meu destino na quinta-feira de manhã, na antevéspera do Natal. No correio enviei um telegrama a Lucas avisando de minha chegada. Eliana, ao saber, reagiu pedindo que voltássemos juntos no dia 3 de janeiro, mas fiquei firme e disse que a acompanharia no aeroporto em São Paulo. Ela acreditou que estava sendo sincero ao ouvir que também não queria mais perdê-la; e eu estava.

Amadeu, em sua casa, cercado de seus amigos, "soltava a franga". Vestido de forma exótica, como sempre se apresentava em suas festas, recebeu-nos alegremente com o garotão atlético que apresentara como seu amiguinho paranaense. Trajava um tipo de pijama em seda branca, estava descalço; nos dedos de seus pés, viam-se anéis com sininhos, que disse serem indianos, que tilintavam delicadamente em seus passos; tinha uma pedra vermelha grudada na testa, e, nas costas da camisa de sua espécie de pijama, havia bordado, em fios berrantemente coloridos, o pescoço e cabeça de um veado, com aqueles chifres enormes em forma de galho. Foi com muito esforço e ajudado por beliscões de Eliana em meus braços que contive a gargalhada. Seu "caso" era um garoto de mais ou menos 20 anos de idade, muito bonito, de aparência máscula e viril, com seus músculos aparecendo por baixo de uma muito apertada camiseta branca.

Eliana comentou que ele não parecia veado, e refreei minha língua na hora em que lhe diria que, depois de Bem-te-Vi, não colocaria a mão no fogo por homem nenhum; estremeci com o ato falho quase cometido. Na festa havia menos gente do que nas duas a que havia comparecido anteriormente, mas com as mesmas características: bebidas finas à vontade e comida farta e gostosa. Num momento, encontramo-nos sozinhos por um instante num canto, perguntei se seu caso era homossexual e ele informou que era "entendido"; perguntei o significado da palavra "entendido" e explicou-se por um tempo muito longo, mas não consegui compreender. Aparentemente era o "homem" de um "casal" de homossexuais; pareceu-me um eufemismo.

Amadeu perguntou-me como "caí", e eu disse que ele sabia, pois fomos traídos pela própria esquerda. Tentou sofismar dizendo que não se podia falar em traições, se estavam em jogo interesses maiores, mas rebati com o argumento de que então se deveria reescrever o cristianismo, enaltecendo a figura de Judas Iscariotes, porque a sua traição proporcionara o derramar do sangue de Cristo para redimir os pecados da humanidade. Deixei claro que não conseguia entender como ele, com tudo o que havia sofrido, ainda tentava justificar a perfídia dos responsáveis por nossos padecimentos.

Após um tempo em que parecia procurar algum argumento, disse que, no momento que a política mudasse, eu poderia angariar dividendos políticos, pois, afinal de contas, fui o único cara que conseguira sair vivo das mãos de Bem-te-Vi. Respondi que não tinha essa pretensão por não ser de esquerda, todos sabiam disso, e não poderia me fantasiar de socialista, caso a política virasse em nosso país. Não era um papel para mim, e ficaria mais adequado aos sobreviventes do grande incêndio; os idiotas de Óbidos e Oriximiná, cuja salvação custou a vida de tantos, inclusive de Alceu, além de nossa prisão e das torturas a que fomos submetidos.

Amadeu, espantado e surpreso por eu saber mais do que imaginava, disse que tomara conhecimento do que eu havia passado nas mãos de Bem-te-Vi, fora preso dois dias depois de nossa conversa no Lila's e sofrera torturas bárbaras. Levantou a camisa, deixando mostrar cicatrizes de queimaduras em seu abdome, dizendo terem sido feitas por charutos acesos, e prosseguiu afetando a voz e os gestos, explicando que "infelizmente" só não tinha sido estuprado. Parou de falar por uns segundos e devolveu-me a pergunta que lhe havia feito anos atrás, com o mesmo jeito malicioso que eu então usara: *"E então, Dito... dói?"*.

Sua pergunta teve o efeito de uma bofetada. Creio que se chocou mais pelo sofrimento que meu rosto demonstrou sentir como efeito de seu questionamento do que com o que teve de ouvir como resposta: *"Dói, e dói muito, Amadeu, já que aquilo não é um órgão de prazer e o tal prazer que sentes só existe doentiamente dentro de tua cabeça"*.

Amadeu fitou-me, arrependido de sua pergunta maliciosa, pegou minha mão, pôs em cima de seu coração e, apertando-a, pediu desculpas pela fria em que me metera; lamentou a morte de Alceu e Valéria, de quem gostava muito, e implorou para que não deixasse de considerá-lo um amigo. Tirando minha mão de seu peito, dei-lhe um longo e apertado abraço, que silenciosamente respondeu à sua pretensão, sob as vistas do garoto, seu "caso entendido", que olhava emburrado para nossa direção. Pouco depois eu e Eliana fomos para o Hilton.

Em meu último dia de Belém, Eliana não me largou por um único minuto sequer. Passeávamos na praça Batista Campos e ela mais uma vez pediu que fôssemos juntos para São Paulo, passando com ela e seus pais o Natal e o Ano Novo. Sobre uma ponte, cujos corrimãos mais pareciam uma renda metálica feita pelos franceses no século passado, contei tudo sobre minha origem, até mesmo sobre o missionário. Eliana, desde que namoramos na época da escola, queria saber de minha família, mas eu sempre desconversava por não ter nada o que contar. Ouviu em silêncio, jogando pipocas para os peixinhos habitantes do lago artificial em forma de rio, que passava por baixo da ponte e fazia circunvoluções por toda a praça.

Falei do incêndio e de Lucas, da infância pobre e órfã, de tia Dora e da madre Liganó, da convivência com a família de Dr. Sérgio, do reverendo americano que era meu pai e finalizei dizendo que iria em busca de um destino em São Paulo e para perto da única pessoa que tinha no mundo, que era o meu irmão.

Chorando emocionada, Eliana abraçou-me ternamente e disse, muito comovida, que seu maior sonho era que eu também contasse com ela, além de meu irmão. Pensei em revelar tudo o que passara nas mãos de Bem-te-Vi, mas não tive coragem, e sim muito medo de ser mais uma vez abandonado no Pará. Expliquei apenas que no momento não tinha nada a ofertar a ninguém, nem material, muito menos afetivamente, nem sequer sabia a respeito de meu futuro, e que ela ainda não sabia tudo sobre mim, mas um dia saberia, não em Belém, e sim em São Paulo, onde, poderia ter certeza, seria procurada por mim. Acrescentei que gostava muito dela e dei-lhe o endereço de meu irmão.

Telefonei para Raimundo Leite e Alex, despedindo-me, e fui à Caju despedir-me de padre Ruy e da molecada, bem como pegar algo de minha bagagem que não levara para o hotel, como o caminhãozinho de madeira, agora dentro de uma caixa que havia mandado fazer para tal fim. A molecada dessa vez não fez gracejos, porque todos gostavam de mim e estavam muito tristes com minha partida; alguns até mesmo choravam. Sofri muito ao deixar aquele lugar, que depois da morte de tia Dora era o único lar que possuía, e não sabia quando ou se voltaria. Saí dali triste e sorumbático, amparado por Eliana, que me deixou praticamente dentro do ônibus. Logo que o veículo saiu, peguei a caixinha de comprimidos na intenção de tomar um, mas pensei melhor e joguei a caixa fora, determinado a deixar de tomá-los, custasse o que custasse.

Depois de mais de dois dias de viagem, pela manhã, chegaria a São Paulo e, desde o cochilo de poucas horas após sair de Belém, não mais dormi. Com certeza eu reconheceria Lucas, mesmo que no meio de uma multidão, porque seus traços estavam gravados em minha cabeça de forma indelével. Teria de procurar dormir, porque não queria que meu irmão me visse, depois de tanto tempo, com a cara de cansado que o espelho do banheiro revelara na última parada do ônibus. Tinha consciência de que deveria reaprender a dormir sem aqueles comprimidos e acreditar que, junto de meu irmão, nada mais me poderia atingir, porque tinha a certeza de que Deus continuaria nos ajudando. Eu não demoraria a dormir.

A MÃO DE DEUS

Já no conforto do asfalto, o ônibus corria como um bólido naquele fim de sua jornada, depois de mais de 3 mil km percorridos, 2 mil dos quais na pioneira Belém-Brasília, tendo a lama ou a poeira como presença constante, comuns nas estradas não asfaltadas. Dentro e fora dele, regendo o infinito tal qual um computador cósmico, a Entidade Suprema também velava os passos de seu filho e o ajudaria a dormir sem a indução química do sonífero, pois Ela promove a paz na Terra aos homens de boa vontade e o jovem médico Benedito Gomes Filho incluía-se nesse estreito rol de seres humanos.

Seu organismo exigia o diazepam amigo e companheiro de momentos difíceis, mas Benedito procurava alternativas de relaxamento dentro de si. Lembrar-se da própria vida foi prático para a reciclagem das ideias e dos sentimentos, mas o inventário emocional causou momentos de angústia, principalmente por causa das dúvidas que afloraram em sua mente, sendo a principal o que estava realmente por trás de sua libertação pela ditadura, do que muitos já sabiam e se recusavam a contar-lhe. Procurou não pensar nisso, pois interrogações estimulam a vigília.

Concluiu satisfeito que jamais se tornaria um homossexual, pois sentia ser masculina a sua alma, mostrada que fora pelo pensamento e pela carne por duas mulheres, madre Liganó e Eliana, respectivamente, com ampla aceitação de sua lógica e de sua genitália, mas a simples ideia de essa dúvida ter existido o fez procurar sintonia em outro canto de seus pensamentos. Lembrou-se de seu irmão e do tanto que teriam de conversar para voltarem a se conhecer, pois sentia que de ambas as partes o amor não havia se amofinado; a sensação ansiosa de querer saber o que ocorrera com Lucas por todo o tempo em que não o viu trouxe a necessidade de procurar uma lembrança pura e feliz de sua existência, desprovida de conteúdo carnal. Formou em sua cabeça a imagem de Alceu correndo em sua direção para festejarem, abraçados, o gol que acabara de marcar no Paysandu. A dor da sensação de perda afetiva apertou seu coração.

Sentiu então uma pontada em seu ouvido esquerdo, fazendo-o perceber a necessidade de um exame da região por um colega especialista na área para avaliar estragos, e veio embutido nesse pensamento a inconveniente e desconcertante ideia de que, em outro local de sua anatomia, haveria também a necessidade duma avaliação de estragos, por um outro especialista. Tentou pensar em Eliana, mas saboreou a amargura antecipada de voltar a ser abandonado no momento que ela soubesse o que teria de saber.

Desanimou-se um pouco e procurou vislumbrar um futuro ao lado de seu irmão numa cidade moderna e desenvolvida, ao sentir-se desabar por não achar momentos em sua vida cuja lembrança o ajudasse a relaxar. Como enviada pelo céu, a imagem de madre Liganó penetrou em sua mente e, do alto de sua sabedoria e magnetismo, dizia-lhe: *"Foi a mão de Deus"*. Tal momento mental lhe trouxe a paz e o sono reconfortador.

O que Dr. Benedito não podia relembrar, porque não sabia; o que madre Liganó não pôde lhe contar, porque também não sabia; e o que Raimundo Leite não lhe contou, por não querer se indispor com o maior serviço de inteligência do planeta, era que, a partir de um determinado momento, "a mão de Deus" usou um instrumento poderoso o suficiente para mudar aspectos na história: o chefe do departamento da América Latina do serviço de inteligência americano, *Mr. Richard Carlton*, o pai de Dr. Benedito.

Numa já longínqua tarde na pequena cidade de Castanhal nos sertões brasileiros, uma criança portando um olhar de terror fugiu de Mr. Richard como se este fosse um demônio, refugiando-se no hábito de uma freira. Tal atitude fez com que o reverendo pusesse um ponto final em sua atividade de missionário da ordem de Maria do Perpétuo Socorro.

Desde cedo, Mr. Richard pensou em dedicar a sua vida a Deus na atividade catequista da Igreja Católica, com o intuito de perenizar o nome de Cristo e manter para sempre a humanidade impregnada com ideário humanista d'Ele, mas em pouco tempo descobriu que havia uma ameaça maior para a cristandade do que o esquecimento humano: a filosofia sofista do materialismo ateu, que vinha a bordo de uma ideologia que desgraçava amplas áreas da humanidade; o comunismo.

A partir dessa constatação, lutou por Cristo em duas frentes: na catequese de povos incultos e no sistema de espionagem da grande nação do Norte, totalmente voltada para a "guerra fria" que travava com os comunistas. Em suas andanças como missionário, apaixonou-se e adotou o Brasil como sua segunda pátria, passando a atuar em missões nas cidades da Amazônia brasileira.

Duas vezes milenar, a velha Santa Madre Igreja sofre muito com o avanço cultural do homem, por não mais conseguir esconder suas incongruências obscuras, sendo uma delas a criminalização da mulher, tratada nas encíclicas ao longo dos séculos como uma criatura quase demoníaca, um verdadeiro poço do pecado, como se colocada no mundo apenas para os homens testarem sua resistência à resposta do desejo carnal tradicional à inata sedução feminina, e para o fabrico de seres humanos. Em suma, um ser inferior, somente tolerado por suas características fisiológicas da maternidade, já que apenas o primeiro casal foi moldado por Ele do barro, legando depois aos homens os mecanismos biológicos da reprodução como a síntese da felicidade humana, por ser a "cola" divina entre dois seres que constroem uma família baseada no amor e na "bondade universal", essa linda e divina função cerebral humana. Mas a Santa Madre Igreja entende desde sempre que a felicidade tem de ser combatida, pois o caminho do paraíso, a seu ver, é o da infelicidade e da dor.

Enquanto reverendo, Mr. Richard era um desses sacerdotes sofistas, que autojustificavam com facilidade suas atitudes; entendia que o vetado era o amor familiar e, como era um homem bonito, não lhe faltava oportunidade para praticar o ato sexual, que ele fazia apenas como descarga biológica, evitando os sentimentos individuais, porque, como diz a Igreja, o padre deve dividir seu amor equitativamente entre a humanidade e desobedecer a Deus não procriando.

Levava, então, Mr. Richard sua vida de reverendo, interpretando a seu modo, e de maneira confortável, os dogmas insanos e antinaturais e não admitia a hipótese de "acidentes". Como reprimir seu sexo? Algumas vezes se questionava o porquê de a Santa Madre Igreja negar a festa da alma para seus sacerdotes, pois não era dos que acreditavam que a instituição apenas não queria "competir" com uma família, pela posse dos bens que eventualmente deixassem os sacerdotes que falecessem.

Não! Era insano, e ele sabia que reprimir o instinto sexual no homem destroça sua alma, assim como reprimir o instinto nutritivo mata seu corpo. Muitas vezes, de noite, sentia seus órgãos abrasados e perguntava-se se era justo que a bula de algum anormal espichasse sua anormalidade para cima de todo o clero católico, como se uma decisão humana e um papel assinado pudessem anular a força vinda de Deus; como se quisessem consertar "erros" da mão de Deus.

Gostava do Brasil e de seu povo, ordeiro e pacífico, que possuía uma garantia de grande futuro: a Amazônia, região intensamente cobiçada por todo o mundo, inclusive por seu país. Mas que o mundo não se deixasse enganar, porque aquele povo era alegre e pacífico, porém não era passivo. Mr. Richard conhecia a história e sabia que a própria América queimou os dedos ao se meter na hileia; seu país jamais esquecerá a humilhação que passou nas mãos de paraenses, amazonenses e cearenses esfarrapados no início do século, durante o episódio da conquista do Acre, conquista essa reprimida até mesmo pelo governo brasileiro, que chegou a prender os líderes daquela saga histórica.

O governo boliviano incomodou-se porque brasileiros da Amazônia ocupavam a área do rio Acre, uma terra inóspita que na realidade ainda esperava a chegada dos bandeirantes em pleno século XX. Os caboclos buscavam as seringueiras e fundaram vilas na região. A Bolívia achava-se dona do pedaço por direito divino, reclamou para o governo brasileiro; este, como sempre míope para os assuntos e necessidades dos brasileiros principalmente da Amazônia, invadiu a área com as suas forças, destruindo as vilas brasileiras, e prendeu os líderes da pequena população, enxotando-a para dentro do que pensavam ser os limites do Brasil.

De maneira "muito responsável", o governo boliviano pediu ajuda dos EUA e permitiu a construção de uma base militar deste país, disfarçada numa companhia de comércio de frutas, em plena Amazônia na região do rio Acre, para defender a "soberania" boliviana naquela terra de ninguém. Bastou o governo brasileiro soltar os líderes que havia prendido para, em poucos meses, serem expulsos de lá bolivianos e americanos com a base militar nas costas, corridos que foram pelos caboclos armados com pouco mais que arcos e flechas. O Acre estava tomado e aí entrou a diplomacia brasileira, que, diga-se de passagem, atuou com muita competência; mas os senhores da história esqueceram-se de registrar que as mais heroicas batalhas não se passaram nos elegantes e perfumados salões diplomáticos holandeses, e sim nas selvas, com os caboclos lutando contra três governos: o brasileiro, o boliviano e o americano.

Os três governos desconheciam que a Amazônia já possuía um povo, e este é o brasileiro, que sempre superou os limites que lhe foram impostos, desde o aportamento de Cabral, apesar de sua máquina administrativa tradicionalmente capenga, que sempre o trava. Que o diga um papa metido a dono do mundo e seu Tratado de Tordesilhas. Também o México poderia ter sido aqui, se não existisse o bravo caboclo amazônida, com seu sentimento de brasilidade maior que o verde de nosso pendão, sufocando no nascedouro a formação da "América Dois" em plena Amazônia, apresentando ao Brasil e ao mundo um fato consumado e dando chances aos brasileiros de aclamarem o Barão do Rio Branco.

Não contava *Mr. Richard* com o acidente que o marcou definitivamente. Lembrava-se ainda da noite em que, ao passar pela frente da casa de Graça, a mulher do marceneiro, fora chamado para dentro e, enquanto tomava o café que lhe oferecido, a bela mulher se insinuava dizendo ser uma mulher pecadora, porque ansiava por gozar e nunca havia conseguido com o marido. O reverendo não resistiu e deixou plantado no útero daquela mulher a causa de uma grande tragédia familiar, que marcou a vida de uma cidade e principalmente de seu filho.

O velho cônego do lugar contou-lhe que a infeliz tudo fez para que o marido acreditasse que o filho era deste e, em seus esforços, falava em ascendências francesas, por ser do Maranhão, para explicar os olhos azuis, e até mesmo deu à criança o nome dele, mas não houve jeito. Aquele bom e cristão homem decaiu, tornando-se alcoólatra, e terminou por incendiar seu lar, tentando eliminar toda a sua família. Salvaram-se as crianças, mas, por recusa dos seus parentes, Benedito ficara sozinho, sendo criado pela caridade do cônego e das irmãs do colégio da cidade.

Naquela manhã, logo que chegara à casa do cônego, não teve como negar, porque a natureza foi cruelmente clara e reveladora, chegando a constranger todos os que estavam na casa, até a negra cozinheira; aquele jovem rapaz era seu filho. Um lindo e inteligente garoto, que espantava com seus conhecimentos da língua inglesa. Naquela época tentou, sem sucesso, conquistá-lo, porque ao vê-lo seu coração reagiu com um grande amor diferente de tudo o que havia sentido até então. Seu íntimo saboreou um dos mais divinos sentimentos humanos, a paternidade.

Com o pensamento retemperado por essa nova realidade, venceu, no subsequente conflito interno a que foi jogado, a percepção de que não mais poderia prosseguir na sua vida de sacerdote; o que sentia por seu filho era um sentimento profundo, sincero e tinha certeza de que vinha de Deus; mas sentir-se-ia hipócrita, caso prosseguisse sua vida de padre como se nada tivesse acontecido. Descobriu, então, Mr. Richard que poderia continuar sendo cristão sem pertencer a uma Igreja que não mais preenchia, agora o sabia, a sua procura pela verdade. No fim daquela Missão, o olhar de terror que seu filho lançou a ele, agarrado numa madre superiora, foi a maior punição de que se lembrava ter recebido na vida e jamais a esqueceria. Sim, Mr. Richard compreendeu que Jesus Cristo habita nos corações antes que nas igrejas, abandonou o sacerdócio, partindo em busca de um modo de vida mais saudável para seu corpo e sua alma. O ex-padre americano experimentou enfim a plenitude de suas funções cerebrais.

Casou-se com dona Eponina, uma baiana que conheceu após deixar a vida clerical, e morou um tempo no Brasil até ser chamado para chefiar o setor latino-americano da espionagem norte-americana, por ser um homem de confiança do presidente, de quem era muito amigo. Nunca abandonou seu filho, a quem acompanhava a distância, pedindo a Deus que não o levasse desta vida antes que recebesse um abraço fraterno daquele rapaz, embora soubesse ser muito difícil, pois percebeu que era considerado por ele como o próprio Satã. De forma discreta, recebia informes sobre a vida do filho por intermédio do "serviço" americano, já que de forma alguma poderia aparecer; ele sabia o seu lugar: a penumbra, o lugar dos castigados. Soube assim dos sucessos de Benedito nos esportes e com as garotas, ficou muito feliz quando ele entrou na excelente faculdade de medicina de Belém e vibrou ao saber de suas convicções políticas, o flagelo que representava para as esquerdas estudantis... Apenas uma vez foi indiscreto e quase pôs tudo a perder, por causa da truculência de um chefe de polícia seu amigo, a quem pedira que investigasse de forma discreta a república de estudantes onde seu filho morava, preocupado que estava porque soubera ser esquerdista o padre diretor de lá.

O policial, para mostrar-se prestimoso e eficiente, entrou em contato com os militares e o resultado foi o interrogatório de todos. Ao ler o relatório enviado por seu amigo, viu que este nem sequer se preocupou em esconder o puxão de orelhas levado dos militares, que reclamaram muito por terem perdido uma noite interrogando garotos assustados e rapazes estudiosos; veio em detalhes a confusão que seu filho armou exigindo o direito de estudar enquanto esperava para ser interrogado, alegando ter prova no dia seguinte. Percebeu Mr. Richard que seu filho não precisava de nenhum tipo de ajuda, porque estava construindo uma bela vida do nada.

Estava uma noite gélida em Washington, no dia em que Benedito se formou, e ele festejou jantando com a esposa em um restaurante dançante. Conversaram muito a respeito do rapaz e era grata a ideia de seu filho haver-se transformado em um médico, uma profissão-sacerdócio, cuja missão é combater o sofrimento e promover a vida. Sua esposa conhecia toda a história e algumas vezes até se perguntou se não deveria procurar aquele rapaz e conversar com ele, mas não se atrevia a falar isto para o marido. Ela gostava de Benedito, apesar de só o conhecer pelos relatos de Richard, que descrevia sua vida sempre o enaltecendo; naquela tarde também experimentava o sentimento de felicidade de seu companheiro. A periferia da paternidade semeou em Richard um amor tão grande que se contentava em observar seu filho, deliciando-se com os sucessos dele, mas sempre refugiado em dobras obscuras, não podendo aparecer para não assustar e atrapalhar a vida daquela beleza de rapaz, cujas convicções políticas conhecia muito bem. Era seu castigo não poder chegar perto de uma das pessoas que mais amava no mundo.

Ficou preocupado ao saber de seu filho trabalhando em Marabá. Naquela região o governo brasileiro enfrentava problemas de guerrilhas, mas tranquilizou-o sabê-lo um grande médico, sério e voltado à profissão, sendo respeitado na cidade inteira. Estava namorando e pensando em casar-se com uma menina do lugar; ao ver a foto da moça, ficou um pouco decepcionado, pois a achou feia, mas entusiasmou-se com seu *"curriculum"*. Despreocupou-se Mr. Richard, entendendo que não precisaria fazer nada por Benedito, porque agora seu filho teria uma família para cuidar dele, e, se nunca precisara, menos agora precisaria deste seu pai. Parecia que seu filho tinha encontrado seu lugar sob o sol da felicidade humana.

Ele sabia que, caso fosse a vontade de Deus, jamais abraçaria aquele filho, mas até então teve somente motivos para se orgulhar do rapaz, que, partindo do nada chegou, mais longe do que qualquer pai esperava de seu filho. Mr. Richard pedia sempre a Deus que lhe desse a ventura de pelo menos não ser odiado por Benedito.

Primeiro veio a sua mente aquele garoto sorrindo alegremente com sua bandeirinha em forma de flâmula, artisticamente decorada com a figura da Virgem no fim de uma procissão, depois o rapaz jogando futebol com uma grande e vibrante torcida vestida de azul e gritando seu nome. A partir daí a imagem de Benedito não mais lhe saiu da cabeça, naquela tarde atipicamente quente no outono dos EUA, causando saudades e uma vontade imensa de saber notícias dele. Mr. Richard, sempre que ia a Belém do Pará, dava um jeito de vê-lo e algumas vezes foi a Belém exclusivamente com esse fim, como no dia em que seu filho disputou a final de um campeonato de futebol; mas, desde que voltou para os EUA, apenas recebia informações.

Sua tarde de trabalho foi muito problemática e estafante; além da América Latina e seus grandes problemas, ainda teve de se debater com uma vontade de ver Benedito como nunca havia sentido. De noite comentou com a esposa que talvez seu filho estivesse se casando e ele havia sentido no coração; não conseguiu deixar de pensar nele.

Estava sonolento Mr. Richard naquela tarde depois do almoço, mas resolveu ver se havia informações, porque esperava uma que havia solicitado na véspera. De fato havia chegado o que esperava e explodiu em sua cabeça: "Dr. Benedito Gomes Filho foi morto em combate contra tropas federais no município de Marabá no estado do Pará, exatamente há vinte e cinco dias". Mr. Richard chamou sua secretária e colocou a mão no peito, tentando aliviar a sensação de sufocação que estava sentindo. Pediu confirmação urgente daquela informação que havia chegado.

O velho espião fazia parte da facção que achava esgotado o método de interferência nas políticas latino-americanas e advertiu várias vezes o próprio presidente de que ainda teriam grandes problemas com a ditadura brasileira. Era embaraçoso saber que o atual governo brasileiro estatizava a economia às escâncaras, e outros problemas já haviam começado, como, por exemplo, na área diplomática, o "namoro" do governo brasileiro com Agostinho Neto e seus cupinchas comunistas de Angola. Mas o maior problema, e que poderia ser apenas o começo de um longo tempo de posições conflitantes, era o decreto brasileiro de extensão de seu mar territorial.

Temia *Mr. Richard* que, nas dificuldades que se avizinhavam, o governo brasileiro lançasse mão do surrado argumento do nacionalismo para se manter, escolhendo um fantasma de plantão a fim de que todos unidos pudessem jogar pedras juntos; esse fantasma sem dúvida seria o "Tio Sam" mais uma vez. Washington, no entender de *Mr. Richard*, não aprendia que ditaduras eram bem menos confiáveis que democracias, principalmente quando se tratava de ditadores incompetentes e perdulários, como no caso do Brasil.

Pelos informes que recebia, sabia que a questão do conflito armado na Amazônia estava sendo combatida com eficiência, porém de forma embaraçosa; aliás, parecia que um major na área estava ficando fora de controle e agora mais esta: haviam matado seu filho por lá. Lembrava-se o norte-americano de que a América teve um caso assim; na Guerra do Vietnã, um general ficou louco e penetrou no Camboja destruindo tudo o que lhe aparecia na frente, deixando atrás de si um verdadeiro rio de sangue.

Com a confirmação da notícia, *Mr. Richard* uma hora depois estava a bordo de um jato civil em direção ao Brasil; dando-se apenas ao trabalho de antecipar uma viagem já marcada. Durante o voo, falou com sua esposa, avisando-a da viagem, contando os motivos da urgência, e também conversou com o presidente, que lhe afirmou poder contar com a América na busca da verdade sobre seu filho, pois a este país interessava sua integridade emocional. O presidente sabia da história; conhecia bem *Mr. Richard* desde a infância e desenvolveram uma longa e sólida amizade que já durava décadas.

Em Belém, hospedou-se no Hilton, onde montou seu escritório de operações; primeiro exigiu agressivamente explicações do serviço de informações brasileiro, depois convocou em reunião dois de seus agentes em Belém e mandou-os para Marabá, com a finalidade de levantarem minuciosamente o que de fato acontecera com Dr. Benedito.

Fazia seis anos que Eponina acompanhava aquele homem e era feliz com ele; nascida em Campo Formoso, a cidade das esmeraldas na caatinga baiana, foi já moça para a "Bahia", como o interiorano baiano chama a capital. Começou trabalhando em uma firma de importação e lá, oito anos depois, conheceu aquele americano de meia-idade, ainda belo e de um carisma forte o suficiente para fazê-la se apaixonar.

Estava Richard amargurado, sem um rumo na vida e nem sequer possuía um lar, vivendo a perambular hospedando-se pelos hotéis. Dizem que o homem ferido é presa fácil da sedução feminina, mas os ferimentos de Richard, ela logo os viu, eram diferentes e em nada ajudaram a sua difícil conquista, porque aquele coração parecia hermeticamente fechado. Mas, como a garra da brasileira para ir à luta por seu homem é irresistível, bem como o eram os olhos verdes de Eponina em contraste com sua pele de tonalidade morena jambo, Richard acabou abrindo sua alma e foi a vez de Eponina ter de segurar suas emoções e vencer sua crise.

Uma fervorosa e fiel católica ser esposa de um ex-padre. O amor recebeu o último empurrão para vencer, ao tomar conhecimento do rapaz em Belém do Pará e perceber que aquele homem sofria por um sentimento puro, frustrado pelo que ele entendia ser um castigo divino. Decidiu que o ajudaria fazendo-o feliz. Pediu bênçãos e compreensão a Deus e uniu sua vida à de Richard, um homem 15 anos mais velho.

Eponina ficou muito desolada com o que ouviu de seu marido e resolveu desabafar com reverendo Paul, grande amigo do casal, que conhecia e gostava de Benedito. Ela ainda se lembrava do dia em que o reverendo contou, entre gargalhadas, o embaraço de Richard ao descobrir que seu filho falava inglês e muito bem.

Foi no Vaticano, onde exercia o cargo de editor-chefe do *L'Osservatore Romano*, o jornal oficial, que Rev. Paul havia recebido a notícia do assassinato de Benedito; ficou perplexo e indignado, sentindo muita pena de Richard porque sabia a importância daquele garoto na vida dele. Condoído, pensou que não poderia ser possível; por que aquele bom rapaz, médico recém-formado, teria de morrer e em combate com o governo? Concluiu que estavam matando inocentes no Brasil. Não titubeou em colocar, na edição seguinte do jornal, uma cáustica nota de protesto.

Já iam longe os ideais de Castelo Branco de interferir nas instituições democráticas o menor tempo possível, o suficiente para dotar a democracia brasileira de mecanismos protetores contra ideologias irresponsáveis e sediciosas, que queriam destruí-la com dinheiro e treinamento guerrilheiro, ofertados por países estrangeiros interessados, desde a década de 1950. A morte do marechal, estranha e muito conveniente para alguns, em um desastre de avião também fez desaparecer todo e qualquer traço de patriotismo na tal "redentora".

Escolher governantes para esse infeliz país passou a ser uma ação entre amigos, com o parlamento a balançar a cabeça feito vaca de presépio, a casta dirigente acostumando-se com o poder e pretendendo eternizar-se nele, mas exercendo-o com incompetência e irresponsabilidade, pondo o Brasil em marcha à ré e achando que estava no caminho para a grande potência do ano 2000. A tática dos ditadores debiloides era manter os "inimigos" aterrorizados, o que era fácil, porque tratava-se da população civil de seu próprio país.

A ditadura lacaia não entendia o porquê de tanto barulho internacional por causa de "apenas" um médico órfão e pobre e, além de tudo, brasileiro. Foi um vendaval diplomático com notas de protesto da Itália e do Vaticano, além da agressiva incursão no assunto de um alto funcionário americano, que, informalmente, exigia explicações para o desaparecimento de um subversivo. Tratava-se de um prestígio internacional inimaginável e incompreensível para um reles brasileiro e, ainda por cima, civil.

Com alívio a ditadura descobriu que, por motivos não muito claros, um de seus mais frios e sanguinários assassinos recusou-se a obedecer a ordem de eliminação de Dr. Benedito, mas mandou relatório informando ter cumprido o ordenado. Pachorrenta na velocidade das coisas ineptas, a ditadura levou dois dias para descobrir o paradeiro do médico, mas naquelas alturas o irritado funcionário americano já estava a par de toda a história.

Em sua primeira noite em Belém, *Mr. Richard* demorou muito para dormir. Ele não podia acreditar que seu filho estivesse morto, pois em seu coração sentia que estava vivo. Como poderia ter sido morto em combate, feito guerrilheiro, um rapaz até certo ponto marginalizado durante sua época de estudante como um cara de direita? De forma alguma aquela história conseguia entrar em sua cabeça. Pela manhã bem cedo, poucas horas depois de ter adormecido, recebeu uma mensagem de um de seus agentes de Marabá dizendo que seu filho estava vivo, mas enfrentando problemas que ainda estavam sendo dimensionados.

Foi com paciência que *Mr. Richard* recebeu dois dias depois um comunicado do "serviço" brasileiro dizendo que houvera um engano e que Dr. Benedito estava vivo e bem, na cidade de Marabá. Atribuiu a nota à incompetência do serviço de "inteligência" brasileiro, porque pessoalmente informara que seu filho estava vivo e que cuidassem de não tocar num único fio de cabelo do rapaz, deixando a servil ditadura atordoada.

Alguns minutos depois de receber a mensagem *brasileiramente* furada, caiu em suas mãos todo o material coletado por seus agentes na cidade de Marabá. Enquanto lia, seu rosto foi ficando cada vez mais vermelho e, não podendo mais conter a vaga de ódio e repugnância dentro de si, exclamou lenta e abafadamente naquele seu português capenga: *"Filhos da puta!"*. Sentiu uma pena imensa de seu filho nas mãos de Bem-te-Vi, o major enlouquecido. Resolveu conversar urgentemente com o chefe do Serviço Nacional de Informações, ou simplesmente o "serviço" brasileiro.

O ministro conhecia bem *Mr. Richard*, pois tivera oportunidade de encontrá-lo em Washington. Era um grande conhecedor e amigo do Brasil, muito afável e educado, e de forma alguma poderia ser contrariado, por ser um homem de muita influência na Casa Branca. Recebera informes dando conta de que ele se interessava pela sorte de um médico subversivo, e a notícia, logo desmentida, da morte do médico deixara-o furioso. Achava, e com razão, o ministro que não seria uma interlocução fácil, porque não seria convocado para ir a seu escritório na avenida Paulista em São Paulo, se não houvesse assuntos importantes em pauta, mesmo tendo como palco uma reunião informal nas dependências de uma empresa de fachada. Oficialmente estaria lá resolvendo assuntos particulares. Armou-se de uns papéis e partiu.

O ministro entrou na sala, de cara sentiu o peso da atmosfera que exalava do rosto carrancudo do *"mister"* e, com um sorriso, adiantou-se dizendo que tinha informes dando conta de que o rapaz que procurava de fato tinha sido preso, mas fora muito bem tratado, ficando até mesmo fora de cela, em alojamento de soldados. Libertado após poucos dias, já havia assumido sua vida normal em Marabá, onde, aliás, era funcionário do governo. *Mr. Richard*, com as narinas dilatando e contraindo alternadamente e ouvindo marteladas de ódio em seus ouvidos no ritmo de seu coração, estendeu ao ministro as suas próprias informações.

Durante a leitura, o ministro sentiu-se engasgar e, afrouxando o nó de sua gravata, não pôde evitar a palidez de seu rosto com aquela história nojenta de escravidão e aberrações sexuais. Mal ouvindo o débil *"Eu não sabia"* que o ministro, perplexo, balbuciou balançando a cabeça, o americano perguntou-lhe o que pretendia fazer o governo brasileiro, apertando nervosamente o cabo de prata de sua bengala, antiga companheira das crises de gota que assolavam sua vida nos momentos de tensão. A velha raposa militar brasileira suava frio, pasmo com o que acabara de ler, mas logo recuperou o controle e tratou de tergiversar, dizendo que, afinal de contas, tratava-se de guerrilheiros, de pessoas pagas pelos comunistas para tomar o governo do Brasil pela força, mas não soube responder por que o Dr. Benedito fora retirado de seu trabalho no hospital e levado para ser morto e torturado, num lugar de execuções.

Procurando pensar de maneira rápida, o ministro tentou dizer que não houvera ordem de matá-lo, mas calou-se, dando um pinote de susto na cadeira, ao ver *Mr.* Richard, completamente descontrolado, esmigalhar o vidro de sua mesa com o cabo de sua bengala: uma insólita estatueta representando um homem velho alquebrado carregando um menino nas costas.

Após alguns segundos do silêncio denso que se seguiu ao som do vidro estilhaçando, o ministro ouviu em gritos indignados: *"Mentiroso! Vocês mandaram matá-lo, eu sei, e só não sei o porquê, mas sei muito bem para que ele foi deixado vivo. Eliminem rápido aquele cara, ou envolvo vocês todos num escândalo internacional que os derrubará; disto podem ficar certos"*. Perplexo e constrangido, o chefe da "inteligência" brasileira encerrou a reunião marcando outra, com o comandante da área, para a manhã do outro dia em Brasília. Saiu de lá muito preocupado; se perdessem o apoio americano, onde mais procurariam apoio? No povo brasileiro?

De manhã bem cedo, o carro de *Mr.* Richard já circulava pela esplanada dos ministérios; a reunião seria numa sala do palácio presidencial. A ditadura queria mostrar-se servil à nação mentora e procurava impressionar, mas a reunião começou tensa com o comandante de Marabá, coronel Juarez, de forma arrogante e áspera, explicando não entender o porquê de tanto estardalhaço por causa de um sujeito subversivo como o médico de nome Benedito; foi rispidamente atalhado por *Mr.* Richard dizendo não querer discutir métodos nem razões, mas que a América tinha interesse na integridade e na vida daquele rapaz. Em seguida expôs suas dúvidas quanto àquela integridade ser garantida por um comandante que permitira, em sua área, um louco como Bem-te-Vi, que assassinava pessoas em vez de simplesmente prendê-las.

O comandante grimpou e, falando alto, disse não admitir que um estrangeiro falasse com ele naquele tom, logo ele, um indivíduo patriota e que, exatamente por isto, tinha dado pessoalmente a ordem de que não se fizessem prisioneiros, porque em Marabá não havia condições de manter presos políticos. O americano remexeu nervosamente em uma pasta de couro que portava, retirou um documento e entregou-o nas mãos de coronel Juarez. Observou a reação do militar ao que lia, pensando em quanto era deprimente e perigosa para qualquer sociedade uma pessoa daquela estirpe imbuída de poder.

O militar "patriota", ao ler o escrito, empalideceu, dobrou-o cuidadosamente colocando-o no bolso e, a partir daí, tornou-se um espectador da reunião, sem coragem de abrir a boca. Mas não era para menos; os americanos sabiam e tinham provas de todas as suas falcatruas com latifundiários e garimpeiros da região. Sua presença, de tão constrangedora, levou o ministro a mandá-lo embora, ficando a sós com o estrangeiro. Procurou levar a conversa num tom ameno, dizendo ter tomado todas as providências necessárias à manutenção da integridade de Benedito, informou que Bem-te-Vi já estava causando embaraços havia muito tempo, o governo já tinha em mãos a solução, que imediatamente seria posta em prática, e, após ser consumado o que teria de ser feito, pediria ao comandante que tentasse convencer Benedito a sair da área; acrescentou que o médico só havia passado pelo que passou porque ninguém imaginou fosse ele uma pessoa de tanta importância internacional.

Mr. Richard solicitou que ficasse a par de toda a operação e reiterou o cuidado que teriam de ter, porque Benedito não poderia de forma alguma saber de sua atuação. Ele entendia que Benedito tinha de sair dali, mas temia que seu filho se recusasse, se soubesse de sua ação nos bastidores; retirou-se para o Hotel Nacional um pouco mais despreocupado porque o rapaz estava a salvo. Sentia-se leve o suficiente para, no caminho, admirar o efeito ímpar do surrealismo modernista daquela linda cidade. Por causa de seu filho e de sua mulher, ele se sentia um pouco brasileiro e, com orgulho, constatou que a cidade teria de ser muito bela mesmo; afinal, tratava-se da capital de uma grande nação, que, livrando-se da tutela irracional dos militares, poderia se transformar numa potência.

Naquela noite em sua suíte, conversou primeiro com sua esposa, tranquilizando-a quanto a Benedito e avisando-a de que só sairia do Brasil com o fim dos problemas que seu filho enfrentava. Teve também uma longa conversa com o presidente, que transmitiu a solidariedade de seus amigos, pois todos conheciam o amor e orgulho que sentia por aquele filho. O presidente também queria saber notícias a respeito de uma grande queimada florestal na região, que repercutira até mesmo no Congresso, não demonstrando enfado ao ouvir, pacientemente, um relato de como encontrara a situação na Amazônia, além da sua opinião pessoal sobre as autoridades com quem se avistara.

Mr. Richard recebeu ainda em Brasília dois relatórios sobre Marabá. O primeiro contava como o governo foi favorecido por um incidente que ferira gravemente o major Bem-te-Vi, mas o Dr. Benedito quase pôs tudo a perder, botando-o com muito esforço fora de perigo de morrer no hospital. Após ler esse relatório, seu coração percebeu que ele agira assim para não quebrar o juramento de médico ainda no início de sua carreira, mas sua alma masculina pressentia os conflitos em que seu filho seria jogado por haver sido magnânimo. Duas lágrimas de pura emoção rolaram em sua face, no pensamento de que a atitude de abnegação e misericórdia cristã daquele rapaz era um exemplo até mesmo para si, que tantas vezes caíra no pecado da ira. Pediu em oração a Deus que iluminasse aquele jovem, tão humano, nos dramas psíquicos que certamente enfrentava.

Alguns dias mais tarde, ao receber o segundo relatório, fez um esforço muito grande para não voltar a pecar pela cólera, mas indignou-se profundamente com a maneira torpe pela qual aquele desonesto comandante tentava "convencer" seu filho a sair da cidade, promovendo uma campanha de difamação contra a sua masculinidade. Procurando controlar-se e falando com calma pelo telefone, voltou e explicar o porquê da necessidade de substituição do comandante; desta vez o ministro tomou conhecimento de todas as safadezas, teve provas à sua disposição e acabou informando que a substituição do comando de Marabá já estava sendo providenciada. Mr. Richard, sabendo disso, retornou a Belém do Pará, para mais perto dos acontecimentos.

Aquele era um homem bom. Mr. Richard percebeu logo que o viu ao procurá-lo em Belém, onde estava em trânsito para Marabá, para assumir o comando do "oito". Durante o almoço no hotel onde estava hospedado, foi a vez de Mr. Richard sentir necessidade de desabafar com um estranho, portador de um rosto duro e inflexível, como convinha a um militar, mas que impregnava o ambiente com a bondade austera que transmitia. Contou a história de seu passado clerical e de sua paternidade para o coronel Jair, que a tudo ouviu cerimoniosamente calado, garantindo depois que guardaria o que soube como uma confidência que jamais seria passada adiante e morreria com ele.

O militar, envaidecido com o convite para o almoço e por ser guinado à condição de confidente de tão ilustre estrangeiro, saiu de lá com mais vontade ainda de conhecer o Dr. Benedito, um rapaz que nem sequer imaginava o tamanho da força que tinha por trás de si. Ele gostou do americano e percebeu ser ele uma pessoa que sofria com um drama pessoal, e sinceramente sentiu a necessidade de fazer alguma coisa por aquele homem e seu filho.

Em sua primeira semana como comandante, procurou conhecer o célebre Dr. Benedito; seus informes descreviam-no como um jovem e sério médico, humano o suficiente para tentar salvar seu algoz, e com coragem bastante para enfrentar briosamente uma violenta campanha de difamação junto apenas do garotinho que criava, já que, durante o escândalo fabricado, foi abandonado e execrado até pela própria noiva.

Encantou-se com o rapaz, um garoto muito inteligente e tranquilo, com o qual, a despeito do tempero de revolta que portava em seu pensamento, conseguiu estabelecer uma conversa já no primeiro contato; sentiu uma simpatia crescente por aquele jovem de olhar triste e sofrido, que, percebia-se, não era feliz. Não teve coragem de solicitar nada ao médico naquele dia. Por intermédio de cabo Sidney, soube que aquele rapaz havia sofrido muito nas mãos de Bem-te-Vi e não conseguia compreender como, no seio da gloriosa instituição onde servia, poderiam acontecer fatos como os que lhe foram relatados.

A primeira providência prática foi resgatar a imagem social do médico, espalhando pela cidade ser ele o melhor amigo do comandante e pessoa de muitíssima importância. Seria uma tarefa fácil, porque a cidade no fundo já aprendera a respeitar aquele dedicado médico pelo seu útil trabalho, e depois ele poderia ser confundido com gringo, com criança, mas jamais com homossexual, por ser uma pessoa de aparência absolutamente normal. O segundo passo seria conquistar, para o rol de seus amigos, aquele grande brasileiro e procurar diminuir ou atenuar o ódio justo que sentia pelas instituições militares. Achava sinceramente que, na estiagem da tormenta política em que a pátria se encontrava, a caserna brasileira teria de se desdobrar na reconquista do amor que a nação lhe dedicava, mas que havia perdido ao se julgar dona da verdade, ousando substituir a política de um povo à força, baseando-se no argumento dos canhões, num erro histórico.

O coronel Jair não desconhecia que ainda pairavam ameaças à integridade do médico, porque foi encarnado como o próprio antinacionalismo brasileiro por áreas militares, o ícone do imperialismo americano; entendia o comandante que poder político mais desinteligência e armas produziam reações explosivas e emocionais, localizadas e passageiras, é verdade, mas que poderiam ser mortais.

Mr. Richard continuou sua investigação a respeito de Benedito; causava-lhe ansiedade muito grande o fato de ele recusar-se a sair de Marabá. Sabia perfeitamente dos riscos e dificuldades que corria seu filho, e até mesmo havia montado um pequeno e pouco sofisticado esquema de proteção, que em nada servia para tranquilizá-lo. Em Castanhal não foi difícil conseguir um ponto que poderia dar início, em São Paulo, a uma investigação do paradeiro de Lucas, a outra criança sobrevivente do incêndio, e irmão de Benedito. Tinha esperanças, Mr. Richard, de que Lucas conseguiria convencer seu irmão a deixar a cidade. Seus agentes, em muito pouco tempo, localizaram aquele rapaz numa metalúrgica, onde trabalhava como engenheiro químico. Tomando conhecimento de que o jatinho com Mr. Richard se aproximava, o coronel Jair mandou seu carro apanhá-lo no aeroporto. O americano resolvera passar em Marabá antes de seguir viagem para São Paulo, a fim de encontrar-se com o comandante. Soube do militar que seu filho iria a sua casa para uma festa que havia organizado e com Sidney, um cabo muito amigo do rapaz, tentariam persuadi-lo a sair de Marabá. Nesse encontro ele tomou ciência do porquê da prisão de seu filho: tentava salvar da morte um seu amigo de infância. Depois do encontro procurou uma maneira de observar Benedito e, protegido pelos vidros escurecidos do Opala do comandante, viu-o atravessando a rua na frente do hospital, parecendo triste e alquebrado; foi uma visão penosa, pois acostumara-se a ver aquele jovem exibindo garra e alegria de viver.

Viajou para São Paulo deprimido.

A noite no Sheraton em São Paulo foi de insônia, pois o caminhar lento e triste de seu filho havia-o impressionado muito; ocorreu-lhe também que Lucas poderia não mais se lembrar do irmão e não o apoiasse. Perguntava-se que tipo de afeto Lucas ainda nutria por Benedito e entendeu que a procura dessa resposta seria fundamental para a execução de seus planos. Com muito tato e ajuda de seus agentes, conseguiu marcar um encontro com o engenheiro no escritório da avenida Paulista.

Lucas entrou na sala intrigado e muito curioso sobre aquela reunião; soube, por uma elegante senhora com jeito de secretária, que Mr. Richard se atrasaria um pouco, mas que logo chegaria. Sentou-se em uma poltrona da fina sala de espera, pensando nas emoções do dia; pela manhã fora procurado na fábrica por um senhor vestido de paletó que lhe entregou um envelope e retirou-se sem esperar resposta. Abriu o envelope; era de um amigo de Benedito, marcando uma reunião às 22 h naquele endereço, e, a partir daí, não mais conseguiu trabalhar. Ainda pensava nesses fatos quando entrou na sala aquele homem com sotaque e aparência de americano, apresentando-se como Mr. Richard.

Reunião estranha, porque no início sentiu-se sondado pelo estrangeiro sobre seus sentimentos por seu irmão. Estava um tanto surpreso porque logo compreendeu, ao ver Mr. Richard, que aquele era o pai de Benedito. Ao ser informado de que seu irmão no interior paraense enfrentava problemas, foi tomado de grande preocupação e disse ao americano que faria tudo ao seu alcance para trazer seu irmão para perto de si.

Saiu da reunião bastante preocupado com Benedito, de quem não tinha notícias havia sete anos, desde que soube por madre Liganó que havia passado no vestibular de medicina. Achou na época que a vida, apesar de tudo, ainda sorria para eles, mas agora recebia a notícia de que seu irmão enfrentava problemas sérios no interior do Pará e, embora não soubesse o teor dos problemas, percebia que aquele americano não o procuraria solicitando ajuda, se fossem problemas simples.

Ainda em São Paulo, Mr. Richard conversou pelo telefone com o coronel Jair e foi informado de que seu filho tomara conhecimento de que seria procurado por seu irmão. O coronel achava que ele estava propenso a sair de Marabá, mas ainda não tinha recebido uma resposta definitiva porque o jovem alegava não ter para onde ir. Percebeu Mr. Richard que não haveria outra saída; ele teria de contar com a ajuda de Lucas para retirar Benedito daquele inferno, principalmente porque o comandante o advertiu estar ficando cada vez mais difícil manter a integridade do médico naquelas paragens. O tempo andava rápido e Mr. Richard, que corria contra ele, sabia que não poderia desperdiçar um único segundo.

ESTAÇÃO DA LUZ

Era aquele! Sofia não teve dúvidas desde o momento em que o viu sorrindo, e ela nem a fim estava de ir àquela festa junina da fábrica onde seu pai era o gerente. Exasperou-se com o fato de o rapaz parecer desligado, não se dar conta de que ela estava "dando em cima" dele e continuar a tomar cerveja com os seus amigos, sendo generoso com seu sorriso, provocando até tonteiras. Depois de um tempo em que nada aconteceu, percebeu que teria de provocar aquele encontro, chamando para si a iniciativa.

A festa na quadra de esportes da escola de samba Rosas de Ouro corria muito animada, com a molecadinha miúda fazendo algazarras nas diversas e atraentes brincadeiras, sob o olhar cuidadoso de seus pais. Os mais jovens, que, por ainda não terem família, levavam apenas a si para essas festas, aglomeravam-se no bar bebendo chope, com os palmeirenses gozando os corintianos pelo último campeonato brasileiro e, claro, olhando disfarçadamente para coisas como a bela bundinha de Marina, uma demonstradora que se encontrava com o marido e o filhinho, ou as tetas da "gata" da unidade do interior, que, embora solteira, não dava bola para a moçada, dando a entender, pelo seu rosto empinado, que achava não passarem de lixo e os detestava, pois, como dizia, odiava pobres, achando-se o máximo como secretária.

O "radar" para garotas de Lucas funcionava a todo o vapor, mas ele não tinha visto aquela de cabelos vermelhos senão quando ela parou na sua frente, segurou-lhe firmemente a mão e com um sorriso perguntou: *"Estou procurando-o há vinte anos; por onde tu andaste?"*. O rapaz ficou mudo, depois pegou algo para beber rápido, mas não deixou de apertar aquela mão que pegava na sua, porque compreendeu ali que não mais poderia soltá-la na vida, sentindo sua carne se fundindo com a dela naquele toque. Ele sentiu uma energia em seus dedos como se o coração batesse na palma de sua mão.

Oito anos depois dessa festa, numa noite insone, Lucas avaliava que seria ingrato com Deus se dissesse que foi um cara sozinho. Teve a tal "honrada família", que, sem dúvida, foi de grande valia durante cinco anos, logo depois apareceu Marcão, que realmente foi o pai de que precisava para o ajudar a achar um caminho certo, e Sofia entrou em sua vida tal qual mola propulsora. E seu irmão, o que teve? Criado do lado de um fogão, como teria reagido ao saber da verdade de sua origem, que certamente soube? Ele, mesmo em São Paulo, foi vítima, de certa forma, do preconceito que seu irmão teve de conviver na vida. Nos momentos em que sua tia brigava com seu tio por causa do sobrinho intruso em casa, sempre gritava: *"Agora só falta trazeres o filho do padre para morar conosco"*, deixando claro que seus parentes de Castanhal tinham contado a história toda.

Eram pessoas pobres, mas nada faltou a Lucas, e, durante o tempo em que teve controle da situação, seu tio, além de o manter estudando, provia-lhe um lugar à sua mesa e no quarto de seu primo dois anos mais velho, de nome Milton, que não era um cara muito chegado ao trabalho nem gostava de estudar. Rogério tentava fazer alguma coisa, mas Mercedes passava a mão na cabeça do filho desde que este nascera, anulando os esforços do marido em sua tentativa de desentortá-lo. Na medida em que achava que o filho, em princípio, não merecia nenhuma espécie de bronca, Mercedes foi inflexível com o sobrinho, não numa tentativa didática de construção de personalidade, mas destrutivamente atormentando-o com o incêndio e a culpa da mãe que "deu" para padre.

Os primeiros anos de Lucas em São Paulo foram de dificuldades, além da lembrança e saudade do irmão. Seu tio Rogério era a única pessoa que demonstrava algum tipo de afeto por ele e foi responsável pelo seu ingresso no Serviço Nacional de Aprendizagem Industrial (Senai), onde começou seu primeiro curso profissionalizante em metalurgia, ao sabê-lo interessado em trabalhar com metais. Mas, assim como tudo que é bom dura pouco, tudo que não é tão bom também. A "honrada" família dissolveu-se porque sua tia Mercedes descobriu a vida paralela do marido, suas duas filhas e casa montada para a "outra".

Tomada de intensa fúria, expulsou o esposo de casa, jogando suas coisas na rua com as do sobrinho, corpo estranho em seu lar, num recado claro de que também estava expulso. Rogério foi para a casa da "outra", e Lucas ficou no mundo, mas Marcão entrou em cena, mostrando que a mão de Deus está de plantão em todos os lugares.

Ele foi um dos organizadores do grupo de teatro dos funcionários, porque gostava dessa arte; achava que tinha talento, e de fato tinha, principalmente sua figura. Marcos Ferreira era um cara muito gordo, na acepção clássica do estereótipo, com seu envolvimento numa aura de simpatia e bem-querença. Era simplesmente o Marcão, amigo de todos e especialista em comédias, para sua frustração, pois gostaria de trabalhar em peças que fizessem a turma chorar. No grupo de teatro, uma vez bem que tentou representar uma pantomima dramática, mas, num momento pungente do espetáculo, Marcão entrou vestido de padre, com o belo volume de corpo que Deus lhe deu, fazendo a plateia cair na gargalhada.

Os colegas de fábrica conheciam bem a face do Marcão operário e gente, porque não foi apenas fazendo seus colegas se divertirem que galgou todas as promoções, chegando ao posto de chefe de um importante setor na fundição daquela grande indústria de metais sanitários; foi com trabalho duro e a autodisciplina que sempre se lhe impusera enquanto ser humano. Vinha de uma família de humildes portugueses e cedo ainda se formou técnico de metalurgia, sendo a Meca Metais Sanitários seu único emprego.

Conheceu Eleonora, sua mulher, num clube e casaram-se dois meses depois. Eleonora sabia lidar com o gênio às vezes irascível do marido, sem de forma alguma tentar mudar seu sentimento de justiça e de percepção fácil das coisas erradas; mas nunca precisou se esforçar, por não ser difícil conviver com um homem bom e divertido quase sempre. Festas, churrascos etc. invariavelmente ostentavam Marcão na linha de frente. Em seu espaço profissional, a brincadeira acabava e seus liderados respeitavam-no muito.

Não era temido, uma vez que todos que o rodeavam eram pessoas que rezavam no mesmo catecismo; o do trabalho. Quem trabalhasse bem e não repetisse erros pela segunda vez estaria em paz com seu chefe sem precisar temê-lo. Foram escolhidos criteriosamente, porque escolher pessoas para trabalhar com ele era uma de suas especialidades; Marcão gabava-se de conhecer vagabundo até pelo cheiro.

Fora um dia chato aquele, porque exigia muito cuidado, e uma vez por ano ele se repetia; Marcão tinha de escolher, entre os garotos do Senai, os que seriam aproveitados como estagiários em sua seção. Estava o operário consciente de que esses garotos seriam mais tarde a continuidade de seu próprio trabalho e deveriam possuir toda uma estrutura de personalidade e aprendizado que servisse de base para a construção que a empresa faria em cima; a escolha desses garotos era um trabalho delicado. Um deles chamou atenção; um "baiano" diferente até no sotaque, que irradiava vigor e boa vontade por meio do sorriso constante em seu rosto. Lucas foi um dos que Marcão escolheu.

Dois meses depois de ser escolhido, por sua inteligência e criatividade, Lucas já se destacava no setor e chamava atenção da chefia. Foi com surpresa que Marcão soube que, na véspera, o garoto vagara a noite toda pelas ruas sem ter para onde ir. Lucas perguntara a alguns operários se sabiam de uma pensão onde pudesse se hospedar e sua situação imediatamente chegou aos ouvidos do chefe. Ele achava que um garoto inteligente como aquele e com o nível de boa vontade que exibia só poderia ter por trás de si uma família bem constituída. Resolveu ter uma conversa com o menino, e dele ouviu toda a história, da orfandade à destruição do lar do tio que o acolhera. Marcão ficou penalizado e pelo telefone providenciou alojamento numa pensão, no mesmo quarteirão de sua casa, onde se hospedavam alguns operários da fábrica. O que Lucas ganhava em seu estágio remunerado mal dava para pagar a pensão, mas ele daria um jeito, contando com a ajuda de seu gordo chefe, que Deus havia posto em seu caminho; Marcão não se negou, muitas vezes fornecendo até mesmo refeições.

Marcos Ferreira avaliava as pessoas com valores próprios, que adquirira em sua vida. Um deles era a pescaria; não que discriminasse os não pescadores, mas achava que uma pessoa capaz de conseguir um nível de relaxamento e desligamento psíquico necessários em um bom pescador sempre seria um grande ser humano. Continuando o que fazia seu pai, Marcão duas vezes por ano organizava pescarias que duravam um mínimo de quatro dias, com toda a infraestrutura necessária. Essa atividade sua mulher achava um "saco" e, embora muito ciumenta de seu homem, ficava tranquila porque eram excursões estritamente masculinas.

Havia cinco pescadores fixos que pescavam juntos havia muitos anos, desde a infância, e cinco felizardos pescadores convidados, porque era uma honra o convite para as pescarias de Marcão. Num dia um desses convidados furou a "honra" e Marcão, meio duvidoso da própria intuição, convidou de última hora Lucas, que, naquele início de feriado esticado, na hora da saída da excursão, estava na esquina de sua casa; ele quis tirar o garoto de lá.

Fé não tinha não; o pessoal do Norte vem sempre de região seca e por isso não entende de pescaria, pensava. Lucas muitas vezes, quando garoto, havia acompanhado seu pai em pescarias no rio Guamá, um rio de quarta ou quinta grandeza em termos amazônicos, que banha Belém, mas que faria inveja ao Tietê, pelo seu volume de água muito maior. Marcão sorriu satisfeito com sua intuição; aquele garoto possuía a pesca no sangue e descobriu depois que ele vinha do planeta água: a Amazônia.

A partir daí se importou com a sorte de Lucas, não apenas por caridade, mas também porque começou a gostar daquele rapaz tão trabalhador, admirando o esforço que fazia para continuar estudando.

Lucas passou a ser pescador fixo, ensinando aos outros a técnica milenar que os índios amazônicos usavam para pescar usando arco e flecha, para os dias em que os peixes não tivessem fome, como dizia Benedito pai. Marcão então descobriu o que era a verdadeira paciência em pescarias ao ver Lucas feito uma estátua, com o arco e a flecha nas mãos, absolutamente imóvel por horas, esperando o momento de fisgar um grande peixe. Logo providenciou também, numa casa de esportes, seu arco com flechas, para aprender aquela genial maneira de pescar.

A empresa ainda não tinha contratado Lucas, porque este ainda estava "à disposição" do Exército. No Brasil é assim; o homem só pode começar a sua vida depois do "Leviatã" decidir se quer ou não quer para si o brasileiro, para a sua "escola de homens" e seus parâmetros de disciplina. Resta saber se é disciplinar para o desenvolvimento social e da cidadania uma instituição se julgar "dona" dos brasileiros homens, como se isso fosse fundamental para amarmos a terra em que nascemos e procurarmos defendê-la até com a própria vida.

Talvez aí esteja a raiz da indisciplina militar, frequente em nossa história, com a caserna periodicamente aventurando-se na política da nação, pois, afinal, acham-se donos dela apenas por terem os dedos próprios para apertar gatilhos. Parece mais feudo medieval, mas essa era a realidade, e Lucas apenas mais um dos milhões de brasileiros que tiveram retardado seu destino pelas leis dos eternos "donos da bola". Antes, porém, de completar 18 anos, Lucas conseguiu "se livrar" da canga legal e enfim fora contratado pela fábrica; sua vida progrediu, tinha um pouco mais de dinheiro no bolso e, tendo concluído o colegial, sobrava-lhe mais tempo livre, o que não era um bom negócio.

Fossem ruins os caminhos do inferno, ele não apresentaria a população que certamente tem. São Paulo, a cidade-escola, o paraíso da ambição e templo do trabalho, também tem dentro de suas entranhas as doces e divertidas vias do abismo. Para um jovem como Lucas, com tempo ocioso, sem limites dentro de casa e com dinheiro no bolso, os descaminhos soaram como o canto das Iaras amazônicas e frequentar a esquina dos maconheiros do bairro foi o primeiro sinal, que não passou despercebido de Marcão. Durante a primeira pescaria, ele chamou Lucas de lado e, de modo calmo e paternal, explicou-lhe o passo em falso que dava em se misturar com más companhias. Um mês e meio depois dessa pescaria, numa madrugada de sábado muito fria e bem na hora em que Marcão e sua esposa cumpriam com as deliciosas obrigações do matrimônio, o telefone tocou. Era da delegacia do bairro chamando-o para retirar um menor de lá e ter uma conversa com o delegado.

Todos eram de classe média e tinham em comum o fato de serem jovens; apenas estudavam e algumas vezes se reuniam numa esquina onde fumavam maconha. Diferente mesmo havia apenas Lucas; era um rapaz sem família e que trabalhava. Bem que, depois da conversa que tivera com Marcão, Lucas tentou se afastar daqueles garotos, mas que mal poderia haver em conversar sobre garotas com amigos de sua idade? Maconha ele não fumava porque experimentara uma vez e teve de trabalhar o outro dia inteiro com dor de cabeça.

A ideia de entrar em um carro, fazer ligação direta, passearem um pouco e depois abandonarem o automóvel em um lugar próximo de onde o pegaram, se não era certa, também não era de todo errada, porque apenas queriam passear um pouco, e não verdadeiramente roubar.

Os pais dos outros garotos foram retirando os filhos e todos apontavam como culpado o elo mais frágil da cadeia: Lucas. Para os pais que não conhecem os filhos, eles nunca seriam más companhias, e sim vítimas delas.

O delegado, embora ouvisse de todos que aquele rapaz de postura humilde e arrependida fosse o verdadeiro culpado, em absoluto acreditou. Era um homem já antigo em sua profissão, tinha aprendido a conhecer a alma humana e percebeu imediatamente que mais pareciam culpados os outros meninos de família, que entraram na delegacia com ar arrogante de quem estava seguro de que papai logo viria buscá-los. Lucas negou-se a dar o endereço de sua família, simplesmente porque não a tinha e, com muito custo, Dr. Salomão conseguiu saber que era um rapaz trabalhador, obtendo o nome de seu chefe.

Marcão espumava de raiva. Criado num sistema em que o homem devia preferir morrer a transgredir as leis ou tocar nas coisas alheias, ele não se conformava em ter de ir a uma delegacia buscar um seu subordinado. Antes de vê-lo, teve de passar em entrevista com o delegado. Dr. Salomão explicou-lhe que Lucas teve sorte por ainda ser menor de idade, mas, se tinha alguma ascendência sobre o rapaz, tratasse de usar grande energia, porque ele achava que o garoto ainda poderia dar certo. Marcão ficou em dúvidas se deixava aquela criatura à própria sorte ou se interferiria nessa sorte; mas, como não era homem de omissões, pediu ao delegado que lhe emprestasse uma sala reservada da delegacia e foi atendido.

Naquela sala, surrou impiedosamente Lucas, usando os fortes braços que um dia o transformaram num campeão de "queda de braço", sob o olhar de aprovação do velho delegado, que teve ali a certeza de ter aquele jovem mais pai que seus companheiros. O garoto apanhava chorando baixinho e, vez em quando, pedindo perdão, porque os braços de Marcão agrediam mais a sua alma do que sua carne. Temia que Marcão deixasse de gostar dele e emocionou-o com sua colocação: "Marcão, podes me dar a maior porrada que acho que mereço, mas não me abandones e juro que não mais farei nada errado, não me abandones, pelo amor de Deus".

No caminho de casa, no carro de Marcos, Lucas soube como seria sua vida dali em diante e concordou, porque estava "amaciado" com a "porradoterapia" de técnica lusitana que recebera. Lucas pagaria para Marcão o mesmo que pagava para a pensão onde morava e viveria em sua casa, sob regime de convento; no primeiro deslize, seria expulso da casa e da fábrica.

Eleonora estranhava aquele jovem em sua casa, mas não questionou Marcão porque se acostumou a ver que sempre seu marido tinha um motivo ou uma razão para as suas atitudes; a presença daquele jovem certamente obedecia a um propósito que mais tarde ela veria. Também não era difícil conviver com aquele garoto, começando pelas filhas gêmeas, duas garotinhas de 9 anos, que adoraram a ideia de um irmão postiço mais velho, porque era um cara divertido, que gostava de crianças. Tinha muita habilidade em trabalhar com madeira e, aproveitando a pequena oficina doméstica que Marcão possuía nos fundos de casa, nas horas vagas, transformava caixas velhas e pequenos pedaços de pau em lindos móveis de boneca, cavalinhos e vários outros brinquedos.

Lucas desentortou e, embora o plano original de Marcão previsse uma estadia curta o suficiente para que entrasse nos eixos, só saiu daquela casa casado. Enfim pôde usufruir de um lar criado sob os parâmetros do amor. Eleonora até sogra ciumenta bancou ao ver "seu filho mais velho" começando a falar em casamento, por achá-lo muito jovem para tal.

Aos 20 anos, Lucas era um rapaz feliz; tinha uma família, uma bela profissão e nada mais lhe faltava, pois um homem jamais sente falta do amor antes de prová-lo. Mulheres sempre existiram em sua vida, mas nenhuma em especial; era bom fazer sexo com elas, mas sabia perfeitamente que aquilo não era amor. Tentou se reaproximar de sua família e num dia visitou sua tia, para ver só ruínas onde antes havia um lar. Ela vivia com um cara que volta e meia se embriagava, provocando espetáculo na rua. Seu filho, Milton, ganhara o mundo com seu violão, em busca do destino de grande compositor que dizia lhe ser determinado. Uma vez Lucas visitou seu tio, mas a mulher dele foi dizendo, ainda da janela, que sua casa era pequena e não cabia mais ninguém. Nunca mais os visitou.

Lucas saiu daquela festa tonto e com um número de telefone nas mãos. Ele ficou deveras impressionado com aquela linda garota ruiva e orgulhoso de sua masculinidade, ao ver os olhares de inveja dos outros rapazes logo que sofreu a abordagem, mas tinha de ser a filha única do gerente da fábrica?! Ele, que pensava ter o mundo, achou-o pequeno para oferecer àquela garota e tentou esquecê-la. Não contava, entretanto, com a gana de conquistá-lo que possuiu todo o corpo de Sofia e sua certeza de que aquele rapaz seria seu.

No momento em que Lucas achou que não daria certo porque ela vivia num outro mundo, Marcão aplicou-lhe uma injeção de ânimo, lembrando sua juventude e inteligência e que a única diferença existente era cultural, já que a garota era uma futura médica. Disse-lhe que uma diferença cultural grande pesa muito no casal quando quem fica por baixo é o homem; acrescentou Marcão que isso ele poderia sanar perfeitamente da maneira mais simples, continuando a estudar. Lucas entendeu o recado e imediatamente matriculou-se no vestibular de engenharia química porque sabia que a fábrica expandiria sua galvanoplastia e precisaria de profissional nesta área, além de querer estudar os metais em sua estrutura mais íntima: os seus átomos.

Sofia também não podia dormir naquela noite, mas sabia que nada poderia fazer pelo marido, porque ele se debatia com velhos fantasmas de um passado do qual ela não fazia parte. Lucas revelara-lhe naquela tarde toda a sua história e de seu irmão, um assunto em que sempre se mantivera reservado e reticente. Seu marido sentia remorsos por não ter dado o amparo que devia ao irmão e saiu daquela segunda reunião com o americano temendo que Benedito fosse assassinado. Ficou extremamente curiosa em conhecer o cunhado colega.

Nos oito anos que se conheciam, enfrentaram muitas crises, principalmente com sua mãe, que não se conformava em ver sua filha apaixonada por aquele "baianinho" sem eira nem beira, mas foi cômico vê-la na festa que seu pai promoveu na colação de grau de ambos. Juracy, muito orgulhosa do genro, repetia às outras quatrocentonas presentes nas dependências do Clube Atlético Paulistano que seu esposo às vezes implicava com aquele candidato a marido de sua filha e ela tinha sempre de ajeitar as coisas, porque acreditava no amor, acrescentando: "*Então vocês acham que eu iria permitir que Sofia perdesse aquele bonito rapaz? Vejam só a largura dos ombros dele...*", referindo-se ao belo homem em que Lucas se tinha transformado.

Mas o grande problema fora fazer Lucas entender que precisaria estudar e que não a possuiria enquanto não tivessem certeza de que tinham sido feitos um para o outro. Foi difícil, porque, como todos os rapazes nessa idade, ele confundia paixão com tesão. Lucas, por não ter o que conversar com seus amigos, logo os taxava de antipáticos, e isto deixava Sofia furiosa, pois sabia que ele fugia pela porta mais fácil ao perceber-se inferiorizado culturalmente, mas um dia Lucas apareceu dizendo que se havia inscrito nos exames vestibulares.

Durante a vida universitária, muitas vezes o pai de Sofia, Flávio, teve de ajudá-lo porque a mensalidade da universidade era muito cara, mas enfim estava ela feliz com seu homem, que ajudara a construir. Flávio, o gerente, gostava do rapaz, achando-o trabalhador e esforçado, além do mais recebera ótimas referências dele dadas por Marcão, pessoa de inteira confiança; mas um dia procurou sua filha, empurrado pela esposa, mostrando-se preocupado com aquele namoro. Desarmou-se ao ouvi-la dizer, de modo seguro, que aquele homem ainda estava em formação, assim como ela, e que o lapidaria como a um diamante.

Sofia lembrava-se bem do dia em que soube da existência do cunhado; tinha sido um dia terrível, uma verdadeira guerra na rua Dona Maria Antônia com os estudantes da universidade de Lucas brigando com os estudantes de outra universidade por motivos políticos. Estavam casados havia poucos meses, e seu marido chegara à casa impressionado com as cenas de violência que assistira. Num ato falho, disse, durante um suspiro, que felizmente seu irmão certamente estaria preservado, porque decerto tais coisas não aconteciam em Belém; mas naquele dia soube pouco da história, pois seu marido não gostava de falar naquele assunto, demonstrando vergonha. E agora os dois receberam a notícia de que a ditadura queria assassiná-lo.

Foi com ansiosa satisfação que recebeu um telefonema de Mr. Richard convidando-o para jantarem juntos naquela noite. Fazia uma semana do primeiro encontro, e Lucas ficou em suspense esse tempo todo, com Benedito sem sair de seu pensamento. O jantar seria no restaurante de um grande hotel paulistano.

Lucas chegou cedo ao local e, tomando uma cerveja, esperou o americano, perguntando-se o que seu irmão havia aprontado nas selvas paraenses, mas dessa vez pediria melhores explicações daquele gringo. Seria seu irmão comunista? Improvável; no íntimo ele recusava a ideia porque tinha certeza de sua grande inteligência.

Mr. Richard chegou dessa vez pontual e veio pensando no caminho sobre o belo achado que fora Lucas para seu intento de resgate do seu filho. Sem dificuldades, soubera de toda a vida do rapaz e concluíra que, apesar de tudo, Deus em nenhum momento abandonara aqueles dois meninos, marcados pela tragédia, ajudando-os a construir uma vida digna. Pela reação de nervosa expectativa que sentira no engenheiro durante seu telefonema, pôde medir com segurança o afeto que unia aquele jovem ao seu irmão.

No fim do jantar, Lucas perguntou sobre o que de fato estava acontecendo com Benedito, e o velho americano contou toda a história, até mesmo do abandono de Cíntia, enfim, tudo o que sabia, mas omitiu o detalhe da violência sexual e esclareceu que ficasse tranquilo, porque seu irmão era um rapaz democrático e profundamente humanista; o problema era que desafiava uma ditadura inteira permanecendo em Marabá, e deixou claro que sua interferência seria útil, se ele chamasse o irmão para perto de si. Lucas propôs ir pessoalmente buscar seu irmão, viajando imediatamente para Marabá, mas o americano esclareceu que seria melhor manter-se reservado, porque Benedito deveria sair para um lugar que não seria conveniente ser revelado, e o melhor contato que poderia ter com seu irmão seria por telegrama. Explicou que Benedito não deveria saber de sua ação, porque achava que se recusaria de vez a sair daquela cidade, já que o odiava profundamente. Deprimido, tirou um envelope do bolso e o entregou a Lucas, dizendo: "*Por favor, entrega isto a ele logo que o encontrares*". Despediu-se afirmando que avisaria, caso seu irmão deixasse Marabá. Saiu Lucas daquela reunião com sentimento próximo ao pânico.

Debatia-se na cama com seus pensamentos, tendo o consolo de sua companheira ao lado, também insone, que, impotente, compartilhava as preocupações do marido. Agradecia a Deus ter mostrado uma porta em sua vida na figura de uma fábrica. Quão linda essa fábrica, limpíssima, com seus aquários, suas pracinhas dentro dos departamentos e seus produtos, de ótima qualidade, exportados para o mundo inteiro. Organizada aos extremos, proporcionava bem-estar aos seus funcionários e pertencia a um empresário que, na contramão da mentalidade empresarial brasileira, sabia que suas mais preciosas máquinas eram os "Marcões" da vida que recolhia na sociedade, tendo consciência de que seres assim não poderiam ser substituídos como a uma lâmpada queimada.

Ao contrário de seu irmão, ele teve em sua vida todo esse estabelecimento com seu potencial humano e profissional, que até mesmo lhe dera sua esposa e a única família além da original e que começava a construir com Sofia, já grávida de cinco meses. Nesse pensamento, acariciou o rosto dela, que aconchegou seu corpo em resposta, mas sabendo que não poderia exigir amor de seu homem naquela noite porque a cabeça dele estava longe, tentando imaginar a vida de um garotinho louro que vira pela última vez da janela de um trem.

Lucas também teve suas dificuldades, e conquistar Sofia sem dúvida foi a mais gostosa e complicada. A garota, embora confessasse não ser uma pessoa ingênua, recusava-se a ir para a cama com ele, alegando não ter certeza se era mesmo o homem de sua vida. Por dois anos teve de suportar isso, com a má vontade de sua sogra, que não perdia a oportunidade de fazê-lo sentir-se um lixo Além do mais, passou a desenvolver remorsos ao transar com outra garota, mas isto também foi importante, pois funcionou como desafio.

Tentar ele tentou, mas só conseguiu possuí-la depois que se casaram, dois anos após se conhecerem. Agora estava tudo em paz, com sua sogra apregoando para todos que jamais imaginara ganhar um filho tão querido como ele. Lembrava-se ainda do baile de formatura no Clube Atlético Paulistano, quando seu sogro o apresentava aos amigos como seu filho, e Marcão, ao lado, sentindo-se como peixe fora d'água, enfiado naquele paletó, coisa que detestava usar. Numa única piscadela em sua direção, Lucas embutiu o que queria dizer: *"Marcão, ele é meu sogro, mas o pai que existe em minha vida és tu e minha família é a tua"*.

Realmente, ele não podia lamentar-se, porque sobraram-lhe pais e famílias. E seu irmão? Quem lhe dizia o que não se devia fazer? Quem lhe deu porrada nas horas em que precisou? De tarde, ao contar toda a história para sua esposa, demonstrando peso na consciência, ela fez apenas um comentário: *"Lucas, não foi à toa que teu irmão conseguiu se formar médico; verás que Deus não o abandonou. Ele também deve ter encontrado um Marcão na vida e tu estavas muito ocupado desenrolando a tua; não cabem remorsos em tua atitude".*

Cedinho, pela manhã, Lucas enviou um telegrama a Benedito e, depois de dois dias de muita apreensão, recebeu um telefonema de Mr. Richard informando que seu irmão deixara Marabá dois dias após receber seu telegrama. Ficou feliz e um pouco mais despreocupado alguns dias mais tarde, ao receber um telegrama de seu irmão avisando-o de sua chegada. Sofia também estava feliz e compartilhava da alegre expectativa do marido, porque sinceramente nutria grande curiosidade de conhecer o cunhado médico, de características físicas bem diferentes do irmão.

Preparou uma cama no quarto de seu filho e imaginava que aquele rapaz necessitaria de todo o amor do mundo para se recuperar dos traumas pelos quais havia passado, segundo soube por intermédio do esposo. Na véspera da chegada de Benedito, o americano voltou a telefonar, informando a hora exata que o irmão desembarcaria em São Paulo.

Estava uma típica manhã de verão paulistano, no dia em que Lucas se postou ao balcão de informações da rodoviária, conforme orientação de seu irmão. Esperava havia quase meia hora e viu aquela cabeça loura que se destacava, por sobressair da média de altura do povo que, naquela véspera de Natal, lotava a estação, na ânsia de passar as festas com seus entes queridos. Lucas sentiu que aquela era a cabeça de seu irmão e se dirigiu ao encontro dela.

Dito vinha andando em direção a uma placa na qual estava escrito "Informações" e observava a imensa estação rodoviária com seu teto em pequenas cúpulas de acrílico colorido e achou-a grandiosa, porém de mau gosto. Seu coração disparava com a ideia de que logo veria seu irmão.

Repentinamente viu aquele rosto que o tempo não havia apagado de sua lembrança; era o rosto de seu pai. Como se fosse uma criança, retirou do carrinho de bagagens uma caixa de madeira, estendendo ao rapaz, que o olhava com rosto emocionado, dizendo: *"Isto é teu"*. Lucas abriu a caixa e, vendo seu conteúdo, abraçou-se com o irmão, soluçando enquanto Dito enxugava seus olhos, donde também escorriam lágrimas, mas de alegria, porque agora estava junto de um familiar que o amava.

Lucas acalmou-se e foram juntos ao restaurante da rodoviária, para melhor se olharem e saborearem a troca das primeiras palavras. Sentados à mesa, Lucas, após pedir café completo para dois, retirou de seu bolso um pequeno envelope, que entregou a Benedito, dizendo que fora enviado pela pessoa responsável por sua proteção, usufruída em Marabá.

Benedito abriu o envelope e retirou de dentro um cartão de visitas de *Mr. Richard Carlton*, consultor internacional, com endereço de Washington; no verso, escrito à caneta: "Dito, eu e meu país não podemos ser responsabilizados por tudo de ruim que aconteceu contigo; procura não nos odiar, por favor". Por um momento olhou para aquele cartão, depois o entregou ao irmão, pensando que mais tarde teria de contar que aquele homem era seu pai.

Escancarou sua sacola de mão, procurando com ansiedade algo dentro dela e encontrou-o; era a caixinha preta, que foi lentamente sendo aberta. Lembrando-se de que nunca mais a havia aberto nos dez anos em que estava de posse dela, ficou fascinado porque estava ele lá, maravilhoso, mesmo sendo um modelo antigo, e tirou-o com gestos lentos, pondo-o na palma de sua mão esquerda, observando-o por alguns instantes. Apertou-o, dirigindo seu olhar para cima sem, contudo, ver a cúpula colorida da rodoviária, porque seu cérebro trabalhava febrilmente com outro assunto. Aquele objeto esteve a ponto de ser jogado fora, entregue para um feiticeiro, e ficou desprezado em seu leito de veludo negro por muitos anos.

O remorso começava a dar suas primeiras ferroadas ao perceber a injustiça que cometera com aquele homem, achando por longo tempo ser ele o próprio Demônio. Naquele lugar com o sugestivo nome de Estação da Luz, foram-se lentamente clareando na mente do médico alguns pontos obscuros de sua história. A nota no jornal do Vaticano, os amigos estrangeiros influentes... Não! Aquele homem não era um Satanás, e sim um enviado de Deus para protegê-lo. A sensação da injustiça que cometera com seu pai biológico queimava seu coração como brasa viva; Benedito já havia experimentado a dor física e a dor moral, mas nada se comparava com o que sentia naquele momento.

Nem os garçons, nem os poucos fregueses do restaurante naquela hora da manhã e tampouco Lucas compreenderam por que aquele belo jovem loiro, apertando um relógio com a mão direita, caiu num pranto, sentindo uma grande dor, de uma forma como nunca havia chorado.

A CARTA

... Mas as emoções ainda não tinham terminado naquele dia. Ao chegar à casa de meu irmão, lá encontrei uma carta de Eponina à minha espera, contando a vida de vocês dois e do empecilho que represento para a tua plena felicidade. Não é isto que eu quero... Longe de mim, Richard, querer que sejas infeliz e creio até que precisamos nos conhecer. A melhor maneira que encontrei para mostrar-me foi ter escrito aqui tudo o que passou por minha cabeça, durante a longa viagem para São Paulo.

Não nego que me encontro confuso quanto a meus sentimentos, e seria hipócrita se dissesse que te amo, mas tenho a certeza de que não te odeio. Antes procuro me adaptar à ideia de ter um pai e novos valores, novos pensamentos; isto não é coisa fácil. Também não acredito que me devas desculpas. Não me deves, nem eu a ti, mas nos devem. Padre Ruy um dia disse que era tempo de pedir perdão e, num futuro bem próximo, a Igreja Católica Apostólica Romana terá de pedir desculpas pelos seus crimes contra a humanidade ao longo da história; não terá alternativas num mundo cada vez mais consciente. Pode ser que apareça o pedido de desculpa que nos deve pelo que carregamos na vida.

Benedito

NOTA DO AUTOR

A presente história é produto da minha imaginação, e qualquer semelhança com fatos e nomes é mera coincidência, mas ela tem algo de real:

1. A descrição do combate aos primeiros focos de esquistossomose mansônica em Belém é real, como atestam trabalhos científicos que se encontram na Organização Mundial de Saúde, de Silas dos Santos Galvão, médico sanitarista já falecido, cuja obra científica o autor apenas emprestou ao personagem. Também são tecnicamente verdadeiras as informações médicas constantes na obra, incluindo a epidemia de febre amarela silvestre na Amazônia.

2. A guerrilha no sul do estado do Pará realmente existiu no fim da década de 1960 e início dos anos 1970, mas, como muito do passado desse estado, está fadado a ser "apagado" pelos manipuladores que escrevem, desde o início, a pitoresca e falseada história que dizem ser a da nação, mas não passa de história do Estado brasileiro. Não há fontes, já que surgiram apenas livros tendenciosos e maniqueístas escritos por carbonários "de salário" ou repressores arrependidos. O que aconteceu jamais saberemos, então que sobreviva na imaginação dos brasileiros, inclusive na minha. Entretanto não poderão negar o tiroteio no hospital do Serviços de Saúde Pública (SESP), em Marabá.

Carlos Augusto Galvão,
janeiro de 1995